玉色

yuse

王哲珠 著

SPM 南方传媒 | 花城出版社

中国·广州

图书在版编目（CIP）数据

玉色 / 王哲珠著. -- 广州：花城出版社，2023.4
ISBN 978-7-5360-9793-3

Ⅰ．①玉… Ⅱ．①王… Ⅲ．①长篇小说－中国－当代
Ⅳ．①I247.5

中国版本图书馆CIP数据核字(2022)第189360号

出 版 人：张 懿
责任编辑：李 谓 安 然
责任校对：李道学
技术编辑：凌春梅
封面设计：朱明月

书　　名	玉色 YU SE	
出版发行	花城出版社 （广州市环市东路水荫路11号）	
经　　销	全国新华书店	
印　　刷	佛山市迎高彩印有限公司 （佛山市顺德区陈村镇广隆工业区兴业七路9号）	
开　　本	880毫米×1230毫米　32开	
印　　张	11.5　2插页	
字　　数	350,000字	
版　　次	2023年4月第1版　2023年4月第1次印刷	
定　　价	68.00元	

如发现印装质量问题，请直接与印刷厂联系调换。
购书热线：020-37604658　37602954
花城出版社网站：http://www.fcph.com.cn

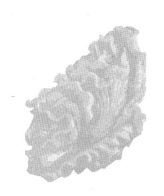

目录

引　子　乔阳玉色 / *001*

第一章　我的乔阳 / *009*

第二章　公　盘 / *056*

第三章　切　石 / *099*

第四章　合伙人 / *140*

第五章　戒　王 / *182*

第六章　龙凤璧 / *225*

第七章　金玉之乡 / *269*

第八章　家 / *313*

末　章　开始与结束 / *356*

附　别样市场　夏玉影 / *359*

引　子　乔阳玉色

每个人举着一支火把，举着光明，举着兴旺，借光寻找，借光开道，奔跑、呼喊，成千成万的人，成千成万的火把，以街道为河床，奔流涌动，那是火的河，人的河，祈祷的河，希望的河……介子推的神像在河的最前头，由最生猛的后生扛着、抬着、扶着，奔跑，引领河的方向，引领美好愿景。两千多年前召唤介子推的那把火燃烧至今，化成某种寓意和象征，在这小小的村子里延续。

这是乔阳火把节，每年正月初六晚上，举起火把，绕村奔走，举起新一年的希望与火光。

几小时后，火把节的视频火了，随之被关注到的，还有乔阳中路那个牌门。对牌门，更多的是质疑，因为上面八个大字。第二天，大群外地人聚集在牌门下。媒体、个人，相机、手机、目光，集中于牌门，立这样的牌门，乔阳凭什么？

门撑起牌子，立于乔阳大道路口——大道是乔阳中轴线，乔阳最贵气的街。牌门成为入口，进去，翡翠世界玉色撩人，牌子上八个字大气夺目。

有人争吵。

"乔阳当得起这八个字？"一个外地人指住牌子。

"只有乔阳——当得起。"夏文达站出去，声音朗朗。

人群里，欧阳立注意到这个玉老板，是上海展销会那个老板。不知那龙凤牌还在不在，那时没有好好问一下，就那么被宋思拉开了。此时，欧阳立还想不到，他将引着这个人，离开原先的道，进入这个人生活未开垦的处女地，重踏一条路，像父亲引着他，又完全不同。

"小小乔阳，口气倒够大。"有媒体带了冷笑。

"这叫虚张声势，也是种策略。"有人讽刺。

嘘声响起，周围一片附和，还有含怒的争辩。

"你知道乔阳？"夏文达盯着那个人，"虚张了什么声势？讲出个一二三。"

一个人点着门牌上的字："还天下……"

"就是天下。"一个声音从闹哄哄中跳出，说话的人挤上前，高高大大，是陈修平，"还就乔阳敢开这个口，世上好翡翠在缅甸，去打听一下，缅甸好翡翠多少在乔阳？高端翡翠多少出自乔阳？"

夏文达应声："没搞清楚，不要随便开声。"

乔阳的年轻人底气瞬间丰盛，起哄，吵闹，搅缠成团。

喧嚣中，林墨白默默不语。昨夜，对着一块玉石料和设计稿，他和徒弟夏天莹讨论了整晚，都没有认可对方的想法。夏天莹质疑林墨白太保守，这玉石料没必要走老路，可以试试新想法的。面对意气风发的学生，林墨白微笑，没什么老路新路，只有合适和不合适、有想法和没想法。他没再辩，提议出去走走。

到牌门下，两人进了人群。平日经过牌门，林墨白必稍稍一停，夏天莹随着站下。看着牌子上八个大字，林墨白低声说："成器，怎样才算成器？"

周围很闹，夏天莹却听见了。

"成器有太多标准，通往成器的路径无数条，可我们或许一条也找不到。"夏天莹若有所思。

林墨白让夏天莹看牌子底纹，问她怎么看。那是隐隐的龙凤纹，老师以前从未提过，什么触动了他？还是他一直就注意着这纹？

"龙凤纹，中国最吉祥、最常见的图腾，很平常，也很不平常。"

林墨白轻轻点头，目光飘飘忽忽。

龙——

凤——

龙凤——

这一刻，林墨白意识到些什么，某种想法和感触氤氲起来，像若有若无的音乐，有所察觉又难以确认，捉摸不定。他知道，他触碰到些什么东西了，可还没悟透。

"成器？成器！"林墨白凝视这两个字。

想象中，自己成为一块玉石料。林墨白一直在寻找最自己的自己，像寻找原石料中最美的部分，让其呈现最好的水头，最澄澈的种地，最纯粹的色彩。那部分会以什么样的形式呈现，他不知道，甚至不知能不能找到，但寻找本身也是目的。他曾委婉探问过夏天莹，有没有找到方向。话一出口，他发现笨拙又浅薄，没问出真正想问的，便追加一句："有方向才可能找路。"仍不是想讲的，他起了莫名的忧伤。

夏天莹轻松得多，表示不多想，反正走着，闯闯。

"年轻人。"林墨白叹，含着沧桑，也带着欣慰。

夏天莹摇头："跟年龄无关，跟观念有关。"

"记得你家有块龙凤牌，还在？"林墨白突然问。

"藏着。"夏天莹点点头，"那龙凤牌原本不是我家的，现在倒像我家的家传物。爷爷在的时候，想物归原主，后来原主不在了，不知原主的后人怎样——老师怎么问起这个？"

林墨白没回话，再次陷入沉默，夏天莹静立在一边，陪着。

不远处，陈商成的目光粘连着夏天莹，热闹的人群里，他只看到她。这是夏天莹大学后第一个暑假，大学几个月，她又变了样子，她一直在变。夏天莹回乔阳十来天，他和她只遇过几次，每次都浅浅讲一会儿话。在这牌门前，她会想起小时候吗？他和她，绕着牌门奔跑玩耍，他跑她追，追不上她就跺脚哭，他停下，等她追近前，又猛跑开……牌门上这些字，是他教她认的。

看着夏天莹的，还有另一双眼睛。夏天莹在欧阳立右前侧，他看见她的侧脸，白净，阳光下那么生动，这个瞬间，成为他记忆中亮色的片断。有人唤夏天莹，是夏文达，夏天莹高高扬了下手，朝他挤去。

或是被逼问到无话可应，一家自媒体提到洪锦添。两年前，在这牌门下，洪锦添被铐走，那个场景被拍下，成为报道的配图。

这话成炸药，轰地炸响后，轰出巨大的安静。人群猛噤了声，似乎想起什么了不得的禁忌。

安静里，周围一切退远，只剩夏文达一人，与牌门相对。只要在乔阳，他几乎每天经过牌门，但极少与它静静相对。近期是例外，半个月来，他常对着它默站。

夏文达想了很多，念头像光点，在眼前啪啪发亮，可夏文达看不清，它们迅速地闪烁，杂乱地四下腾跳，怎么也触碰不到。他忐忑了，没底，踏入了一片秘林。日子里有这么一片林子，之前他从未发现，该如何反应？他试着抬起脚，却找不到落脚处。可以退的，原先那条道早走顺溜了。念头转到这，夏文达啐自己一口。

后来，和欧阳立提起这些时刻，夏文达很迷惑，有生第一次，想左想右的。生意场风风浪浪，赌石切石起起落落，从不像现在这样，讲也讲不清。这种讲不清中，那个决定愈来愈清晰。夏文达人生最大的转折，此刻开始。

这一刻，夏文达想起那个夜晚，过去三十几年了，可是回忆清晰得让人失神，把他整个拉了回去。那晚，陈修平招夏文达到家里，两人扒着陈修平家里间的窗子，屋内有群大人，喳喳低语。

不到十岁的夏文达疑惑不解，有什么看头？不过，大人们表情不寻常，收到了不得的玉石宝物？商量对付哪个搞破坏者？有台湾和香港大老板来？

都不是，十几岁的陈修平讲不明白，但肯定是大事。在陈修平的指点下，夏文达发现，谈话在里间，平时他们都在客厅。今晚，客厅坐了好几个女人，扯着东家长西家短，可看起来没心没魂的，连夏文达也看得出，她们在帮男人们守什么。又有人查抄磨玉机？又要一家家查收玉件？陈修平只是摇头，示意别出声。

屋里那些人很熟悉，夏文达发现父亲也在。讲话声压得很低，只听到些只言片语，什么十三大会，什么开放，什么大动作，什么大方向……不懂，夏文达想走，但大人们的神情语气很不一般，某种神秘感吸引了他，那时的夏文达无法描述。

多年之后，夏文达发现，那神情和语气中夹杂着紧张、兴奋、疑惑和期待。

　　多年之后，夏文达发现，那个夜晚对他，对乔阳人，对乔阳，有着什么样的分量。随着岁月沉积，那个晚上彰显出它的意义，愈来愈特殊。那个晚上对陈修平的意义，当然不亚于自己。

　　找陈修平谈谈？夏文达仍在犹豫。这次的决定，他没跟陈修平透露，从未有过的，为什么不跟陈修平讲，夏文达也不明白。

　　"这些外地人，还不知道乔阳的底。"一个声音把夏文达拉回现实，他猛转过头，陈修平立在身边。夏文达错开一步，完全是下意识地，他胸口咚地一跳。错开的这一步，陈修平有没有发觉。

　　"洪锦添，全国先进个人，一个村书记，了不得？"

　　"听说获奖无数，那些荣誉证书不知道还在不在。"

　　"好出名的村子，好出名的村书记。"

　　"太出名了……"

　　夏文达张了张嘴，发不出声音。侧开脸那一瞬，碰上陈修平的目光，他抿紧嘴，彼此都明白，没法开口。这不是翡翠，乔阳的翡翠，无人能说二话，但这个……

　　这一刻，那颗出芽的种子一个抖擞，长出了叶片，夏文达知道，是时候了。

　　"你也赶那什么潮流，思考人生？"陈修平开玩笑，语气却像拧过的毛巾，变形发干，眉眼满是探究。他说好些日子没碰面，早上去正合号，没找到夏文达。

　　他要提那件事了，夏文达莫名地不自在，甚至有些慌。

　　这份不自在，陈修平很清楚，他的心口堵着团灰色。这时他还料不到，此刻开始，夏文达将离他越来越远。他呼口气，想把那团灰色呼散。

　　目光触碰那块牌，陈修平暂时忘掉夏文达。野心绽放，像春天的木棉花，无遮无拦，又热烈又霸气，他的宝鼎轩愈做愈好，会更旺、更有名气。这牌子的分量和光芒，宝鼎轩有很大功劳的。

　　当年，立起这块牌子时，翡翠界嘲笑、愤怒、讽刺乔阳，口气大得比翡翠还出名。当时的村书记夏章文微微一笑——乔阳当之无愧。后来，与欧阳立谈起，夏章文说，乔阳用了二十年证明那八个字。欧阳立摇头，是上百年，百年之前，乔阳人打磨、修改旧玉件，那时就开始了——那时，陈修平刚当选商会会长，成为乔阳最亮的星，在乔阳商界，他的声音从此有了别样的分量。那时起，陈修平一直顺风顺水，甚至是辉煌，除了后来那个心结。

心结是陈商言。陈商言也在，这小儿子本来不爱凑热闹的，也不会关注什么牌门，也来了。陈修平朝他挤过去，猛想起和这儿子还在半冷战中，木住，儿子已长大成人。

立牌门那天，陈商言被陈修平的老婆抱在怀里，小手挥得欢腾，人群中的陈修平一眼看见。他从嘉宾群中挤出去，抱过陈商言，高高举起，像举起一面旗帜，高扬着蓬勃的期冀。如今的陈商言……陈修平无法可想，被从未有过的无力感兜头罩住。

陈商言想什么，想怎么样，要走什么路子，陈修平完全不明白，就是明白，也无法可想。

事实上，陈商言也弄不明白自己，记不清从什么时候起，他感觉生活面目含糊，日子没有着力点，总时不时一阵恍惚。

不久后某个晚上，陈商言将会以全新的目光，凝视这牌子。那一天，陈商言绕着乔阳乱逛，到牌门下立住，仰头，那是他第一次专注于这牌子。在此之前，除了母亲讲的那个回忆，这牌子如同路口的乔阳大酒店，对于他，是显眼而冷漠的存在。真正了解乔阳的念头，他从未有过，虽然生于乔阳、长于乔阳。那一刻，他会突然发现，某种感情一直蛰伏在血液中，此刻醒了，他像面对未知物，又疑惑又迷茫。

什么唤醒了它，夏文达？表面上似乎是，但陈商言很清楚不是。

与夏文达长谈，在以前，是陈商言想象范围之外的事。夏文达就是他的叔，日子很近但世界很远。在这块牌子下，陈商言想起夏文达的话，那样粗糙直接，他却找到与自己共振的内里。

那个决定很清晰了，虽然，这决定对于他的意义，他还不明确。或许该告诉父亲一声，但他知道，自己不会跟父亲讲。母亲告诉他，牌门剪彩时，父亲高高举起他。记忆里，与父亲最亲密的片断竟是这个。举起他那一刻，父亲肯定有着金灿灿的期待；现在的他，早与那个期待背道而驰了吧……

　　那晚，陈商言在牌门下静站许久，低声自语：决定？该决定的。

　　似乎得了理不饶人，外地人愈来愈强势。乔阳人声音弱下去，各种媒体追问、拍摄、嘲讽、质问，乔阳人怒视、怒吼，场面混乱了。林木盛出现，带着治安队，七八个人挤涌进人群。夏喜旺也露面了，立在林木盛旁边，不出声。

　　"乔阳的地盘，轮不到外人乱来。"林木盛朝治安队员示意，治安队员分散开，各自盯住一家媒体或某个拍摄者，抢相机，抢手机……

　　尖叫、撕扯、怒骂、推搡……

　　场面大乱。

　　夏喜旺和林木盛对望一眼，暗暗后退，混乱中，林木盛把喇叭塞给治安队队员。片刻，两人消失不见。

　　夏文达抢过喇叭，大吼一声，晴天响雷般，混乱的场面瞬间静止。

　　"干什么！"夏文达吼。

　　无人应声。

　　"干什么！"夏文达半侧了身，冲另一边吼。

　　无人应声。

　　"干什么！"夏文达转向另一侧，吼。

　　无人应声。

　　"都想想，在干什么！"

　　"这是乔阳的地盘。"是一个治安队队员。

　　人群再次骚动。欧阳立准备上前，如果萧向南还不到的话。

　　到了。萧向南，还有派出所的民警。

　　欧阳立稍退两步。事后，夏喜旺和林木盛暗中查探，是谁引来萧向南和派出所的民警，始终查不出。这时对乔阳来说，欧阳立是个毫不相关的陌生人。

　　人群散去，欧阳立留下。

　　欧阳立默对牌门，想起父亲。父亲与这牌子毫不相关，但他莫名地认定筋脉相连。几年之后，他终明白这一刻的直觉。

之前欧阳立已先来过，走进牌门，用了几天时间，把那一片细细走过，暗暗寻找父亲的玉符。

或者说是他的玉符。那块作为护身符的玉牌，当年被带到这里的可能性是最大的，当然，更可能已被转手别处。欧阳立停不住，这成了某种梁，没了这梁，生活会歪斜变形，寻找成了他生活的一部分。

牌门上的牌子换过好几次，样式和字没变过，龙凤底纹，八个字：天下美石，乔阳成器。

每条路都有扇隐形的门，生命或清晰知觉或麻木无察。知觉的，或视而不见或期冀穿越，穿越的，或进去或出来，选择是生命的光芒。

现在，欧阳立要进这扇门，他没想到，门以这样的形式出现。很久之后，他将意识到，今天的"走进"只是某种仪式，在此之前，他早在门里了。欧阳立看到父亲从牌门里出来，默声看着他，言语在眼睛里涌动。欧阳立点点头："我明白。"父亲微微一笑。

"我要走你的路了。"欧阳立说，他很想知道，父亲有没有料到这一天，料到他这个选择。

父亲不语，神色变得凝重。

"也是不一样的路。"欧阳立懂得了父亲，说，"我们会一样，也会不一样。"

父亲的眉梢眼角稍稍一展，欧阳立胸口微颤，那个假设又纠缠他了。如果，这"懂"来得早一些……应该多早，他找不到那个时间点，那是属于他们父子的交汇。

欧阳立凑近父亲，想看父亲更清楚一些，可父亲神情清晰，五官模糊。他恍惚起来，满心满肺的话择不出头绪。沉默了良久，他反问父亲，有没有话说。他想听听父亲的看法，甚至提到"指引"这样的字眼。

父亲的神情也模糊了。

欧阳立慌乱了："我没底。"话一出口，他发现这是最想言说的。父亲依旧无声，身影越来越模糊，直至融入夜色。

欧阳立很失落，奇怪的是，那瞬间胸口柔软，有些东西明朗了，父亲比自己更懂得自己。欧阳立走进牌门，走进撩人的玉色里。

第一章　我的乔阳

1

那个狂风暴雨的夜，成为夏文达父亲岁月中浓重的暗色。夏文达的父亲被送上小货车，县委书记挥着铁铲，扒拉着泥堆，风把雨衣帽掀开，他抹抹脸拉上去。车上一群人"书记，书记"地喊，夏文达的父亲嚷："书生，书生！"县委书记扭过身，拼命挥手，后跑过来拍车窗，吼着让司机开车。

货车开动，书生挥铲的影子消失了，风雨淹没了一切，夏文达的父亲有种窒息感。书生说，这些山体受过伤，跑得越快越好，催人上车离开时像催命。每讲起这事，夏文达的父亲就重复，说没想到，没想到是小货车把他带出来，没想到那是最后一次跟书生讲话。

货车把一车人带出来，在村委会院里等书生——那个县委书记。天快亮时，等到了，他躺在担架上。被困的十二个活了十一个，他和一个年轻人被滑坡压住。看着被围在人群中的书生——这是专属于夏文达父亲的称呼——夏文达的父亲起了强烈的冲动，把书生揪起来，质问他留在那做什么。

有个人号啕大哭，以头撞地，他曾把书生当仇人，那晚滑坡前还心心念念要教训一下书生，让他从县委书记的位子摔下来。

在父亲的讲述中，夏文达一次次想象那个雨夜的情景，努力理解父亲与书生的关系。这种想象与理解会发酵，渐渐成为夏文达记忆的一部分，但这事对他的意义与影响，多年以后，他才会真正意识到。

2

那个人出现时，夏文达在正合号的展位坐镇，围了一群人，目光集中在他手里的翡翠戒指上，简单的白金戒托，戒面翠绿清透，烁着莹莹的光。夏文达介绍戒面如何从玉石中被发现，如何被打磨，如何绽放光彩。

此时，夏文达没意识到，这是他人生特别的时间节点，他生命里一个很重要的人出现过。

是欧阳立，他经过正合号的展位，被一块玉牌吸引。那是块龙凤牌，浅翠色，玉质细腻，雕工精细。他一阵恍惚，想问点什么，老板被围着，欧阳立静等他稍闲，请他拿出龙凤牌细看。

宋思思找来，扯住欧阳立，嗔怪他一转眼不见人影。欧阳立指着柜里的龙凤牌，刚想张嘴，宋思思让他去瞧瞧钻戒。钻戒，欧阳立一阵慌乱，他有重要的话要跟宋思思谈，就那么被她拉开了。

戒指被一群人传看过，夏文达把它收进玻璃柜，起身。那一刻，欧阳立和宋思思离开。隔壁展位的夏东昆过来，凑近夏文达，压低声音："洪锦添死了。"

夏文达愣了一下。

"乔阳都传遍了。"

"死在狱中？"

"还能在哪儿？"夏东昆耸耸肩，"才半年，说是病死的，进去时人还好好的，怪吧？"

夏文达陷入沉思。

沉默了一会儿，夏东昆又说："话说回来，照洪锦添这些年那样过日子，醉生梦死，身体早坏了，入了狱没好日子供着，病死也正常。"

夏文达出神，这一刻，前段日子的一个打算他准备暂缓。展销会结束后，他即回乔阳，取消和妹妹去看店面的约，原本计划在上海开翡翠高端品店。他跟哥哥说再想想，跟妹妹说对上海不熟悉。他没意识到，那个决定的种子发芽了。

一年多以后，夏文达成为乔阳村委会主任，放掉做了二十几年生意。

竞选结果已出，没法劝退。夏文达的母亲忧心忡忡，夏文达瞒着她竞选，她憋着一股气。在她面前，夏文达好声好气，好像当村委会主任的事不存在，老太太感叹孩子是讨债的，让人从小操心到大。她先开口，提醒夏文达，当官和做生意不一样，做生意最多赔钱，当官要赔的就讲不清了。

"那算个什么官！"夏文达大笑。

老人很郑重："在村里人眼里就是官，他们看得最清楚，和他们日子最近的。"

夏文达无话可应。

老人沉默，以夏文达的性子，哪是当官的料？

"不操心。"夏文达明白母亲，安慰，"村书记是上头派的，管着我呢，我就是干点杂事。"

"你是该有人管着。"老人果然稍舒口气，"你爸不在了，在的话还稳些。"

"稳得很。"夏文达给母亲剥枇杷，"书记明天就到。"

村委书记是欧阳立。

走向乔阳那一刻，欧阳立想，当年父亲赶往塔顶村时，不知道对那个村了解多少，是不是做好了心理准备……自己呢，准备好了吗？他有些迷茫。

对欧阳立伸出的手，夏文达愣了一下，握住，说："太正式了，有点酸。"

"是酸了些。"欧阳立自嘲地笑了，"我这人有点酸气，得改。"

欧阳立这话一出，夏文达另一句出口："改什么改？欧阳书记可是来监军的。"

"没说对。"欧阳立摇头，"是配合，和你搭档的，办公室坐久了，坐出了酸气，在这里能去去酸。"

夏文达对欧阳立印象改观不少。在夏文达眼里，欧阳立的形象不讨喜，像电视里的小白脸，配上高瘦的个子，是小女孩喜欢的，可夏文达看着太弱，这样子能做成什么事，他没底。

夏文达是通过自荐竞选的村委会主任。欧阳立看着夏文达，眼镜后的双眼专注得过分，仿佛这样可以更快更好地了解夏文达。夏文达不仅向萧和南自荐，还自己拉选票。

3

牌门下的闹剧被传开，跟着被翻出的，有洪锦添被抓的事，跟着被讨论的，有乔阳近两年的——失管，没错，失管状态。

两年前，乔阳村委会主任洪锦添入狱，土地问题、经济问题、项目问题、生活作风问题，牵扯到市一级，牵扯到本市最大的房地产商，牵扯到村民利益。用村民的话讲，事情大了，天天有处级干部陪吃饭也没用了，钱再多也搞不定了。最主要的是，洪锦添们乱来的时代过了。大半年后，洪锦添死于狱中，风光之时吃的山珍海味，在狱中反噬，导致他三高问题爆发，丢了性命。在乔阳人眼里，这是官方版本，民间发挥想象力，编造出各种民间版本，那些版本在电影、电视剧里可以找到影子。

洪锦添入狱后，村委会书记和村委会主任的人选一直没有定，或暂代的，或上级派来过渡的，村政像座烂尾楼，显眼又无用。

在乔阳，几乎每户人家都从事翡翠行业，生意或大或小，乔阳人的头等大事，是翡翠生意。近几年，翡翠行情萧条，都操心生意前景。洪锦添初任村委会主任那些年，翡翠行情暴涨过，乔阳的翡翠市场大红大火，跟那暴涨年代有关，当然洪锦添也出过力，可惜路子没走对，没走远，磕了一脚，现在，乔阳连方向都模糊了。不知哪个人叹一句：乔阳人心灰意冷了。这话被很多人拿去概括心情。

眼下，乔阳村委会事务由村委副主任夏喜旺代理。

眼下，乔阳将有大事，将举行村委会主任竞选。

这是村委会的事，关乔阳什么事？乔阳人无法联系在一起。他们关注的是生意，至于什么村委会主任，自洪锦添出事后，就蒙了不祥的阴影。近两年，村书记换了一个又一个，哪个稀罕？

有人很稀罕，竞选消息一出，那些人心里就没底了，不是上头说了算么？连选票是什么都不懂的乔阳人，能选出什么？还不是照各人的交情和私心？夏嘉喜旺想，还是上头说了算的，要紧的是门路，于是跑，上蹿下跳，暗暗地，自认滴水不漏，可惜没有不透风的墙。夏喜旺想转正太久了，夏喜旺在，林木盛治安队长的位子就稳。

有本事的，看不上村委会主任，看得上的，也就这两个，在村委会扎出坑了。

什么村委会竞选，就连乔阳人的饭后茶余也很少提及。直到那消息出，夏文达准备竞选村委会主任。夏文达？！

竟是夏文达，怎么会是夏文达？夏文达头脑发热……

跟萧向南提出想法时，夏文达知道，开始了。早有某颗芽，隐得极深极久，终以这样的形式拱出日子。

萧向南挂钩乔阳村时，办事处有多少双眼睛都盯着，看他怎么收拾这摊子。乔阳是摊子，找不到形容这摊子的词。挺长一段时间了，萧向南只是四处走，找人聊，用他的话讲，先了解。有人笑，说他像老式谈媳妇，先探家风，借问人品。这段时间，他和夏文达渐渐走近，夏文达说他像个密探，探乔阳的底，不过乔阳的底外人是探不清的。

"所以，只能探人。"萧向南看着夏文达。

萧向南跟街道办事处党委书记纪晓锋提到夏文达。

"夏文达？"纪晓锋沉吟，"生意做得不错，但从未涉及村政村务，也不热心公益事业之类的。"

"这些都无关。"

"你的依据？"纪晓锋问。

"他有那种能力。"萧向南很自信，"更要紧的，有那份心，现在。"萧向南知道，纪晓锋理解的"那份心"，与自己想表达的不一样。靠夏文达自己了。

决定清晰后，夏文达去了祠堂。夜晚，祠堂灯亮着，无人。大堂供桌上，玉狮静静守着祠堂，守着乔阳的夜。玉狮暗淡了。夏文达取了钥匙，打开玉狮的玻璃罩，抚着玉狮，它确实没有了原先的光泽，连续几夜，他一次次希望是自己错觉。

多年前，夏文达的父亲和陈修平的父亲带着乔阳人，在公盘首次买下像样的翡翠石料，一块巨大的玉石料，几乎大半乔阳人都或多或少入了股。切石过程一波三折，终圆满收场，取出大量戒面、手环、牌子后，剩下一块料，成人合掌那么大，一尺高，没什么颜色，玉质不算上乘，却很完整。这块玉石料由洪青虹雕成玉狮，当初没有合股的乔阳人，为这玉狮摊了钱，玉狮成为所有乔阳人的狮子，供在祠堂。每逢祭祖，玻璃罩打开，乔阳人争相抚摸玉狮，寓意沾喜。几十年的抚摸，玉狮一层一层地绽放光泽。现今，它失掉了光泽。

发现石狮子暗淡，夏文达脑门一涨，他确认，很多东西跟自己是有关的，不是想不想去做，是该去做。当初，是陈修平的父亲和夏文达的父亲带乔阳人标下石料的，玉狮的玻璃罩共三把钥匙，陈修平家、夏文达家、乔阳老人组理事会，各持一把。

从祠堂出来，夏文达往宝鼎轩去找陈修平。二十多年了，成为习惯性反应，有什么事先跟陈修平谈，亲哥夏文腾倒靠后了。

宝鼎轩不远处，夏文达立住，看着宝鼎轩那块牌子。这么多年，还是耐看，底气丰足，牌子的制作他全程参与，自家正合号重修，陈修平的意见也是要紧的一部分。站了一会儿，他转身，向林墨白的玉色轩走去，他很疑惑，不想跟陈修平说了，就是觉得不合适。他突然意识到，两人之间有些东西相差很远，是什么，没有头绪。这疑惑随了夏文达很长时间，越想弄清楚越弄不清，这也成为他对自己的疑惑，越搅越深。

看林墨白的反应，夏文达知道来对了。听到夏文达的决定，林墨白点点头，沏茶的动作没有半丝变化，只指指茶杯："朋友带的大红袍，够醇够柔。"

"不管成不成。"夏文达底气不足，"迈出这一步，跟以前是不一样的路子。"

"都是路，有什么一样不一样。"林墨白像谈论一日三餐，"总之是自个选的。"

夏文达又满意又失落，不知是想要林墨白这淡然，还是想要林墨白讲几句想法。他起了倾诉的欲望，开始絮絮解释，为什么做这决定、换这路子。他发现说出口的都不是真正的原因，愈说离想讲的愈远，迷糊了。

放弃解说。

两人默坐，喝茶。

"我爸有个特别的朋友，叫书生。"林墨白换茶叶时，夏文达又开口了，他像父亲那样，讲起那个狂风暴雨的夜，那一夜书生走了。

每每讲起，夏文达的父亲便神情恍惚，像陷入不为人知的隐秘世界。他絮絮说，书生是县委书记，不用在山下挥铁铲的，又摇摇头，书生一定会呆在那里，不管他是县委书记，是村委书记，还是村民。

"书生不一样。"夏文达的父亲语调有些乱，"这样的朋友，我一辈子就一个。"他总无法讲出想讲的。如同现在的夏文达，他甚至不太明白，为什么讲起这些。

第二泡茶起，茶香四溢，林墨白再次点点头，像表示明白夏文达的意思，又像示意夏文达喝茶。夏文达知道，什么都不用讲了。

从玉色轩出来，夏文达觉得，是找大哥的时候了。

"乱来。"夏文腾挥手，"没事找事。"

"我想好了。"夏文达淡淡重复。

夏文达想做什么，夏文腾很迷惑，但他清楚夏文达的性子，话一出口，没人知道怎么扭转。

夏文达不再废话，提起正合号的事。生意往来夏文腾清楚，大事一直是兄弟俩一块把握的，转归夏文腾管，也就几句话的事。正合号是百年老号，特殊年代萧条过，但一路过来，近几十年做出了点样子，底子和框架是有的，不敢说怎样响当当，护好招牌没问题。夏文达的意思，正合号他放心。

夏文腾忽略夏文达的话，提到一个上海顾客，前些天交代一批手镯，量不小，要的档次也高，这两天，他到玉石毛料市场走了一圈，买了一点料，不太理想，两人得去趟平洲，买料。

夏文达喝茶，不答话。

"到底要怎样？"三杯茶后，夏文腾问，语气重了。

"正合号的事，大哥安排。"

"文达，你今年几岁，45岁，不是胡闹的年纪了。"

"我像胡闹？"

"半辈子都过了，还想怎样折腾，能折腾出什么？"

"是啊，大半辈子过了。"夏文达喃喃，"眨眼的工夫。说到底，我也还没想清楚，折腾些什么。"

夏文腾疑惑："你一向没当官的念头。"

看了大哥一会儿，夏文达终究没开口，他和大哥间，了解对方，又一点都不了解。

夏文达将参加村委会主任竞选。消息如凭空而起的风，找不到源头，摸不着路径，却鼓满乔阳每个角落。在乔阳，夏文达是喊得出名号的，但名气来自生意场，来自翡翠行业，没有任何迹象显示，他对村子的杂事感兴趣。重要的是，当下这村委会主任烫手，除现在村委会几个"老人"，没人想竞选这个。夏文达定有更大的野心，这是个跳板，从商有成，他想在政界游游水了。

乔阳各种头面人物一层层分析。在各种猜测和分析中，乔阳人选择一两种重点传播。

不管什么理由，夏文达路拐的不是时候，这个节点。

近些年，提到村委会，乔阳人态度复杂，性子暴的骂不绝口，刻薄的嗤之以鼻，更多的是三缄其口，事不关己，冷掉话题。

在生意兴旺，身家丰厚，后辈又接得起的时候，夏文达要当村委会主任？他想什么？

肖月柔看夏文达的目光里，也有这意思。消息已翻涌成浪，肖月柔没提半个字，日子平稳至极。想说的时候，夏文达会开口的。有时，夏文达都摸不准她是太贤惠还是太冷静，她柔软又坚硬，很多时候，夏文达表面占上风，事实上她已把他的脾气化解于无形。这天晚饭桌上，夏文达先开口，讲出乔阳人都知道的消息。肖月柔剥着虾，没开口。

"都缠着你打听吧？"

肖月柔点头。

"你没什么要问？"夏文达有些憋不住，"你怎么看？"

肖月柔笑笑，夏文达说出口就是决定好的了，商量就是句好听话。

肖月柔知根知底，甚至绵里藏针，夏文达生闷气，又无可奈何。他有些赌气："是想好了。"

他想好什么了？肖月柔疑惑。她看不清夏文达了。以前，生意场上再世故，再弯弯转转，在肖月柔眼里，夏文达总是很简单，她对他是知底的，这次不一样。

"不是想当官。"夏文达夹一块肉，用力嚼出这句话。

晚饭后，夏文达去正合号，夏文腾在。

茶未起，夏文达就开始"安排"，正合号由夏文腾坐镇，具体事务由夏文腾的大儿子夏鸿铭打理，夏文腾两个女儿夏鸿雅、夏鸿媚看顾店面，正合号玉器加工作坊，有表侄夏昆烁帮忙。

"鸿雅、鸿媚不用嫁人的？"夏文腾话带了气，"顶多再撑两年，我要让她们各找人家去了。"

夏文腾肯接这话头了，正无奈接受夏文达的决定。

"那时天正毕业了，对正合号，他有些想法的。"夏文达点着下巴，"到时让他和鸿铭一块，好好干。"对读研究生的儿子夏天正，夏文达充满希望，整个家族都充满希望。

"这么些年，正合号也培养了几个老员工，还算得力。"夏文达继续盘算，"他们会护着正合号。"

总之，正合号一切妥妥帖帖。

"都是你的话。"夏文腾端起茶又放下。

来之前，夏文达想和大哥好好谈的，谈谈他的决定，谈谈他第一次回望自己半辈子，等等，他知道，很难说清楚，但乱说也好。最终，他什么也没说出口，只再一次交代，事情先别告诉母亲。母亲周围的人，夏文达都交代过了。

夏文达为竞选村委主任奔走了。

4

向萧向南自荐后，夏文达去了街道办事处，直接提出准备竞选乔阳村委会主任。他对党委书记纪晓锋说："萧主任早知道了，纪书记应该也知道，街道办事处都盯着乔阳。"

纪晓锋笑笑，这夏文达倒快人快语，他也直接了，说："确实都知道，你尽管争取，照程序走。"

"我明白。"夏文达说，"可事还是得上头撑一撑，我今天来正式提，村里我做宣传，这上面也得宣传。"

一旁的萧向南笑："很积极，很奋进。"

"别讲官样话，就一个意思，我有心做这事。"夏文达放下茶杯，"你们就看着，用领导的话讲，尽管考察。"

虽没涉足过政界，但从商多年，很多事情夏文达懂的。今天到街道办事处，行为是公的，私下也想给"上面"留个印象，至少知道他夏文达敢干敢闯，有心要干。

回村时，夏文达碰到陈修平，随他去了宝鼎轩。

不是从夏文达口中，而是从别处得到消息，夏文达将竞选村委会主任，陈修平胸口打结。夏文达自觉理亏，但他确定，就算事情重来，还是不会先跟陈修平讲。

"路拐得太大了。"陈修平为夏文达找理由，"是怕我说出什么难听话，还是你也没底？生意好好的，儿子是人尖，女儿有出息，要这芝麻小官？一时兴起吧，你这人太好奇。"

夏文达不出声响，陈修平喜欢这些理由就好。

夏文达煮水，陈修平找茶叶，几十年了，两人很多习惯默契成一个人。

两天后，两人再次见面。

"你夏文达的目光确实不一样。"陈修平语气别扭，"我说怎么平白无故来这一出。"感叹夏文达点子多，生意底气丰厚时转从政。他帮夏文达整理了一下，正合号势头不错，夏天正在学现代化管理经营，等夏天正毕业，正合号扩大，公司上市不在话下。最要紧的是和政府合作，自古以来，商政没法分开，夏文达铺排得够好。

陈修平竟能分析出这番大智慧，夏文达明白了，自己为什么没跟他提，而是选择跟林墨白讲。他淡淡应："这算什么从政？"

"乔阳的村委会主任不一样"。陈修平摇头，"不是官大官小，是有用没用。"

陈修平已打算好，帮夏文达竞选村委会主任。自己在上头有些关系，跟村里几大姓氏中有名号的人物讲得上话，上下都能打点。"我们一商一政，再打新江山。"陈修平声调昂扬，双眼烁烁发光，夏文达想起当年，他带自己去缅甸买玉石料，就是这样子。陈修平说夏文达该早点告诉他，他会早些安排好。

夏文达希望陈修平不要插手，在村里，自己也算说得上话。至于"上面"，需要的话他自己讲，照合规矩的方式讲，也好让人先认认夏文达。陈修平很长时间没反应过来，两人从未这样尴尬过。

"正合号和宝鼎轩可以一块儿做大做强。"陈修平说，"不会这个压了那个的，相互拉扯才是正理，二十多年来，不，从我们爷爷辈那时就这样了。"

夏文达不知道怎么应话，攥住双手，控制住自己，没冲陈修平挥一拳。陈修平怎么会这样想？怎么能这样想？他自沏几杯茶，全喝了，赌气般地想，要做就干脆点。

夏文达再次找纪晓锋和萧向南，干脆地谈，竞选会怎么做，当选后干什么事。话不多，话里想法不少，甚至露出点霸气。

夏文达离开后，纪晓锋冲萧向南摇头："不太正规，你很看好他？"

"不是我看好，是他自身不错。"萧向南说，"在基层，恰恰不能太'正规'，太正规应付不了，甚至得有点正义的匪气"。

"正义的匪气？"纪晓锋笑，"新奇。"

"重要的是怎么用。"萧向南很认真，"用乔阳人的话讲，好翡翠得有好师傅调，好翡翠石料得有制玉高手。"

"他是党员吗？"冯纪锋沉吟半晌，问。

"不是。"

"如果真选上，还得党支部书记带。"纪晓锋指头轻敲着桌面。

"这反而算优势。"萧向南分析道，"乔阳比较特殊，得有个把握得住的，可过了也不好，书记主任搭档，会形成一种平衡。"

"制玉高手才能雕琢好玉器？"

"是相互成就，好翡翠成就好师傅，好师傅让好翡翠发光。"

"这段时间没白挂钩乔阳。"

萧向南若有所思："搭档得好好选。"

"先看竞选结果。"纪晓锋说，"不过，村支书人选可以先考虑。"

对夏文达，纪晓有点信心，萧向南想。

走过了"上面"，夏文达开始走"下面"。

乔阳村四大姓，夏姓人数最多，这一姓的票夏文达有把握。重点放在其他三个姓氏，每个姓氏有几个讲话得力的人，他大都搭得上话。夏文达上门，一家一家地，讲准备竞选村委会主任，讲想给乔阳做点事，讲乔阳需要有心做事的。话不多，意思说清楚，他的话一向有分量，他说出口的事从没有不成的。不少人当面许诺会出力。

一圈儿下来，夏文达很吃惊，放在以前，会觉得丢了大面子，这次竟底气十足。第二天，迎头接了盆冷水，不知哪张嘴传出，指他拉票，没按竞选规矩走。经愈来愈多的嘴，拉票的事变了形，接着乱猜夏文达竞选的目的，将会得到的好处。

"我是拉票。"夏文达应了那些话，"小孩选个班长都拉票。"他靠以前的名声，靠本事，靠他得乔阳人信任，没花一分钱，没送一泡茶，没分一根烟。问过律师朋友，不算违规。至于目的，他能给乔阳做什么，等着看。

萧向南来电话，电话一接通，夏文达就说："拉票的事？"没等回答，把应对村民的话倒给萧向南。

"是我太小心。"萧向南说。

"有什么好小心的。"夏文达哼一声，"我现在是村民，就算拉票，最多也就选不上，或选上了取消资格，紧张什么？"

萧向南找了纪晓锋，说明夏文达行为没违规，枝枝节节正是乔阳的复杂性，他相信夏文达。纪晓锋认为，萧向南有些感性，但也默认了萧向南不干预的想法。

在夏文达的走动里，他从商的半辈子又被提起来，生动了乔阳人的饭后茶余。经过时间淘洗，那些事愈加锃亮，在口口相传中，变得更有味道。

才二十岁出头，夏文达就能带一群村民去缅甸。带队的陈修平刚好有事，交代夏文达接替。除夏文达，那群人都未去过缅甸，是翡翠行业的初涉者，本是央陈修平带入门的，没想到他转托夏文达。他们看着夏文达，胸口空空，大多带了全部身家，想好好搏一把，就跟着这还没长开的后生仔？

那次，夏文达是带他们搏了一把。在他的建议下，把公盘的玉王带回了乔阳，近吨重的玉石料，一群人花光身家。很多行家并不看好那玉王，切开后反转了，出了不少满色手镯和质量上佳的戒面，手环心雕了很多佛牌观音牌。那群人中好几个以此为本，生意格局一夜之间变大。事后，那群人透露，玉石料未开前整夜无眠，对夏文达的建议，他们犹疑不定，他最终鼓动了他们。大挣后，问夏文达哪来的胆，怎么就看好那玉石料，他笑笑："赌嘛，神仙难断寸玉，我哪能断？不搏一搏哪有机会？"听得人后背冒冷汗。但从那时起，乔阳人就喜欢跟夏文达合伙，投标玉石料。

当年，夏文达第一个去北京国营玉雕厂，把大牌玉雕师挖到乔阳，带出大批本地玉雕师。

当年，夏文达组织玉商，带最高端的产品，去北京、上海、深圳展览，乔阳翡翠声名大振，引得大城市的玉商纷纷来乔阳寻高端货。

当年，夏文达……

夏文达在翡翠行业打拼二十几年,几起几落,总能漂亮翻身。这些年,翡翠回冷的行情中,他的生意仍稳稳兴隆着,这是最大的底气和本事。在乔阳,生意的成功,是人生成功极要紧的一部分。

拉票得了很多保证,在肖月柔面前,夏文达就很有点意气风发。

"在乔阳,我还是有些底气的。"夏文达挥着筷子。

"不单是你的底子。"肖月柔提到夏文达的父亲。

谈起夏文达的父亲,乔阳人总带着恭敬,他是乔阳翡翠行业的大哥,是云南缅甸路线最早的开拓者之一。去世多年,仍时不时被提起,很多老辈仍会念叨,曾受他的恩,可以肯定,还会被提很长时间。

夏文达沉默了,肖月柔是对的,父亲给的底气更丰厚。

肖月柔还提到,夏姓是乔阳最大的姓,人数最多,还有正合号的影响力,都有关系的。

"你愈来愈有脑子了。"夏文达说。

"我一向有脑子。"肖月柔瞪他,"是你觉着女人没脑子。"

有脑子,但不会摆出很有脑子的样子,肖月柔就这一点好。夏文达一些外地朋友夸,这是潮汕女人的美德,夏文达倒没怎么觉得。女儿夏天莹说,那是因为他大男子主义。会吗?他不承认。

肖月柔提醒了他,她讲的那些,都是可以好好用的。

5

结果出来的那一夜,夏文达独自待着。陈修平没法找,林墨白不理"杂"事,最终夏文达去了祠堂,对着玉狮。

后来,他跟欧阳立说:"我没有三头六臂,就算有三头六臂,也顶不了什么。乔阳村委会不是我家,没法一个人顶事。"

意思很明显,要有得力的班子。只是,这样文气的话,夏文达讲不出。乔阳人都懂得这理儿,合买玉石料就是最好的证明。

但那时的乔阳村委会……用夏文达的话讲,根子不成,不大换血没法再抽枝长叶。

萧向南给了话，班子自己先搭，有什么问题再找我。

他第一个找的是陈商言。这后生身上有种东西，和乔阳其他后生不一样，夏文达喜欢他，怪的是，陈修平总与这小儿子不太搭调。

陈商言从小爱念书，名牌大学毕业。乔阳这一代后生，很多初中或高中没毕业，辍学进入翡翠行业，做生意挣钱。陈商言喜欢翡翠，从小常一个人把玩、琢磨翡翠。陈修平认定，他会成为宝鼎轩极好的接班人，两个儿子陈商成和陈商言，会让宝鼎轩的牌子愈来愈锃亮。

越长大，陈商言越偏离陈修平的愿想。在学校，他从班长到学生会主席，为"公共事业"奔波，不亦乐乎，大三那年入了党。陈修平觉得莫名其妙："入那个做什么，想当官？"

"入党就是为了当官？"陈商言也莫名其妙。

"不当官入那个做什么？"

"我……"陈商言想好好谈谈的，看陈修平的表情，把话吞回去，变成潦草的一句，"我自有我的想法。"

陈商言有想法，就是不跟他这个父亲讲。

大学毕业后，陈商言倒是回了宝鼎轩帮忙打理生意，但用陈修平的话说，无心无魂的，一看就没有好好走这路的打算。

与陈商言长谈后，夏文达有些恍惚，想不到会与这后生有那样的长谈，他确认，没有看错人。

毕业前，陈商言就收到很多公司抛出的橄榄枝，他在学校的表现成为很大的优势，那些公司有让人满意的待遇，不错的前景，但不是陈商言看重的。稍知情的人，觉得他是因为殷实的家境。"真不是因为这个。"陈商言摇头，"可我确实没有生活压力，不用装什么清高。"

进入那些公司后的路，陈商言可以想象，以他的能力，会升职，拿更高的工资，然后……又起了飘浮感。在大城市，他经常绕着城市的楼乱走，看着密密的楼和密密的窗户发呆，看着密密的人涌过来涌过去，想象人被楼吞进去，嚼一嚼吐出来，变得呆滞、茫然，身上有什么东西消失了。那些人很努力，陈商言也愿努力，可他总觉那努力很虚，虚飘感笼罩了他。

　　他想过当科学家，发现什么理论或现象，那样的人生会很有光彩；或者发明什么方法或者东西，用在某些地方，改变点什么，那种价值会很直接。他叹："可我缺少那种天赋，意识到也晚了些。"

　　回宝鼎轩是因为未找到支撑点。

　　夏文达提到村委会，像陈商言这样的大学生，又入了党的，村委会太缺，当然，不单是这些，是需要他这个人。陈商言当下答应会争取，他甚至告诉夏文达，听到夏文达竞选村委主任时，他就有这想法。

　　"村委会做的事挺实在，跟人直接相关，效果实实在在。"陈商言说，"当然，得看有没有人愿做，我试试。"还有别的，那些在身体某处，摸不着却影响至深的东西，陈商言难以叙说，也没有叙说的打算。

　　"深入骨髓了，乔阳人的实用主义。"陈商言自嘲，"做什么都讲究实在收益。"

　　当晚，陈修平找夏文达："你什么意思？"

　　夏文达没反应过来。

　　"要当官自己去当，拉商言做什么？"

　　"官？"夏文达笑笑，"商言没把这看成什么官，也看不上。"

　　"我当年怎么带你的？"陈修平放下喝了一半的茶，语调生涩，"你这么带我儿子？"

　　"我是修平兄带的。"夏文达为陈修平换了杯茶，"可我没法带商言，你这儿子，没人能安排他。"

　　"你跟他提村委会做什么？"陈修平的脸像被冻过，发青。

　　"他自己有这意思的。就是不来村委会，他也不会在宝鼎轩待下去，修平兄比我清楚。"夏文达很直接。

　　"我不会让商言去村委会。"陈修平堵回去。

　　直到离开，陈修平没再出声。看着他的背影，夏文达扬高声说："修平兄这个儿子不归宝鼎轩。"

　　夏文达本想喊陈修平去找洪建声的，洪建声的老婆是陈修平的堂妹。夏文达终没出声，洪建声和陈修平的关系一直淡淡的，陈修平看不惯洪建声的暴脾气，嫌他没分没寸。洪建声则觉得陈修平别扭，装腔拿势。

见夏文达进门，洪建声嚷嚷："茶随便喝，烟随便抽，其他的事免提。"夏文达的来意，他一眼便看出。

扯了半天闲话，夏文达提到乔阳的治安队，不像样。

"什么治安队，不捅乱子就算好了。"洪建声骂。

"就看着这么乱下去？"夏文达追问。

"关我屁事。"洪建声手臂一扫，"没人敢乱到我头上。"

"你是乔阳人？"这话出口时，夏文达想起父亲生前常提的书生。

"哪个不是乔阳人！"洪建声拍了下桌子。

"你出手。"夏文达往前凑，"治安队得你整治整治。"

"别戴高帽，我逍遥自在，管什么闲事？"

"是够逍遥。"夏文达斜眼看洪建声，"准备带孙子了吧，还是插手孩子的生意？要不，和那些姊呀嫂呀跳跳广场舞？"

洪建声往烟灰缸里猛掐烟头。

"当初，治安队是你一手组建的。"夏文达加码。

洪建声粗声粗气："你也知道，当初。"

夏文达只管沏茶，对洪建声，他有底。

洪建声年轻时当过兵，在部队的日子成了他生命中的一个印章。退伍后，生意做得再好，洪建声也总感觉心里空落落的，后进了村委会，组建乔阳治安队，用军事化管理，带的治安队在区里是出名的。五年前，因为他看不惯洪锦添的做派，跟洪锦添大吵几架后，离开了村委会。

"我当年是被赶出来的。"洪建声愤愤地，"回去？我脑子有问题？"

"你脑子是有问题，现在和以前一样？"夏文达声调也高了，"这么开口，也不怕得罪我。"

翡翠生意都交给孩子了，洪建声闲不住的，夏文达清楚。

"不要婆婆妈妈了。"夏文达起身，"去找理明，他听你的。"

夏理明和洪建声是前后脚离开村委会的，夏理明管财务，会用钱，更会省钱，过他手的钱数都得清清楚楚。他没跟洪锦添吵，他是软性子，吵不起架，只是不按洪添锦的要求做账，一直重复他胆子小，打死也不敢乱来，洪锦添破口大骂，他战战兢兢，任由大骂，就是不照做。

一听回村委，夏理明摆手不停。夏理明经营着的珠宝店，夏文达弄清楚了，店有夏理明的老婆和女儿打理，夏理明的弟弟有个玉雕作坊，儿子帮忙运作，和店面配合，夏理明完全可以脱开身。

"乔阳就理明兄财务做得最好。"夏文达说。

"我只会看数字。"夏理明摇头，"别的一窍不通。"

"对我，你还信不过？"

"文达，别难为我了。"夏理明躲闪着夏文达的目光。

"人来了也不沏茶。"洪建声自己煮水，找茶叶。

夏理明讪讪："建声兄，你……"

"家里的生意用不着你，你也不是做出头生意的料。"洪建声挥挥手，"在村委会有大用。"

洪建声帮声，夏文达知道，有戏了，洪建声肯跟他来，一些事情就不用多话了。

"理明兄，没必要操心些有的没的。"夏文达说，"我话摊开讲，以后有什么不合眼的直说，没人能逼你做什么。"

"大不了再潇洒走一回。"洪建声嚷嚷。

从夏理明家回来的路上，洪建声提到林木盛。

"这种人留在村委会，村委会别想做事，乔阳人也低看村委会。"洪建声站下，"说我要争他治安主任的位，我也不怕。"

"我什么意思，你明白。"夏文达凑近洪建声，"林木盛、陈利忠和夏喜旺，萧主任会想法，我们也加把火。"

陈利忠管财务，萧向南提了句查一查，他说看不上那点工资，要回家打理生意。夏喜旺和林木盛那边，萧向南不直接开口，跟夏文达说："这两个人，乔阳人心里有把尺量着，只要正常选举，就不可能选上。当然，他们如果有个姿态，对他们有利，以后还要面对乔阳人。"

"萧主任道行挺深。"夏文达玩笑中带着佩服。

"乔阳需要新村委会班子，愿做事，能做事，有活力的。"萧向南感慨。

夏文达嘲笑："这话像工作报告。"

"我的表达有点官方。"萧向南笑，"你明白的，障碍得扫清。"

夏喜旺和林木盛宣布，要继续为村委会做事，为乔阳做事。

态度亮在所有人面前，一副不需要退路的样子。

他们走了街道办事处，去了区政府，准备去市政府。

他们访了乔阳四大姓氏的头面人物。

骨头比想象的难啃，萧向南自省大意了，夏文达笑笑，说他一向擅长啃骨头。

夏喜旺和林木盛放话，他们想让人啃的是粗砂。

十天后，乔阳涌动的暗流疏通了。

夏喜旺盘了家新店面，说村委浪费他太多时间，要重拾生意了。

林木盛辞去治安主任，理由是年纪大了，不想操心了。路遇夏文达，他冷笑："还多谢给我台阶下，做生意有法子，做官也是个狠人。"

不久，林木盛和夏喜旺到处传，夏文达拉帮结派。

"当我是英雄好汉。"夏文达冷笑，"挺看得起我。"

拉帮结派的风愈吹愈离谱，夏文达甩话："就是拉帮结派，也看什么帮什么派，有本事抖出点实在的。"

继续"拉帮结派"，夏文达跟洪建声说："我们这'帮派'还差陈鸿兄。"

陈鸿早年是做建筑的，懂行，村委会需要，可他却不肯干，是村委会里的"老油条"，不会犯错，也不会真正做，嘴边总挂一句话：看开了，有什么好争好拼。夏文达跟他谈，陈鸿万事不管的样子，说只做该做的。

对陈鸿，夏文达和萧向南想法相同，慢慢来，他是有料的。

肖月柔奇怪，夏文达怎么劲头这么大？夏文达知道，她肯定听了不少话，只简单回应："什么劲头，求爷爷告奶奶，低声低气的。"

"能让你低声低气，少见。"肖月柔调侃，也是真弄不明白。

6

到乔阳第一个晚上，欧阳立留下，邀夏文达走走。乔阳不大，慢慢走，一圈也就一个多小时。最后，两人立在村子祠堂前，欧阳立摇头："乔阳，夜晚这样暗淡。"

乔阳藏着多少隐形富豪，没有人清楚。乔阳内有别墅式的小区，每个角落都有翡翠铺面，灯光和玻璃柜流溢着翡翠的宝气。晚上，成品店大部分没有营业，玉石毛料市场明亮热闹，但街巷昏暗，到处是乱搭乱建的附着物，如同怪异的影子。

"乔阳没有路灯。"欧阳立几乎不敢相信。

夏文达没出声。

"乔阳富有，精神面貌却很差。"欧阳立叹着气。

确实不像样，但扯到精神面貌上，夏文达觉得夸大了。

"很多时候，一个人一个地方的精神面貌，是从细节表现出来的，何况，这不是细节。"欧阳立很认真，"精神面貌的影响，无形又深刻。"

像家里的邋遢让外人撞见，夏文达尴尬又不快。

"比如同一个人，眉眼带喜和愁眉苦脸是不一样的。"欧阳立承认自己有些官腔，开玩笑说是习惯性泛酸。

"这才像日子里的话。"夏文达释怀，其实，他早就意识到了。两人统一看法，第一件得做的事：把乔阳点亮。夏文达笑："算第一把火。"

欧阳立挥手画了一圈："金玉之乡，这么暗淡不对头。"

这话，夏文达喜欢。

"先得弄到钱。"夏文达若有所思，"没钱，什么事也做不成。"

欧阳立不认同，夏文达语气里，有种钱是王道的感觉。乔阳算有钱的村子了，可……

先做村民看得到、能得益的，乔阳人在生意场摸爬滚打惯了，最看重实际好处。没钱，花架子都做不成，钱是底气，有钱村委会成员才硬气，就看怎么来钱。

听夏文达这番分析，欧阳立沉默了半晌，有些粗，但确实有理，自己对一些现实东西考虑不周。这些话他没说出口，估计夏文达又会刺他酸。

第二天，夏文达让夏理明清理村委会的财务现状。夏理明问要做到什么程度，夏文达手一挥："清清楚楚，一分一毫都别漏。"

财务状况理清后，村两委开会，夏文达公布结果，讲了想法，以前的问题不揭，有什么不对法、不对规，归有权管的部门管。算老账的勾当，不干。现在起，以前是以前，以后才是这届村两委的。现在得弄钱，村委会账上没什么钱了。

村两委成员极赞成。

土是土，却聪明。欧阳立只讲一句："我努力配合。"

"以后，不管什么事，有什么想法，当面讲清楚。"夏文达手指叩着桌子，"要骂的当面骂，看不惯的当面吐干净，主意一块儿拿，一次拿不准主意的，凑两次三次四次，商量定了就豁出去干，不要背后说三道四。"

"该这样。"欧阳立附和，"都摆到桌面，问题捋明白，统一意见后，力往一处使。"

这成了这一届村委会的某种原则。

"废话讲完，该做事了。"夏文达细讲了他的打算。

村委会这幢楼重新安排。一楼办事大厅，二楼、三楼治安队办公，四楼村委办公室，够了；五楼、六楼，以前是某些干部的私人会客室、休息室，取消，出租。村委会西侧有些村集体铺面，没有租出，打通铺面尽头的死胡同，整理路面，向玉商推荐。

小半个月后，村委会大楼重新安排，村委会西侧半荒废的铺面整理好，十几间被抢租干净，沉寂多年的街道，有了别样的活力和人气。

"不愧是乔阳人，这生意头脑。"欧阳立感叹。

"还有块大蛋糕。"夏文达提到幼儿园和女子养生会馆。

夏理明轻轻摇头，难。

陈鸿冷笑："那是骨头，不是蛋糕，真以为能啃出什么？"

"管他是骨头是蛋糕，早该整了。"洪建声嚷嚷。

当时，夏文达没出声，隔天和欧阳立去了乔阳幼儿园和养生会馆。两块地很像样，又大又方正。夏文达告诉欧阳立，都是村集体的，不过得费点心思。

幼儿园被前村委副书记的妹夫租去，女子养生会馆的老板是一个区领导的堂兄，租金都极低，乔阳人心知肚明，却没人管这"闲事"。

找幼儿园园长，找养生会馆的老板，夏文达和欧阳立很直接，两处位于乔阳黄金地带，面积不小，得交合理的租金。两人礼貌接待，却不松口。夏文达不客气了，在乔阳办私立幼儿园，办女子养生会馆多挣钱，乔阳人都很清楚，夏文达的意思是，交的租金是值的。他先用生意人的方式跟他们盘算。

两个老板指责夏文达借村委会的名义压人，影射他打击前村委会干部，提高自己的声望，以此来坐稳位子。

"怎么想由你们。"夏文达不急不躁，"村委会定的租金，敢公开的，你们去问问乔阳人，这价钱合不合理。"租金是由夏理明细细算过的。

"村集体的地。"欧阳立附和，"租不租，村委会有权决定。"

"有能力谁都能得。"夏文达说，"要讲公平公正就投标。"

两家暗地里闹，扯上本家头面人物，扯上区一些领导，无效。

明里闹，带人到村委会楼前讨说法，欧阳立和夏文达召来大群乔阳人，让两个老板讲，当众讲。

最终，两处地方重新标出，租金是之前的十倍。

肖月柔提醒夏文达，不要早早得罪人。

"哪里不合理？"夏文达冷笑，"叫他们来跟我讲。"

"这哪讲什么合理不合理的？"

"你操心什么——村委会有钱了，就是合理。"

村委会积下第一笔租金，夏文达笑："做生意出身，是会挣钱。"

"开眼界。"欧阳立暗叹。这是陌生的办事方式，他有些忐忑，在深夜默问父亲，这样是不是合规矩。父亲没开口，只是看着他，像小时候他淘气惹父亲生气那样。父亲让他自己想。

几处的收入加起来，村委会成员很满意了，夏文达说："得挣更多的钱。"

有人讽刺夏文达，上台后只知弄钱。欧阳立都有些疑惑，虽然明白夏文达的用意。夏文达烧的这第一把火，会不会过了？

"又不是抢，顾前顾后做什么？"夏文达说，"乔阳人要用起来。"他提出，动员乔阳村民捐钱。乔阳村经济丰裕，这是乔阳的底气，一直没发挥出来。乔阳人有能力，却不热心公益。

"无缘故让人掏钱，不合规矩。"夏理明反对。

"捐，自愿的。"

陈鸿认定，不会有人愿意。

"要看为什么事了。"夏文达挺自信。

"没错。"陈商言同意，"还得看怎么宣传。"

夏玉影低头，她做做资料可以，没法宣传这个。

"不管怎样，自愿是前提。"欧阳立强调，他又莫名地忐忑。夏文达没跟他商量过。

"装路灯，给乔阳照亮，路灯发光，好兆头，捐这个会讨吉利。"夏文达提醒，做生意最讲究吉利好运，生意人会把这算作投资。

"愿意掏钱就好，掏多少不用操心。"夏文达说，"掏多掏少对一些人不算什么，要紧的是面子，他们会看重。"

村两委成员分头动员，从自己本家做起。夏文达先掏80万，夏文达的亲朋好友都或多或少掏了，理由简单，给他撑面子。

后来，和萧向南谈到这个，欧阳立说："在基层做事，一些特殊关系会有意想不到的用处，巧妙地利用这些，是门学问。"

捐款数让人惊喜。

夏文达双手一拍："该做事了。"

全村路灯亮起那一刻，乔阳村腾起一片欢呼。

夏文达久久盯着灯光。欧阳立笑："眼睛受得住？"

"眼前发乌了。"夏文达说，"可有些东西清楚了，什么精神面貌，有点明白了。"

捐款人很满意，从亮亮的路灯，他们看到亮亮的生意前景，从光芒里感觉到好运。夏文达告诉欧阳立："乔阳人相信这些，不单是乔阳人，我也相信。"

"也可以用科学解释。"陈商言说，"释放善意带来正能量，形成好的磁场，俗话表达就是好运。"

夏文达让继续动员捐款，这些钱成为一笔专款，专用于村容村貌的改善，解决一些乔阳人的实际难处。

"想法不错。"欧阳立同意，"要做就正规一点。"建议资金由乔阳村老人组管理。老人组的长辈受人敬重，捐款放在那里是种态度，乔阳人感觉会更好。

"村委会也更安全。"夏理明点头。

洪建声说："放哪儿都安全，老人组也成，免得又有人嚼舌根。"

"多想想，一步步完善。"欧阳立说。

"没错。"夏文达猛地立起身，"把这事做大。"

7

视频《我的乔阳》一出，乔阳成了乔阳的热门话题。

"你厉害，攻心有术。"夏文达对欧阳立感叹。

欧阳立笑："只是激发人们心底原有的情感。"

视频是欧阳立让做的，出自陈商言的手。展现玉器行业起步时的乔阳和现在的乔阳。收了不少老照片，以前的乔阳偏僻、落后，但清雅素净，有那么点诗情画意。现在的乔阳繁荣，商住小区一片兴旺，可乱搭乱建，凌乱不堪，特别是晚上，昏暗得让人压抑。接着，闪出装了路灯后的乔阳，村子被灯光洗得光彩照人。很真实，很煽情。

　　乔阳人发现，身处乔阳，却从未这样看过乔阳。或许因为乔阳有自己的出路，几乎没有外出打工的，没有离乡人的乡愁。视频带着他们发现了新的乔阳，发现了从未意识到，但深埋于心底的感情。

　　洪建声笑骂："在乔阳活了大半辈子，才知乔阳还有这个样子。"

　　陆续有人捐款，比夏文达想象的还是少，他摇头："铁公鸡。"

　　欧阳立觉得很不错了，捐款的村民不算少，且大多数目不小，凑出很可观的一笔。

　　"这可是乔阳，但凡稍肯出手，不会只是这个数。"夏文达不满意，欧阳立不了解乔阳，夏文达往大门外一指，"看外面来来去去的，身家上千万的不难找，上亿的也不算稀奇。"夏文达要村两委干部继续动员。他的意思是，捐多捐少，心意的事，要紧的是更多人掏钱。

　　"这钱可以做些事情了。"连洪建声也不太明白。

　　"重要的不是钱，是乔阳人的参与。"欧阳立出声了，"夏主任要的是，更多乔阳人给乔阳出力，出了力，感情是不一样的。"

　　到头来，是欧阳立这"外人"懂，夏文达心头涌起说不清的感觉。这段日子，不知不觉，他和欧阳立走得很近了。

　　村两委成员没再说什么，但之后对捐款动员，用了心思了。

　　以所捐钱款为基金，成立乔阳公益基金会，党员代表、村民代表、村两委和老人组联合，选出理事会，发出公告，欢迎随时捐款。

　　当天晚上，夏文达邀欧阳立去家里吃晚饭。夏文达想来个不醉不休，欧阳立只同意小酌。夏文达嘲讽欧阳立娘。欧阳立不受激将法，笑笑："敢喝酒就是汉子？不逞这无畏之勇。"

　　"你这人，没意思。"夏文达拍桌面，不睬肖月柔的眼色。

　　"别啰唆。"欧阳立说，"吃完到外面走一走。"

　　路灯之下，两人的影子由极长慢慢缩到脚下，然后又被拉得极长，夏文达叹："还是要点亮，堂堂乔阳，暗了那么长时间。"

　　老寨前，两人在池塘边立住。这是乔阳最初的村子主体，祠堂已修缮，池塘却污浊着，路灯下，塘水静默，浮着层怪异的光。"乔阳村的池塘。"夏文达声音闷闷的。

在潮汕地区，村寨前大都有个池塘，天然形成的最好，没有就挖一个，应的是所居之地有山有水，有风水讲究的。这池塘是村子的聚气之地，村民的清洗之地，滋润村民的日子，成为村民人世间温润记忆的一部分。

夏文达指着池塘的几级石阶："小时候，从池边跳进去，从石阶爬上来，再跳，到日落，又到月起，等到当妈的来骂，当爸的来打，才不情不愿扭回去。"

当爸的来打……欧阳立胸口一跳，童年，看别人的爸打小孩，他无数次想象爸也打自己一次。爸不会的，那么久回一次家，对他很温和。"温和"得让欧阳立又难过又别扭，两人间甚至有一点客气，那种"客气"，渐渐变成对父亲的怒意。

"光身子在水里蹿，爽。"夏文达叹。

欧阳立在愣神。

"再没这样耍水的机会了。"夏文达又叹，"身子是自个的，倒弄得像是别人的。"

"这池塘不像样。"欧阳立回过神，"池塘是村寨的眼睛，有它，村寨才灵动有韵味。"

"别又文绉绉的，听着迷糊，又要讲跟精神面貌有关的了吧。"

"的确有关。"

"把它整好。"夏文达指着池塘，"人不敢洗澡，至少鱼得能活蹦乱跳。"夏文达心里一动，第二把火。借这由头，鼓励继续捐款，重点动员没捐过的人。欧阳立认为，已动员多次，想捐的都捐了，总揪着这事不太好。

"既要带乔阳人过日子，乔阳得整理整理。我有个毛病，乱糟糟没法过日子。"夏文达说。

"思路对。"欧阳立犹豫，"捐款……"

"我不做一头热的事。"夏文达截住欧阳立，"打扫不是我夏文达一人的事，也不单是村委会的事，是乔阳人的事，事情出了力才会上心，看热闹的，总是最多风凉话。"

"明白你的意思，不过，参与可以有很多办法。"

"知道你怕什么，事情还没做就怕这怕那。"夏文达语气带了不屑，"乔阳人给乔阳做点事，天经地义，用你的话讲，是动员，愿出就出，不愿捐也由人。"

夏文达认为，眼下出钱是最直接的方式，乔阳人做生意，出了钱，会关注后续的事，要的就是他们的关注。再一个，经济实力是乔阳人的优势，得用。他再次提到，乔阳人习惯了各顾各，专心生意，对外面的事不大理睬，也不想费心，他自己以前也这样。

"以前，村两委干部乱来，只要不是明摆着跟自个有关的，乔阳人都不睬。"夏文达说，"所以乔阳才会成这样，好好的底子没守住。"

欧阳立承认，夏文达了解乔阳，了解乔阳人，办法或许很有用，可路子似乎不太正，还是自己让什么框住了？

"你是外人，还不太明白。"

"我不是外人。"欧阳立纠正，"来到乔阳，你们就要认我这'乔阳人'。可能做不了什么大事，打打杂可以的，至少我还算年轻。"

"用你们的酸话讲，虚伪。"夏文达毫不客气。

两人哈哈大笑。

几天后，乔阳人议论起池塘。池塘像旧物件，早被塞到某个角落，突然间被翻开，很多记忆随着被牵扯出来，特别是老一辈，像拾回失落多年的岁月。

这些年，池塘浊了、脏了，影响乔阳的运气，难怪近些年翡翠生意萧条，有关系的。看看平洲、四会那些地方，翡翠行业低落的行情里，势头还是不错。虽然，老寨现在多是些锯玉、磨玉的作坊，终究是乔阳的根基。池塘是气蕴所在，就像翡翠，有了宝气才珍贵，池塘干净了，乔阳的眼睛才是清、灵的。

这些旋成一股风，在众人口中一次次被确定，意义一次次被叠加。

清理池塘，美化老寨前场吉利，捐的款用到这样的事上，会加持运气。介公庙位于老寨场一角，土地庙在池塘边，这让修整更有分量。当然，这层意思没摆在台面上，是私底下讨论的，但更被看重，更让人动心。

很多人主动捐款，包括外来住户，表示他们在乔阳长住，已自认是乔阳人。夏文达冲欧阳立嘿嘿地笑，带着点小狡猾。欧阳立不置可否。夏文达冷笑："知道你还是看不惯，文人见识。"

"不是看不看得惯的问题。"

"先别提什么大道理，事情做了再讲。"

他们将池塘的污泥清掉，放入鱼苗，四周围了矮石栏，绕了草坪，植了花，种了树，安装了秋千等健身器材。村民大赞，这么些年，池塘就那么臭着，寨场就那么破着，周围就那么乱着，没人看见一样。有人承认，夏文达是有心做点事的，当初给他投过票、帮忙拉过票的，都自认有那么点先见之明。

"都在谈乔阳。"夏文达扬眉，"就要这样，记得自个是乔阳人。"对自己的讨论，夏文达明面没提，胸口涌动着陌生的兴奋，他从未被这样讨论过，以这样的身份。他以前是生意人，也就是有生意脑子，挣钱多。对自己，他仍很疑惑，当村委会主任之前，他甚至没有意识到，自己不满足于做个生意人。

夏文达的兴奋，欧阳立明白，他不希望只是这样，夏文达不应该满足于这种事，乔阳不只是这样需要夏文达的。他委婉表达，这只是村容村貌中的一部分，村容村貌又只是村政的一部分，刚开个头。

"头开得好不好，很要紧。"夏文达。

当然，夏文达也知道，这种不用花费太大心力，跟村民利益没直接冲突的事，容易被看得见，是三把火的好材料。他告诉欧阳立，村委会的态度，先让乔阳人知道。

"村委会不能做样子。"欧阳立严肃了，"什么是虚的什么是实的，人们会有清晰的衡量。"

"这是虚的？"夏文达语气压着不满，"再说，样子也很要紧。"

欧阳立仍保留不同意见。

"这只是打头阵而已。"夏文达强调，很怪，他看重欧阳立的认同，"后面得真刀真枪实干——这事也是实实在在干的。"

当晚，夏文达一人出去，欧阳立待在村委会。

欧阳立沏着茶，想父亲了，当年独自在异乡，他是怎样过夜的，也这么待着？也有像夏文达这样一个工作搭档？更多地是想事情，还是想家，怎样想母亲，想幼小的他和妹妹的？那时没手机，家里没电话，思念会怎样浓重？欧阳立走出办公室，走廊没开灯，他立在夜色中，看着乔阳的灯火，出神。

四下逛的夏文达碰见陈修平，陈修平嚷嚷正想找他。"你现在是大忙人，难看见人影。"陈修平说。当村委会主任后，夏文达很少去宝鼎轩走动，夏文达有些理亏，不答话。

正合号在附近，两人进去。

半天，陈修平没提什么事，只赞夏文达有当官的天赋。他看着夏文达，意味深长地微笑，笑得夏文达浑身不舒服。这目光让他想起那些声音。

近些日子，鼓掌声中掺杂着带刺的话，嘲讽夏文达尽做些皮毛事，讨好人，哪是什么村委会主任？倒像管家婆。夏文达不知道跟谁辩，向何处辩，任血往脑门涌。

"第三把火得烧旺些。"夏文达对欧阳立说，有点赌气。

怎么烧，烧什么，夏文达没提。欧阳立想跟他谈谈，又一时无法谈起。这一夜，欧阳立与父亲对坐，问父亲，该不该谈，谈些什么，他反思自己，是小心过头了，还是越了某种界限？父亲安静。欧阳立决定先看着，还是相信夏文达。

一大早，欧阳立给夏文达打电话。

"别电话里谈。"夏文达很快到了村委会。

欧阳立敞开心扉，夏文达有些做法，他不是完全认同，但或许夏文达更懂得该怎么做，更明白什么适合乔阳。"是真的狡猾，也是真的有点道理。"欧阳立总结般地说。两人相对大笑，笑声中，很多东西散了，很多东西产生了。

夏文达回到正题："接下来的事，不是'狡猾'就能成的。"

8

有个妇女闯进办公室，报说市场有人吵架。她尖尖的声音，夸张的表情，让人感觉事态严重。

欧阳立抬脚要出去。

"你什么时候也毛躁了？"夏文达止住，"吵个架，有什么稀奇的？"

"市场的情况，你不是不知道。"欧阳立着急，"吵，再围上人去看，会乱。"

"有时，乱乱也不是坏事。"

欧阳立猛盯着夏文达，像明白了什么，问："你的意思……"

"吃肠粉，我沏茶，肠粉和热茶最配。"

夏文达给洪建声电话，让他喊治安队员过去，交代："暗中看着，别出事就行。"

一会儿，治安队夏锐慌慌跑来说，越吵越厉害，很多人凑上去吵，开店的骂摆摊的，摆摊的顶开店的。围观的人太多，路堵了，不，半个乔阳堵了。夏文达问清洪建声在现场，挥手让夏锐走。

"洪主任的性子，你不是不知道。"欧阳立自顾自赶去了。

"沉不住气，嫩了些。"夏文达摇摇头，跟过去。

吵架变味儿了，没人听别人讲什么，各自指手画脚地大嚷。有人扯着，有人揪成一团。欧阳立挤进人群，高声喊停，那些人稍稍顿了顿，接着吵。欧阳立到乔阳不久，又是个外来的，加上架着眼镜的白净斯文脸，乔阳很少有人拿他当回事。

人都往市场涌，外村的也闻声来了，"市场"膨胀到极限，随时有炸开的可能。保安慌乱，声嘶了，不知道该拦还是该拉。此时，如果从空中的视角看，以市场为中心，乔阳有一个硕大的人的旋涡。

"吵够没有！"极硬的声音，石块般从天而降，人群蓦地静下。是夏文达，他握着个无线话筒，"这截杂七杂八的路，就是地摊的大杂烩，乔阳人管这儿叫这市场。乔阳到现在没有市场，看看杨林、凤滨、港明几个村，市场像模像样的，多少乔阳人跑到别村买东西？"

人群静着，夏文达停下，让人们自己静一会儿。最先吵起来的黄彩虹往他的面前凑，抢先开口："夏主任，我店门口……"跟她吵的李娜君也急着要出声，夏文达用手势制止："吵成这样，哪个敢说自个全对？"

黄彩虹和李娜君张着嘴。

"我就讲市场。"夏文达继续冲人群讲，"乔阳没市场，不对头，邻近乡里打听下，哪个村的日常花费比得上乔阳人？"

没再谈，夏文达直接让人散，说再这么揪一团，乔阳成笑话了。黄彩虹和李娜君追着他，想倾诉什么，夏文达让她们找洪建声，两人半垂下头。过后，夏文达对欧阳立笑，洪建声那个脾气，又是大辈，不是百分之百占理，哪个敢找他？

看着乱哄哄的人群，夏文达知道，第三把火可以点了，不过，这火没那么好烧。

回到村委会，夏文达说："时机差不多，该动市场了。"

欧阳立觉得不对，追问："什么时机，今天这一吵？"

夏文达转掉话题，欧阳立没再深究，打听打听再说。到乔阳前，欧阳立就知道市场问题了，街道办事处早注意到了，真正解决的办法，一直没找到。

乔阳村很小，前些年又被房地产商圈去不少地，人口很密，却没有正规市场。摊点乱挤在乔阳中路，一到买菜时段，摩托车都很难过去。垃圾、烂菜叶、海鲜摊污水，没法治理，乔阳中路的珠宝店和摊贩吵闹不休。解决市场问题的思路对，但夏文达想用什么样的方法呢？欧阳立很担忧。

事情昨晚就开始了，福翠珠宝的黄彩虹来找夏文达，投诉林再春肉摊的污水积在她店门口，大大影响生意。林再春辈分大，她才稍客气。如果村委会不解决，她要翻脸了。夏文达暗示，占了理，该翻脸就翻脸。

今天，肉摊前人一多，黄彩虹就过去吵。刚几个回合，林再春就被骂得无法应声，脸涨红，手颤抖，要扑过去捶打黄彩虹。林再春的老婆匆匆赶到，替林再春应战。

跟夏文达之间，还是直接沟通好。欧阳立问夏文达，夏文达也直接，告诉欧阳立，黄彩虹投诉时，他冒出个想法，制造个"事端"。黄彩虹泼辣，骂街功夫厉害，她一吵，把市场问题牵出，水到渠成地，这事也就"顺便"提出来了。

欧阳立说这种做法欠妥，甚至很冒险。

"我有底。"夏文达不以为然，"让建声看着。"

"这种方式不好。"欧阳立摇头，"说严重点，是间接挑事。"

"事情原本就有，爆出来正好处理。"

"从某种角度说，这是违规的。"

"要看为了什么，用文气的话，要看出发点，看效果。"

"得有底线。"

"扯到底线，我又不是你们党员，不要用那些规矩量我，死板。"夏文达放下茶杯。

"什么你们我们？"欧阳立激动了，"这跟是不是党员也无关。"他重复，这么处理事情不对头。

"不对头又怎样？"夏文达看着欧阳立，眼里带了挑衅。

欧阳立接住夏文达的目光，表情平静，语调含了硬度："要注意工作方式，我们是村委会成员，要讲道理，讲规矩，不能任意妄为。"

"任意妄为！"夏文达双手微微发颤，直瞪着欧阳立。欧阳立白净的脸，眼镜后大而深的眼睛，让夏文达突然想起"书生"这个词，某种东西击中他的胸口，脑顶的那簇火缓了，他深呼一口气，"不这样的话，市场的事不知还得拖多久。"

欧阳立想说，有些事，不管什么理由都不可为，忍了忍，话没有说出口。

两人没谈拢，夏文达转身出门。

村两委成员开会，夏文达一提出修市场的想法，欧阳立便举出大量例子，谈市场存在的问题，讲修市场的重要性，好像他是个老乔阳。

"这书呆子，倒是做过功夫的。"夏文达想。他有底了。

欧阳立有点思路，肉菜摊乱挤在老寨内场各个角落，内场大半被当作私人停车位，周围老房子又往外扩搭扩建，整理收拾好，就是很合适的市场空间。乔阳中路的摊子收进去，混乱可以解决。

很好，欧阳立帮自己讲了，夏文达最不喜在会上长篇大论。

夏理明表示，事是好事，但难做，不然乔阳中路不会乱成这样、乱这么久，要不是铺租一降再降，那一片珠宝店都要搬清了。他还隐隐透了一个意思，村委会班子刚接手乔阳的事情，这个烫手山芋，别那么急去碰，稳点了再说。

"稳到什么时候？"洪建声嚷，"想来想去的，凉了。"

陈商言开始分析，从村容村貌的角度、乔阳经济发展的角度、乔阳村民生活方便的角度。老寨那片场地清理后，可搭几行摊，分为肉类区、蔬菜区、干货区、水果区，还可以设置小吃区。他像个教师，就缺一块黑板和一支粉笔了。

"说一说过过瘾也就是了。"陈鸿一句话化成冷水，"这事就是白费力气，有什么好做的。"

"等工程启动，陈鸿兄把关。"夏文达接上陈鸿的话，"这是乔阳第一个市场。"

"说得像事情成了一样。"陈鸿冷笑，"当个监工什么的做得来，别的我没法。"

夏玉影沉默了一会，轻声说："村两委决定的事，我配合，除非是坏事，我能做的我尽心。"

这话一出，夏文达就明白，这文静的夏玉影是软中有硬的。

等每个人都谈过了，夏文达还是重复之前的约定，想法当面提，吵架也成，定了就冲锋陷阵。在乔阳村民面前，村委会成员得站一块，话往一处说，背后不要扯三扯四。欧阳立很认同，夏文达话挺糙，却直中要点。会后，夏文达刺他又讲报纸话，酸溜溜的。欧阳立举起手："努力去酸。"

修市场的事，欧阳立态度明晰，得做，且不能拖，已拖得够久，转圜的余地早给出去了，不过要讲程序，做事要讲究方法方式。

夏理明回应："要讲程序，讲方式。"

"得讲法子，很多事没法直着做的。"夏文达也回应。

这次会议，修市场的事虽没正式确定，但有八九分眉目了。

"这事没有反对的，只有缺少信心的。"欧阳立分析，"还有就是怎么做。"

"多想法子才有用，别光立规矩。"夏文达嘲讽。

"对我太'规矩'不满，尽管倒。"欧阳立笑，话却很认真。

夏文达斜了欧阳立一眼："那我下次不客气了。"

"等着接招。"

虽然他们俩仍没有谈到一起，但此时两人还没意识到，一来一往的拉扯中，独属于他们的做事方式，渐渐形成。

脑里搅着市场的事，搅着与欧阳立的摩擦，夏文达在乔阳绕走，到老寨前池塘边，发现欧阳立倚在石栏边，长时间一动不动，

"哟，今晚在乔阳有行情？"夏文达过去。他有些不悦，只要欧阳立留在乔阳过夜，必和他在一块，今晚言语一声也没有。他知道，自己的不悦没有道理，甚至有点小孩子气，可情绪是清清楚楚的。

"想一个人待待。"欧阳立倒实话实说。

"待着吧。"夏文达要走。

"静思时间结束。"欧阳立喊住他，"饿了，吃肠粉去。"

"加两个炖汤。"释怀了。

9

一间老房子，前部分是磨怀古的作坊，朝老寨中场的一面，多搭建了半间屋子，半间外又接搭了遮阳棚，开了家干货铺。

陈修平家的老屋。

"拆这违搭的半间屋和遮阳棚，不会伤主屋，难度很大？"欧阳立问。

"很多事你不知道的。"夏文达说。

不远处围了群村民，低低议论。

"这半间屋要是搞不下去。"夏文达若有所思，"市场也不用搞。"

"听说你和陈修平关系不一般。"

"他是我另一个大哥。"夏文达凝视屋子，"有时比亲哥近。"

"这半间屋陈修平那么看重？"欧阳立疑惑。

陈修平的宝鼎轩店面几百平方米，五层，在杨林、凤滨、港明还有分店，家里一栋别墅式洋楼。就算他看重祖屋，也只是拆违建部分，不会伤及祖屋主体。

夏文达还是那句话："很多事你不明白。"

"我跟他谈谈。"欧阳立提议。

"你觉得我谈不了？"夏文达猛地转过脸，"还是怕我不敢谈？"

"怕你为难。"欧阳立实话，"另一个，也是让我发挥发挥。"

"为难的事，我夏文达碰多了，你要发挥别的事发挥去。你想怎么谈，让他从乔阳大局出发？讲那半间屋是违建？"

"你去谈吧。"

"祖屋的事不要提了。"洗着茶杯，陈修平话扔出来，然后，讲宝鼎轩近期出了多少新货，又谈正合号的新东西也不错，感叹夏文达现在不关注这个，谈着谈着，讲起以前的事。

夏文达的父亲到广西收购旧玉件，被当地派出所抓了。当时刚开放，乔阳已成立玉器组，收购交易玉件合法化了，广西那边还没有，夏文达的父亲怎么解释都没用。二叔又去了别的省。陈修平的父亲带了乡里证明，凑了钱，到广西领人。派出所不认这边证明，陈修平的父亲奔走大半个月，把夏文达的父亲领出狱。反过来，陈修平的父亲去世前卧病在床，连续几个月，夏文达的父亲一直看顾到人走为止。

这一讲，夏文达记起好多事，父亲把磨玉藏阁楼稻草堆里，工作队搜查，磨玉工具被没收，父亲带了玉件藏到陈修平家，把活干完。陈修平家被抄，夏文达的家也成为陈修平父亲的庇护所。那些日子，陈修平带着夏文腾和夏文达，给家里望风，艰辛的日子中，早早生出共患难的相惜。

　　陈修平早早随父亲做生意，后来，夏文达跟着陈修平。那时，夏文达的父亲身体不好，夏文腾没站稳脚跟，陈修平已成为乔阳后生中的佼佼者，他一手带夏文达入行。夏文达是陈修平带到缅甸的，随陈修平在翡翠公盘斗智斗勇，渐渐成人。那段日子对他生命的影响，对他性子的影响，成就了他往后长长的岁月。问他跟陈修平什么关系，他总找不到确切的词，兄弟、好友、父亲般的长辈，都有那么一点，又都不是。

　　两人喝了一下午茶，像清点藏宝，翻出过往岁月中珍贵的记忆，品味、分享。离开宝鼎轩前，夏文达说了一句："一码归一码。"

　　"好个一码归一码。"陈修平冷笑，"刚进官门就这么讲规矩，那个位子真是教育人。"

　　出了宝鼎轩，夏文达去找林墨白。林墨白浸在书里，夏文达很奇怪，林墨白和他一样，也只念到初中，且那时学校没教什么，可林墨白就成了个读书人。不知道什么时候起，他和陈修平发现林墨白爱看书，越看越像那么回事，近些年他读的书，光瞅题目，夏文达和陈修平就云里雾里，显得林墨白高深莫测。几个人在一起时，林墨白好像跟以前一样，好像又有什么地方不一样了。

　　林墨白沏了杯好茶，让夏文达细品。夏文达没提市场的事，只说羡慕林墨白，一心在翡翠世界里，埋头创作，感慨道："清静得很。"

　　"表面看着静。"林墨白淡淡说，"人哪就能全静了？除非那极少见的高僧大德、圣人君子，他们也不一定就能静。"

　　"愈来愈玄乎了。"夏文达摇头。

　　"说白了，就是给自己找别扭。"林墨白洗着茶杯。

　　"没错，给自己找别扭。"夏文达把手中的茶一饮而尽。

　　从玉色轩出来，天黑了。和林墨白也没谈什么，可就是说不出地通透，夏文达对着夜色，骂了句粗话："自找的别扭，就别像个女人。"

　　"不尊重女性。"身后传来欧阳立的声音，"女的在很多方面比男的强。"

夏文达吓一跳："什么时候干间谍了，跟踪我？"

"我没有那种情结。"欧阳立笑。

两人朝市场走——几天时间，他们已习惯把老寨中场那片地叫市场，希望乔阳人也尽快习惯。他们绕那片场地走了一圈，越看越觉得合适，乔阳中路的问题解决了，死气沉沉的老寨活了，又近乔阳村中心，附近不少小饭店、小吃店、零售店，形成乔阳生活处区。"明天再找陈修平。"夏文达指着陈修平那半间违搭的屋说。

祖屋的事直截了当提了，夏文达说："乔阳市场一定要修的。"

"你让我拆祖屋！"陈修平声音扬高。

"什么人的祖屋也不会拆，往外建的那半间，不算陈家祖屋。"

"我从那里走出来的，你说不是陈家的！"

"那半间和顶棚都是不该有的，是陈家占了寨子的。"

原本的屋体住人，加搭的半间做磨玉作坊，门外加搭的顶棚下置放条柜做生意。从那半间屋开始，陈家的生意越做越大。现在租给人做生意，为的有人气，留住生意气。陈修平的意思，那半间是生意的发起之地，是陈家的风水地，拆掉破坏风水，是动根基的大事。

"修市场是公益。"夏文达说，"只会旺陈家风水，市场旺陈家也会旺。"

"那是你的风水。"陈修平声调变了，"旺的是你夏文达吧。"

"这事成了，都会旺。"夏文达忍住气。

陈修平请夏文达高抬贵手，市场不缺那半间破房，别拿他开刀，如果得借这半间破房铺路，夏文达手段也差了点。夏文达沉默了，没法再讲下去。

回到村委会后，欧阳立没多问，只能夏文达自己想办法，陈修平已扬言，不跟其他人谈。

"和当初想的不太一样。"夏文达突然冒出这话。

欧阳立没出声。

"千想万想，想不到和修平兄这样相冲。"

"不是你和他相冲，只是你角色变了，位置变了，你们的想法也不一样了。"

"那我是个什么角色？活了半辈子，自个也弄不清自个想什么，弄不清自个是什么人。"

"选择的时候，你就清楚了的。"欧阳立说，"只是没意识到。"

"话很绕，不过说到点子上了，我自己选的。"夏文达眼里闪着奇异的光，"墨白也这么说——不费话，干活。"

下午，夏文达和欧阳立走了几户人家，都是有违建违搭，修市场得拆的，有之前的老干部，有在生意圈分量很重的玉商，有辈分高的家族。这几户，是最大的障碍，工作做通了，修市场的问题基本就通了。一圈下来，两人碰了一鼻子灰。

欧阳立说："刚开个头。"

"我不是小孩，不用哄。"夏文达挥挥手，"今天走个过场，先礼后兵，让他们心里先有个底，后面还有大动作。"

两人被洪建声拦住，事又起了，到处是闲话。

从路灯到寨场池塘修整，现在是市场，工程一个接一个，不会大到引起上头注意，又还有油水。一面让人捐款，一面拿钱做这些，收了乔阳人的心，又得了好处，夏文达比以前的干部高明。

话是刚传起的，洪建声一个人一个人摸过去，是之前幼儿园的园长和女子养生会馆的老板。

"弄清是他们两个？"夏文达问。

"我查准的事，没出过错。"

夏文达抬脚就要去讨说法。

欧阳立拦住："你还会急这个？"

"这两人在背后搅弄的，是想在节骨眼上添乱，不给点颜色——好吧，是给点态度，还以为我真怕了。说我是想收人心，又怎样？说我贪这点皮毛，太小看夏文达了。"

"现在不是赌气的时候，也没必要。"

"欧阳书记，我不单是赌气。"夏文达冷笑，"这两个人得给点态度的，市场刚要修，让这种邪风吹起来不好。"

前幼儿园园长和前女子养生会馆老板到了，夏文达让他们讲清，他贪了什么，两人打着哈哈，说是不像样的人乱扯的。

"确实是不像样的人，乱扯。"夏文达直盯着他们。

接下去大半天，夏文达沉默，喝茶，欧阳立也沉默，喝茶。沉默得那两个人心里没着没落的。事后，夏文达夸欧阳立接地气了，配合得好。

10

"饭烧煳了？"夏文达问肖月柔。今天进门，她就不太对头。肖月柔做生意是把好手，在外给人感觉有点硬，却极少给夏文达甩脸色。

"能有什么事。"肖月柔声音也怪怪的了。

"吞吞吐吐的。"夏文达最受不得人这样。

肖月柔站到夏文达面前，说："你做事情别太急。"

"讲清楚点。"

今天林木盛进店，说讨杯茶喝，端起杯就提修市场的事。肖月柔堵住，夏文达的事她不管，也不懂。林木盛自己讲开了，话很委婉，棱角隐在客气中，可意思很清楚，老寨中场的房子和凉棚都是很早以前搭的，早成了自家东西。夏文达用修市场的借口拆，收拢人心是一个，更借这事打击老干部，得了势落井下石。夏文达不厚道。

转话时，肖月柔已滤去很多东西，夏文达扔下菜包："我就是落井下石，怎么了？"

"家里撒撒气就算了。"肖月柔很担心，"外面敛着点。"

夏文达起身绕桌子转圈。夏天莹端出盒糕点："唯有美食不可辜负，尝尝我的雪媚娘。"

"吃不了你们那些新式东西。"夏文达语气柔和了。碰到夏天莹，就有种类似于棉质的柔软东西包裹着他。

"老土，冰淇淋你怎么爱吃？蛋挞你怎么一吃好几个？这个更好吃。"夏天莹瞪夏文达一眼，托一个雪媚娘放他掌里，"没尝过没有发言权。"

甜香软糯，满口舒坦，夏文达大为惊讶："你做的？"

"不像吗？"夏天莹很是得意，"第一次做。"

夏文达又吃一个，美味让他的情绪平复不少，洪惠通来了。

"惠通叔，坐。"夏文达一眼看出他的来意，笑脸迎上。洪惠通是洪氏辈分最长的，还是老人组理事会副会长，他家老屋加搭的一间屋在市场中间，给远房侄子卖干货，老屋的主体租给卖米面的，洪建声和他谈过一次，他堵掉了。

"文达，你是当村主任的，不是拆屋的。"洪惠通硬邦邦开口。

"是修市场，老寨原有的老屋，一间不拆，就整理寨子中场那片地。"夏文达给洪惠通端茶。

"真要拆？"

"惠通叔，事肯定要做的。"

"一起去介公庙说理。"洪惠通起身，声音一抖一抖的。

夏文达也起身，真想跟着去介公庙了，最好别人都跟着，看在介公面前怎么说。肖月柔用眼色止住了他，他用力平复下情绪，重新沏茶："惠通叔，消消气。"

"多少年了，都在那儿待得好好的，偏偏就你看不顺眼。"

"惠通叔，乔阳得有个市场，还有更好的地方吗？乔阳这样不像话。"

"这是给你脸上贴金，别把乔阳扯出来挡。"洪惠通毫不客气，讽刺夏文达，"要弄名声也要想别的法，生意做得好好的，弄什么官？握着那么点权，长辈都不尊了。"

夏文达脸很黑。

肖月柔插话了，细语分析：原来的屋体没动，市场修成，老屋还能继续做铺面，小是小了，可人流量多得多，租金会涨。再一个，市场修好，就是长久的了，都聚到那做生意。不修的话，附近乱成那样，创文得清理乱摆的摊子，到时什么也弄不成，老屋反而没什么用。

洪惠通倒一时不知说什么。

"和气生财，要紧的是好好做生意。"肖月柔说。

夏文达自顾自吃雪媚娘。肖月柔好说歹说，把老人劝走了。临出门前，洪惠通冲夏文达说："人有三衰六旺，别动不动翘尾巴。"

事后，夏文达对欧阳立说："若是以前，早和洪惠通吵一顿了，现在不知怎么的，性子软了。"

"现在理智了。"欧阳立夸道。

洪惠通刚出门，夏文达把手里杯子扔出去，碎裂声似乎鼓励了他，又举起另一只杯子。肖月柔喝了一声，他的手不知不觉软了，她极少大声的。

"以后事多着，路长着，干不了趁早退出。"肖月柔冷笑，"撒什么无名气，做生意多少年，也没这样过。"

幸好，洪惠通进门时夏天莹出去了，假期她一般待在玉色轩。

一个女人家，倒沉得住气，夏文达暗惊。"女人家"这个词，他常在肖月柔面前说出口，她笑嘻嘻的，夏天莹不喜欢这个词，不满他的大男子主义。他暗笑，男人不就得大男子吗？这一刻，他突然自愧，对妻子另眼相看，嘴上却不愿承认："你懂得什么？"

"我什么都不懂。"肖月柔抹着桌子，说，"只知做点生意——去跟欧阳书记说说话吧。"欧阳立和肖月柔谈得不多，肖月柔对欧阳立却有种信任感，夏文达和他搭档，她莫名地感到放心。

"看你的店。"夏文达手一挥，"别的不用你操心。"夏文达出门，一路想着肖月柔对洪惠通讲的，虽然拆掉违搭屋子棚子，可市场成形，老屋会更值钱。把被私占的停车位取消，周围一些原本没什么价值的老屋可开铺面，内巷的老屋可以利用，开面条店、肠粉店什么的。这些，可以一讲再讲，乔阳人会盘算的。怎么忘了这茬儿，夏文达立在人少的拐角，发了一阵呆，这些天脑子有些乱。

村两委开了简短的会议，分头做工作，别管能不能说动，该说的说明白，该宣传的宣传。欧阳立理了个大概头绪，修市场是乔阳的事，这是大前提；修市场对乔阳人日子的好处，对周围老屋的升值作用，分析清楚；村委会的态度要明确，市场必修，违建违搭终究得拆，把三清三拆的政策搬出来。

有人提陈修平，夏文达说谈过了，缓点再看。陈商言想开口，夏文达止住了。

夏文达和欧阳立走了一圈，虽然入每个门，人家都沏了茶，还是口干舌燥，各买一大杯甘蔗汁，一气喝下。夏文达骂了句粗话，说生意几十年都没这么卖过嘴皮子，没这么婆婆妈妈过。

"这是很好的锻炼。"欧阳立半是打趣半是认真。

"又酸，婆婆妈妈就是婆婆妈妈。"

"有档次的婆婆妈妈。"

"今晚牛肉汤面，老喜家的，正宗的潮汕牛肉面。"

吃着面，欧阳立提议找陈修平，按今天捋的思路谈。夏文达摇头："他不吃这套。"

"很多人看着陈修平，你和他的关系，乔阳人太清楚了。"欧阳立若有所思，"另外，商言在村委会，也是个敏感点。"

夏文达想好了，找几个帮手：公益基金会会长夏章文，是区二中的老校长，当过乔阳村书记，整个区的人都敬的。他很早就提出，乔阳得修市场，只是那时他早已不是村书记，和村委会干部关系一般。第二个是陈广明，陈姓辈分最大的，生意做得好，在陈姓中讲话有分量，在老寨中场也有老屋，是唯一一家没有多搭多占的，修市场，他双手赞成。还有洪建辉，洪建声的大哥，当过生产大队队长，脾气臭，骨头硬，乔阳人服，对乔阳中路的乱象早看不惯，曾因此和前村委干部闹矛盾。

"都打过招呼了。"夏文达说，"饭后一起去宝鼎轩喝茶。"

"办法好。"欧阳立夹牛肉蘸着沙茶酱，"但是不是有点逼迫的意思？"

夏文达说："这次算我过分。"说完埋头吃面。

"再想想别的办法？"

"都说好了。"夏文达摇头，"脚迈出去了，哪有收回的？"

11

事后，陈修平不见夏文达，夏文达打电话，他回："大主任官威大得很，不知又要带什么人物护航，我承受不起。"

"修平兄，你知道我不是那意思。"夏文达委婉地道歉。

"你是什么意思，我倒不知道。"陈修平断了通话。

那天，夏文达带着夏章文、陈广明和洪建辉进宝鼎轩时，陈修平脸色即刻变了。夏章文刚提修市场的事，陈修平就表示，他可以出钱，搭的那半间屋想保留。

"是钱的问题吗？"洪建辉接口，"再说，你出一点也合理，讲交换就不好了。"

话一出口，陈修平知道他说的不对，收回已来不及，耳根涨红着。接下去的时间，除了沏茶和偶尔应一两句话，他没再讲什么，夏文达也很不自在。夏文达他们几个离开时，陈修平终给了话："该怎样就怎样，村委会安排。"

找陈商言时，夏文达不知谈什么，他觉得，陈商言都明白，又觉得对自己和陈修平的关系，他不懂的。

"主任，我家那半间屋没问题。"陈商言先开口，"早该拆，原本就不合理。"

"不是这个。"夏文达说。

"我没什么为难的。"陈商言态度明朗。

夏文达重复："不是这个。"

"主任，没必要困着自己。"陈商言沉默了一会，说，"有些事是很要紧，有些事其实没想象中那么要紧。"

"绕些什么呢？"夏文达疑惑。陈商言的意思，他似明非明，只一点是确定的，这年轻人可以交心说话，他说，"你跟你爸很不一样——不是拆旧屋的事，也不是你进村委会的事。"

这话一出口，夏文达一阵不适，和陈修平相交大半辈子，懂事起就一块儿玩耍，长大后一起闯荡、做生意，最终还是没弄明白对方，或者说，明白了也没法相容，他有种无能为力的沮丧。

陈商言说："我跟我爸谈谈。"

"我不是要让你跟你爸谈。"夏文达摆手。

"我明白。"陈商言说，"我自己想和他谈谈。"

这天，陈商言在宝鼎轩待到很晚。剩陈修平一个人时，他开始煮水、换茶叶，陈修平知他的意思，静静看着他。每次看陈商言，陈修平都疑惑又失落，小儿子长得极像自己年轻时，高直的身材，眉眼端正，又多了几分灵气，从小聪明过人。可这儿子越大跟他越不对味，终于对他背转身。他不明白，哪里出了差错，就像不明白与夏文达间出了什么问题。说夏文达想当官之类的，是气话，他很清楚，夏文达不是那样的人。

连喝两泡功夫茶，父子俩说了很多，可一直各说各的，从头到尾没找到交叉点，两人像在自我倾诉。最后，陈修平打着哈欠，起身就走，扔下一句话："靠拆自家祖屋去'干事业'，可笑。"

陈商言差点回击一句：这么想也可笑。

这次深谈后，有极长一段时间，陈修平和陈商言没真正谈过。

市场开始拆除清理。

陈商言说，两天前跟租户交代清楚了，可以动工了，意思很清楚，先拆他家的。

"施工师傅安排，哪里方便哪里先拆。"欧阳立说。

"我家先拆。"陈商言坚持，"有时，需要拿出点态度，就算形式也好，有些形式是有效的，必需的。"

洪建声耸耸肩，这话和欧阳立一样一样的。

欧阳立点头："村民就看怎么做，不管这'做'是不是形式。"

夏文达摆手："不要借这个……"

"借这个打开缺口，是最好最快的办法。"陈商言截住他。

夏文达稍静了几秒，朝施工的师傅挥了下手，指着陈修平家那半间老屋："那间。"

欧阳立加了句："再跟陈修平说一声？"

"他答应过了。"夏文达摆摆手，"让他再开口一次没意思。"

夏章文、陈广明和洪建辉都是证人。

小型挖掘机挤进去，把那半间老屋挖出口子，再一拉，现出一个大缺口，一下又一下，半间老屋轰然塌下。夏文达心绪复杂，这一刻，他日子里某些东西消失了，也多了一些新东西。

手机响，是陈修平，夏文达接通后不知怎么开口。陈修平语调若冰："夏主任有魄力，这位子是坐稳了，前途无量。"

洪建声带着人，拿大铁链把寨场的车锁了，举着喇叭喊："三天内领钥匙，车开走；三天后自己开锁；再不开走，村委会拖掉。"长期在寨场中占停车位的车，好些天前，村委会就通知开走，只有几辆按时开走了。

欧阳立接过喇叭："这片中场是公共活动场所，是乔阳的小广场，停车违规，建房搭棚更不成，考虑乔阳的具体情况，之前不再追究，但违规行为不能继续。修市场涉及乔阳村民的利益，配合就是为乔阳出力，受益的还是大家……"

放下喇叭时，夏文达冲欧阳立哼了一声："会做老好人。"

"一个唱白脸一个唱红脸，配合。"欧阳立说。

"你倒精明，选个红脸。"

"你也唱不了红脸。"欧阳立笑看着夏文达。

夏文达无话，这种状况，他确实唱不了红脸。

有老人拉住夏文达，要去介公庙说理。夏文达想了想，问："真要去介公庙？"

"不去不成！"

夏文达请了老人组几个理事，准备遂了他们的心愿。

"修市场本就是该做的，违规搭建，违规停车，到介公爷面前讲理？倒不知介公爷要怎么评。"欧阳立冷冷地。他坚决不同意，没什么好评的；另一个，这是乔阳村委会的工作，到介公庙不像样。表情和语气都极严肃。

"搞错了。"夏文达凑近他，"你怎么唱起了白脸？"

欧阳立讲了介子推的故事。

"乔阳特别，建介公庙供奉介子推，极少见的，我们为什么供奉介子推？"欧阳立顿了一下，"义！义让他从人变成了神。"

周围一片沉默。

这天，要推掉最难的几间老违搭。夏章文、陈广明和洪建辉事做到位，不单随夏文达找了陈修平，那些难啃的骨头都一块儿找了。欧阳立感叹这几个人在乔阳有分量，有面子。洪建声说有分量有面子的是夏文达，这三人跟着他，一家一家去走。

修市场的地清理好，到基金会捐钱的人突然多了，说市场跟日子有关，跟吃喝拉撒有关，出钱甘心，也会带来好运。欧阳立问夏文达，私底下又宣传什么了。

"这次没提过半句。"夏文达说。前段时间，夏文达让人捐钱的事被捅到街道办事处，捅到区政府，欧阳立去奔走，去解释，去辩，把事情揽到自己身上。事后，夏文达从萧向南那里得知，叹："这书呆子，有点义气。"萧向南纠正："是担当。"夏文达讽刺萧向南、欧阳立一样酸，那个词却留在他的下意识里。

这次没打算用基金会的钱，村委会的实力，该让乔阳人看看了，要修全区最好的市场，这把火，夏文达要烧得旺旺的。村民捐的钱款归入公益基金会。

基金挺可观，村委会、老人组、基金会理事和村民代表开会，对公益基金的使用，都讲了想法，拟出基金使用细则。夏文达很兴奋："以后很多事办着有底气了，未曾行兵先行粮，这老理是不变的。"

当天晚上，陈修平打电话给夏文达，让过去宝鼎轩喝茶。欧阳立要一块去，意思是，多个人在旁边，话也许就不会难听到听不下去。陈修平笑脸相迎，没半句难听话。

三人聊家常，聊宝鼎轩和正合号，聊村委会一些事，最后提到公益基金会，陈修平弯来绕去地，终于透出他的意思，他想当乔阳公益基金理事会会长。夏文达疑惑，陈修平的生意在乔阳数一数二，是商会会长，当基金会会长做什么，他跟自己一样？不太可能。

　　陈修平自信没问题，他所捐钱款数量是数一数二的，能力更不用讲。夏文达和欧阳立对望一眼。陈修平表示，会安排好基金，用在要紧的地方，做要紧的事，帮要紧的人。他说："让乔阳人看看，陈修平不单是会做生意。"

　　夏文达直接拒绝，说他也会让大伙儿知道自己的意思，并挑明，公益基金会会长最理想的人选是夏章文。

　　陈修平难以置信。

　　这次，欧阳立没唱红脸，直说陈修平不合适。陈修平追问怎么不合适。夏文达咬咬牙，开口："管理公益基金会不能有一点私心。"陈修平拍了桌子，质问，"争着当村委会主任动机就纯？"不知为什么，夏文达被问住了。

　　离开宝鼎轩时，夏文达叹，他和陈修平间再讲不清楚了，他问欧阳立："我动机不纯？"

　　"人本来就不可能完全纯的。"欧阳立说，"不过，有些东西可以很纯粹。"

　　"又绕圈，酸。"夏文达摇头，"我学会酸酸绕圈的时候，可能就又不纯又纯粹了。"他甩甩头，甩掉杂七杂八的念头，跟欧阳立说，三把火烧过，得做点更有分量的事了。

　　"玉。"欧阳立脱口而出。

　　"对头，乔阳真正的底子。"夏文达说，"要不，真成管家婆了。"

　　欧阳立知道，夏文达有想法了。

第二章 公 盘

1

"建乔阳的公盘。"与其说是提想法，夏文达更像是宣布决定。村两委成员很意外，但想想能理解，近日平洲翡翠公盘开盘，夏文达受刺激了，难免头脑发热。

"不是头脑发热。"夏文达看穿众人的心思，"接下来就干这事。"

大家都转头看欧阳立，他安安静静。一种微妙的气氛氤氲开，真像外面传的，村委会是夏文达的一言堂？欧阳立这个书记被架空，凡事也就跟着跑一跑，毕竟他是外地的，毕竟年轻。后来才发现，真正稳住中心点的，是欧阳立。如果夏文达是射出的箭，欧阳立则是拉弓的人。

"事早该做了。"静了一会儿，洪建声先回应，"这些天乔阳像什么样？这么下去，乔阳市场要散了。俗话说，所出不如所聚——可这事吹牛吹不成。"

"这骨头乔阳啃过，没啃下来。"夏理明沉吟。

"那是以前。"夏文达手一挥。

"公盘是玉器市场的活水。"陈商言说，"但确实有些难度。"若不是夏文达话先出，他也会忍不住提以前。

没人发现，欧阳立看了陈商言一眼，这年轻人比欧阳立想象的保守，以他的年龄，该更有冲劲。

夏玉影沉默，是认同，也是没信心。

陈鸿缓缓摇头："乔阳人哪个不希望乔阳有个公盘？要弄得了早弄成了。再说，乔阳就这巴掌大，怎么开公盘？"意思是，随便发话下决心，做不成反成笑话。陈鸿酸溜溜的，夏文达忍着火，陈鸿虽然嘴巴气人，本事是真有的。他监督修建的市场，乔阳人没二话的。其间，各种部门来了好几批领导，一批领导"指点"一次，夏文达和欧阳立担心改出四不像，陈鸿既没有大动原先的方案，又合理地安排了领导们的"指点"。

"都想太多了。"夏文达没受影响，"这事可以先简单点。"说完宣布散会，大家都不明白"简单点"是什么意思。

一次次召集开会，村两委会议、全村党员代表大会、村民代表会议、公益基金会理事会。欧阳立认为，商会也该开个会，但陈修平作为公益基金会理事和村民代表，都没参加村委会的会，只让人带话，说抽不开身。夏文达说："商会的会先缓缓，叫不动反而自讨没趣。"

"没什么面子不面子的。"

"扯不到什么面子上。"夏文达语气挺冲，欧阳立现在还有这想法，他止不住失望，说，"时候未到。"

这些会上，夏文达和欧阳立抛出建公盘的想法，没具体讲，只让众人知道，由大家去谈去论去辩。

兴奋的、期待的、怀疑的、冷漠的、嘲讽的、支持的、泼冷水的，不少人讲以前公盘的事，牵牵扯扯。有人想象公盘开办后会遇到的种种，想象力之周到与奇特，让人咋舌。多数人没有开会的概念，当成半正规的聚集，扯七扯八的，带着点说不清的亢奋。

通过整理会议记录的想法建议，发现大家表面讲了很多，但零零碎碎，归结后不外乎几点：知道公盘要紧，但怎么弄？办得成吗？从哪抠一块地？大多抱怀疑态度，这事说是说，做是做，不用太当真。

"原就没指望能听到什么有用的。"夏文达早有意料。

建公盘成热门话题，港明、杨林、凤滨几个村也关注了。还没有眉目，就这么沸沸扬扬。欧阳立觉得不太好。

"要的就是这样。"夏文达要先造声势，什么用处没明说，欧阳立便也保持静观态度，只是有些担心夏文达用力太猛，到时把自己逼到角落，想退无法退。

"还想退？"夏文达盯着欧阳立。

欧阳立倒愣了一下，脱口而出："哪有退的道理？"他的下意识里，这事得做成，但表现出来的决心，比夏文达温和得多。此时，他突然意识到，自己的"温和"或许是种不痛不痒，可能会误事。

夏文达要欧阳立跑上头的关系，说："用你的话讲，跟上级部门协调好。这是大靠背，得稳。"夏文达知道，自己太冲、太粗线条，调侃欧阳立对领导口味。

欧阳立批夏文达有偏见，对所谓领导的印象，不是从电视得来的，就是以前的老看法。

"反正这事以你为主。"夏文达耸耸肩。他要欧阳立跑海关、税局等各部门的路，给玉石料进公盘场打好通道，缅甸老板也安心。

"艰巨又光荣的任务。"欧阳立打趣。

夏文达和欧阳立跑了趟平洲，利用关系，搭上当地的干部，细细了解了开公盘的各种情况、手续。

"有把握吗？"欧阳立问。两人回到乔阳，各吃下一大碗牛肉汤面，好像这时才有力气谈这个。

"看做事的心了。"夏文达挥着筷。

谈到兴起时，陈修平来电话，夏文达扬扬手机说："等到了。"

见面后，陈修平提公盘，责怪竟没跟他通气。夏文达说话风轻云淡："有那么个想法，随口说一下，外面就传得有鼻子有眼。"

知道夏文达自有用意，欧阳立配合："是先提出来讨论。这事要办，商会是主力，乔阳公盘不能没有商会。"

陈修平提起，前些天能开的会全开了，独缺了商会，而商会成员中，或是村民代表，或是基金会理事，或是党员。总之，大多数人开过会，唯独缺了他。

"修平兄分不开身。"夏文达回击，"一次又一次，村委会请你请到不好意思了，反正也就一点想法，事情真要办，还能不找修平兄吗？"

陈修平打听两人去平洲的事，夏文达答得含含糊糊。陈修平又打听欧阳立找办事处领导的事，他在街道办事处有朋友，知道那么一点。欧阳立绕着弯，和他周旋。

问得很多、很细，问着问着，陈修平突然停了，转了话风，说找夏文达这大忙人喝杯茶，公盘的事听村里人谈得欢，随便问几句。他谈起生意，谈起宝鼎轩的规划。

直到离开，陈修平没再提一句公盘。其间，欧阳立想说什么，夏文达使眼色制止。陈修平走后，夏文达晃着头："老手就是老手。"

刚才谈话时，陈修平很快发现，夏文达有意引他关注，立即丢开了话题。

几十年的生意积累，再加商会会长的身份，陈修平有大量资源，像缅甸玉石毛料公司的引进，大客户的联系，都有极大的优势。商会几个副会长资源也不错，但陈修平出面不一样，公盘得商会加入。这些，欧阳立和夏文达很清楚，陈修平更清楚。

夏文达提到更要紧的，陈修平有办公盘的地方。

"陈修平那个锯玉厂？"欧阳立恍然。

"现成的。"夏文达双手一拍，"稍修整一下就能用。"

夏文达一再重复的"简单点"，欧阳立明白了。

锯玉厂是二十世纪九十年代末建的，当时是片荒掉的田地，陈修平买下建了白玉厂，最旺时几百名员工。白玉厂关停后，隔成好几个片区，分租出去，做玉石切割作坊，陈修平留了一角作切割车间，还有大半空着。锯玉厂靠近乔阳玉石料切割区，很方便，且前面有片空场，是最好的停车场。

锯玉厂靠近乔阳中心，厂房改建一下就可以使用，不算很大，但足够用了。夏文达的思路是，从小规模开始，重要的是质量。

欧阳立认为，该跟陈修平谈，正正经经、开诚布公地谈，不要拐弯抹角、探来探去。

"你不明白陈修平。"夏文达摆手，"那样不会成的。"

"他算你另一个哥。"欧阳立说，"修市场得罪了他，你说软话是情理，不是服软，两兄弟没有什么你高我低的。"

这话夏文达听着不爽，但他想了想，起身了，出门前说："是欧阳立书记让我去的。"

欧阳立觉得好笑："几十岁的人了，这么赌气？"

"我和他路子不一样了。"夏文达很认真，"两人也跟以前不一样了。"

"不能那么说。"欧阳立真像对小孩讲话了，"告诉他，我想一块儿去的，是你不让。"

"要我谈就要照我的法子。"夏文达丢下这句话，大步走了。

看夏文达进门，陈修平冷笑："大主任找商会开会？"

"找你。"

茶未沏好，夏文达就提公盘，提锯玉厂，讲各种便利和好处。陈修平截住他的话。

"够了。"陈修平语调又闷又硬，"你当你的主任好了，可第一个拆我祖屋，叫乔阳人看笑话。"

"我没有这意思，你该知道。"

"陈修平的祖屋成了你夏文达的剑。"

"再提这个没意思了。"

"现在又来拿我撑腰。"

"互撑，这事你不吃亏，你比我清楚。"夏文达说。胸口搅着，半咬住舌头，跟陈修平间的对话变成这种味儿。

"你用什么身份跟我讲话，公的还是私的？"陈修平问。

"公的，也是私的。"

"免了。"陈修平冷笑，"我做不了什么公家大事。"

夏文达手里的茶杯微颤，很想揪住陈修平，像小时候那样。那时，两人因为什么吵架了，就揪住对方的胸口，狠打一架，不管输赢，隔天就好。两人不会再打架，也很难无痕无迹地好了。

夏文达让陈修平别撇那么干净，商会会长算公的吧，可敢说没有私吗？公不好，私也好不到哪里去，私不好，公也很难，乔阳市场低落，乔阳人日子也难过。叨叨完这些，夏文达发现，是欧阳立的口气，就这么从口里出来了。

走之前，夏文达讲清楚，市场的事他没法道歉，拆违搭，没错。他再次问陈修平，对锯玉厂改建公盘怎么想？陈修平喝着茶，没有抬眼。

出了宝鼎轩，夏文达脚步缓了，突然没底了，有那么一瞬间，甚至怀疑，是不是真心急了些。前面已铺了不短的路，事情早就开始了，欧阳立嘴上说别心急，可很多事已经着手去做了。夏文达加快脚步，暗骂自己，想七想八做什么。他要去找欧阳立，好像欧阳立是定心丸。

2

公盘被明确提出来，似乎源于那些日子。

乔阳格外安静。和往常一样，夏文达和欧阳立到市场绕一圈，穿过乔阳中路，进入玉石毛料区。夏文达顿了一下，想转身。欧阳立站下，对着关闭的铺面。夏文达憋不住："有什么好看？"

绕乔阳四下走，已成为夏文达和欧阳立的习惯。工作告一段落时，早起时，晚饭后散步时。乔阳中路、玉都路、玉都成品展销区、玉石毛料区、毛料切锯区、老寨区、商住小洋房区……像农民巡视田地，每次都有一些需要打理的。小到一个烟头，一袋没有归入垃圾桶的垃圾；大到被锯开的铁栏杆，一夜之间违搭的半间棚子。有时走着走着，夏文达嘲笑自己，确实像管家婆。

"有管家婆意识好。"欧阳立说，"是为村民服务的意识。"

"这官腔。"夏文达鄙夷地摇头，"这么说话不累吗？"

"我的官腔是主流了些，和你的'非主流'正好搭配。"欧阳立毫不在意，"吃饭也要荤素搭配。"

他俩边走边有一句没一句地谈点正经事，扯些闲话，相互调侃。乔阳村民戏称，这是乔阳的明人暗访队，机动巡逻队。常有铺面招呼他们喝茶，他们或应一声下次再喝，或进门站站回应一下盛情，或喝两杯茶，或坐住聊一阵。欧阳立说："铺面一间连一间还有这好处，像小时候四处串门。"

那些天，玉石毛料店大都关着，成品店也关了大半，老寨作坊区的磨玉声，毛料切石区的切石声，都静了。平洲翡翠公盘开盘，绝大部分玉商跑去买玉石料。好些年了，一直这样。

"乔阳没有公盘，这话我都说不出口。"半天，夏文达憋出一句。

乔阳没有翡翠公盘，到乔阳之前，欧阳立已经了解过，知道某些历史原因，他很清楚，公盘会是乔阳长远发展的推力。但公盘像个结，梗在乔阳人心上。

"不能拖了。"两人在花圃边站下，夏文达一只脚轻点着地，"得有像样的公盘场，一块地。"

"是不是太着急了？"话到嘴边，欧阳立吞回去，思路随着夏文达走，沉吟着，"地？"这是最头疼的，在乔阳又更加麻烦，人多地少。他的脑子搜索着，想不起乔阳有合适的地方。

"公盘场要的地方不小，建个公盘场也不是小事。"夏文达盘算着，"先跟街道办事处提一下，打个报告什么的。"

欧阳立很惊讶，想夸夏文达越来越有规矩，但止住了。夏文达不太喜欢人这样夸他，欧阳立一夸，他就刺欧阳立嫩小子装老成，拿规矩说事，他有句话：规矩我会不懂？不用别人挂在嘴上教训。

"现在就报告。"欧阳立当即给萧向南电话。夏文达倒一时反应不过来，他以为，这书呆子至少得衡量半天。大概因为欧阳立是外地人，不知乔阳公盘曾有的过往，也好，事情做起来不会缚手缚脚。

萧向南和纪晓锋都在，欧阳立说："我们现在过去。"

"当然，公盘是好事，只要办得成。"纪晓锋有些犹疑，"不过建公盘不是一时兴起，之前……"

"以前是以前。"夏文达抢过话头。

"是得建公盘了。"萧向南对纪晓锋说，用征询的语气，"这事拖太多年了，现在换了风气，换了做事方式，可以试试？"

"乔阳要走长远，这事一定得做。"欧阳立附和。

纪晓锋手指轻敲桌面，好一会儿，抬起脸，有了远景计划："到时港明的中低端翡翠市场，凤滨的低端翡翠市场，杨林的白玉市场都要带动，这三个市场，都是乔阳翡翠市场带起来的。"

"肯定有带动，还是先想实在的。"夏文达觉得，领导想得飘了，喜欢动不动弄个大前景，他说，"事情先实实在在做好，就都带动了。"

纪晓锋和萧向南的意思，既然要做，就做大一点。公盘不要单放乔阳，找块大点的地，不单是乔阳，包括港明、凤滨、杨林几个村，辐射整个玉器产业片区，把玉器产业带活。

夏文达的意思，公盘场建在乔阳村内就好，为的不仅是乔阳玉商，还有拿货的外地玉商，他们是冲乔阳来的。事情在一个村内简单些，跨村牵扯太广，牵来扯去，事情就复杂了，可能会拖，甚至办不成。

"需要协调的，街道办事处可以想办法协调。"萧向南给出态度。

"乔阳要好，整片玉器行业都要拉旺带活，对乔阳也有促动的。"纪晓峰说，"会形成良性循环，做事胸襟要开阔些。"

萧向南和欧阳立对视一眼。

"我只想得到乔阳，把乔阳整好，就了不得了，胸襟比不上纪书记。"夏文达直统统开口。

"纪书记的意思，好项目干脆一手做大做强。"萧向南打圆场。

"有些事不是要强就强的，也不是越大越好。"夏文达脸黑了，忍了忍，那口气顺下去，语气却没法柔和，"要是贪大，牵扯太多，说不定事情就办不成了。这次公盘场再办不成，乔阳人都不敢想望了。"

几个人沉默了，之前乔阳公盘场的事都知道。

最终，萧向南给出建议："怎么做再讨论，你们更了解基层实际。"

"萧主任不刚从基层上来吗？"夏文达看着萧向南。

萧向南自嘲地笑笑，他明白夏文达的意思，后来他对欧阳立说，夏文达还有些孩子气，不过，这也是他喜欢夏文达的重要原因。

"但要在乔阳找地方……"欧阳立疑惑，明确夏文达的想法之前，在其他人面前，他不会直接反对。话说到一半，他突然意识到，夏文达这么坚持，可能有想法了。

"公盘场不用太大，先办起来。"夏文达回到事情本身，"这些年翡翠行情一般，大公盘不一定就能办成，最要紧的是办得成。"

十年前，乔阳没办成公盘场。六年前，乔阳还是没办成公盘场。这成为乔阳玉商的心结，周围的港明、凤滨、杨林也惋惜不已。

十年前，翡翠市场大旺，乔阳翡翠更是暴热，无数玉商涌到乔阳拿货，无数外地商人落户乔阳，无数学徒到乔阳学玉雕。缅甸玉石料大公司看中这块宝地，想办公盘。

最终，玉石毛料公司被平洲拉过去。至今没人说得清，到底真正的原因是什么。

有人说是村委会主任洪锦添太爱钱，地皮讨了极高的价格，把缅甸老板吓跑了。也有人说是市一级领导要的高价。

后又有另一种小道消息，市层面计划建大型公盘，在乔阳、杨林、港明交接处划一片地，由街道办事处牵头。洪锦添认为架空了他，利用自己跟缅甸老板的关系，把事情弄砸了。

也有上头传下的一些说法，翡翠交易纳税不正规，翡翠行业的税收不规范，与投资方没谈妥。

当时，潮汕机场未修建，动车站没有开通，只一个小小的火车站点，通乔阳的只有大巴，交通不便，成为很大的影响因素。也有人反驳，乔阳声名在外，多不方便玉商都会上门。

缅甸老板嗜吸大烟，爱打麻将，在乔阳开公盘，会坏乔阳风气。

平洲费尽心力拉拢缅甸老板，给了地皮、税收等各种优惠，专门建了商住小区，让缅甸老板安家。

各种各样的传闻、小道消息满天飞。

只有结果是确切的，公盘没有落在乔阳。

六年前，公盘的事再次提上日程，可那时乔阳村政混乱，用乔阳人的话说，正赶上运道差，公盘的事再次没了下文。

那之后，一提公盘，乔阳人便情绪复杂，这情绪同样影响了夏文达，他甚至冒出这样的念头：事不过三。这次公盘再建不成，以后可能就成不了了。

纪晓锋和萧向南让先出方案。

回来路上，夏文达没开声，进乔阳时说要找林墨白，欧阳立点头："正合我意，他的茶格外好。"

郁闷时，夏文达就想找林墨白，也没法谈什么，林墨白不爱听村委会的杂事，当然，夏文达说的时候他会静静听。在他的工作室坐坐，看看他雕的东西，喝喝他沏的茶，就静了，清爽。

林墨白不在，去了平洲公盘选玉石料，玉色轩只留一个人，徒弟都跟去学看玉石料，琢磨下标窍门，几天学到的东西比平时多得多。

"忘了，这种时候不可能。我做生意时也跑那边去。"夏文达自己煮水沏茶。

茶过几巡后，欧阳立问夏文达，是不是有点底。夏文达说前两次公盘没弄成，外面传一堆理由，这次都不会存在。说完，陷入沉默，欧阳立没再问。

好一会儿，夏文达打电话给夏文腾，问起正合号。夏文腾在平洲，对夏文达的关注很惊讶。店里近期新货不多，生意一般，他前段时间去了趟缅甸，买了两块玉石料，一块挣了一点，另一块输得厉害。夏文腾做生意可以，看石头常失手，以前多是夏文达看的。夏文达不想再听，很快，夏文腾会绕回老问题，怪他去管乔阳的杂事。

"什么时候回？"夏文达截住夏文腾的话。

夏文腾打算多待几天，标的玉石料在平洲切，不合心水的，能卖就卖了，合意的带回乔阳做成品。

"在那边买石、切石，还要在那边做生意，正合号干脆搬去平洲得了。"夏文达语气变差了。

从玉色轩出来，夏文达挥着手，嚷嚷公盘愈快建愈好，可找更简单的法子，批地一堆麻烦，手续啰嗦透了。欧阳立表示，夏文达想怎么操作就怎么操作，他会做好支撑。夏文达眼里有光，问："你信得过我？"

"没有什么信得过信不过。"欧阳立说，"做事就是。"

"这书呆子，这次倒不规矩了。"夏文达很兴奋。

于是，夏文达召集村委会成员，提建公盘的想法，欧阳立静观。

3

近十斤重的松鱼出水，池边一阵欢呼，看农场的阿伯又捞了条草鱼，七八斤重。夏文达冲刘伟彬嚷："要煮要烤要蒸要煎，你安排。"

"全鱼宴。"刘伟彬说。他做鱼功夫一绝。

昨天，夏文达约刘伟彬来农场，原本，欧阳立建议在村委会。

"还没到正经谈事的份上，到村委会做什么？"夏文达摇头，"当成事就不好了。"欧阳立很疑惑，怎么能不当事？夏文达也没底？

刘伟彬是顶铺村支部书记兼村委会主任，和夏文达关系挺好，都爱吃鱼，刘伟彬做鱼手艺一绝，经常来夏文达农场凑。这次确是有事，夏文达跟欧阳立提到一片山坡，在乔阳和顶铺村之间，长着杂树，坡下满是杂草，一些村民当垃圾场，那片地有成为公盘场的潜力。

"涉及外村了，又要用地，会比较麻烦。"欧阳立沉吟，"再一个，顶铺村地势偏僻，极少从事翡翠行业的，合适？"

"就是个想法。"夏文达悠闲地喝茶，"明天周六，当作去农场放松，吃个鱼，没破什么规矩吧？不会违反你那什么党性吧？"

鱼头豆腐汤、清蒸鱼块、红烧鱼、酸菜鱼、面炸鱼块、酸甜鱼、滑鱼块、咸焖鱼……一盘盘上桌，夏文达叹，有这样的日子，做人还有什么不满的？

"你夏主任要的，可不止这些——看上那杂草地了？"刘伟彬拉椅子坐下。

夏文达反问："就让那块地那么荒着？"

"早想整整了，别看荒树荒草的，可是块好地。"刘伟彬用筷子点着，"就是顶铺村太穷，你有好主意？"

"模模糊糊的想法。"夏文达咬着鱼肉，"到时，真没办法的话，那也是办法。"

刘伟彬顶他："是个备用想法吧。"

刘伟彬是个精明人，从夏文达的态度中，看出八九分，他和夏文达关系好，两人间说话不遮着掩着。夏文达毫不客气："那就是块死地，能当备用算不错啦。"

"谁让我们顶铺村穷呢。不过先讲好，真看上了，拿石头来换，上等的翡翠石头。"刘伟彬舀着鱼汤。

饭后，几个人到顶铺村那片山坡边，开车绕转了一圈。刘伟彬指着那片坡："地可不算小。"夏文达笑："大也要有用。"

回来后，欧阳立讲了他的顾虑："那块地手续会很长，还有个小山包，整的话工程不小。"他很疑惑，这不太现实，夏文达转想法了？

"想那么远做什么？"夏文达毫不在意，"先看着。"

不久，陈商言透露，陈修平打听过夏文达见刘伟彬的事，打听得很细，两人谈了什么，去看了那片荒地么，有没有一块儿去街道办事处，有没有就这事开会……夏文达很高兴："问得不单细，还很专业。"

那天，只有欧阳立和夏文达去，刘伟彬应该不会透露这些，另外一个是夏文达的朋友，跟陈修平不认识，他怎么知道这事？欧阳立恍然，问夏文达："那天的事，是你透露出去的？"

"一点。"夏文达耸耸肩，"喝茶时漏了一句嘴。"

"漏嘴？"

"问那么明白做什么？你这人，有时很聪明，有时很木。"

夏文达稍漏一句半句，陈修平自会去探听，乔阳没什么他问不到的。至此，夏文达的意思，欧阳立完全明了，但还是有担忧，那片荒地确实不太现实。这么激有用？如果陈修平真认为，村委会转投他路，锯玉厂不放手……

"他是商会会长，还有他的宝鼎轩。"夏文达很自信，"不会让公盘开在乔阳外面，锯玉厂办公盘场，对他有好处，大好处。"

问题是，得让陈修平自己说出口，后续的事就会好办得多。再一个，公盘经营也离不了商会。夏文达说："要是不情不愿，以后会有很多麻烦。"他知道，只要陈修平自己认的，就会全力做。

欧阳立点头不止："有道理——顶铺村那边怎么交代，给刘伟彬吃空壳包？"

"什么空壳包，讲这么难听。这是聚餐随口提的想法，又不是开会宣布的。就算开过会，没签合同，事情也没法定。这道理，刘伟彬不会不懂——不用操心，我和刘伟彬没事。"

"陈修平这边？"

"再加点码。"夏文达捏着下巴，"顶铺村那块地好好'设计'，做出那么点样子。"

还是陈商言出马，想想怎么规划那块地。不久，对那块地的"规划"像模像样了，分几个区：公盘场、玉石料切割区、镶嵌区。近些年，翡翠珠宝款式创新，与金银、钻石结合，珠宝镶嵌店越来越多，污染成为问题，计划将镶嵌作坊集中在一起，配套污水处理系统。那块荒地将成为乔阳的大后方。顶铺村也乐意的，那块地一活，村子也将盘活，很多人有活干了。

很快，陈商言把这个"规划"告诉了陈修平，讲得很详细。

"夏文达真有心在那块地上做文章？"陈修平问。

"别的路要是走不通，也只能这样。"陈商言说，"这规划确实不错，再不用力，乔阳的市场真会散，近些年都是靠之前的底气撑。"

"那不是个小工程。"陈修平冷笑，"看他夏文达怎么弄。"

"爸，文达叔那个性子你是知道的，就看他想不想做。"

宝鼎轩的灯亮了一夜，陈修平一泡一泡沏茶，思绪飘了，拢也拢不住。脑子里搅着的，全是过往日子的片断，他和夏文达的，他自己的。他一会儿伤感，一儿高兴，一会儿生气，搞不明白自己怎么了，老了吗？和夏文达交往几十年，忽然不明白他了。活了大半辈子，忽然不明白自己了。

一大早，陈修平叫夏文达去宝鼎轩。欧阳立和夏文达一块去，路上，欧阳立跟夏文达讲，这次拿出谈事情的态度。

"我次次都是谈事情的态度。"夏文达说，"不过这次不绕弯。"

欧阳立先开口，直言锯玉厂是最好的选择，建公盘场正合适，公盘确实需要陈修平的帮助，如果他不肯帮忙，别的选择都是无奈。给了大大的台阶，陈修平顺着下去，脸色缓和很多。

公盘得商会和村委会合办。夏文达先提这个，接着，把想法一股脑倒了出来：锯玉厂作乔阳公盘多合适，地点合适，大小合适，建筑格局不用大改，当然得陈修平答应。公盘合作公司方面，陈修平是很大的力量。商会成员在翡翠行业交际广，外地客人要靠他们宣传和搭线。

讲完这些，夏文达有难以言说的轻松。自当了村委会主任，在这个大哥面前，很久没有这样干脆了。

"终于说实话了。"陈修平啜着茶。

"都是实话。"

陈修平继续啜茶，夏文达和欧阳立喝茶，静等。

"公益基金会的事我来理？"陈修平突然跳话题。

夏文达和欧阳立一时没反应过来。

"一个村子基金会的理事长，我没资格？"

"我不会理财？"

"我没有做事的能力？"

"担心我贪那点钱？"

陈修平一句一句追着。

"公益基金会和别的不一样，要的是一份心。"欧阳立放下茶杯，有些推心置腹的意思，"陈会长何必纠结这个，也不会稀罕吧？"

"不是稀罕，我连个公益基金会会长都当不了？"陈修平看夏文达，夏文达的目光垂在茶杯里。

"这真没办法。"欧阳立语气轻中带硬，"村委会做事，不会靠什么交换。"

再次去宝鼎轩是两天后，夏文达态度极好，陈修平酸溜溜的一通话，他像没听见，自己边找茶叶，边开了口，很坦白。

陈修平的锯玉厂有大半空着，没什么盈利。村委会全部租下，一签十年合同，利润看得见的。双赢，生意，没有什么面子不面子。对乔阳，公盘多要紧不用多讲。

陈修平没出声。夏文达继续谈细节性的东西。

公盘场村委会组织改建，负责运作、安保。商会帮忙筹备，接待重要商家老板。合作的缅甸玉石料公司，由陈修平和夏文达牵头联系。公盘场不大，但每年要保证开盘的次数，合作公司除信誉外，得有实力。陈修平可在公盘场旁边设一个切割点。

"这是大概模式，商会和村委会商量着做。"夏文达为陈修平端了杯茶。

"到时，你夏主任又一番好政绩。"陈修平语气尖尖的。

"做成了，当然算我的政绩。"夏文达实话实说，"可也算修平兄的，算村委会和商会的，也是乔阳的，这种政绩越多越好。"

"我不用什么政绩，不想搅这事。"陈修平慢悠悠喝茶。

看着陈修平，良久，夏文达长呼一口气，胸口憋着的意思吐出来：如果陈修平真像他说的，不想搅这事，村委会只好另想办法。到时，乔阳公盘没有商会加入，不，只是陈修平没"搅和"，哪个都不好看，乔阳人怎么看？办法是人想的，村委会不是全没有退路。

两人对视，空气凝固成胶状物，把两人裹在里面。

4

夏文达和欧阳立巡看公盘场改建，远远听见陈鸿的骂声，他俩相视一笑，赶过去。陈鸿指着这说不合规格，点着那骂不用心，嚷得脖颈发红。夏文达笑："这老陈鸿，平日蔫蔫的，一到工地就打鸡血。"

"陈鸿叔专业一根筋。"欧阳立点头，"要的就是这一根筋。"

"陈鸿叔，别急。"欧阳立上前，"他们怎么比得上你这师傅。"

夏文达说："小心血压飙上去。"

陈鸿骂了句粗话，嚷嚷工人们那不叫干活，是过家家。他恨不得抢了工具，亲自上阵。夏文达和欧阳立只是笑，有陈鸿看着工程，少操很多心。

两人顺公盘场绕一圈，改建的主体工作已完成。大门左边有客人休息室，右边是工作人员办事点；前半部分玻璃盖顶，留通风缝，后半部分保留原先的屋顶；右角砌一个房间做工作室，广播、拆标、登记全在里面。

"不算大，可摆玉石料足够。"夏文达举起手臂划了半圈，"上万份石头都没问题。"

陈商言来了，带人补拍公盘场资料，做宣传片。从老玉街的半成品小店面，到玉都大街的高端成品店；从玉石毛料市场，到玉都成品展销中心；从玉石料切割作坊，到玉雕工作室、镶嵌商铺。以翡翠行业发展为主题，以公盘场为重头戏，视频命名《流光溢彩》。夏文达归纳得直接："叫玉商们知道，乔阳有好玉石料和好翡翠。"

指点一番后，两个后生去拍视频，陈商言随夏文达和欧阳立进休息室，带了文字稿，配视频的，夏玉影主笔的。夏文达用力看了一会儿，字好像都看进去了，脑子却迷迷糊糊，不住摇头："看不出什么门道。"

欧阳立接过稿子：从乔阳的玉行业升华到玉文化，从玉石料的神秘写到翡翠珠宝的光彩，介绍乔阳各片区的经营方向，对将要开办的公盘做了设想。

"不错，既有实在的东西，又有文艺感。"欧阳立评价，"适合宣传。"

"官话。"夏文达嘲讽欧阳立，冲陈商言点点下巴，"念念。"

陈商言大学时代是广播站播音员，念稿很有感觉，用洪建声的话讲，像电视里拿话筒的。声音赋予文字特殊的魅力，夏文达听得入神："把乔阳的翡翠讲得像模像样，夸成一朵花了。"

宣传片专为公盘准备。夏文达临时决定，去缅甸带上陈商言，这后生嘴巴溜，视频是他做的，由他跟玉石料老板讲解再好不过。他和陈修平父子兵齐上阵，到时，父子可能就对上话了。自陈修平同意合作后，夏文达就想象过，这对父子一块儿干事的场景。

上次，夏文达和陈修平几乎撕破脸。事后，欧阳立单独找过陈修平几次，又和夏文达一起走了几次，给足陈修平面子和台阶。至于他当基金会会长的要求，始终没有松口。当夏文达几乎想跟刘伟彬谈那块地时，陈修平竟点了头，说："我们两个这算又合作了？"

"我们两个一直合作着。"夏文达回陈修平，一字一字地。

现在，夏文达想告诉陈商言："你们父子也合作合作。"

一个保安闯进门，说洪建声在骂人，骂得很凶。欧阳立起身要去，夏文达挥挥手，洪建声骂人跟吃饭喝水一样。最主要的，洪建声不会随便骂人，有分寸。

"洪主任这次骂得很凶。"保安重复。

洪建声骂人，保安早习惯了，欧阳立说："这样来报不正常。"

保安也讲不太清楚，说像是什么老人慰问品，什么分红。夏文达一听，抬脚就走。

去年年末，区里拨了两万元，慰问六十岁以上的老人，村委会托老人组安排。往年，老人组都是买些麦片、芝麻糊之类的营养品分发，传言今年多发了几万，钱不是老人组吞了，就是村干部抽烟喝茶了。

问夏理明，仍是两万元，早转老人组了。到老人组追问，还是按往年规矩，买东西发了，接到款就安排了。老人组几个负责人很生气，乔阳六十岁以上的老人不少，那点钱，也就买点营养品意思一下。乔阳绝大多数老人日子不错，日子真有难处的，老人组都有特别关照。追问这点东西，什么意思？几个理事把记账本丢出来，夏文达倒尴尬了。

"买东西，一份份配发，琐碎得很。"老人组的理事说。

欧阳立提醒，查查哪里传出这话的。

"这点钱查了都丢脸。"一个老人很不屑。

"不是钱多钱少的问题。"欧阳立说，"这是给老人家的慰问，多多少少是个心意，图个开心，图个吉利，不能让人乱讲。"

话说进老人们心里，答应配合追查。

传言这样：今年拨的钱比往年多几倍，发的东西和往年一样，其他钱去路不明。话已传遍乔阳，最初是哪张口说出来的，查不到。夏文达满肚子气无处发。欧阳立反省："也是村委会疏忽，款项使用没有公告，我们有责任，这是教训。"

欧阳立分析，事情本身不是最要紧的，老人组发公告解释一下，老人组话有分量，乔阳人信服。要注意的是，这个节骨眼出现这种流言，说不定还会有别的事。

"跟公盘扯得上什么关系？"夏文达觉得欧阳立想多了。

静了两天，另一种话出现了。传村委会乱花销，又是建市场，又是改造公厕，又是雇人清理市场和垃圾站，现在又修公盘场，花的都是乔阳人的钱，年末村民分红悬了。

分红，是村民的敏感点，各种难听话都出来了。

这次村委会动作很快，洪建声暗中查，牵到林木盛身上，洪建声要教训他一顿。欧阳立拦住，传来传去的话不可能全止，也不可能追究到底，他说："这种事可以清者自清的，事情做成了自然没话说。"

"我没法讲得那么好听。"夏文达说，"分红能不能发，到时就知道了。"

"是这理。"欧阳立点头。他瞒着夏文达，到街道办事处和区政府走了一趟，解释流言的前因后果。乔阳村委在做什么，上级得知道。

夏文达叫洪建声放出话："分红不会少一分，老人还有可能增加。"

"后半句不要传。"欧阳立交代，"就算村委经济许可，也该开会决定。"欧阳立是有些担忧的，近期确实花了不少钱，他暗问夏文达，"年末分红确实没问题？"

"我原先做什么的，你忘了。"夏文达很有把握，"公盘场弄好，自然有钱入袋。"

他们全心准备去缅甸的事。陈修平、夏文达、陈商言和商会副会长洪锦城一行四人，陈商言负责宣传和资料，其他几人和缅甸老板认识，且在生意中打过交道。

欧阳立留守。街道办事处、区政府、海关、税务局……像游戏通关，一关一关闯，卡壳时纪晓锋和萧向南出面。一系列手续跑得差不多时，欧阳立在萧向南办公室坐下，突然说，很理解夏文达为什么会骂粗话，这时如果能吐一串粗话，会轻松很多，可他吐不出口，他摇摇头："我的语言失去了生机。"

"我毛病跟你一样的。"萧向南说，"比起他们，少很多生趣。"

"萧主任还是很有生趣的。"欧阳立笑，"所以我才会跟你吐槽。"

给夏文达打电话，缅甸那边挺顺利，在欧阳立意料之中，对缅甸老板来说，乔阳绝对是块肥肉。缅甸老板称许久没见夏文达，生意越来越大，要染指公盘了，是要大赚一笔。

夏文达摇头，这不是他一个人的生意，要紧的是老板们的生意。

那些老板很好奇，也很疑惑，夏文达当村官？要当也应该当个大点的，当官远远不如做生意赚钱多，还危险。夏文达引导那些老板，把他当村委会主任看成另一种生意，赚的是别的东西。至于赚什么，夏文达也没理清楚。回国的飞机上，和陈商言坐一块儿，陈商言说："文达叔把当村委会主任当成另类生意，有趣。"

"跟生意人，得讲生意话。"夏文达笑。

"文达叔当村委会主任，我也很好奇。"陈商言说，"想给乔阳做点事，这个原因肯定有，可应该不全是这样吧。不过，我理解文达叔，因为我跟你一样，可又不一样。"

"真会绕，你们这些年轻人。"

提起几年前回乔阳时，陈商言什么也没想好，回宝鼎轩？做什么？挣钱吗？他喜欢翡翠，却不喜欢翡翠生意。

"文达叔，你叫我进村委会，当时我觉得挺新鲜，想试试，甚至有些赌气，我和我爸正不对付。"在村委会越待越久，是陈商言当初想不到的。村委会有什么好的？他想不通透。

"可能就是因为村委会不好，我才待住的。"纠结一阵后，陈商言开玩笑，"我们这代人，喜欢扭着过。"

"有意思。"夏文达哈哈笑，"村委会'不好'，在'不好'里扭着，日子反有了味道？"

"文达叔也是喜欢扭着过的人。"陈商言说。

这话击中他胸口某些东西，夏文达愣了一下，细想，那些东西又没形了，一会儿清楚，一会儿模糊，讲不出，抓不着。他静静坐着，任自己被奇异的情绪包围，这一刻的夏文达，完全没有意识到，和两年前相比，他已成了完全不同的自己。

下飞机时，陈修平笑骂夏文达和陈商言，把自己撇在前面，像个外人，他们两人倒谈个通通透透。在陈修平的印象中，这个儿子从没跟自己那样谈过话。

"你听得到吗？"夏文达刺他。

"我是听不到，样子我看得清清楚楚。"

"别喝无名醋了。"夏文达大步走，"回头去平洲走一趟，商言也一块儿——对了，商会可向玉商们放风了。"他又交代陈修平盯好缅甸老板，得有好石料，乔阳第一次公盘，别让玉商失望。

"我会不懂？"陈修平瞪夏文达，"婆婆妈妈。"

5

两天后乔阳翡翠公盘将开盘。

夏文达和欧阳立又走了一趟商会，再次确认嘉宾、专家和重要玉商的接洽，喊来洪建声，再次交代安保、卫生、停车各事。欧阳立问得太细，洪建声烦了："脱裤子放屁，我办事，什么时候要人二话？"

夏文达也觉得，欧阳立小心了些："不就开个公盘吗？"

"第一次公盘。"欧阳立说，"对乔阳影响巨大，对乔阳翡翠市场，意义非同寻常。"

"又做报告。"夏文达截住他，"把旁人也搞紧张了，该安排的安排好了，各人做各人的事就是。"

"算我没见过世面。"欧阳立有些不好意思，脑子里仍过着事，和看摊的人员再交代一下细节，酒店那边再言语一声，来客，领导，讲话稿，夏玉影负责的宣传……

手机响了，屏幕上是宋思思几个字，欧阳立有些发呆，对这几个字有种陌生感。接通电话，喂一声后就沉默了，宋思思问："还待在那个村子？"欧阳立嗯了一声，轮到宋思思沉默。长长的沉默里，欧阳立感受到极有分量的失望。宋思思又问："很忙？"欧阳立说有事忙着。宋思思噢了一声，说没什么事，道了再见。很怪，欧阳立想起了夏天莹，他想，等公盘结束了，关于现在做着的事、选择的路，和夏天莹有很多话要说。

公盘开盘前一天，夏文达莫名紧张了，忘了笑话过欧阳立。晚上，他独自绕公盘场走，抚着公盘场的墙壁，父亲来了。夏文达说："乔阳的公盘要开了。"父亲点头："乔阳的公盘要开了。"夏文达才发现，父亲身边站了一个人，父亲的话是对那个人说的。凭夏文达的直觉，那就是书生。这个时刻，父亲第一个告诉的，一定是书生。

乔阳开公盘，是夏文达的父亲多年前的梦想。那时，乔阳到过缅甸的人没几个，夏文达的父亲说出"乔阳的公盘"几个字时，都觉得他这白日梦太离谱。最初，书生跟夏文达的父亲提到这个，夏文达的父亲也觉得，书生书读多了，有些呆。他对书生嚷："你以为这种事像故事，一编就编出来了？"

"不是编，是做。"书生很认真，油灯的火苗在他眼里腾跳，他成了那间土屋的一个发光点。

那是夏文达的父亲第二次去书生所在的村子，和第一次不同，那次夏文达的父亲是专门拐过去的，留宿一夜。简单的晚饭后，书生洗了盆油甘，夏文达的父亲感叹，又是油甘季节，上次来也吃了油甘、还是那样油亮惹人，甜脆无渣，久久回甘。书生叹息："东西是好，外面的人不知道。"夏文达的父亲环看一圈，土屋墙根边全是油甘，一麻袋又一麻袋。山上类似的好东西很多，自家种的、野生的，挑到镇上卖，镇上不太稀罕，销不动。如果能送到县城，销路肯定大不一样，但离县城近百公里，很难送出去。书生相信，东西如果销得出去，这个村子的日子，就会有日子该有的样子。村里的老支书去世前念叨着这事，让书生把村里的日子带出样子。老支书病了，没法及时送出去治，误了病，误了命。书生不停重复，如果有辆拖拉机，送到县城医院，老支书今晚还会坐在这里，聊今年的收成。

书生的想法是，先把东西送出去，最终把人带进来，路就活了。似乎把夏文达的父亲当老支书了，他声音微颤："没错，路子要活的，能长远的，整个村子的人都能走的。"

"活的路，长远的……"夏文达的父亲掏出一小块玉石料，刚从缅甸公盘买到的。他讲到缅甸的艰难，乔阳人对缅甸公盘的向往，对玉石料的渴望，若能打通去缅甸的路，乔阳就有了活水。就在那一刻，书生说："乔阳建公盘，路就更长，整个村子的人都有机会。"

夏文达的父亲呆住，不管乔阳人多么渴望，有多少幻想，这一层，没人敢想到。

"就像把村里的东西送出去，是想有朝一日把人引进山里。"书生说，"总有一天，我要让人来这个角落，主动来。"

胆大妄为，那个弱弱的书生。夏文达的父亲原本以为，他们在缅甸公盘的拼命够大胆了。

那一夜，夏文达的父亲和书生彻夜长谈。多年后，夏文达的父亲告诉夏文达，自那一夜开始，他会想一些没想过的东西，想一些日子以外的东西。那是什么，他没说。

今夜这一刻，夏文达突然隐隐明白了点什么。有些东西，看起来没有关系，实际上像种子，埋在岁月深处，在某些时刻发芽成长，结成日子里的果实。

夏文达冲父亲笑笑，也冲书生笑笑。以前，不管父亲怎么描述书生的样子，夏文达总觉陌生，想象不出；今天，他隐隐看到书生的样子，莫名地觉得很熟悉。

回去时，夜很深了。

公盘开盘一大早，夏文达交代欧阳立，这几天他要待在公盘，他说："没有十万火急的事，不要找我，你搞定，可以扣我考勤。"夏文达要看玉石料，专心看，很久没有看石头，手痒心痒。这又是第一次在家门口开公盘。

"痛快。"夏文达像期待礼物的孩子。

对夏文达买玉石料，欧阳立有过疑虑，夏文达现在身份特殊，标玉石料有没有问题？

"有什么问题？"夏文达觉得欧阳立又古板了，"我不是党员，没你那么多条条框框。就算是党员，村委会干部不能做点正经生意？也没用这身份干什么。要是这次挣一笔，往公益基金会捐一些，还给乔阳做贡献呢。"夏文达想到个主意，叫欧阳立也入点股份，他自认看玉石料水平可以，如果欧阳立没底，他帮他看些不太受关注的小明料，赚得不多，但挺稳。

欧阳立摇头。

"公盘是为拉动乔阳经济，书记、主任参加，是带头，用你的话讲，调动大家的积极性，对公盘有促进作用。"夏文达对自己的话又惊讶又得意，很像欧阳立的"报告"，很有"高度"。

"翡翠我不了解。"欧阳立很清醒，"你们买是因为懂，我不懂就是在赌，就不好了。"

"死脑筋。"夏文达很无奈，"你那点工资，能把日子过成什么样？"

夏文达一头扎进翡翠世界。

那块玉石料前围了好些人，夏文达隔着人缝看了一眼，站住了。等一帮后生仔散去，他往石料上拍了水，用电筒细照。有条色筋，很有力，颜色不闷不浮，均匀无杂质，如果向深处延伸，底下种不变，有可能出高色手环。夏文达的想象进入翡翠，顺色筋下去，看见它变成成片的颜色，厚度足，达到糯冰种，一个手环圈，又一个手环圈，洁净的绿色，如山边一汪绿水，莹莹地。夏文达双手想掬住时，一条裂纹赫然出现，他震了一下，细看，又一条裂纹，一条接着一条，细如牛毛，光彩夺目的手环不见了。夏文达深深叹气，造化的事。这是天地精灵，得天地恩宠的石头才能出极品翡翠。

很快，另一块玉石料吸引了夏文达：无色的籽料，冰种。这种料子二十世纪九十年代很便宜，那时受热捧的是色料，这种无色料子甚至论公斤卖。后来，无色料子受年轻人欢迎，渐渐被炒火。开始，夏文达也不喜这种料，没有颜色的翡翠不正宗，直到林墨白用这种料子雕了几个观音和几个水滴形吊坠。观音像通透明澈，纯粹至极，令人心神清静。

水滴玲珑剔透，托在掌心，让人错觉是托着一滴水，沁人心脾。年轻人说，这种料子显年轻。一些崇尚极简主义的人，认为这种更具时尚感。夏文达把料子托于掌心，料子不大，极干净，几乎没有杂质。他的眼前闪出晶莹的戒面与吊坠，还有各种随形花件。他拍了照片，记下编号，估了个价，这种料子年轻人喜欢，他们又多敢闯，要标中很难。

公盘场中，挤头挤脑的，多是二三十岁的后生，还有很多不到二十岁的面孔，乔阳人很早就敢把生意放手给下一代。

另一块入夏文达眼的玉石料，个头挺大，正阳绿，种好。他用手电筒细细照一遍，看得到的地方没有太多杂质，没有明显裂纹。令人痛心的是，为展示颜色最好的一面，·切石者从色块中间切开，现出大片的绿色。夏文达似乎看见，石头在地下深处静静潜伏，漫长的时光，终结晶出这极致的精华，某天被挖出，切割轮对着精华最美处，一分为二，下刀那一刻，夏文达胸口一颤。这样一切，色块有可能只有薄薄一层，俗称膏药色，想象得到的很多精品，一件一件失去，夏文达不甘心。他用手电筒顺四围再细看，这块料比较大，里面也许有无限可能，或许有更大的惊喜，当然，也可能是惊吓。

他的胸口怦怦跳，找回了久违的感觉，多年前，在玉石料场上拼杀起落的片断在脑子里搅着。

第一次进缅甸玉石料公盘，夏文达呆立很长时间，才从飘忽的状态中回神。翡翠石料像神秘物体，难以把握又让人痴迷。他凑在别人旁边，看人家拿手电筒左照右照，听人家讨论玉石料的坑口、成色、种水、质地，把别人零零星星的话语，当成某种秘笈，对照着石料研究。他厚着脸皮，拉住陌生人请教，弯弯绕绕地探问对玉石料的看法、估值。在公盘场，很少有人愿意把评判和盘托出，估价更是三缄其口。冷冷的脸和冷冷的语气，夏文达全接。

同去的几个人对着一块玉石料，长时间琢磨，有把玉石料看穿的痴劲，慢慢地，摸到点门道。陈修平、夏文达和林墨白最先入门，那时，夏文达和陈修平容易讲到一块，他们和其他人一样，看石料的种水、质地、颜色，更多的是估计——可出多少手环、多少戒面、多少挂件，想象成品可能呈现的效果，以估算玉石料价值、下标价，能挣到的钱。

林墨白不一样，他更关注翡翠本身，他对着中意的玉石料发呆，像男子痴迷某位女子，含糊不清地赞美，因找不到准确的词句表达那种美而苦恼。他深情地叙述，玉石料将绽放怎样的光彩，可以表现什么，想法和玉石料怎么结合。夏文达有些不明白林墨白，不过他喜欢林墨白这样，要说爱玉，林墨白是真正有资格的。

他们蹲在公盘场中，蹲在玉石料堆里，蹲在阳光内部，蹲进时间深处。起身时脚步摇晃，眼前一阵发黑又一阵发白，身子一会儿沉重如沙袋，一会儿轻飘如棉花，像把自己遗失在另一个世界里。

他们从种水、质地、颜色一般的翡翠石料入手。

当场看切石，有种眩晕感，直接验证眼光，又像有命运之手在扒拉。或大喜，转眼之间暴涨；或大悲，好的可能性都落空；常态情况输赢不大的又莫名失落。他们被这情绪搞得筋疲力尽，又莫名地迷上这起起落落，这使他们的日子多了无限可能。

有人跟夏文达打招呼，把他从回忆里拉回现实，那人示意四周："这势头很不错，这公盘乔阳人等太久了。"

夏文达才发现，地上的石料，木台上的石料，密密围满人，手电筒一闪一闪，合伙的三三两两议论。喳喳喳的低语声，玉石料搬动时的噼啪轻响，公盘场有种热闹的安静感。夏文达涌起从未有过的满足感，与切到暴涨玉石料时不一样。

夏文达知道，那些簇拥的脑袋中，风暴在翻涌。他们拼命想透过玉石料的表层，看得更深一点，更透一点。平平无奇的表皮下，或许有炫目的颜色、细腻清透的种地，或许会变成粉笔样的渣，他们在相信与怀疑之间摇摆犹疑。在他们的目光和想象中，玉石料变成手环、戒面、观音、佛像、花件、牌子、摆件，值多少，加价多少，可增加中标率。每个脑子都在高速运算，涉及对翡翠的了解，对翡翠市场的把握，自身的销售渠道，本单生意可能赚多少，不幸赔的话，是否在承受范围之内……

乔阳人与翡翠专家打赌的故事，在翡翠行内口口相传。大城市的翡翠专家对阵乔阳年轻人，为几块翡翠石料估值，专家估价相差很大，乔阳年轻人估价很接近。出成品后，乔阳年轻人稳赚一笔。

一次深谈中，欧阳立对萧向南分析："论进入缅甸公盘，乔阳人比香港、北京、台湾等地的大公司和大老板晚得多，却抢占了缅甸公盘大部分高端翡翠石料。识玉成为乔阳人一绝，对翡翠石料的认识和估值，是乔阳人最大的本事，成就了乔阳高端翡翠市场的地位。"

"公盘没白泡。"萧向南笑。

这段日子，欧阳立也泡在公盘里，泡在石料中，他握着手电筒，照着玉石料，精美绝伦的翡翠就隐藏在这些石料中，等待绽放。家里当年那块玉牌，最初隐在什么样的玉石料中？被取出后，到底是什么样的？尽管母亲描述过无数次，他仍难以想象它的光彩。

6

编号00001—00030号标箱等待被投喂标单。空气像被炽烈的光烤过，热烘烘，紧绷绷，标箱附近几张桌坐满了人。有的快速写下数字后折好标单，匆匆塞进标箱，似乎怕被旁人看到，又似乎怕自己反悔；几个合伙者最后确定下标钱数，对彼此重复一次，以示慎重；有的下笔前咬笔头犹豫，或给谁打电话，不知是要点鼓励还是要点意见；有的再三检查，一遍遍数标单上的零，一遍遍念手机号；有的写单前打开相册，确认玉石料编号，或跑去重看玉石料；有的揉掉标单，重写，再揉掉，再重写……

"和别人争，更多的是跟自己战争。"欧阳立说。他和夏文达很早就到了，今天是第一天下标。夏文达认为，第一天的投标情况很要紧，投标人多，就算好兆头。

"没有刀没有枪，没有吵没有闹，可磨人得很。"夏文达说，"要做这行，就得经得住这磨。"

夏文达一直关注着一个男子，三十几岁，他在下笔填单前停住，绕桌转了几圈，坐下提笔，又起身去看玉石料。

"你认识他？"欧阳立问。

"希望他这次运气好些。"夏文达叹。

男子叫陈旭川，十多年前，随父亲进入翡翠行业，刚上手，父亲得病去世，留他独自在翡翠界打拼。开始不错，切了不少玉石料，有几块挣了大钱，其它大多稳稳地挣。后来，不知怎么的，切的玉石料连连赔钱，他暂缓赌料，一心做生意。偏偏翡翠行情一年比一年淡，两年前，他的店面缩到极小，留老婆守店，自己到别人的玉作坊学玉雕，挣一份工钱。玉作坊近两年生意也一般，他要坚持不下去了。

陈旭川看的那块玉石料，夏文达暗中观察过，没什么颜色，表面很干，事实上是暴晒太久，给人干的错觉，种其实不错，又干净，没什么裂，可以出中档手环和挂件，切开有色的话就大涨。这种玉石料不太引人注意，陈旭川还是很有眼力的，有保稳的成分，也有赌的成分。

广播响，即将封箱，投标者涌向标箱。夏文达碰碰欧阳立的胳膊："可惜没跟着来一块，那感觉完全不一样的。"

"和别的生意差别太大了。"欧阳立说。他似乎不吐不快，滔滔不绝地叙说起来。

各人看各人，或各伙看各伙的，有眼色有经验有勇气，就有可能中标，价高者得，算很公平了。可又有很多运气成分，像下标价格，有时就是念头一转，有时刚好那块玉石料下标人少。众人看好的玉石料可能暴跌，不被看好的可能暴涨。投标公开，可投的是暗标，能知道谁投了标，没法得知别人下标价，秘密守在该守的范围内，又成了极私密的事，守着自己的秘密，猜测着别人的秘密，该有种奇怪的刺激。

夏文达盯着欧阳立。

"怎么了？"

"你说什么？"

欧阳立摊摊双手："想到什么说什么，思维杂乱，就当没见过世面的人瞎激动。"

夏文达笑笑，意味深长地。欧阳立着迷了，让翡翠吸引了，让这种投标方式吸引了。

"这是有头脑的'赌'。"夏文达说,"三分本事,三分胆识,三分运气,潮汕人就信这个。信命,也敢拼,出头了记着拼的功劳,也不敢忘了命的安排。"

欧阳立出神了,这话跟父亲当年的话相通。

那年中秋父亲回家,有朋友探访,谈起父亲任职的那个村。朋友问,真相信那样一个村扶得上路?父亲说,总归要试要拼,尽了心尽了力,最后怎样,是造化的事。那时,欧阳立还小,对父亲长年缺席家里的日子满是怨意,对父亲的话不愿意入耳。可不知为什么,那天的情景印在记忆里,在后来的岁月中,时不时闪现。

夏文达很肯定:"公盘再浸些时间,你也会想搏一搏的。"

"不懂翡翠,不敢狂妄到这程度。"欧阳立摇头。

开标。有人兴奋,兴奋后犹疑,跑回去看中标的玉石料;有人沮丧,低声骂粗话;有人拍大腿,后悔价格没有加高些,失了标;有人失落,之后又莫名轻松,开始找别的玉石料;有人后悔犹豫太久,错失机会……

陈旭川中标了。他猛地张大嘴巴,凑到公示屏前,确认自己的名字,转身时,脸涨红,不知是兴奋还是紧张。夏文达笑着拍他的肩:"欢喜欢喜。"

陈旭川点头,拉夏文达去看那块玉石料,满脸紧张地问:"怎么样,文达叔?"

"只要做得好,东西都不会差,稳。要是里面有色,就是纯赚的。"

"文达叔,估个价。"陈旭川盯住夏文达。

这种情况下,夏文达不会随便估值,估低了陈旭川心情不好,估高了显得没水平,他笑笑:"到手就是有缘。"在乔阳,买玉石料也好,买翡翠也好,都讲缘分,到手就不再纠结价钱。

陈旭川半抱着石料,一直在看,欧阳立说:"确实磨人。"

"费心费力的。"夏文达指指陈旭川,"你要是他,也会这样。"

公盘开始前大半年,陈旭川就着手准备了,成品店留必要的营业额，用房子抵押贷了款，找合伙人，跟老顾客联系，收订单。这次，除单独买的这块料，他还准备跟别人合伙买两块。他已经好几年不敢真正碰玉石料，多买半成品或小块明料，赚点加工费。

"这次，陈旭川押上身家了，玉作坊那份活很难干下去。"夏文达叹，"希望他真能翻个身。"

欧阳立问夏文达下手多少，他卖关子："等着瞧。"

两人绕公盘场走，靠近标箱的是高档区域，或是财力较厚的，或是几人合伙的，这个区域的玉石料利润高一点。外面部分石料档次低一点，下手的多是财力一般的，利润空间小一点。

"要说公平，又不公平。"夏文达说，"财力厚的，容易买到好玉石料，赚大钱的可能性比别人大。财力弱的，也会赚得慢一点。不过，乔阳人有合伙标玉这招儿，人人都有可能标高端玉料。还有一个，高价玉石料也有很多切不出好货，表象一般的翡翠，暴涨的也不少。也有财力一般的，有胆色敢冒险买高档料，财力厚的不一定就敢出手——我也绕进去了……"

"公盘公平又不公。"欧阳立总结。

"绕来缠去，都是废话。"夏文达摆摆手，"一句话，公盘上走一趟，人世的滋味多尝几分——看那头发油光光的年轻人，叫洪小奇，两年前是一家小作坊的学徒，现在小有名气了。"

两年前，洪小奇标了块体形巨大的玉石料，没什么裂，种很一般，也没颜色，价格不低，很多人觉得他入坑了。原来，他看中石料无裂无明显瑕疵，切出大量手环，手环心雕花件、佛像、观音像。胜在量大，成批卖进大城市的超市，除狠赚一笔，还打通了特殊的销售渠道，以那一笔做资本，连买几块类似的玉石料，连打几场漂亮仗。

"这就是眼色和脑子。"夏文达晃着头，"当然，还有运气。"

欧阳立看着夏文达："你从来不会忘了运气。"

"运气这东西，说不清讲不明的。"夏文达说，"反正很要紧。"他指着一个老人，五十多岁，叫夏锦荣，他的事，除运气不好，夏文达不知如何解释。

进入翡翠行业时，夏锦荣不到二十岁。早年，他看中的玉石料没有不涨的，别人请他帮忙看玉石料，也很准。因为看玉石料厉害，他收了很多徒弟。不知道怎么的，后来几乎逢买就输，最多也就挣点手工费。怪的是，他教出的徒弟很会看料，买料惊喜不断。他的学生一大群，大部分混得很好，只有他，一直在输的路上。他的经商头脑可以，珠宝店生意挺稳，也有徒弟建议合作，他看料不出股份，专门拿分成，他就是不愿意，硬要自己买料，年轻时积攒下的钱都输掉了，若不是那些徒弟，怕过日子都有问题。

"谁讲得清？"夏文达叹，"命的事。"

"是命的事，也是人的事。"欧阳立认为，夏锦荣如果懂得收手，好好经营生意，或像他徒弟建议的那样做，不用这么狼狈。他之所以到这境地，或是执着太过了；或是因为赌性大，不甘心放下；或是想挣更多的钱，期待切石暴涨。他的路子，有命运的成分，也有个人的成分。

"像是这么回事。"夏文达承认，"凡事到了你嘴里，都能说得头头是道。"

"我角度中立，他有什么样的选择，就会带来什么样的结果。"欧阳立说，"按我个人看，他如果懂得一些进退，可能会有不一样的光景，那应该叫智慧。"

"智慧。"夏文达笑了，"又一个光光亮亮的词。"

"不要觉得这词遥远。"欧阳立盯着夏文达，认真说，"你就挺有智慧。"

"哟，什么日子，给我戴这样的高帽？"

欧阳立表情依然严肃："处理事情，你有很多独特的、适合基层的办法，我们这些'书呆子'想不出，甚至不敢想，有些感觉怪，甚至夸张，可确实有效。"

"这公盘没白走，绕这一圈，人都不一样了。"夏文达很兴奋。

"在公盘里绕，能绕进日子深处。"

7

"公盘势头很好，应该成了。"夏文达对欧阳立说，也默默对父亲说。连看四天玉石料，今天他早早到村委会，悠悠闲闲的。

第一巡茶刚沏好，夏淑伟来了。一个二十几岁的年轻人，和夏文达有点亲戚关系，一句一句地喊夏文达叔，说有人不守公盘规矩，请村委会主持公道。

夏淑伟和几个年轻人合伙买玉石料，开标后，玉石料被另外几个人标走，只高八十块钱。标走玉石料的几个人中，有个叫陈平的，也是夏淑伟这一组的合伙人。陈平同时跟两伙人合伙，标了同一块玉石料，这是可以的。同时和几伙人合标同块玉石料没问题，但对各组合伙的标价，得绝对保密。开标后，发现那伙中标价只比这边高八十块，夏淑伟他们怀疑陈平泄密。暗中查访后，果然是陈平，把这边的下标价透露给那一伙，他在那边所占股份较多。

夏文达骂了句粗话。

欧阳立不太了解，问："公盘有没有明文规定不能这样？"

没有明文规定，但这是不成文的规矩，行业默认的道德规则。陈平这么做，不合情理，违反规则。

夏文达跟夏淑伟熟，他又是晚辈，夏文达说话很直：村委会能怎么处理？最多骂一顿，陈平如果是自己儿子或侄孙之类的，会先甩他两巴掌，现在没法管，这是人品的事，得怪夏淑伟不会看人，交友不慎。

夏淑伟蔫蔫去了。

欧阳立觉得这处理方式太粗暴。

"人品的事，没法管，我又不是陈平的父母。"

"难道乔阳的风气村委会不管？"欧阳立说，"就看怎么管了。"

夏文达觉得也对，可他问："这怎么弄？人品的事最难了。"

"想想法儿。"欧阳立说，"我一时也没什么主意——不过，夏淑伟那边至少先给个说法"。夏文达给夏淑伟电话，告诉他，自己会去找陈平，好好教训他一顿，其他的再说。

刚结束通话，有人投诉隔壁家弄排水沟，污水排到自家门前。夏文达烦躁了："你们当邻居快二十年了吧，这点屁事还搅不清？"

"我们去现场看一下。"欧阳立冲村民点点头。

"这种破事天天有，花盆过界了，垃圾扫别人门前了，胡乱倒水了，狗吵人了，小孩抢玩具、大人打架了。"夏文达说，"哪烦得过来？"

"既然报，说明他们处理不了，也说明他们信任村委会。"欧阳立说，"这种事说小很小，要闹大也可能闹很大。"

处理排污小道的事，像个小停顿，给了欧阳立思考的时间，他对夏淑伟的事有了想法，还是找夏淑伟和陈平，当面处理，公盘在关键期，这事影响很不好。

"正说公盘该成了，就出这事。"夏文达郁闷。

先找陈平。一见他，夏文达就要发脾气，看得出陈平紧张了，欧阳立让夏文达跟夏淑伟了解细节，他自己先跟陈平谈。

面对欧阳立，陈平态度却变了，冷冷地说："书记大人想怎么样？"

"作为朋友跟你谈的。"欧阳立语气很软，"不是村书记。"

"谈吧。"陈平耸耸肩。

"你和夏淑伟能合伙，说明是朋友，朋友间这么做，不地道。"

陈平稍愣一下，回击："胡扯什么，我什么也没做！"

在多人指证下，加上夏文达的大骂，陈平终于承认涉密，但玉石料已标出，陈平不愿负责，被泄密的那帮小伙又不肯罢休。欧阳立反复提醒陈平，不是那点利益的事，是朋友与信用的问题。

"他是小孩吗，会不懂这些？"夏文达嫌欧阳立婆婆妈妈。

欧阳立的想法是，陈平给夏淑伟他们赔偿点费用，或让出股份，赔偿款补偿不了什么，但算个态度。内部解决比较好，真嚷嚷开，陈平以后很难在生意场上混。

最终，还是内部解决了。离开时，夏文达气还不顺，生意场中人各式各样，这种小毛小病肯定有，村委会管不过来的，乔阳生意人自会管。"我们年轻的时候，哪有这种事？乔阳人做生意不用二话的。"夏文达闷闷叹，"世道变了，近些年，这种事时不时听到。"

夏文达觉得，这代人不如老一代守规矩、守信用。

"这些很要紧。"欧阳立若有所思，"这是文化的根基，如果动摇了，很多东西就不稳了，经济再好，也不算真正的好日子。"

"别讲大道理。"夏文达语气焦躁，"得来点实际的，这怎么弄？"

"这得从长计议。"欧阳立不急不躁，"一种风气的改变，不是一天两天的事。"

"从长计议。"夏文达耸耸肩，眼下有很要紧的事，"早上交代家里做菜粿，月柔别的马马虎虎，做菜粿一绝，皮薄有弹性，五花肉半炸后切碎，连油拌进菜馅——韭菜、包菜、萝卜丝，加点干虾米，刚出屉烫烫地吃最爽口……"

一个人拦住夏文达，把他关于菜粿的想象断掉。是李卓越，夏文达很熟，隔镇的，十几年前就到乔阳了，先从玉雕学徒做起，后自己开店。李卓越投诉，开标的工作人员做手脚，该他标到的玉石料被别人标去了。

"不可能。"夏文达很肯定。工作人员是村委会、商会、公司几方安排的，选人很谨慎，还专门送到平洲培训，且拆标箱时全程有监控。

李卓越强调，他弄得清清楚楚，石料中标价为280万，他投的是290万，中标价是公开的。

"你的投标价是290万，你确定？"夏文达追问。

"我自己投的标。"李卓越拍胸膛。

"不要绕弯子。"夏文达盯着李卓越，"确定是290万？"

"是290万。"

"一查到底。"夏文达答复。乔阳公盘不会有这样的事，不能有这样的事。

欧阳立交代李卓越，先不声张。现在，乔阳有很多外地玉商，事如果传出去，影响恶劣。

李卓越走了一段，被夏文达喊住，问这事传出去没有。李卓越说石料是他一个人标的，他只告诉了好友夏明杰。夏文达当场给夏明杰打电话，好在夏明杰知道，这事不是儿戏，未对别人提过。

"什么人都不能提。"夏文达交代李卓越，"如果再有一个人知道，别怪我们不管事。"

李卓越面露不快："我李卓越是什么人，夏主任该清楚的。"

"你是什么人，我太知道了。"夏文达冲李卓越的背影冷冷地说。

"就事论事。"欧阳立提醒，"别带偏见。"

"有时候，我这种'偏见'准得很。"

夏文达联系商会和缅甸公司负责人，召开紧急会议，各自派出人员查。中午公盘收盘后，工作人员检查一张一张对标单，另派两个人回看拆标监控。

夏文达、欧阳立和陈修平守在标房门外。陈修平认为，这没什么大不了。如果这事是真的，谁搞的就给谁好看；如果没有这回事，就让李卓越给个说法。夏文达绕玉石料桌转圈，动作急躁："有个公盘不好好看玉石料，精力放在作妖上。"他不相信工作人员会做手脚。

结果出来，欧阳立不得不佩服夏文达的"偏见"，他确有异常敏感的直觉，很怪，这种直觉基于对人性温暖面的信任，也基于对人性黑暗面的了解。

是李卓越标单有问题，数字2900000中的9很潦草，怎么看都像7，但中文的"玖"写对了，被工作人员认定为废单。标单摆在面前，李卓越一副极委屈的样子，指着那串中文数字，反复说没写错，数字9只是写得太快。

"没什么可讲的，不管你原先想写什么。"欧阳立很干脆，"公盘规定清清楚楚，字迹模糊，标单作废。"

李卓越认为，9上面那个圈完全可以认出。甚至透露出这样的意思，乔阳人欺负他是外地人。

"你吐屎！"夏文达大喝，"乔阳人什么时候欺负过外地人？这么多外地人，怎么待下来的？"

欧阳立拍板，标单作废，事情得公开，他说："这样下标者会更谨慎。"

离开时，李卓越一脸不满。

夏文达觉得不对头，没这么简单，要把事情弄清楚。

8

下标价不是小数目，李卓越在翡翠行业打拼多年，公盘规矩不会不懂，填标单不可能这么大意。

夏文达的分析有道理。他们重新找到李卓越，商会的人和欧阳立轮流询问、劝说，李卓越咬定，就是一时激动写潦草了。

夏文达猜测，李卓越想蒙混一下，因为对玉石料和价格没把握，他打了如意算盘，对石料不满就不认单，满意的话便认下那张单。玉石料最终被其他几个人标走，那几个人近些年常合伙，切出不少好料，他们标下那块料，说明玉石料好，于是，李卓越想认那张单。当夏文达讲透这番分析，李卓越脸都白了，咬着牙，不开口。

夏文达大发脾气，要以村委会的名义，好好处理。欧阳立阻止。夏文达愤愤地："不要总当老好人，滥好人。"

"你忘了自己说过的，这是人品问题，只要他不承认什么，没证据，就没违反公盘规定，很难让他负具体责任。"

"让商会取消他们会员资格，取消进公盘的证件。"夏文达气闷地说。

"也没道理。"欧阳立耐心劝，"还是那句话，明面上他没违规，取消会员资格不合理，对公盘不好，公盘要的是海纳百川。"

一来一往，两人辩了很久，以夏文达的沉默结束。

最终，这件事对外公告：李卓越标单模糊，作为废单处理。不少人有和夏文达一样的怀疑，连标单都写不清，有问题。多少人空单一拿一叠，稍不满意就重写，极谨慎的。如果真是模糊，也是李卓越活该。

事情没引起多大注意。

处理完这事已是晚上，夏文达还念着菜粿，说："什么事也先放一边，吃菜粿是头等大事。"话刚落，有人点名找夏主任。村民还是习惯找夏文达。

欧阳立笑。

夏文达大声问："着火了吗？会死人吗？不是的话，明天再来。"

那人诉说委屈，有块玉石料他标了最高价，却被拦标。玉石料是乔阳人在公盘寄卖的，之前他在铺面看中这块玉石料，玉石料主人出价，他没买，这次加了价，反而没标到——公盘期间，商会和缅甸方面协商，允许乔阳商寄卖玉石料。

"没事找事吧？"夏文达的火气腾地冒起来。

这是货主拦标，不是恶意拦标，完全允许的。

看夏文达有骂人的征兆，欧阳立把他拉开。夏文达辈分大，生意场有威信，对看不惯的年轻人，常用的方法是骂一顿，用他的话讲，这种愣头青骂一骂才上道。

欧阳立对那人讲道理，理解他的不甘心，但事要按程序走，让他回去好好想想，对方违了什么规矩。一通话后，那人点点头走了，有些蒙头蒙脑的。

夏文达大笑："欧阳书记的洗脑术厉害。"

"什么洗脑术？这是策略。"

"这种事要什么策略？"夏文达认为没必要处理，这是正常拦标，又不是为抬高自家货源价格的恶意拦标。

"人家找上门，就要给个态度，别让人对公盘失望，对村委失望。"

"又扯到云端上去了。"夏文达把欧阳立往家里扯，他闻到菜粿的香味了，时间掐得很好，肖月柔第一屉菜粿刚端上桌。

菜粿没吃成，洪建声来电话，公盘场出事了。没等夏文达追问，通话断了。

未到公盘门口，保安洪岳锐迎上前，告诉夏文达，丢了玉石料。夏文达脑门嗡的一声，这是公盘大忌。欧阳立低声提醒，先稳住。

经乔阳村委会、商会和缅甸公司几方商讨，决定先不报警，报警进行调查，事情传出去，接下来几天的公盘就没法进行了。乔阳首次公盘，开这样一个坏头，会有什么影响，谁也不知道。

不报警，找不到玉石料谁负责？现场沉默一片。

"我负责。"欧阳立站起身。

"你负什么责，负得起吗？"夏文达脱口而出，怒视欧阳立。

丢的两块玉石料虽然很小，可都是种水上佳的好料。价值不用说，凭什么让欧阳立负责？

"没有一个人负责的。"夏文达说，"保安工作是村委会负责的。"

陈修平表示，商会也会出力。缅甸老板和陈修平、夏文达的私人关系比较好，愿意让村委会和商会处理。

调查暗中进行，公盘照常。

先理了头绪：昨晚收盘后，公盘场的玉石料清点过，当时石料还在，时间集中在这一段：昨晚收盘后到早上发现玉石料丢失。这段时间涉及的人，要重点排查。

查问昨晚值夜的保安，四个保安，两个留在门房守场，两个负责在外围巡看，没问出什么情况。查看监控，没发现异常。天亮到开盘前有几个保安接班，看了监控，正常。夏文达和洪建声都认为，这段时间不太可能，公盘场未开，天已亮，整个场空荡荡的，目标太大。

时间段继续收缩：早上有人进场到发现玉石料丢失这一段。

"人进去了，才知道玉石料不见了？哪个守摊的？"夏文达质问。

洪建声早叫过来了，是个中年女人，怯怯辩解，刚喝了口水，人就围到摊前了，等人散少些，才发现玉两块玉石料不见了。她不停强调是准时到的。

公盘开门前，有很多玉商等着，这女人开门前一刻赶到，和客人几乎同时进场。公盘要求，工作人员必须提前二十分钟，她这是失职。夏文达放话："等事情清楚了，一起算账。"

查开盘后进场的人。

开门时，涌进公盘场的人多，不过一般是进来的多，出去的少。如果玉石料还在某个人身上，只要守住出口，细细盘查——出场接受检查是例行公事。看监控，没什么有用信息，玉石料失窃那角的摊位，刚好是两个监控间的死角。

这是村委会工作失误，欧阳立让人调整好监控。

欧阳立暗中交代，对出公盘场的人严格检查。清查重点是，开门到发现玉石料丢失期间出去的人。这段时间出场的人很少，守门保安都记得，一一提供，看出口监控，有个人走路姿势很奇怪，通过的出口由洪岳锐看守，那人与洪岳锐对视一眼，洪岳锐草草扫了一下他的裤边。

那人洪建声认识，是港明村的刘伟，他的父亲刘灿标到乔阳开过店。找到刘伟时，他正准备出门，被堵在门口时大声嚷，说他要去平洲，洪建声这样做违法。

洪建声告诉刘伟，现在，由乔阳村委会内部解决，也是为公盘着想，如果硬要闹，只好报警，到时就是犯法。那时候，村委会宣布，偷石者是港明村的，而刘伟，除了被抓，怕以后在港明村也不好做人。

刘伟开车门的手缩了回来。

"这事你一个人做不成。"洪建声盯着刘伟，"当然，你要当英雄，替人扛也是成的，扛得起就好。"

刘伟脸色变了。

"我们这么快找到你，不是没有原因的。"

刘伟跟洪建声走了。

这几年，刘伟的翡翠生意不顺，洪岳锐则什么都不顺，两人平时有走动。相互抱怨日子时，碰撞出心底一些暗色的想法。开公盘前，两人搭好线。洪岳锐找到那小块监控死角，前些天刘伟选中那两块料，今天找机会下手，洪岳锐放他出场。

刘伟认错态度不错，洪岳锐却极度委屈，极度愤怒，认定他这样，是村委会干部害的，特别是夏文达、欧阳立和洪建声。

几次小生意失败后，洪岳锐无所事事，后经他一个叔叔说情，把他安排进村委会治安队。他迟到早退，巡村时或躲在哪里睡觉，或钻在哪间店里喝茶。更恶劣的是，他还占小商小贩的便宜，被洪建声开除。他母亲求情，让他回了治安队，换值夜班，他嫌夜班累，干得乱七八糟，洪建声再次把他赶回家。母亲又来，求到夏文达和欧阳立面前。洪建声不肯通融，让这种人留下，他没法管治安队。

洪岳锐的父亲洪初益，当过治安队队长，一向霸道，四个女儿之后才得了洪岳锐，宠得失了分寸。洪初益死后，家境困难，日子几乎混不下去。对洪初益和洪岳锐，乔阳人印象极差，但洪岳锐的母亲是个可怜女人，贤惠一生，软得像柿子，洪初益说东便不敢往西。对着洪岳锐的母亲，夏文达束手束脚。

洪岳锐再次回到治安队，仍不用心，这次公盘想锻炼锻炼他。洪建声恨声说："锻炼出这事情来。"洪岳锐的母亲又来了。欧阳立和夏文达咬咬牙，不听她的哭诉，躲着不让拉手扯脚，报了警。刘伟和洪岳锐被带走。

欧阳立的意思很清楚，洪岳锐家的困难，村委会可以想法帮助，也可以动用公益基金，但洪岳锐一定得处理，一码归一码。

洪岳锐的母亲在夏文达办公室哭，大哭。和乔阳许多人一样，她先找夏文达，认定，只要夏文达愿意，洪岳锐的事情就能大事化小。

9

夏文达转圈，洪岳锐母亲的哭声像隐形线，绕得他满头满脸，扯不掉、挣不开。这个女人，前半辈子低眉顺眼，后半辈子眉眼垂得更低，成了苦脸，现到了大哭大号的地步，这是做什么？夏文达手指攥进掌心，含着一口粗话没法吐。对洪岳锐，他可以破口大骂，像骂不肖子，对哭哭啼啼的女人，他能怎么样？他朝欧阳立使个眼色，让欧阳立守着，自己去老人组找人。

在几个老人的"围劝"下，洪岳锐的母亲终于止住哭，得了承诺。家里有什么需要帮忙的，村委会和公益基金会出面。

但后续的事才刚刚开始。

第一次公盘就失窃，且跟治安队队员有关，缅甸老板指责安保工作有问题，影响公盘声誉，商会与村委会只有倾听和道歉的份儿。

洪建声拳头捏得发疼，欧阳立暗暗看着他，担心他冷不丁爆发。为这次安保，他费了多少心力，村委会的人都清楚。治安队的管理，他一向极严，治安队队员吐槽他用军队那一套，可洪岳锐——准确地说应该是洪岳锐的母亲，让他头痛。

欧阳立偏过脸看看夏文达，夏文达知道他的意思，轻拍了下他的胳膊，让他放心。洪建声脾气暴躁些，却有脑子有分寸，这事跟缅甸老板没关系，他不会乱发火。

自洪建声重接乔阳治安队后，重新整肃治安队，特别是近半年，增加队员，请警队教练做技能培训，请文职教官开讲座，全村还加装了监控。因为公盘将开盘，另外也和百顺珠宝丢失平安豆吊坠有关。

临近过年，乔阳翡翠市场迎来最后一波热闹，特别是成品店，外地客人成为热闹的主角。那天，百顺珠宝客人很多，有位女客人看中一个平安豆吊坠，想到店外自然光下看。这个要求很正常，可以对比翡翠在灯下和自然光下的效果。这客人买过观音吊坠，价格不低，店主人便让拿出去看，回头应另一位客人的话，有片刻没怎么注意女客人。等回过头，人已不见。

看监控，女人进入一条没有监控的小巷，消失了，搜全村，人已经跑了。报了警，至今都没有追查到。

这种事情一直有，但乔阳本村人或长住乔阳的人中，发生得极少，乔阳玉商随身带玉件，放在衣袋或包里，骑着小摩托，踩着自行车，来来去去，都当常事。但翡翠毕竟价值高，容易携带，往往会成为盗窃目标。偷盗的多是些外来的陌生人，年末时段发生得较多。这两年已经好很多，用洪建声的话说，治安队不是白吃饭的。

欧阳立也有一句话：这种事无法避免，只能不断努力。

"乔阳全是宝贝，是人就有渣。"夏文达的话更直接。

面对缅甸老板的疑惑，欧阳立很坦率，这种事是特例，也是正常情况，要严肃对待，可也不用过于紧张。这次的事责任在村委会，不会推脱。乔阳是金玉之乡，治安问题极重要，这一点，村委会有意识并一直在行动。

欧阳立的实在和理性像某种稳定力，令会场气氛缓和不少。

"乔阳村委会要有个说法。"夏文达就说了一句。他声音闷哑，第一次公盘就这样，还是和村委会有关的，在他的意料之外，要是洪岳锐在，他不甩这浑蛋两耳光都过不去。

乔阳村两委开会，夏文达仍带着气，乔阳村委会丢人丢大了，绝不能让人觉得，乔阳做生意不安全。他的意思是，以后村里再丢失翡翠，村委会负责，找不回的由村委会赔偿。

十来个人的会议沸腾了。用欧阳立的话说，像这次村委会内部出问题的，村委会有责任，其他的失窃事件，村委会有责任全力帮忙，有责任努力把治安工作做好，但没有责任负责。

"做得再好，这种事还是可能发生，人心的事，神仙难挡，哪个负得了责？"

"乔阳有很多外地人，一些长住的成了乔阳人，好说一点，更多的是流动的，没有人能把握。"

"父母都没办法对子女负责。"

"跟什么有胆没胆没关系。"

欧阳立建议先休会。他和夏文达进行了细谈，肯定夏文达的出发点，但提醒他要讲究方式，他承认夏文达一向有办法，这次的建议却不现实，被情绪影响了。

"这是最干脆的法子。"夏文达很烦躁，想起前几天跟父亲说公盘成了，有种打自己脸的屈辱感。

"先说最实在的，翡翠不是凡常物品，乔阳又主营高端翡翠，动不动上百万，甚至上千万，赔完全不现实。"

"又不是请客吃饭，多久碰那么一桩？这几年这种事极少了。"夏文达辩解着，语气却不那么硬了，开始意识到问题了。

欧阳立明白，这不是劝说的结果，是夏文达回过神了，只是嘴上还没拐弯。他继续劝："乔阳的治安，乔阳村委会有责任，但不可能保证这种事不发生，如果负责，岂不是成村委会理亏了？按正规程序，失窃要交警务部门处理，乔阳村委会要做的，是全力配合。"

夏文达喝着茶，久久没开声。欧阳立知道，他听进去了。

洪岳锐的母亲又出现了，夏文达忽地起身，还是被扯住袖子。她哭起来，絮絮叙述艰难：婆婆得照顾，媳妇得带孩子，只能在微信代卖低端玉件，生意有一单没一单，孩子快进幼儿园了，洪岳锐再不回家，日子过不下去了。

夏文达虎着脸，让她讲道理，他突然明白，这女人悲凄凄是有原因的。欧阳立告诉她，再怎么闹，洪岳锐也不可能出来，每闹一次，就会让别人想起洪岳锐的事，只有坏处没有好处。

洪岳锐的母亲一时止住了哭声。

听洪岳锐的母亲细谈家里的情况后，欧阳立答应，最多两天时间会想出办法。两天后，村委会和乔阳公益基金会联合，帮洪岳锐的老婆弄了个小摊子，在市场卖干货，启动资金由公益基金会出。并为洪岳锐的孩子找好幼儿园。

几天后，洪岳锐的母亲再次踏进村委会，夏文达刚抬脚，她捧上盒子，是软饼和菜粿，夏文达当场开吃。

看着洪岳锐的母亲离开的身影，夏文达长呼口气："总算翻过页了，该忙点私事了。"

"看中的玉石料要投标了？"欧阳立问。

夏文达点头。

"看准了，表面是你个人的事，但乔阳人都看着。"欧阳立很认真，夏文达标的玉石料怎么样，会影响乔阳人对公盘的看法。

"说得很严重，不过像是这么回事。"夏文达语气轻松，"等着看好戏。"话一出口，轻松感收缩了，紧张感如绳子般缚住他。

公盘玉王是一块木那料子，成人一抱那么大，切分为两块。表面迹象好，块头大，赌性大，大受关注。开标时全场沸腾，两半玉石料，陈修平和夏文达一人一块标下，陈修平那块1.2亿，夏文达那块9800万。陈修平与夏文达的关系，乔阳无人不知，都说宝鼎轩和正合号还是要发达的，这两个毕竟是人物。

听那纷纷的议论，欧阳立叹："总算明白你那句话了，在乔阳，翡翠生意做得好太重要了。"

"这是乔阳日子的命脉。"夏文达说。

欧阳立奇怪："太巧了，玉王你和陈修平正好一人一半。"

夏文达笑笑。

"你们沟通过？"欧阳立恍然。

是夏文达先找的陈修平。公盘陈修平会出手，且不会是小打小闹，这个夏文达是肯定的。开盘第一天，他看了玉王半晌，断定陈修平不会错失这块玉石料。

那天在宝鼎轩，陈修平问："有看中的吧？"

"修平兄也该有看中的了。"夏文达反过来试探。

"这次，你要出手总会像样点的。"陈修平再探，"现在，你不单是正合号的夏文达，还是村委会主任夏文达。"

"就是个瘾，看到玉石料没法不出手，生意而已。"

"愈来愈遮遮掩掩了。"陈修平轻叹口气，"乔阳人看重这个，你会不明白？"

夏文达有些愧，实话实说："进门正中央那块大料不错。"是那块玉王。

陈修平放下茶杯："看料方面，我们没相差太远。"

"修平兄不会两半都要吧？"

"为什么不可以？两块都不错。"陈修平直直看着夏文达。

只有煮水的声音。

"我只会标一块。"陈修平先开口了，"一个人买没意思。"

"我也想要一块。"夏文达默契地应。

两人相视一笑。

"修平兄想要哪一块，先选。"

两人各选一块下标。两人志在必得，价位往高处定。

"说到底，我们也算做了点手脚。"夏文达对欧阳立说。

欧阳立拍了下桌面："好，避免二虎相争。这么一来，首次公盘可以算圆满结束，虽然有些磕碰。"

"不，刚刚开始。"夏文达说，"切玉石料才是大戏。"

第三章 切 石

1

夏文达那块料要切了，消息封在小范围内，像揣在袋里的小兽，一突一突地腾跳，蒙得很严实，仍很快散出去。除原先合股的，后来央夏文达分股的，还有不少关注者，都早早赶到了切割间。欧阳立和夏文达一块儿到的，胸口莫名地揪着。

夏荣州一早去介公庙上香，祈求切涨，暴涨。得到股份那一刻开始，他就一次次想象，暴涨程度多大，他将怎样打个翻身仗，挣回属于自己的尊严。陈焕表情怪异，像紧张过度又像茫然若失，夏文达想跟他说点什么，却想不到话，目光也没法与他对视。玉石料切开后的情形，陈焕也想象过，想象了好的，也想象了坏的，好的是孩子上大学，翡翠店顺利周转，坏的是日子困住。

玉石料被围在人圈内，那么多手触碰它，想象它即将展示的可能性。有人说玉石料色干，怕水头不好，林树丰摩挲着玉石料，摇头："玉石料本身不干，是太阳晒太久了。"他是最初的三个股东之一，占8%的股份，信心满满。那些从夏文达处争取到股份的人喜色上脸。夏文达却有所保留："切石没人说得定的。"这不是客气，愈临近切石，他愈没有底气，忐忑不定。

开切前，切石师傅和股东都洗了手。

似乎极漫长的等待中，欧阳立一直在沏茶，切割间很大，小小茶几置于角落，像安定人心的支点。不少人端着茶，没喝。

第一刀切出，人猛地围上去，片刻，默默退开一个圈。看连欧阳立都看得出，玉石料不漂亮，那上海客人轻摇着头。

夏文达细细看了那片料，说："裂少，可没色，种也一般，只能出品相一般的手环。"他声音沉稳，欧阳立放心了些。

气氛凝重，夏荣州蹲在玉石料前，额角铺满细密的汗，喃喃着什么。陈焕双手搓在一起，脸色灰白。最终，人群渐渐退开，好像那石料是个弃物。夏天莹凑上前，陷入沉思。夏天莹的侧影，优雅秀气，欧阳立忘了掉开目光。

正逢暑假，夏天莹多待在玉色轩，随林墨白学玉雕。欧阳立跟夏文达回家时，偶尔会碰到。欧阳立觉得，夏天莹像朵奇异的花，有水晶般的硬质光芒，又有水般的柔软质地，充满光彩和灵性。这评价夏文达很得意，他这样一个粗人，有这样的女儿，上天对他很不错。而夏天莹对欧阳立的评价，出乎他的意料，她说欧阳立是真正的书生，看着软绵绵，芯子硬得很。对欧阳立学夏天莹这些话时，夏文达哈哈大笑，小孩子读书多了，尽扯怪话，没发现欧阳立的异常。

这时，都盯着夏天莹，希望她说点什么，希望她创造奇迹。乔阳学玉雕的女孩少，夏天莹学玉雕，是林墨白最得意的徒弟，又在念大学，再低调也引人注目。

夏天莹凝神于玉石料，久久不动。其他人又把目光转回夏文达身上，继续切？他占绝大部分股份，发言权在他手里。夏文达接替欧阳立沏茶、让茶，沏了两巡，手一挥："切。"

陈焕长长呼口气，默默安慰自己，只切了很小的一部分，还有很大可能性。他调整心态，将希望寄托在第二切上。

这次，欧阳立忘掉了时间，切割声似乎没有尽头，渐渐成为背景，他的目光停留在夏天莹身上，她对着玉石料，像进入了另一个世界。

不知道过了多久，夏天莹突然转过脸，灿灿一笑，欧阳立吓了一跳。她扬起下巴："我想喝茶。"

其他人都凑近切割机，第二片要出来了。

夏天莹把几杯茶都喝了，看着欧阳立，眼梢眉角带了笑意，欧阳立看着煮水壶，像等水开等着急了。

一阵欢呼，第二块料出现整片的色，色浓，厚度足，种变好了。

夏荣州摸着石料，双手微颤，陈焕则满脸犹疑。夏文达和林树丰合力托起石料，凑在灯下看，脸色越来越凝重。欧阳立凑过去，夏文达指给他看：色确实不错，种也没得说的，达到冰种了，可是有细裂，多得像牛毛，还有黑点。

沉默像波浪，一层一层往外围扩散，化为黏稠状的东西，悬在半空。夏荣州跌坐在椅子上，嘴唇微颤："怎么可能？"

陈焕一会儿看玉石料，一会儿看夏文达，不知道想确定什么。

"色不沉闷，种也还行，看怎么安排了。"夏文达不动声色，他觉得，可雕笔筒、福袋，雕花鸟草木，去掉黑点，化掉部分细裂。

"没错，没错。"夏荣州急急附和，"这样还是能卖得起价的。"

陈焕凑近夏文达，问是不是真的成。

"你做翡翠不是一天两天了，看不明白？"夏文达没法直接回答。

陈焕脸色缓和了些，照夏文达说的做，至少比看到的升值不少，他重拾了一点信心。

陈武烈来了，进门就高声问怎么样，没人应。

宝鼎轩场面上的生意由陈修平谈，陈商成长大后渐渐放给他。其他大小杂事，包括陈修平的玉作坊，都是陈武烈管理。陈武烈的父亲和陈修平的父亲是堂兄弟，早逝，留下陈武烈和一个姐姐、一个妹妹。母亲身体不好，家是陈修平一家帮着撑的。陈武烈是宝鼎轩的管家、总经理。陈修平那块玉石料不与外人合股，但陈武烈参与了一点股份，他不是外人。

陈武烈凑近前看两块料，说办事顺道来，宝鼎轩标的那一半形势大好，他关心一下这块。夏文达明白，是陈修平派他打探消息。好一阵，陈武烈起身，喝了两杯茶，开口："第二块还成，就需要一双神仙手，一个好脑子出个好设计。"

在场的人看向夏天莹，她没察觉，正沉浸在第二块玉石料中。

"玉石料大，还会藏着好货的。"陈武烈说。

"是啊，还有这么大一块，好货沉底。"夏荣州接口，明显听出他没什么底气。

林树丰问夏文达是不是接着切，大家齐齐看着夏文达，他失了某种豪气，原先打算一鼓作气切的。他看了下时间，建议先吃饭。

提到吃饭，夏文达有种说不出的轻松感，跟透了口气，跟大家商量去哪儿吃，潮味轩，蓝海海鲜，合味小吃，农家阿乐？热情没得到回应，有股份的没心思吃，上海客人这种有兴趣的局外人，不好表现出热情。欧阳立建议打包送来，一致赞成，好像守着玉石料会安心一点。

从大盘菜到地道小吃，上海客人吃得摇头晃脑，但切割间静静的，只有咀嚼和喝汤的声音。夏文莹端着炒米粉，坐在两块玉石料边，嘴里嚼着，目光粘在玉石料上，眉梢眼角半蹙。欧阳立起了莫名的希望。

有人叹气，极轻，但在一片沉默中特别清晰，夏文达很恼火，扬高声："又不是第一天干这行，哪有想吃鱼又不沾荤腥的？"

有人喃喃，表示后悔入了股，夏文达猛放下饭盒："要是大挣了，我说后悔分股份了，成不成？"

四周再次陷入静默。

说后悔的人到夏文达面前，支吾了一阵，想退股份。这人叫刘博，托人跟夏文达求去的股份，港明村人。发现退股的是港明村人，夏文达冲到脑门的气缓了缓，但话仍有火药味："你们说话当放屁？在乔阳生意场，出口的话千斤重。"

刘博诉起苦，他进入翡翠行业不久，之前开小超市，积累多少年才攒下这点资金。近几年实体店不好做，网店又经营得不好，才跟风进入翡翠行业，前几次跟人合伙，有挣也有输，总体上挣了一点。这次投的是身家性命，多年的汗水心力，还有一家子，希望夏文达能还……

"够了。"夏文达截住。弄得他像欠了钱，甚至像骗钱的，他叫刘博不要啰唆，会退给他股份。他说，幸亏刘博不是乔阳人，不是真正从事翡翠行业的，要不他觉得丢脸。

刘博涨红着脖子，慌张出门，留下一片坚硬的沉默。

这是欧阳立第一次体验切石，他没入股，但下意识里已认下那半玉王。之前，他对切石停留于好奇、听说与旁观阶段。公盘后，乔阳的夜晚四处是切石声，热腾腾地，几家欢畅几家忧灼。夏文达带他四下看，可对欧阳立来说，始终隔着一层什么。

2

　　乔阳人切锯玉石料多选晚上，欧阳立不明白。问过乔阳人，都觉得欧阳立问得奇怪，一向就这样。也有人说晚上心静，利于拆石，拆得好不好，会决定是成就还是毁掉玉石料。

　　"都有，可没讲清楚。"夏文达说，"我没法做报告，讲个事吧。"

　　"多年前，我买了块玉石料。一个北京客人在乔阳，听说我切料，就跑来看，还围了不少本村人。切一块，大家看一阵，这个讲两句，那个扯一通，有人估计做什么，有人估价，切出的料被讨论了个透，北京客人听入耳，有了底。那块玉石料切出好货，北京客人挑了几块，出价后不肯再加，我不满意价钱，但还是卖给了他。切料时，那么多外人在看，在谈，价钱被定在一个框内，就没多少讨价还价余地了。乔阳老辈人晚上切料，一个是安静，能好好辨料；更要紧的是，新切的料让太多人看和评，价钱容易让人讲死，俗话说黄金有价玉无价，新料价钱灵活一些。话是这样讲，现在晚上切料，也是一堆人围着看，围着说。不这样，乔阳人看玉也没这么厉害，很多人就是这样，学着辨玉、切玉、给玉估价的。"

　　"不这样，这样的高端翡翠市场，也没法形成。"欧阳立明白了，这里面有种矛盾的统一。

　　"反正，乔阳人习惯了晚上切玉石料，买卖毛料，白天开成品店。"

　　到"潮味小吃"店门前，夏文达把欧阳立扯进店，晚饭时间到了。三餐对夏文达来说，是享受时刻。公盘后这段时间，欧阳立住在乔阳。这段时间乔阳最有看头，四处都切割玉石料，四处都有玉石料交易。晚上的乔阳活力充沛，最能看清乔阳的底子。

　　他们每人一盘腐乳粿条、一份牛杂汤下肚，迎着清爽的晚风，慢悠悠散步，回村委会沏茶，看《新闻联播》。在夏文达看来直板板、干巴巴的新闻联播，欧阳立可以从中看出很多东西。从国家政策到民生动向，从国际形势到百姓日子，从政治新闻里看出生意机遇，从领导讲话中体会市场方向，大大的世界牵扯小小的个人。夏文达听着，有时感觉自个很大，跟那么大的世界、那么多的事有关，有时感觉自个很小，人生一世，其实做不了什么事、掀不起什么浪。

欧阳立讲完，两泡功夫茶过去，便去村里绕，看人切石。

"翡翠的东西，轮到我讲了。"夏文达有种忍不住的兴奋。他相信，翡翠有灵魂，是不讲话的精灵，只有懂翡翠的人才感觉得到它的灵气。他的表达很艰难，模糊、凌乱，欧阳立还是能听出这个意思。

到正合号，人影幢幢，今晚要放新的刀下料。

几盘新切的玉石料，强灯光直照，一群人围挤着，有的掂着玉石料沉思默想，有的跟别人低声讨论。欧阳立拿了块玉石料，让夏文达讲讲。讲了一通种水、颜色后，夏文达引导欧阳立想象，料子抠出两个手环，四个素面吊坠，零碎料用钻嵌成项链，每件能卖什么价格，下标的话，大概出什么价位。一个年轻人凑近："文达叔，这块怎么样？"

"料是好料，就看怎么做了。"夏文达说。

"文达叔估什么价？"年轻人追问。

夏文达哈哈笑："武锐，该说你滑头还是说你直肠？在正合号，你让我估价？你敢听？"

武锐眼珠子转了转："文达叔敢说，我就敢听。"

夏文达让武锐讲讲他的看法。他比画着："这里出个手环，环心做大佛公，剩下的这片雕个牌子，边角料嵌耳坠项链。"

"也是个思路。"夏文达点头，"我看到的不一样。"他拿起铅笔，在玉石料上画了一阵。武锐轻声惊叹："我以为这边没色，文达叔这样安排，手环一大一小，小的这个没颜色，种却很好，是年轻人喜欢的款，卖得起价。"

"料子种不错，无裂无黑点，手环心做素面吊坠更出挑。"夏文达说。

"文达叔估价？"武锐追问，满脸精明。

夏文达低声报了个价，说："我半退出生意场了，就当个建议。"

夏文达的侄子夏鸿铭拍拍手，宣布暗标开始。人群静下，各人在手机上按数字，有的干脆地按数后反扣手机，有的扣了手机后想一想又重按，有的揪眉犹豫，有的再掂起料子细究，有的跟别人耳语……

时间到，柜台扣放着一片手机，大家都盯着那片手机，像盯着即将破土发芽的种子。工作人员查看手机，料子由价高者得。

夏文达说："年轻时爱这样买料，不太想要的料也想要了，标到是种本事，赚了钱是更大的本事。"

开标，夏鸿铭念出中标的人名和价格，一片呼气声：惊喜轻松的呼气，沮丧失落的叹气，鼻子哼出的不以为然的气，惊讶疑惑之气。

玉石料一块一块标出，气氛愈来愈紧张。武锐把刚刚那块石料标到手了，出价比夏文达估的高一些，他说："文达叔，我出价是不是太高了。"语气却满是兴奋，因为当场就有人后悔下标价太低，要加价恳求他转手。

"嫌高现在转手。"夏文达哼一声。

武锐只是笑。

"出成品就知道了。"夏文达指着玉石料说。

武锐笑笑，转身别的玉石料了。

夏文达冲欧阳立摇头，笑："滑头得很，我那么一说，他看定有赚，加上他素面挂件做得好，又有那方面的大顾客，不怕卖不出高价。"

这时，又标出两块小料，夏文达拿手里琢磨。欧阳立凑近前，对翡翠的世界，他越来越好奇，这两块是明料，他仍看不出有怎样的光彩。随着夏文达的描述，依托成品店那些珠宝，欧阳立想象渐渐落到实处，仿佛看到熠熠生辉的珠宝首饰。恍惚间，他又想象起家里那块玉牌。进入每家店他都暗暗留意，幻想那块玉牌出现，又觉得自己异想天开。

夏文达告诉欧阳立，买玉石料的人，都有对玉石料的想象，但在不同环境，这种想象会有不同效果。比如，如果把玉石料放在铺面，任人随意看，随意出价，运气好的很快被看中，好价卖出，运气差的被这个看那个看，价格再没有弹性。翡翠的价格七分质地三分看缘。玉石料放出来暗标，有很多可能性，多人同时下标，买料人会紧张、兴奋、想争到玉石料，有炒和赌的成分，下标时会加价，玉石料就有可能卖出好价。

"这么说，玉石料还是设标的好？"欧阳立疑惑，"玉石毛料市场很多玉石料摆着卖，不是设标的。"

"新料子人家才有兴趣标。"夏文达说，"像公盘后，或去平洲、缅甸回来切了新料，才能招人，旧料子就没意思了。"

最后一块料子开标，好几个人下标，但夏鸿铭拦了，价格不满意。人陆续散了，夏鸿铭却后悔了，给一个叫洪盛的打电话，答应按他刚才出的价卖，但洪盛不想要了，其他几个人也不想要了。

"这块料难卖出好价了。"夏文达摇头，"开标就怕碰到这个，值高价的料，反而被看低。反正，各有各的好处和坏处。"

"玉石料价格很悬，没有什么标准。"欧阳立说。

"还是那句话，黄金有价玉无价。"

对欧阳立这样滔滔不绝地讲，夏文达莫名地感到痛快，像对欧阳立平日滔滔不绝摆道理的回敬。夏文达让欧阳立清楚，翡翠没什么标准，不像钻石之类，一克拉一克拉算。翡翠价格跟买石人的喜好、目光，卖石人的生意习惯，甚至跟当时的环境都有关系。

"那样岂不是没规矩了？"欧阳立问。

"你就喜欢规矩。"夏文达挥挥手，"翡翠有翡翠的规矩，规矩在看石的本事、雕玉的本事、买产品的本事，顾客渠道，还有胆色和运气——很刺激。"夏文达眼里闪着光。

"很怀念做生意的时候吧？"

"现在是另一种刺激。"夏文达意味深长地说，"不会想教训我工作态度不对吧？"

"很特别的工作评价。"欧阳立笑。

夏文达说想问欧阳立句实话，表情变得严肃。

"问。"

夏文达想知道，欧阳立整日看玉石生意，有人成千成万地赚钱，真没一点动心？欧阳立只有那么点工资，要权没权，要名没名。放在以前，还是有些油水的。现在不比以前，干得像牛，时不时还要受领导问责，受村民乱七八糟的气，没点想法？

问出这些，夏文达愣了，父亲也问过书生类似的问题。

那晚，书生把夏文达的父亲安置好，自己准备出门。夏文达的父亲跟出去，看书生忧心忡忡的，可他这么晚去哪儿，做什么，书生不让跟，说路难走，事也不是什么好事。夏文达的父亲看看书生，苦笑："你这书生，操心你自己吧，我收玉件时什么路没走过？"

往山的深处走——村子本身就在山里——书生打开两个大手电，照着那些山。夏文达的父亲才发现，山被挖出一个个缺口，裸露着暗红色的泥，夜色中模模糊糊，像瘆人的大口。书生得到消息，今晚有人要偷山泥。

这些山泥质好，让人盯上，一拖拉机一拖拉机偷运出山。书生声音暗哑："他们把山啃掉，多好的山，满山的绿，满山的山货。"手电筒关了，夜色浓稠，只能看见黑色的山影，但夏文达的父亲知道，那些山有多灵秀，多惹人喜爱。有些村民穷疯了，帮外来的老板挖泥，一担一担挑去。

"这是败家路，要绝前途的。"书生心痛得声音发颤，"这些山弄坏了，这村就真没盼头了。"

书生劝说，请派出所警告，没用，村民们穷怕了。也有听进去的村民，可见别人挖敢气不敢言，乡里乡亲，不好意思讲。

守到半夜，书生和夏文达没守到什么动静，不知是走漏了消息还是消息不准。两人冻得够呛，回到村委会，书生熬了白米粥，就着花生米，烫烫地喝。

夏文达的父亲喝着粥，凑着油灯凝视一块玉石料，云南瑞丽买的。只巴掌大小，种色却是上佳的。书生好奇，这样一块玉石料值多少钱。夏文达的父亲报了价，书生吓了一跳。夏文达的父亲比画着："这出一个高色手环，手环心很透，能出几个不错的戒面，剩下的可出些吊坠，台湾、香港的大老板抢着要的货。"

书生恭喜夏文达的父亲，生意越来越像样，有能力买这样的玉石料。夏文达的父亲摇头："不单是我一人的。"那块料有近二十个人的股份。村里人把钱托给夏文达的父亲，由他去买料。赚了一块赚，输了也一块输，这是合伙，乔阳人的法子。

"合伙？"书生从未听过。

夏文达的父亲讲了乔阳合伙的法子，书生陷入沉思，喃喃："好办法，没错，办法是人想出来的。"后来，书生鼓励几户村民凑一起，合种山货、果子，把弱弱的力拧成一股，就是那晚受了启发。

当时，书生端着粥，心事重重。看书生竭心竭力的样子，再看看土屋，夏文达的父亲感到疑惑，书生一个外地人，待在这穷山沟，一心想给村子奔忙出像样的日子，他自个的日子呢？

"就这么过着？"夏文达的父亲问，"这日子不憋气？"

"看村民的日子，我憋气。"书生的语调中含着叹息。

两人讲的不是一回事。

"这料子赚面很大，分点股给你。"夏文达的父亲放下粥碗。他想拉书生一块儿做生意，书生那点工资，实在少得过分。他不明白，书生这么拼，这样的日子，没有过别的想法？那时，做生意的势头开始好了，很多人往海里扑，挣钱的欲望波涛般涌动。

当时，书生怎么答的，夏文达的父亲没细讲。只说书生就守着认定的路子，死心塌地。夏文达的父亲叹书生一根筋，但夏文达知道，那一根筋对父亲是有影响的。很久以后，他才慢慢意识到，对自己也有影响，那种影响以种子的形式，由父亲点播进他的生命，在某段岁月发了芽。

夏文达问那个问题时，欧阳立想起宋思思。宋思思很疑惑，欧阳立为什么进体制内。欧阳立说："是选择，跟体制内体制外无关。"宋思思认定，欧阳立可以创一番事业，他有能力。欧阳立想告诉她，两人对事业的定义不一样，终没说出口。宋思思设想了两人在大城市打拼的情景，充满光芒。欧阳立没有代入感。毕业后那年，他们谈的总是这个主题，宋思思说服不了欧阳立，欧阳立连说服宋思思的努力都没有做。欧阳立的"不作为"，让宋思思很生气。那时，欧阳立辩解，是尊重她，到乔阳后，欧阳立越来越觉得，宋思思或许是对的，特别是见过夏天莹以后——跟夏天莹有什么关系？他思绪杂乱，强迫自己从中抽身。

欧阳立还想起父亲，想起那个县那个村。从记事起，自己总坐在门槛边等父亲。母亲哄他，父亲忙完就回家，可父亲总忙不完。终于等到他回家，他总谈那个地方，讲那地方的人和日子，每每这时，欧阳立就赌气。父亲不在乎他，只在乎那份他不明白的工作，在乎那个地方的人和事。他讨厌那个县那个村，知道那是个贫困县，很穷的村子，跟父亲有什么关系？太有关系了，因为它，父亲把家丢了，把家里的日子丢了。一直到上大学，欧阳立和父亲还没法对话。他不明白父亲，就像后来宋思思不明白他。大二那年，他去了那个县那个村，有些东西改变了。

"我想到什么扯什么，不要用主流什么的教育我。"欧阳立长时间出神，夏文达以为自己说的话不妥当。

"我就那么爱教育人？"欧阳立回过神，缓了缓，说，"我也是人，对挣钱也会动心，不过要看怎么挣。没办法讲清楚，简单点说吧，有让我更动心的东西，我清楚自个要什么。"

"云里雾里。"夏文达摇头耸肩。

夏文腾进了正合号，说陈修平的侄子陈佳镇标了块不错的石料，夏鸿铭合了点股，准备切，叫夏文达去看看。

3

在翡翠行情萧条的大环境下，陈佳镇势头仍不错，被乔阳人列入有前景的年轻人，他的玉石料自然备受关注。

玉石料有三个大股东，大股东线下有五六个小股东，加上几个关注者，一圈人把玉石料围在中间。股东们正商量怎么切，看见夏文达他们，忙请夏文达看看，他看玉石料眼光毒，乔阳的玉商都知道。

夏文达不看，现在是年轻人的世界，年轻人有年轻人的想法，既然买了就大胆下手，他观战。

机器切割的隆隆声中，像把人困住，有人沏茶，很少人喝，有人端茶，杯子掂在手里。欧阳立感觉听见了心跳声。

第一片玉石料切出，四周欢呼声一片，一片翠色，在灯下莹莹地亮。有人喊，大发。欧阳立也有点激动，夏文达凑到他耳边："玉要细看细品，第一眼看着好不定就成，看着没希望的也可能翻身。"日子锤炼出的从容与定力，成为夏文达的一部分，成为特别的生活智慧。

几个大股东拿起玉石料，凑在灯下细看，周围都夸种好，色块大，出几个高色手环不在话下，陈佳镇没表现出过分的激动。这一刻，欧阳立明白，陈佳镇出色是有理由的。看了一阵，他们脸色有了微妙的变化，嘴角一点点抿紧，陈佳镇指着石块，对另一个股东低声说什么。种虽不错，但色块其实很薄，只表面一层，且有裂，出不了手环。

玉石料传来传去地，都凝神看了一会儿，不发声。玉石料表象很不错，原来被寄予很高期待，这算有些垮了。有人估计，收回成本的可能性不大，除非剩下的再出好色，但看那切口，概率不大。

欧阳立暗暗观察股东们，短短的时间内，人生似乎已经历了起起落落，悲喜就在转瞬间。潮汕人相信三分天注定，七分靠打拼，用这种平衡的处世态度对待生活，乐观拼搏，安然接受。

三个大股东提议，先取出色块再说。色块取出，种确实不错，有人说避开裂可做戒面，又有人认为色太薄，且显沉闷，做戒面不出色。陈佳镇陷入沉思。

"可做戒面。"过了好一会儿，陈佳镇自信地说。

不算什么新想法，也只能这样了，做中等货，输是很难避免的了。

陈佳镇把玉块翻面，有色那面朝下，无色、种好的朝上，色从底层透上来，变得清透，厚度也足了，好好调色调光，可以出水头很好的戒面。周围一片恍然。一旁的陈修平微笑，夏文达凑近他低语："这小子还成，看玉的本事可以和商成比了，做生意还是商成硬一截。"夏文达含了半句话，他觉得陈商成过日子就不太成。

陈修平眉眼隐着笑意，陈家年轻一代接得起的，他涌起股踌躇满志，夏文达转走官路，自己商路会更好。

三个大股东中，有一个专门做戒面的，他研究一阵，拿笔勾画几下，比预计的多三个，一个心形，一个长椭圆形，一个梯形。可收回绝大部分成本了，剩下的再差，也能保本了。股东们信心顿增，催着继续切。

再切一刀，有点色，种一般，有人建议做手环，虽属中低档，但量大，加上第一层出的戒面，已稳赚一点。一个股东重新安排：这块有细黑点，还有小裂，手环效果不好，不如做挂坠，裂缝化掉或避开，雕福袋和观音，没黑点的部分做素面吊坠。一个股东惊喜回应，有客户交代了吊坠，出货后他安排。

这块玉石料赚头已不错了。

最后一块切去杂质，倒挺干净，就是有层黄色，几毫米厚，种一般。人群喳喳讨论，大部人的意见，做小摆件或牌子，靠创意挣钱。

对小摆件和牌子，多数人的思路是荷叶、秋意之类的。股东中有个玉雕师拿着料子凝神，半天，突然开口："做印章。"

想法倒新奇，夏文达和欧阳立一直远观，这时也凑近前。同时凑近的，还有一个上海客人，他前几天到乔阳，到处看料看切石，和夏文达有过生意来往。

"这部分挺整齐，这层黄色很均匀，适合刻印，切九个印章，应九九归一的寓意。"玉雕师比画着，"印图请个大师设计，这套印章会是上上品。"

几个人同时提到林墨白。

这套印章石到了林墨白手上，他凝思近半月，设计成系列作品，从凡常人间到梦幻世界再到得道天界，表现欲界与灵界。那层黄色寓意为无明，中间打个小洞，寓意打破无明。作品一成，在翡翠界立即有了名气。

当时，上海客人当场拍板："这套印章不管雕什么，我先定。"

有人猜测，上海客人可能有对口的收藏家客户。

至此，这块玉石料有了圆满的结局。

欧阳立感叹，像反转的电视剧，看好的会突然发现瑕疵，有问题的也可以化腐朽为神奇。

"所以要运气，也要本事。"夏文达说。

那层尴尬的黄色，得到了最合适的安置，欧阳立说："缺陷成亮点，这是识玉者。"夏文达倒有另一种想法，识玉者当然要紧，可玉本身得是玉，有玉质才可琢。若本身只是瓦，任什么高手也琢不了，就像人一样。

是的，得有玉质，人也一样，琢玉，也琢人。看着夏文达，欧阳立有种陌生感，这人让他惊喜。

从陈佳镇的工场出来，上海客人随夏文达他们去吃夜宵。这上海客人极喜欢潮汕小吃，每次到乔阳，都恳求夏文达带他找好吃的，认定跟着夏文达，能吃到潮汕最地道的东西。

去炸香巷，那里是乔阳小吃最集中、最地道的。炸香巷原是乔阳老寨一条直巷，最初因一家叫炸香坊的小吃店出名。炸香坊炸豆腐、炸肉丸、炸六角糕、炸肉卷、炸油饼、炸萝卜酥、炸小鱼仔……生意大火。有了人气，巷子陆陆续续聚了各种小吃店，汕头牛肉粿条、汤面馄饨、炒饭炒粉、白粥杂咸、菜粿菜包、肠粉蒸汤、玉湖捆粿、上铺猪脚饭、棉铺黑榄饭、老蒙鹅肉……从早餐到夜宵。最活跃的是夜宵，巷子几乎彻夜不眠。乔阳的夜晚极有活力，在炸香巷得到充分体现。

踏进炸香巷，上海客人兴奋了，蒸的煮的炸的煎的炒的炖的熬的烤的焖的，都是日子的味道，在这里，他很放松。他说乔阳是个奇特的地方，卖的是高端翡翠，有那么多人住洋楼大宅，日子却很接地气，在这过日子自在。

欧阳立有类似的感觉，炸香巷和日子贴得特别近，烟火味很浓，就算不吃东西，他和夏文达也喜欢在这儿走一走。

每人一份肠粉、一盅炖汤，上海客人夸潮汕肠粉和炖汤很不一样，有潮汕味。夏文达笑问，潮汕味是什么味，他其实也说不清，但是明白，夸上海客人有眼光，没白吃那么多潮汕小吃。

"潮汕人生活是很精致的。"欧阳立分析，"不管多艰辛，日子里总还有一点讲究，像功夫茶，像精致的小菜，这种精致是血液里的，甚至有某种天生的高贵感。"

"又掉书袋里了。"夏文达哧哧笑。

上海客人却拍手："就是这感觉。"

"来拿货？"夏文达问上海客人，"前段时间公盘没见你。"

上海客人那些天在北京，事情刚办完就赶来，拿货是一个，要紧的是看乔阳人切玉论玉。像现在集中锯玉的时段，在乔阳看一个星期翡翠，相当于他们公司好些年的量。乔阳人凑一起论玉，谁都能加进去看和谈，能学到太多东西。在他们公司，锯玉保密，高层才可以看。

"识玉本事，我们怎么赶得上？"上海客人摊开双手，"在乔阳，高端翡翠不会浪费，难怪高端翡翠聚在这个小村，乔阳人有点可怕。"

"可怕，怎么说话呢？"夏文达敲敲桌子。

上海客人提起陈修平标的那块玉石料，他看了切石全过程，太刺激，承认看得眼红。他特别羡慕那个极品戒面，那不是简单的戒面，虽然只有粗胚，已能想象美到什么程度，不，会比想象美得多。

"陈修平不肯出手。"上海客人拍手叹，"换作是我，也不舍得，等打磨好，我要回乔阳好好赏。"

陈修平那块玉石料开切时，夏文达没去看，但知道切开后大涨，出了很多极品。

上海客人想看夏文达那一半。不单是上海客人，乔阳玉商都关注着，但夏文达一直没说什么时候切。

4

"文达，能放一放你的村事村民吗？"陈修平打电话。

"宝鼎轩？我过去。"

陈修平煮水，夏文达找茶叶、摆茶杯，配合得仍然很好。陈修平先出声，谈起公盘标的那块玉石料。夏文达发现，他们间似乎只能谈翡翠，涉及翡翠就很自在，可以无话不谈。

陈修平端出一盘玉石料，有不少高色种好的，有些色稍淡但水头极好，是那块玉石料切出的部分上品，有些已经卖了。夏文达一块一块摩挲。陈修平告诉夏文达，还有更好的，正在打磨，好几个种好色艳的紫罗兰手环，另外一个是上海客人提到的戒面，鸡蛋那么大，陈修平称为戒王。没办法形容戒王，是他一辈子见过的最好的翡翠，夏文达到时看看实物就知道。

在外人看来，买玉石料陈修平运气不错，目光不错，但夏文达觉得，更要紧的是他的用心。在陈修平眼里，翡翠是天地精灵，会认人，哪个人得到哪块翡翠，有缘分安排的。谈到翡翠，陈修平像谈孩子，满是疼爱与怜惜，有时又为翡翠的无法把握而懊恼，好像对那孩子的淘气无可奈何。

眼前，陈修平捧着一块玉石料，凝神静气，夏文达一阵恍惚，往昔的片断纷至沓来。陈修平带他闯缅甸，玉石料市场、公盘场，兄弟俩无数次蹲在一起，对着玉石料，蹲进翡翠世界，蹲进时间深处。陈修平坚信，神仙难断寸玉，人永远无法看透玉；但也相信人能懂玉，有办法与玉对话，两者矛盾地统一着。他教夏文达看玉，让夏文达感受玉说不清道不明的灵气，在一次次实实在在的凝视触碰中，感受不可捉摸之物。

陈修平问起夏文达那一半玉王，把夏文达从回忆里拉回。他探问夏文达，是不是等他先开切。

夏文达和陈修平想的不一样，现在考虑很多。欧阳立说对了，现在不会是他单个人的生意，不单是翡翠，还牵扯到很多其他东西，具体是什么，他理不清。他含含糊糊地说："差不多了，再看看。"此时的夏文达还料不到，有更复杂的事情等着他。

"放心，不该问的我不会问。"陈修平冷冷地。

两人想法又往两个方向去。夏文达找不到解释的路径，陈修平找不到理解的入口。夏文达想告诉陈修平，因为他那一半暴涨，现在都极看好自己那一半，这些天不停有人找，恳求匀股份。最终，夏文达都没说出口。坐了两个小时，除了翡翠，他再没有谈到别的。

回去时，夏荣州在家里等着他，夏文达一看就猜到八九分，嘴上招呼着，心里想着怎么回应。

夏荣州和夏文达有点牵来扯去的亲戚关系，但平时两人之间淡淡的。对夏荣州，夏文达谈不上坏印象，也没好印象，用他的话讲：没想过要有什么交往。欧阳立说夏文达与人交往个人喜好太浓，对当村委会干部是弊端。

"连交往也不能看喜好，活得太憋。"夏文达刺回去。

"当然要择友而交，但太过分就会成为个人偏见。"欧阳立说，"做生意时，对顾客会不会这么挑？"

"当然也要挑。"夏文达仍不服，口气却没那么硬了。

夏荣州说等他很久了，不敢打电话，怕打扰他。

夏文达知道他的意思，他想当面谈。

十年前，夏荣州就有了两家店面和一个玉作坊，可惜他好赌，前年把最后一家店输掉了，老婆闹着要自杀。好在两个儿子还算成人，从玉雕作坊的学徒做起，慢慢地学做生意，现在两兄弟经营一家中档翡翠店。家里的生意不再让夏荣州插手，他便四处找人合伙，专找看玉石料准，近年运气好的。很少有人愿意跟他合伙，他资金少，更让人忌讳的是，他人品臭、运气也臭。

近期，夏荣州改变策略，等人买下玉石料后再央股份，当然很少人分给他。陈修平和夏文达一人一半标下玉王，夏荣州就有想法了。他先找陈修平，陈修平很干脆，不分，他那块料除给陈武烈一点股，没有合伙人。

当时，夏荣州就想找夏文达，陈修平的干脆让他有点怯意，夏文达脾气比陈修平还冲。后转念一想，夏文达当了村委会主任后，好像变了，别人说是心思更深了，他觉得是性子软了，这给了他希望。

陈修平的玉石料暴涨，夏荣州决定，向夏文达多要点股份。夏文达静默，直到夏荣州坐不住，追问："文达，到底几个意思？"

"不少人想分股份，我没分。"夏文达理由充分，分给夏荣州，跟别人无法交代。夏荣州忽略这些话，说他把自己住的房子抵押了，问亲戚借了钱，凑了三百万，是他全部家当，对夏文达那块玉石料，只是一点零头。他讲到他爷爷和夏文达的爷爷是堂兄弟，讲到他常跟夏文达的母亲聊天，讲到他爷爷曾那样疼爱夏文达。

"修平兄那块料切出好东西，不一定我这块就好。"夏文达劝。话里压着烦躁，却很实在，这次他确实没信心。

"好好坏坏的，买玉石料是常事，我还会不懂？"夏荣州摆摆手，"反正按规矩——还怕我赖账？"

第二天一大早，陈焕上门，提着老乌家的油条和肠粉。

陈焕是夏文达多年好友，谁发现好吃的小店或东西，必凑一块去吃，有时跑很远的地方去找。他俩一起吃得好，也谈得好，两人每每相聚，总吃得畅快、谈得畅快。两人都在翡翠行业，可只单纯谈翡翠，从未有生意关联，像无形中约好的，这让两人的关系又烟火又纯粹。

坐了好一阵，陈焕突然提出，想要那块玉石料一点股份。支吾出这句话，他半埋下脸。

这几年，陈焕生意不顺，到了借钱供儿子上大学的地步。即使到那样的地步，他也没跟夏文达开过口，夏文达主动借，他也不要，好像怕破坏两人间的什么东西。现在，他开口了，夏文达难以想象，他是碰到怎样的难处，更难以想象，他入股的钱怎么来。

陈焕想让自己拉一把，能不拉吗？玉石料切涨，当然很好，陈焕能缓口气。如果大败，雪上加霜，接得了陈焕那些钱吗？不接成吗？以陈焕的性格，不成。不管是涨是败，以后跟陈焕的关系不一样了。对陈焕，夏文达不可能不点头。

消息传得比夏文达想象的快，更多人找上门。夏文达很懊恼，早知道和陈修平一样，一人标了玉石料。欧阳立问："你以为，你一人标就没这些麻烦了？他们就不会来找？你能守住不应？"夏文达被问住。

股份又分出去一些。一定数量后，夏文达宣布不再出让，谁开口也不让。

有人说，夏文达官运正好，玉石料肯定大涨，不肯让股份能理解，可钱众人一起挣才好。

有人说夏文达要处处小心，懂得收敛了。

这块石料，夏文达感觉不太好，和一些朋友谈起这个，朋友为他的客气失望。

这次不一样，以前整个人钻在玉石料里，看中的料如果不好，他也是尽力的了。这次他也用了十二分心思，可不得不承认，掺杂了些别的东西。夏文达真有些不确定，跟欧阳立提到这种担心，欧阳立表示，生意上的事，他没有发言权。夏文达骂了句粗话，事实上，他自己也不知道是想倾诉，还是想讨什么主意。

"你也说这次不单是生意。"夏文达有些生气，"想撇开什么？"

"你还会搞不定这个？"欧阳立回击。说话只能硬绷绷，他很清楚，自己插不上手，更不能插手。这种角色转变，会有更多麻烦，夏文达应该习惯。

"不用激我。"夏文达摊摊双手，"还能指望你搞定什么？"

"按做生意的规矩。"欧阳立还是那句话。

"要股份的，很多不只拿我当生意人。"

欧阳立的意思，不管人家当什么，反正守生意规矩，让人把夏文达纯粹当生意人，也不现实。夏文达买这块玉石料，也不单是以生意人的身份，也考虑到村委会主任的身份，甚至不排除，他想证明点什么，在乔阳，这种证明很有分量。

夏文达半晌无声。

"既这样，就有什么担什么。"欧阳立举举茶杯。

夏文达双手一拍："切了再说。"当即联系合伙人，准备切石。

5

早上切的两块料让人大受打击，陈修平那一半涨得不清不楚，夏文达这一半这是怎么了？

午饭送到切割间，咀嚼声清晰得让人烦躁。饭后几泡茶入口，似乎攒了些勇气，夏文达宣布继续切。

等待的过程和早上截然不同，早上很安静。现在边喝茶边聊，从公盘后村里切石谈到翡翠市场，从乔阳谈到平洲、四会，从吃吃喝喝谈到八卦秘事，一个话题没收住，另一个话题就起了。夏文达表情沉稳，心事隐在眉梢眼角，欧阳立感觉到热闹之下他的心虚。夏天莹仍在看早上切的两块料。

不知道闹了多久，第三块玉石料出，人群涌过去，瞬间顿在那里，像被冻结。半晌，人群退开，剩下夏文达和林树丰，夏天莹上前。

"全垮了。"夏荣州喉咙挤出几个字，带出空洞的回响。

这一块无种无色，满是杂质，对比起来，早上第二块可算高级货了。能做什么，粗糙的摆件？当地摊货的手环和挂件？

"天意。"夏荣州低语。

夏文达把双手放在玉石料上，像在感受它的内心，与它进行什么神秘对话，表情让人看不懂。

陈焕额头抖出密集的汗珠，猛地，双手扣在脸上，大哭起来。到底怎么了，他很年轻就进入翡翠行业，早年一直好好的，虽没一夜暴富的奇迹，但稳当滋润。有一年开始，突然不行了，买石料经常输，他集中精力做成品生意，近些年翡翠市场萧条，生意愈来愈差。这次输掉的话，房子没了，得租房，房租哪里凑？还有儿子上大学的费用，女儿也很快要上大学了……

没人劝，任陈焕号得无遮无拦，号啕似乎成了持股人的释放口。

终于，陈焕号啕声低了，试着接受现实。夏文达的愧疚却浓重起来。股份是陈焕要的没错，可他自己这次动机不纯，陈修平说得对，翡翠有灵性的，它肯定感受到了自己某种怠慢。

夏文达走到欧阳立身边，欧阳立还是那句话："照规矩，都是生意人，起起落落这个道理，都该明白。"有种站着说话不腰痛的冷漠，欧阳立也知道，他说的在理，可在情吗？他又看见父亲了，默问怎么办，父亲少见地回了话："你知道该怎么做的。"

"生活上朋友相帮，应该的。"欧阳立转了下口气，"可换个法子。"

股份是陈焕自己要的，肯定要认下，这是生意规矩。

"除非有人想买他的股份。"欧阳立接着说，他还是插手了。

"对头。"夏文达双手一拍。

夏文达要买陈焕那部分股份，用原先的价格买。

"什么意思？"陈焕抹了抹脸，"我生意是没出息，可还没到不会做人的地步。"

"我是买你的股份。"夏文达解释，"不是叫你不认——按原先的价买，不加价。"

"不卖。"陈焕一字一句，"买卖自由。"

"陈焕，赌什么气……"

"这做生意。"陈焕冷冷哼一声，"文达，枉你我相交多年——这桩生意还没结束呢。"陈焕指指未切开的料。他特别看了一下夏天莹，冲夏文达示意，他是有某种希望的。

夏文达叹口气："她懂得什么，一个小丫头。"

"这是我个人的生意。"陈焕话里含了骨头，"你也没必要想东想西，最不济我还有手艺。"说到这，陈焕像真找到了希望，感觉刚才的大哭夸张了。他调水调色的手艺，在乔阳小有名气，特别擅长戒面，这些年他还是靠这手艺撑下来的。

"手艺无价。"欧阳立接口，"不是一朝一夕能练成的，不是轻易可以取代的，乔阳立得住，手艺是很重要的原因。"欧阳立想跟夏文达讲几句什么，说出口却又板板正正，有些飘。他反省，或许还未真正走进乔阳，没真正走近乔阳人。

看着剩下的玉石料，陈焕问："继续吗？"

"先停一停。"夏文达极轻极长地呼口气。

还有一大半未切，林树丰指着剩下的玉石料，提醒还有料想不到的可能，没人回应。

人群散得差不多了，夏天莹留下，她想再看看玉石料。

回去路上，欧阳立说他先回村委会，顾自先走了。看着欧阳立的背影，夏文达发呆，他怎么知道自己想独自待一待？

　　夏文达拐去正合号，自关在二楼茶室。在这里，他接待过无数客人，谈过无数次生意，研究过无数石料。但这一瞬间，这地方出奇地陌生，他从生意中抽身太久？当村委会主任这点时间，比起做生意的二十多年，算什么？或者他真的和翡翠远了，失去了那份心？夏文达感觉没着没落的，甚至对前半生也陌生了。

　　陈修平来了。夏文达突然发现，这一刻最想见的，就是陈修平。

　　"形势不太好。"夏文达叹。他一阵脆弱，像多年前第一次独自买下一块玉石料，切成了废料，向陈修平倾诉。陈修平带着他，在玉石料市场走了几天，重新买下一块，切出来大好。重拾的信心，支撑夏文达跨过很多磕磕碰碰。

　　"多少风浪都过了。"陈修平看着他，"这还是你夏文达？"

　　陈修平语调风轻云淡，让夏文达莫名地轻松，这一瞬间，两人间有些结似乎在松开，可陈修平接下去说出的话，让夏文达又没了状态。他的意思，夏文达要不就一心搞政治，要不就一心做生意挣钱。夏文达反驳，当村委会主任不是搞政治，切石也不单是为了挣钱。

　　"还能为什么？"陈修平追问。

　　把话题扯回玉石料，别的夏文达不想谈了。他再次确定，他和陈修平之间，只能谈翡翠谈生意。以前做生意，对这种感觉没太在意，现在突然明显了。后来，夏文达发现，变的是自己，别说是陈修平，现在的自己和以前的自己如果面对面，可能也会谈不拢。这样好不好，夏文达不知道。

　　和夏文达相反，陈修平更感兴趣的，是翡翠和生意之外的话题。他再次提到夏文达当村委会主任的事，说他算夏文达一个大哥，可夏文达把他隔在外面。这些可不再提，当村委会主任以后，夏文达怎么对他的？好吧，这些也不提，在那个位子，做事用点手段，耍点心思，很正常……

　　夏文达几次要打断，没成功。

　　陈修平继续提，单单看他怎样支持夏文达，修市场拆祖屋，建公盘场，联络缅甸玉石料公司。最后，他提到乔阳公益基金会，做公益基金会会长，他自问没有半点不够资格。

在这事上，陈修平打了结，死结。

大半辈子了，他陈修平有什么拿不上台面的？有什么对不住夏文达的？什么时候求过夏文达？一个公益基金会会长梗在夏文达这里。

夏文达终于明白，他迷惑又吃惊，从未想这么深，他终究还是不了解陈修平。同时又豁然开朗，他都理解。

"这是村委会和基金会的决定。"夏文达一板一眼地回。

"别拿官话挡。"陈修平冷笑，"才当多久村委会主任，就装起来了，跟那个后生书记倒挺像。"

夏文达不知道怎么解释，也不想解释，点头："反正就是一口气不顺。"

谈回刚切的玉石料。夏文达告诉陈修平，夏天莹正在看玉石料。

"这孩子有出息。"陈修平点头，他一向疼爱夏天莹。他交代，夏天莹设计出什么，要让她跟他谈谈，交代夏文达放手让她做。他说："天莹的脑子是天给的。"

陈修平离开没多久，夏天莹来了，进门就塞来一根冰淇淋："老爸最爱的芋泥味——怎么还只爱这老牌子？很多新牌子超好吃，下次让你见识见识。"夏天莹小时，父女瞒着肖月柔，偷买冰淇淋，成了共同的秘密。

"就要这老牌，还是这味儿地道。"夏文达舒坦得直晃头，很多杂七杂八的事远了，烦躁淡了。

夏天莹咬着冰淇淋，说她有些想法，刚切的玉石料不要做别的。

"第三块实在差，无色无种，能做什么？"夏文达叹。

"就算下一块还是一般，也可以安排。"夏天莹很有底，说，"做成艺术品，价值和手环挂坠不一样。"夏天莹的意思，玉质一般，做珠宝饰品没有优势，甚至没办法做，就往艺术创意和思想表达的方向着力。乔阳主要依赖翡翠的种水、颜色，靠材质取胜，当然，挖掘材质的美是艺术，但天然的好翡翠难找，毕竟是少数，要开拓思路。

女儿讲的这些，夏文达很少想，没办法和她平等对话了，他又欣慰又失落，点头："没错，还得看人嘛，丧个脸做什么呢？"

"老爸还是有魄力。"夏天莹举了举冰淇淋，"对了，老爸的书记搭档呢？"

"问他做什么？"

"你们两个不是整日黏在一起吗？"

夏文达粗枝大叶地咬冰淇淋，完全没发现，夏天莹语气分外柔软，大眼睛里闪烁着别样的光。

6

夏天莹的设计出来了，在所有人都失掉希望时，她的设计显得格外惊艳，甚至戏剧性。

水、冰、石、火，代表大自然的重要元素，有着天然之美，包含天地间的大智慧，因过于常见，人们习惯视而不见。这一系列设计，是对自然的惊喜与敬畏，表达化大道于无形，是无声的舞蹈和安静的激情。

讲述设计理念时，夏天莹神情飘忽，用属于她的语言体系。夏文达听不太明白，不知道什么时候起，女儿脑子里有了这么多东西，那个小心思轻易让他猜中的姿娘仔①远了。

夏天莹用的第一块和第三块料设计。以乔阳人的目光，这两块没法出像样的货。第二块照夏文达那天的想法，做福袋、笔筒之类的挂件。

对着第一块和第三块玉石料，夏天莹讲解，一会儿在玉石料上比画，一会儿在纸上画样式。两块料各切作两半，成四片料，每片大概长四十厘米，宽三十厘米，每片抠四个手环，留下的外框很抽象，随形设计，保留原本的框架形状。

第一片料种好一些，分出的两块料设计冰花和水花。颜色浅淡偏清透的，设计为冰花，冰如花绽放的样子，冰冷硬花柔美，这种统一会形

---

① 姿娘仔：潮汕方言，指女孩子。

成某种冲击力；种比较糯又带点浅淡绿色的那块，设计水花，水带了草叶的绿，有了生机，是水奔腾欢跳的样子。

第二片料种差杂质多，斑斑驳驳，利用这个特点，设计火花和石花。颜色偏红的为火花，火在跳舞，有艳丽的燃烧，也有燃烧后的斑驳；颜色偏灰，种差的那块成为石花，有着石头的沧桑与粗糙感，线条笨拙，是被岁月打磨后的样子。

"你们艺术家，把地上的扯到天上。"夏文达叹，"就是有一个，冰、火和水可以是活的，可石头也会开花？"

"怎么不会？"夏天莹有些激动，"石头也有生命，只是凡夫俗子不懂罢了，枉你跟石头打了半辈子交道。"

夏文达讪讪笑了。

欧阳立入神地听，入神地看，夏天莹似乎感觉到那目光，转脸望住他，他眼皮猛地盖住目光，推了推眼镜。夏天莹暗暗笑了。他以为，夏天莹上面的设计已到极限，可不止这些。

还有四个牌子，挑四个手环芯雕。

以桃源、天宫、人间、地狱为题材，夏天莹解释：四个题材有出世的，有入世的，与宗教和中国传统文化相关，很经典的题材，表达的东西却没有过时，代表人世的烟火和某种理想，在当代有新的意义。

"举个例子。"欧阳立惊喜。

"拿桃源来说，传统中的桃源是日子安好，不受战乱之苦，不受外界之扰；当代的桃源，除了外在的环境与条件，心灵的支撑与安宁更重要，灵魂躁动、无所归依，成为构建桃源更大的障碍。"

"天宫的理解也有改变？"欧阳立看夏天莹的目光变得异样。

"古人对天宫的虚构与向往，带着对来世的寄托，对去处的憧憬。天宫是对人间现世的一种安慰，对死亡的某种化解。古代的天宫更像人间的升华版，少了人间的疾苦纠结，多了逍遥与美好。"

欧阳立接着夏天莹的话："当代的'天宫'，更多的是对宇宙真相的探寻，对肉体与灵魂的思索，死亡对于人，真正的意义是什么？如果真有灵魂，属于灵魂的'天宫'会是什么样的，与我们感受得到的世界又有什么关系？"

夏天莹惊呆了，她想什么，欧阳立懂。

欧阳立想告诉她的，她也知道。

一边的夏文达茫茫然，摆摆手："把翡翠做好就是，哪里扯得上这么远的东西？"

夏文达莫名地担心，他不希望女儿想这么多、究这么深，他只要她有份好日子，安安生生过。都说夏天莹是特别的女孩，会有特别的路，每每听到这些，他就慌慌的，在他看来，"特别"跟折腾有很大关系。他不明白，他教夏天莹一向规规矩矩的，肖月柔也规规矩矩的，夏天莹怎么会变成这"特别"的样子？

"这些东西不远。"夏天莹说，"跟每个人息息相关，只是很多人没有意识到，或者有感觉但无法确认，甚至不愿承认，怕'麻烦'。"

"愈说愈离谱。"夏文达让夏天莹别讲了，他不要女儿活得"麻烦"，他把她从不着边的话题里拉出来，"图样画出来，不用扯这么多道道。"嘴上这么说，在这一刻，他也深深感觉到，这代年轻人对翡翠的理解，和他们这一代很不一样。

"这很重要。"欧阳立反驳，"这是作品的灵魂，是思想与表达。"后来，说起跟夏天莹谈的这些，欧阳立反复强调，夏天莹诠释了翡翠更深层的内蕴。在乔阳，翡翠更多的被当成饰品。像夏天莹这样的艺术家，对翡翠的理解与挖掘，包含了更大的可能性，是很好的方向。

夏文达发现，欧阳立很欣赏夏天莹，不，两人互相欣赏，他涌起一种说不清的感觉。

当时，夏天莹和欧阳立还准备探讨人间与地狱，夏文达实在不想让女儿再谈："人间和地狱，你们哪有我懂？年纪轻轻的扯这些。"

夏天莹和欧阳立对视一眼，夏天莹微微一笑："好吧，我说翡翠，表现方式也要有所改变，我再细想，结合玉石料的质地、色彩。"

准备另选四个手环芯，设计：灵、肉、坚硬、柔软。灵以梦境为主题，线条模糊飘逸，玉料混浊的质地化成幻境背景；肉以现实为主题，小村与大楼对比，以细密的线条化掉玉石料的细裂；柔软与坚硬是自然状态，也代表人生的状态和心灵状态。这个系列是大概想法，夏天莹只略略谈了一下。

听了这么多，夏文达还是没有太大信心，玉质不好就是不好，没法改变。还有，夏天莹那些想法呀设计呀，花花哨哨，太玄乎，是玉外在的东西，有用吗？看夏天莹信心十足的样子，他胸口一阵柔软，冒出个想法。不管怎样，不能让女儿太失望。想起女儿小时候，他给夏天莹买了个音乐盒，她笑得四周都亮了，他爱看女儿那样笑。

谈话终于告一段落，夏天莹想吃零食，出去买。夏文达长舒口气。

提到夏天莹脑子里太多东西，夏文达对欧阳立揪着眉："不好，特别是女的，把自个搞得那么累做什么？"欧阳立说夏文达不懂，夏文达发现，欧阳立的口气和女儿一模一样。

"墨白教天莹教得不错。"夏文达说，眉梢眼角有忍不住的笑意。

"很多东西没法教的。"林墨白踩着夏文达的声音进门，他说夏天莹的天赋没人教得了，但得有人懂，引她发挥。

"你就是引路人，功劳大大的。"夏文达捧起一杯茶。

"我倒是很想邀功。"林墨白摇头，"可惜，我的作用没那么大，对天莹来说，更要紧的是书。"

"家里那堆书？"夏文达难以置信。夏天莹房里堆满书，她什么时候攒起那些书的，他想不起来，像错失了女儿重要的成长岁月。

"当然。"林墨白击掌感叹，"她的世界，比你想象的不知开阔多少，得她为徒，是我的造化。"近些年，林墨白也爱讲又悬又飘的话。

沏着茶的夏天莹笑："师傅功劳大大的！"

夏天莹设计的那个系列，林墨白发给天图艺术馆的老板，讲了夏天莹的思路，那老板极感兴趣，要亲自听夏天莹讲，并要看玉石原料。他说："天莹，可能有戏了。"

天图艺术馆极负盛名，收藏了大量顶级翡翠作品，顶级的材质、顶级的设计。林墨白很高兴，夏天莹的作品被看中，是很有分量的认可。夏文达却想到另一层，天图艺术馆出得起大价钱，这块料有转机了。

对着玉石料和图纸，天图艺术馆的老板和夏天莹谈了一下午，最终，把整个系列都定了，包括灵、肉、坚硬、柔软四个牌子。所出的价钱，连夏文达都有些吃惊，事后，对欧阳立感慨："想法果然值钱。"他没有告诉欧阳立的是，他那个方法用不上了，他原先打算，夏天莹设计的作品若没人要，他就暗地里托人买下，或让林墨白推去参加展览，给孩子鼓点劲。他暗笑自己，太小看女儿了。

对于夏天莹的设计，天图艺术馆的老板这样评价：有思想有灵气，也尊重翡翠材质，比那些只讲想法，创意和材质分离的艺术家高明得多。

离开前，天图艺术馆的老板付了定金。

夏文达第一个告知的，是欧阳立。他对欧阳立唠叨：不会亏了，还能挣一点，可能还挣得不少，还有一半玉石料未切，再差也能值点钱，说不定夏天莹又有什么好想法。总算没有对不起陈焕，夏荣州那些人不会叨叨不停，乔阳人不会失望，正合号的底气还是在，还有林木盛那种等着看衰他的人，买玉石料，第一次要想这么多杂七杂八的。他倾诉他的担忧、焦虑，甚至是自我怀疑。

欧阳立静静倾听，这段日子，夏文达压太多东西了。

夏文达喝下几杯茶，又一通感慨，翡翠就这样，随时有惊吓，随时有惊喜，一刀贫一刀富，他是经过风浪的人了，可这次很不一样。这次，他真正明白林墨白说的，翡翠都美，要看什么人发现，经过谁的手，不要轻易把翡翠料子叫废料，总有它的"宝气"。翡翠人要做的，是发现翡翠的"宝气"，这宝气不是珠宝的宝，可比珠宝更宝贝。

"墨白原话文气得多。"夏文达摇头，"我费这么大力气，才学他绕出这几句四不像。"从这以后，夏文达再没有炫耀自己做生意的能力。他不得不承认，自己落后了，林墨白和夏天莹讲的艺术，他不懂，乔阳很多人跟他一样，都被落下了，而且还不自知。

"懂玉质，发现玉，这是乔阳人擅长的。"欧阳立说，"玉是乔阳的光，乔阳不但得有玉生意，还得有玉的光芒。"

夏文达嘴上笑欧阳立又掉书袋，却发现，到头来欧阳立可能比他，比很多乔阳人更懂玉，更懂得乔阳。这是惊喜，也是打击。

欧阳立很严肃，这两年，夏文达一直在自我发现，像懂玉人发现玉的光彩，乔阳也需要自我发现。是的，乔阳自我发现。欧阳立隐隐感觉到新的路子，还模模糊糊，却让人期待。

"你想说，我是翡翠，你是墨白还是天莹？"夏文达突然问。

"如果你是翡翠，村委会、乔阳、这几年所有的，都是你的墨白或天莹。"欧阳立说。

7

夏文达那块玉石料，关注度越来越高。还有部分未切，不断有人想买股，刘博想要回股份。夏文达对欧阳立说："这种人还有办法说话？能说些什么？不过话说回来，生意场有这样的厚脸皮，倒也是能成事的。"欧阳立笑问有没有答应刘博，夏文达拍拍脑袋："这里还正常，没法答应。"

夏天莹那一系列设计成了故事，在乔阳热热闹闹地传。她那些想法竟"传"出去了，很多人靠听到的只言片语，想象她的设计，画成图纸，各种设计版本流传开，有作坊仿制她的设计。她跟天图艺术馆老板的谈话，成了火热的话题，各种猜测、煞有介事地评论，有人甚至探听到，天图艺术馆老板与她达成长期的合作意向。

刘博走的时候，肖月柔准备的早餐刚上桌，夏文达扭着脸说吃不下，肖月柔微微笑，东西摆开。夏文达神情缓和了，拈起了筷子。

白粥一锅，一碟碟小菜：炒花生米、咸焖黑豆、咸菜、萝卜粒、熟鱼、煎蛋、油条……全是合夏文达口味的。夏天莹搭的早餐：牛奶一杯，油条一根，荷包蛋一个，西式面包一片，黄油一小盒。对夏天莹的早餐，夏文达嗤之以鼻，嫌弃不洋不土。夏天莹讽刺夏文达不懂，她的早餐营养和美味兼备。两人让对方尝试自己的早餐，都没有说服对方。

夏天莹哼了一声，说难怪夏文达跟她谈不上话。

"你跟我们的欧阳书记很谈得上话。"夏文达顺嘴打趣。

肖月柔从厨房出来，接口："欧阳书记怎么了？"

夏天莹埋下头，一口气把牛奶喝光，拿起面包片边咬边出门，说没时间跟夏文达磨闲话。

"你们的事别把天莹搅进去，这些天老有人缠着她，要请她帮忙。"肖月柔交代。

"那是因为天莹做得好。"夏文达很骄傲，"以后这种事多是得，经一经不是坏事，要是设计的不痛不痒，别人不闻不问，那才丧气。"

"你自己的事先搅清楚。"肖月柔说。她让夏文达想明白，想当村委会主任还是想做生意，别搅两样，牵牵扯扯的。近些日子，听了太多夏文达的闲话，谈他怎样当村委会主任，谈他标的那块玉石料，有服气的，有眼红的，有怀疑的，有想沾光的。也不算什么坏话，可她不喜欢他这样被讨论，老被人挂在嘴上，不踏实。

"我搅和什么了？"夏文达闷闷应。说到底，他当村委会主任不是单想当村委会主任，他买玉石料不是单想做生意，想做什么，他说不清楚，不过他知道要怎么做。

肖月柔迷惑，近来她越发不懂夏文达了。

"做那么多，是想当好村委会主任，买玉石料也是，当然，也想做生意。"夏文达说。他发现自己也掉书袋里了。

肖月柔糊涂了："你有底就好，多少人盯着你，盯着那块料。"

"在乔阳，什么事能跟生意分开？没有做生意的本事，谁信你？"

这么说，有些东西肖月柔清楚了："你二十几年的生意算有点样子，正合号也叫得出名号的，这些底还不够，还要折腾什么？"

"这不一样。"夏文达摇头，"以前就是生意，现在……"

现在是什么，夏文达没法讲明白，反正他要的东西不一样了，通过这两年的摸索，那东西越来越让人迷惑，又越来越清晰。乔阳人把翡翠最美的种水和颜色调出来，活了半辈子，他开始调自己的种水和颜色。他深感脑子里词语太少，无法表达，一切变成一句粗话。对肖月柔，他没讲太多，免得把她吓坏。

现在都盯着玉石料，也盯着他村委会主任的身份，肖月柔很担忧，让夏文达别弄得骑虎难下。

"有什么难的？"夏文达咻地笑了，"村委会主任有村委会主任的规矩，生意有生意的规矩。要真是骑虎，我倒想骑着一路跑下去。"

看夏文达猛咬油条，肖月柔倒好笑起来："最好狮子豹子也骑一骑，那才威风。"

"不是威不威风的事。"夏文达想辩解什么，肖月柔的心思已转到小菜上，接着，又有人找上门。

是林宏明。夏文达跟他交往不深，夏文达当村委会主任后，他突然与夏文达熟络了。夏文达和欧阳立经过，定要把两人拉进店，或沏壶舍不得喝的好茶，或请吃从哪儿带的特产小吃，或端出老婆做的糕点。

林宏明恳求夏文达转一点股份。

夏文达很干脆，不再转让股份，切开的玉石料并不好，要不是夏天莹的设计，那是垮到一塌糊涂的。

"就合个意思。"林宏明缠着，"算个开始，以后我和夏主任要多多合伙的，跟正合号也有很多能合作的。"他表示，不是那点股的事，他认定夏文达的运气，玉石料大败又大扭转，是夏文达的运道所在。

这么讲，夏文达更不想转让股份了，他再次强调，这次他感觉不好，夏天莹的设计被高价定走，是偶然，他不觉得剩下的玉石料会有惊喜。

"我懂，好不好我得承，文达兄不用操心。"

"不转。"

"就一点意思，沾个光，文达兄赚的绝对还是大头。"

"我看重那点钱？"夏文达火腾地冒起来，但话一出，他就觉得不妥，如果欧阳立在，会批他太冲动。

林宏明提到，虽然他跟林木盛是亲戚，可一码归一码，他委婉地表露：夏文达是当村委会主任的人，要有点气度的。

"我没什么气度。"夏文达甩下这句话，顾自出门了。

欧阳立转了一圈回到村委会，正沏茶。提到有人又要分股，夏文达忍不住讲粗话，骂那些人脸皮比寨墙还厚。他半是认真半是开玩笑，说干脆把股转给欧阳立，欧阳立严肃摇头。夏文达认真了，目前来看，靠夏天莹设计的那个系列，已经可以收回成本并小有赚头，剩下的料，不管切出什么都有赚，到手的股份是稳赚的。

"喝茶。"欧阳立给夏文达端茶。

他是什么意思？夏文达拿不准。

"不是胆小，也不单单是规矩，不沾就是不沾。"欧阳立很干脆，但没说出想说的话。他有些失望，夏文达还是这样想？

夏文达赞欧阳立有那么点豪气，就是死板了点，书生气了点。

"这很自然的，跟死板和书生气无关。"欧阳立说。仍没有讲出想讲的东西。欧阳立终于明白当年的父亲，就是这样讲不清，又不想讲的吧，他抚着欧阳立的后脑勺，说等欧阳立长大了可能会懂，那时的父亲，底气十足又充满期待。但自己真的明白了吗？

"又是那些文里文气的想法，呆。"夏文达无奈地挥挥手，"别人巴不得要，你推三推四，还推出一堆大道理——今晚别回去，剩下的玉石料准备切，这个有兴趣吧。"

"很有兴趣。"

人早早等在切割间，前面三块料的戏剧性，让他们充满希望。切出好料当然好，不好的话还有夏天莹。夏天莹分辩，灵感是很偶然的，对翡翠，也不是有灵感就成的，不可能总创造奇迹。

最初切出那三块料，股东们只愿不要赔太惨，现在则指望赚得更多。他们想起陈修平那一半，同一块玉石料，相差太多讲不过去吧。

这是议论中最大的心声，夏文达凑在欧阳立耳边："人心不足，翡翠行业就是这样，不，生意都这样。"生意场打拼这么多年，夏文达看得很透了，仍然不习惯，虽然他自己也这样，这种怪异的矛盾，常让他猛地一阵不舒服。

看看剩下的料，夏文达说："表象一般。"算给大家一个心理准备。

切出色筋，短暂的欢呼后，敛了兴奋，围拢近前细看，没有看清楚，都未成定局，不，没做成成品就未成定局。

色筋有力，种很好，能达到冰种，裂少，纯净无瑕疵，只是颜色稍沉闷。做手环会有沉重感，不讨喜，也无法展现种的优势。陈焕拿笔画了一下，色薄的那块水好，先取出来，深色托底，做戒面，可以调出很好的效果。他的主意得到一阵赞赏。思路打开，林树丰也有了主意，色沉的那部分做牌子，通过透雕等办法，颜色会变通透，交林墨白，会出很好的山水牌子。剩下的碎料颜色浓，一个年轻股东建议，嵌成有个性的耳坠、吊坠，年轻人喜欢。

"大赚大赚。"夏荣州拍手。他很庆幸没有退股，刘博退股时，他极想趁势退掉的，最终出不了口，他还想在乔阳混，再一个，不想失了夏文达这个"亲戚"。

陈焕坐到茶桌边，沏茶喝茶，动作悠闲，眉梢眼角隐了淡淡的笑意，端茶的手却微微颤抖，喉咙干燥得像被烟熏了。

8

大家兴头都很高，希望继续切，夏文达想缓一缓。剩下的玉石料种不错，他是有些期待的，可他失掉了做生意时的潇洒。到现在，这料子牵扯的东西，远远超出预料。他胸口揪成一团，还有，还有什么，讲不上来，情绪复杂得让他愤怒。

陈武烈极力鼓动切，说毕竟和陈修平那一半是同块料，有底子的。事后，夏文达跟欧阳立说，陈武烈急了些，他的态度就是陈修平的态度。

乔阳人拿玉王的两半做比较，陈修平那一半靠玉石料本身，夏文达那一半靠人。玉石料与人的关系议得很热，各有所偏，这讨论让陈修平莫名地不快。

"先来点夜宵。"夏文达转了话题。他定了煎薯粉粿，韭菜的、厚合菜的、萝卜的、南瓜的，几大盒。

薯粉粿香、弹、软、糯，把夏文达拉进日子烟火中，绷紧的神经松弛了。到现在，这块料还没切出好货，接下去如果还没有好东西，这次买料算大败，虽说赚了钱，懂行的人都明白。他突然没有切下去的欲望，凑近欧阳立，含含糊糊讲了几句，很凌乱，但欧阳立明白。

"走到这一步，没必要想东想西。"欧阳立说。

门开了，是刘博，所有人都盯着他，他还有脸来看热闹？刘博不是来看热闹，是想来要回之前退还的股份。

静，现场没人知道怎么发声。

静对刘博没影响，他自顾自讲起来，他刚刚踏入这行，之前在别的行业拼力流汗，积了点钱，可近些年生意不景气。恳求朋友带入这一行时，拼出全部身家，他不能不小心，为了日子。

没人回声。

刘博继续述说，退股又加股，他看来很正常，你情我愿，当初夏文达如果不让退，他也没办法。当然，现在如果不让股份，他也没法。做生意就是这样，为了赚钱，光明正大。上次去夏文达家再求股份没求到，今天又来，想争这个机会，他有什么讲什么。他望向夏文达，重复他的请求，能不能让一点股份给他。

有嗤嗤冷笑的，粗声骂的，摇头晃脑的，还有朝刘博竖大拇指的。怎么可能，夏文达是什么脾气？再说，料切成这样了，眼看着是赚定的，做生意没有这样做的。

刘博很聪明，早想到这一个，请夏文达对未切的石料估价，算一点股份给他，是赚是赔是他的事。

都等着夏文达大骂。

"你相信我的估价？"夏文达看着刘博问，语气平淡，让人捉摸不透。没人知道，这一刻，他有些想法改变了。

"夏主任和翡翠打交道近三十年，不相信你相信哪个？"刘博说。

"我估，如果你合意，转股份给你。"夏文达放下盘筷。

有人说夏文达圆滑了，眼睛愈来愈能揉沙子了。

有人觉得，夏文达想弄点父母官的名声。

夏文达的意思，欧阳立也不明白，但他知道，别人揣测得不对。

有点意思，别人厚脸皮还要遮遮掩掩，这刘博倒理所当然，确实不像话，却是敞亮的，有什么说什么，也算种邪邪的胆气，夏文达决定给一个机会。

未切的玉石料夏文达估了价，刘博要了股份数，提多少夏文达给多少。夏文达给刘博讲那块料，刚才那块未切前，他没底，现在他觉得会有好货。刘博听得用心，但他最关注的是，如果出好货，有多少赚头。

"你随便想。"夏文达不谈了，让继续切。

照夏文达和林树丰商定的办法切，切出有力的色筋，灯光之下极耀眼，那痕绿色跳动着生命的气息。没有人欢呼，都屏住了呼吸，好像怕把那抹绿吓退了。

顺着色筋，把色块取出，两个巴掌大小的一块，竟是玻璃种。更难以想象的是，是两种颜色。一面正阳绿，清透得像森林深处一汪湖水；另一面粉紫，颜色柔嫩、轻盈得让人怜惜，纯净美好如少女。夏文达想象它隐在地下千万年，一点点吸取大地精华，一点点透绿清澈、一点点粉紫发亮。他默默说："原来你在这儿。"

足以安慰所有的失望和惊慌了，它隐藏在最深处，等着他们，等着他们的耐心和小心呵护着的希望。一切有因果，最终守到了它。

避开裂，可出好几个玻璃种手环。手环心有小裂，有人用铅笔勾几笔，设计成形状优美的吊坠，保持素面，专注调种调色，即可成为惊艳的宝物。

"调水调色靠你了。"参股的人拍陈焕的肩。陈焕把玉石料捧在手上，他没看人，只不停点头，不知是回应，还是对玉石料表示满意。

料怎么安排，夏文达没开口。他又看见父亲了，对父亲托起那块料："找到了，就是它，这么多磕磕绊绊，原来在等它。"这块料夏文达一个人收了，没有做手环、戒面、吊坠，只是藏起。很长一段时间内，它成为传说性的存在，翡翠界都知道有块至宝，很多人高价求购，夏文达不肯出手。

夏荣州他们算价钱，保守估计，可赚两倍。洪礼源双手合十，遥谢介公，除夏文达和陈树丰，他是最初三个股东的另一个，合伙买下这一半玉王之前，他去介公庙上了香。百分之七的股，已是他大部分身家，近些年他的翡翠生意很生涩。

　　片刻间利润翻倍，刘博感谢夏文达，意思是以后请他多提携。夏文达说他半退出生意场了，没法提携什么人，并直言，就算他在生意场中，也不会跟刘博合作，不是因为刘博不懂翡翠行业的规矩，这个可以学。

　　"你不懂翡翠，不会爱惜翡翠。"夏文达摇头，"这一行最忌讳的，运气再好路也走不长。"他告诫刘博，对翡翠没有想懂的心思，最好别再碰这行，不然，赚的终究会输回去。

　　懂翡翠的心思？刘博不太明白。夏文达的表情，让他莫名心慌。

　　"这就没法教了。"夏文达冷冷地。

　　"玉王的两半都大赚，欢喜，欢喜。"陈武烈祝贺。他讲了很多，绕来绕去，含着这样的意思：陈修平那块切开就有极品料子，是顺顺利利大赚；夏文达这块一波三折，如果不是夏天莹，还是没有赚多少。

　　"玉石料要好，人也要好。"夏荣州用含刺的话回敬，"好结果，路怎么弯绕都成。"夏荣州强调，夏文达正在走运，他拐弯抹角地表示，自己没看走眼。

　　夏文达知道夏荣州牵强，又莫名地觉得有那么点道理。

　　对欧阳立没入股，夏文达几乎耿耿于怀。他跟欧阳立盘算过，完全可以一边"做贡献"，一边过好日子："把自个弄得苦哈哈的，有必要吗？"

　　欧阳立淡淡地笑，不辩什么，夏文达莫名地有些不好意思。

　　切割间热闹了，好像对幸运刚反应过来，嚷着要夏文达请客。夏文达交代一个朋友到农场捞大鱼，去正合号煮鱼粥。夏文达喜欢吃，正合号配套了厨房。鱼粥由肖月柔煮，她煮鱼粥的手艺，在夏文达的朋友圈中出了名的。

　　夏文达给林墨白打了电话，欧阳立提醒，也要请陈修平。夏文达担心，陈修平会以为他炫耀，怕弄得双方都尴尬。欧阳立说："陈修平的石料玉质好，出了戒王那样的极品，你谈不上炫耀，况且是自家的鱼，自家人煮的粥，家常聚会，更该叫上他。"

　　"他不会想来的。"

"看你怎么请了。"

"还是你会做人。"夏文达说，"什么时候关心这个了？"

"你们是乔阳两个重要人物，两人间关系怎么样，会影响乔阳的事业发展。"欧阳立是开玩笑，也是认真的，"公盘后，你们关系会更密切。"

"就是说，我和陈修平两人联手是有用的。"夏文达话里有讽刺的意味。

"有用，大用，你们应该联手，你们联手，比个人的力量会翻倍，说势力也对，但乔阳需要这种势力。"

"又来了，用商言的话说，上纲上线。"夏文达晃晃头，"打个电话而已。"

"这个电话不是我让你打的。"欧阳立说，"是你自己想请他的。"

夏文达不出声了。

大家聚在正合号喝茶，等肖月柔的鱼粥时，夏文达不见了。好一会儿，他和陈修平一起进门了。欧阳立微微笑，夏文达语调淡淡地："反正不远，顺便去宝鼎轩走一趟。"

9

夜深，欧阳立散步，到林墨白的玉色轩附近，绕来绕去地走不开，直到夏天莹走向他。欧阳立耳朵忽地有些烫，说："刚好散步，巧……"有些结巴。夏天莹很兴奋，讲起她的新灵感。

玉质一般的两块料抠出手环后，还剩些手环心，做牌子和吊坠都是极一般的货。夏天莹选了四块，另设计一个系列。

生：一块色淡种还可以的手环心，婴儿在花苞里酣睡。最淡的部分成为胎儿柔嫩的身子，色较深的部分成为花苞，利用花瓣，化掉裂纹。洋溢着生命的生机和喜悦，夏天莹觉得，这是世界应该有的感觉。

死：以传统的升天题材表现，背景结合西方的天堂和中国的天宫，以虚幻的手法处理。手环心一角有块暗色，做成半躺在枯树下的人影，似安睡，又似安息，有人会看出凄凉哀伤，有人会觉得安宁永恒。夏天莹感叹，她无法理解死，只有一些模糊的认识和感觉。

活：这块杂质较多，有些驳杂。不过有一角干净清透，设计成发光物，有太阳的光芒，又有月亮的安静。驳杂的部分设计了很多面孔和手。面孔小，表情却清晰，喜怒哀乐恐惧疑惑迷惑迷醉；那些手有很多姿势，豪情万丈的、充满欲望的、无辜求助的、互相支撑扶持的……夏天莹说，活着百味俱全，生活艰难，却充满韧性，让人欲罢不能。

梦：随颜色的分布和裂的走向，随意划拉线条或影子。夏天莹认为，梦是人的另一个世界，与现实生活平行存在，互相对应，梦无恶无善，无明无暗。可以肯定的是，无梦的人世是干瘪的。从某种意义上看，梦可说是人的本质，可梦又是不能深究的。

夏天莹告诉欧阳立，这些她只会跟他和林墨白讲。她调皮地耸耸肩，不敢跟夏文达和肖月柔透露，会吓坏他们。林墨白老师是懂的，欧阳立也是懂的。这些话夏天莹随口而出，说出后却意识到某种意味。两人突然沉默了，不出声地走出很长一段，肩并肩。这不出声的一段，后来时不时在欧阳立脑海里回放，老电影片断般耐人寻味。

不久，应天图艺术馆老板邀请，夏天莹到天图艺术馆参观，讲述了这个系列，老板把它们一并收入天图艺术馆。

最后出的那片高色的刀下料，夏天莹设计成吊坠系列，共五个，名叫舒展。除挖去少数白绵点，全部素面，线条像随意抛出的弧，她说："自然界飞翔的曲线，游动的曲线，顺应自然，舒展如风，展示了翡翠材质本身的美，展示了自然精灵的灵气。"

舒展系列一出，很快被一个年轻老板买走。

夏文达一家被密集地讨论，他标的那一半玉王还是出了好货，最后出的双色料和夏天莹设计的舒展系列，是极品。夏文达二十几年生意不是白做的，看玉石料的本事还在，感受得到隐那么深的宝气，正合号的运道还在，夏文达爷爷辈经营的老字号底子还是厚。又出了夏天莹这女仔，是第二个林墨白，或许比林墨白更适合现在人的品位。还有他儿子夏天正，管理硕士，学什么现代化企业管理方式，以后正合号还不知会走多远。反正，夏文达风头正劲，有人提到他当村委会主任加运了，感叹他终究还是精明，看得远。

这种状态，肖月柔不喜，重复那句话："好好过日子，不要折腾。"

"没人不让你好好过日子。"夏文达说，"女人家想东想西。"

"反正你自个把握。"

"我一向把握得好好的。"夏文达把油条塞进嘴里，起身出门。

电话给欧阳立，欧阳立说茶熟了。

喝着茶，洪城明来了，嚷嚷："主任书记好清闲，主任近日又大赚一笔，样样如意。"

洪城明的表情和语气又尖又酸，夏文达脸色当下就有些变，终隐忍住了，心下却把一些闲话当回事了。近来，有人指责他无心村政，当村委会主任的新鲜劲过了，三把火烧了，心思又转到生意上了。也理解，哪个当官的不是这样？先弄点声势。乔阳有油水的，可这些年油水不好捞，能这么装样子算可以了，也做出点事情了。像这次标的玉石料，赚了这么多，多痛快，换谁也不会有耐烦管杂事。

夏文达很愤怒，但他清楚，别人这么想，是有道理的，如果他没有当这个村委会主任，他也会这么想。

"越来越像真正的村委会主任了。"欧阳立赞夏文达。

"意思是，以前我不像村委会主任？"

欧阳立笑而不答。

夏文达笑骂欧阳立狡猾。

没得到回应，洪城明不痛快，说："夏主任是乔阳的带头人，要带大家一起赚钱。"

洪城明要过那块玉石料的股份，夏文达没给。洪城明有销售渠道，常为高端成品店介绍顾客，赚中介费。近些年，他跟人合买玉石料，切料卖给自己带的顾客，暗中赚了很多不地道的钱，没人愿意跟他合伙。他资产不薄，跟夏文达开口要30%股份，夏文达一口回绝。

"没想过会赚钱的,那料子开头切出的货很差。"夏文达忍着气,说,"最后的高色货量也不大。天莹的设计,原先不敢有指望的,就是碰到了天图的老板。如果没碰上,算大败了,当初要是转股份给城明兄,我心里过不去。"

洪城明半晌没出声。

几个人正沉默着,夏立安的老婆跑进办公室,尖声投诉,喷水车把沙子冲进了她家。夏文达电话给陈商成,让他叫水车调整喷口。

夏立安的老婆说弄得满屋子沙,要找市电视台民生热线报料。

"我叫人处理了,不合意就去报,让电视台直接找我。"

夏立安的老婆悻悻地走了。

"夏立安这老婆爱没事找事。"夏文达说,"事要解决,可我们没理亏,不用客气。"

茶杯刚端起,陈豪益进门,说隔壁洪锦盛装修,吵得他没法午睡。他有心脏病的,要洪锦盛赔偿精神损失费。

"精神损失费?"夏文达呵呵笑,"豪益叔这词倒挺新潮的。"

陈豪益和洪锦盛一向不和,夏文达很清楚。电话给陈鸿,先看看洪锦盛家,装修东西有没有乱堆,什么时段装修。这边问陈豪益什么时候午休,他不答话。夏文达笑:"下午三四点吧?"

夏文达放话,不可能不让洪锦盛家装修,如果陈豪益家要装修,也不能拦,装修就不可能没有动静。陈鸿在那边,处理得不好的话,再来找他。陈豪益离开前,夏文达加了句话:"豪益叔,抬头不见低头见的,有些事别计较得太过。"

夏立安的老婆转回来,这次,嚷嚷夏立业的老婆偷了她的货。欧阳立立起身,偷盗珠宝,事情大了。那把珠子吞肚盗走的案子,他仍心有余悸。夏文达扯住欧阳立,打电话给洪建声:"夏立安和夏立业两个老婆又搞事了。"

因为争家产,夏立安和夏立业两兄弟一向不合,两人的老婆经常争到动手,老父亲毫无办法,老人组劝解过,表面好了,过几天又闹。让洪建声去,两个女人再厉害也不敢放肆。

洪建声骂夏文达，老弄些不三不四的事让他缠。

"谁让你降得住呢？"夏文达笑。

挂了电话，夏文达继续沏茶，给洪城明让茶。

洪城明一直冷眼看着，这时冷笑："大主任倒很会指挥，一件两件地，事情就这么搞定了，真真会领导。"

"城明兄做生意一向单打独斗，习惯了吧。正合号不用我磨戒面，谁敢说我不是正合号的老板？道理一样的。一个人什么都亲自动手，终究难成气候。"

洪城明做生意多年，或是赌石，或是做中介，或是倒卖，打游击一般，夏文达把他刺痛了。他放下茶杯："主任的茶烫嘴。"走了。

欧阳立觉得，没必要跟这种人计较。

"这种人不能客气。"夏文达冷冷地说，"要放在以前，我可没这么斯文。"

正说着，电话响，翡翠轩的老板林耀武说，阿东鹅饭的污水又流到铺子边。阿东鹅饭的脏水没处理好，附近的路面弄得很脏。夏文达和欧阳立讲过，好了一阵子又差了，再讲一次，又好一阵子。

阿东鹅饭是港明村地界，两人决定找港明村委会主任。谈了一下午，谈不出所以然。夏文达最后放话，实在没法，他私人出点钱，让陈鸿处理了。港明村委会主任脸上挂不住，含含糊糊说会处理好。

从港明村委会出来，萧向南告诉夏文达，下午要到乔阳逛逛。

"我们午饭后过去。"夏文达回萧向南，转头跟欧阳立说："听他口气，肯定有事，还是我们上门接受教育吧。"

果然有事，萧向南极委婉，意思却很清楚，有人反映夏文达近期一心在生意上，很多事没心思处理。"当然，有不同的声音很正常。"萧向南缓了一下口气，"但对这些声音也要重视，要关注。当然，基层有基层的工作方法。"

"听明白了。"夏文达笑说，"萧主任直讲，不用'当然、当然'地拐弯。"

"萧主任，这我就有话说了。"欧阳立接口。

第四章　合伙人

1

有个年轻人一早找夏文达。外村的，叫李威，说跟林山、林水、洪明合买玉石料，被吞了钱。夏文达啪地放下茶杯，盯着李威："后生仔，话不能乱讲的。"

林山、林水和洪明，夏文达再熟悉不过了，怎么可能吞人家钱？他们是乔阳翡翠行业的新星，懂得看玉石料，又会做生意，近几年势头很好，早打下一片天地了。

"我又找错人了。"李威冷笑，"你们都是一伙的。"

李威找过陈修平，意思是这属于市场的事，陈修平作为商会会长，该管。陈修平没理睬他。

现在，李威对夏文达说，陈修平和林墨白亲如兄弟，可他觉得，陈修平作为商会会长，得公平处理的，才去找他。终究逃不过人情，林山、林水是林墨白的儿子，陈修平偏心也是人之常情。

虽说夏文达也是林墨白的兄弟，可更是乔阳村委会主任，该想的是乔阳市场。他知道夏文达的名声，当村委会主任后，还是受好评的。

叙述完这一通，李威静静盯着夏文达。

事后，夏文达对欧阳立说："那些话肯定是先准备好的——小子，拿那些话激我。"

当时，欧阳立没出声。他想起父亲工作笔记里一句话：有些时候，需要做的是推一把，不必站在最前面。父亲去世后，欧阳立整理父亲的遗物，发现父亲积了厚厚几本工作笔记，有成篇的感悟，也有零碎的想法。

这或许就是那样的时刻。欧阳立决定，这事先留给夏文达。

"有事说事，不用阴阳怪气激我。"夏文达对李威冷冷说，"事情到底怎样，讲。"

公盘，李威、林山、林水和洪明合买了一块玉石料，切出了高色，林山、林水却说切垮了，李威投的股份赔了绝大部分。

"切料时我在场，明明看到出现了色，很浓很正的绿色。"李威放着。色好的翡翠是上等货，他懂。他带了三个朋友，都看到了。林山、林水和洪明合伙骗他，说什么有色但种不好，有密密的裂纹，没法做手环，做吊坠效果也出不来，做戒面种不成，还会变色，只能雕中低档的牌子或小摆件。

"正常。"夏文达揪着眉，"你要赌石，对这个没有准备？"

"后来那玉石料卖出高价，人家雕了很好的牌子。"李威激动了，"算下来，那料子赚了两番，可我的钱差不多输光了。"

"不可能。"夏文达直统统应。乔阳人跟人合伙没有二话，更没有二心。那一刻，他几乎认定，那些风言风语找到来源了，这段时间，他被那些谣言扰得火起。

近些年，很多生意不好做，不少外行人找乔阳人合伙买玉石料。翡翠市场行情也一般，但赌石暴富的可能性，还是给人以无限想象。

各种说法恣意生长。

切涨骗切垮。乔阳人利用外行人不懂翡翠，跟外村人合买玉石料，切出好货骗说切垮。据说有不少外村人现身说法。

或者偷藏种好色好的碎料。料子细细碎碎，外行人看不出，也不懂得能做什么。那些碎料嵌了钻，变成高端链子。

甚至有与顾客勾结的。乔阳人在翡翠界有客源，事先跟顾客约好，明面上以低价成交，事实上顾客付高价，欺瞒外行的合伙人。

还有专找外村合伙人标玉石料，借口玉石料不好，弃标，让外村人缴纳违约金，实际上并没有下标，骗取违约金。人数多，凑起来钱数不小。

各种匪夷所思的招术，夏文达听得头皮发麻。他在翡翠行业浸了那么多年，都没听过这么多坏主意，他认定，乔阳人做生意从来一是一，二是二，有个别不像样的，也走不远的。

"还有人信这种话？"夏文达气闷，可他很清楚，这种荒唐话往往最容易散播，再荒唐的话，传着传着也成了真的，会伤到乔阳的。李威都找上门了，他有一种揪住李威领口，跟林山、林水对质的冲动。但他忍住了，这样不单对质不出实情，还可能落下什么口柄。

"都是没魂没影的。"夏文达把茶杯捏得紧紧的。

欧阳立冲夏文达使眼色，他出声了："我们去查一下，你等消息。"

李威离开前，夏文达交代他不要四处讲。

"几十年了，乔阳人一向这样合伙，做生意，有点小磕小碰能理顺的。"夏文达说，"这种事有什么好查，一开查好像真的了。"对欧阳立，夏文达有点看法，半天了，外人一样看着，末了开那样的口，像在示弱。

夏文达认为，这是无中生有的，查了反而有点坐实的意思，对乔阳人是侮辱，对乔阳人的生意方式是侮辱。合伙买玉石料，是乔阳人自创的生意方式，没有这种方式，就不会有今天的乔阳，查对这种生意方式也是质疑。第二个，这种事很难查，乔阳的合伙都是口头约定的，全靠乔阳的生意规矩，靠心里那条线。

"还有，林山、林水绝不会做这种事，到乔阳问问，看哪个人相信他们会做这种事？"夏文达愤愤地，"你觉得他们会做这种事？"

"不是我相不相信的问题。"欧阳立分析，"现在跟以前不一样，不可能什么都固定不变的。"

"什么意思！"夏文达像被人捅了一下，猛地扬起眉。

"既然报到村委会，就查。"欧阳坚持，"该来的总归会来。"

欧阳立的意思，夏文达明白，但他不愿意明白。

"这纯粹是生意场上的事。"夏文达纠结着，很烦躁，"倒像理亏。"

"是生意没错，但更算民间纠纷。"欧阳立说，"生意在乔阳什么地位，你知道的，生意场上的事就是大事。查是正视，是重视。"

夏文达还在犹豫。

"那些话已经传开，回避不是办法。"欧阳立继续劝，"也不全是空穴来风，老辈人守的东西，现在有些变了，这也是事实。当然，我直觉林山、林水不会做这种事，理智分析，单李威提的钱数就不够分量。不过，彻查的风声放出去，或许有某种震慑作用，至少让人知道乔阳村委会的态度。"

"那就查。"夏文达拍了下桌面，"查个底朝天。"

"要查玉石料，也要查李威这个人。"

洪建声很快给出李威的信息，之前没有涉足过翡翠行业，主动找林山、林水合伙的，父亲叫李汉鹏。

李汉鹏的儿子？夏文达出了半天神。他还喝过李威的满月酒，那娃娃这么大了？李汉鹏的儿子怎么这样？先不说事情到底怎样，李威那个样子他就不喜。

当年，李汉鹏生了好几个女儿，中年终于得了儿子，请夏文达他们几个喝了好几场酒，满月时又大摆桌席。记得李汉鹏给孩子起名李敏，有意起个软点的名字，希望好养活，他实在紧张了。改名李威了？

李汉鹏先和陈修平交好，后认识了林墨白和夏文达。在港明村，他算最早进入翡翠行业的。小生意试过无数，没什么起色，后来看陈修平的翡翠生意挺像样，便跟着试水，很快入了迷。

先是和陈修平合伙买玉石料，东挪西借加上卖牛卖猪，一起去缅甸。他不懂翡翠，资金也不厚，没有成为合伙人的资格，陈修平跟他合伙算拉扯他。开始一段时间，形势还不错，虽没切到什么暴涨玉石料，但他入股的玉石料大体是赚钱的。

乔阳人合伙的主意，对李汉鹏来说，是绝佳的机遇。没有合伙，他就没有进入翡翠行业的机会；没有合伙，他不知得积到猴年马月才买得起像样的玉石料；没有合伙，他自己摸索不知道得交多少学费；没有合伙，他输不起，不敢在玉石料市场拼搏……

李汉鹏没日没夜泡在玉石料场，拉得下脸跟人请教，受得住冷眼冷语，晒得像黑炭头。几年后，他辨玉石料的能力大有长进，也积累了些资金，有了跟人合伙的资格。那是最好的一段时光，他跟陈修平、夏文达和林墨白合伙，买的玉石料常有惊喜，几个人一起看料，好料林墨白负责雕刻，陈修平和夏文达负责拓展客户源。

然而，诡异的事情发生了，那几年过后，李汉鹏运气就坏了。合伙人还是陈修平、夏文达和林墨白几个，凡李汉鹏参股的玉石料，几乎都垮掉。没有李汉鹏合股，陈修平、夏文达和林墨白另外买的就不错。李汉鹏单独买，还是输。

那次公盘，李汉鹏提前大半年准备资金，和陈修平、夏文达、林墨白几个人再次合伙，标下公盘的玉王，李汉鹏占了很大的股份，身家全押在那块料上。陈修平、夏文达和林墨白另外合买了两块。还是没有逃出那个魔咒，李汉鹏参与的玉王垮了，夏文达和陈修平另买的两块切出高货。

李汉鹏用尽所有资金，仍还不上参股的钱，陈修平、夏文达和林墨白先付了玉石料钱，让李汉鹏缓点还。他摇头，合伙有合伙的规矩。他卖掉刚买的房子，又低价卖了很多成品。

李汉鹏再没法翻身。

"李汉鹏是条汉子，有规矩的合伙人。"夏文达难以相信，李汉鹏的儿子会赖钱，这事真有什么隐情？得把来龙去脉查清楚，查了，这事就真成乔阳的事了。

晚饭后和欧阳立绕着乔阳走，沉默很长时间后，夏文达开口了："近些年，合伙买料出事的愈来愈多，确实跟以前不一样。以前怎么会有这些不上台面的事，什么不认账，什么切涨骗切垮，什么藏刀下料。都是一句话的事，话出了口就落地生根，有个别不规矩的人，也就乱来一次，以后都不用在生意场上混了。"

合伙是乔阳人独独想出的。靠着这个，乔阳人一块朝前走，乔阳的生意长成一片林子。夏文达愤愤地，不规矩的人污了合伙这种生意方式。

欧阳立还是那句话："这不正常，也很正常。时代不一样，人不一样，要紧的是。想想怎么解决。"这一刻，他意识到，乔阳某些东西该调整了，或许，这些事是一个契机。怎么利用这契机？欧阳立脑子里绕着这问题，顺着街道走，不停地走。当年，父亲在那个村子也曾这样不停绕走，脑子里也绕着某个问题吧。

2

乔阳公盘开盘前几个月，乔阳的玉商着手准备了。

想跟人合伙的，寻找合伙人。合伙人要关系好的，要考虑各自的能力。会看玉石料的、拆石高手、调水调色技术好的、懂设计的、雕刻水平高的、有客户资源的、资金雄厚的、赌石场上运气好的、生意口碑好的……都会成为合伙优势。

更多的是独自标料的，现在的乔阳人，很多时候能独自行动了。

独自标料的，心里定个尺度，能承受什么档次价位的玉石料，偏向做什么成品，或手环，或戒面，或挂件，或牌子，或珠子……若跟人合伙，这些事要商量着办。

动作快的，客户渠道都先打通了，或要成品，或要切开的明料，大概什么档次，客户先提需求，按要求的方向找玉石料。或跟客户先通气，告知将会有新货，邀请客户到时来看料或看成品。

这时候，李威找到林山、林水，提出合伙。

一年半前，李威认识了林山、林水。据李威自己讲，他早就知道林山、林水，一直想结识，刚好碰到机会，就恳求朋友搭个线。夏文达猜测这是设计好的，骂他脑子用错了地方。

开始，李威跟林山、林水喝茶谈茶。林山、林水爱喝茶，李威挺懂茶，谈得两人入心入脾。李威更会找茶，专到山里找原生茶，找老茶农手炒的地道茶，找山里人家自炒的家常茶，那些茶充满日子的味道，有着钱买不到的人情与用心。

李威还很会找潮汕小吃，埔田的竹笋，下乡的乌榄炒饭，里寨的无米粿，普安的粿汁，金立的炸豆腐，锦河的牛肉火锅，四乡的粿肉，棉湖的煎五花肉炒芥蓝，银坑的炖汤……他总能找到最地道的那一家，一处一处领林山、林水去吃。后来，想吃点什么新鲜的，或有腻了大鱼大肉的外地客人，林山、林水就找李威。

林山、林水谈翡翠，谈翡翠生意，李威开始静静倾听，渐渐地插话了，从有意无意探问到细细请教。后来，他跟林山、林水合买一些小明料。他不懂翡翠，资金也不多，不是林山、林水看得上的合伙人，不过李威是朋友，不一样。说是合买，其实是拉扯李威赚钱。

明料赚钱不算多，但比起李威之前，还是赚得多、赚得快。乔阳开公盘的消息一出，李威就关注了，搜集和公盘相关的一切。对翡翠市场各种规则和行情，他极肯花力气了解，像他对茶、对特色食物那般的用心。可是对翡翠本身，他热情不大，不肯花力气学看玉石料，林山、林水很遗憾，这是进入翡翠市场最大的障碍。

李威探听到，林山、林水已联系好客户，多是北京、上海的客户，预订了不少高端货。

林山、林水与洪明已谈好合伙，李威恳求让他合一份，他准备把身家都投进去。

林山没有二话。林水认为李威不懂翡翠，也不愿苦学，不适合这一行，也许会走运一两次，可不懂终究走不长。小打小闹合买点明料没关系，要赌大料高档料，赌身家，不妥当。

洪明则直说他不喜李威。

林水委婉劝过李威，翡翠这行不是表面看的那么简单。李威恳求、生气，甚至直指林水看不起他。他说："我有估好自己的底，知道买玉石料的规矩，知道乔阳合伙的规矩，就看你们愿不愿带我发财。"

"买玉石料不能和发财画等号。"林水有些不悦。

李威即刻认错，好话说了一堆。

有句话林水倒是听进去了，李威说他知道买玉石料的规矩，知道乔阳合伙的规矩。也对，不用计较李威不懂翡翠，他资金也不雄厚，算是拉扯他，一切照规矩，他也不是小孩。

茶局上，李威作为林山、林水和洪明的合伙人，敲定下来。在场的还有林山、林水两个朋友，李威也带了个朋友，叫肖海涛。

有客户先订了货，林山、林水在公盘有底气得多。运气也不错，投了七块玉石料，三块中标，一块是林山、林水自买的。跟人合伙的两块大小差不多，价格差不多。一块林山、林水和洪明合伙，编号尾数是5，他们叫5号料，另一块林山、林水、洪明和李威合伙，编号尾数是3，他们叫3号料。

拿到玉石料当晚，开切5号料。开始，李威想让先切3号料，林山、林水都同意，洪明也没意见。最终，李威说先看5号料，得有个心理准备。他很紧张，乔阳到处在切玉石料，到处发生着大悲大喜的事。

切5号料时，李威全程在场。几次切割，几次欢呼。毫无悬念，5号料形势大好。客户要的高端货有了大半，林山、林水只要做出成品，坐等客户拿货，赚钱之顺让人眼红。

对入股的3号料，李威充满期待，编织了无数种想象——将怎样暴涨，资金可能增值多少，他将利用这些资金赌玉石料，一次次大赚，直到和乔阳很多玉商一样。他有信心，3号料的表象不比5号料差。

然而3号料垮了，表面有很浓的色，可是种太差，杂质多，连一小件高档货都取不出。3号料里，李威投了五百万，占四分之一股份。

了解得差不多了，夏文达和欧阳立找李威。李威重复，他入伙的玉石料是涨的，林山、林水骗说切垮了，钱已经付了。肖海涛做证，五百万里有他的五十万，他入李威的股。现在，李威只能拿回两百万。

"另外三百万被贪了。"肖海涛说，贪字咬得很重。

"不止三百万。"李威猛挥了下手臂，"玉石料是切涨的，大涨，五百万不知翻几番了。"

李威出示了几张照片，切料时拍的。他承认不太懂翡翠，但他跟林山、林水合买过一些玉石料，好翡翠还是能看出一二的。他点着照片："我不相信这些料会差。"

"这就是我们入股的玉石料。"肖海涛附和，"当时我也在。"

看照片，别说夏文达，就是欧阳立，也看得出是漂亮的料子。

"好料。"夏文达轻轻点头，"能出不少精品。"

可说林山、林水拿别的料子替代，夏文达不相信。别说三百万，就是三千万，林山、林水也不在话下。最重要的，他们不是这样的人。

听完整件事情，林山、林水蒙头蒙脑的，对李威的投诉很迷惑。夏文达让他们讲讲那块玉石料。

林山、林水简单说了3号料的情况，也翻出些照片。每切一块料子都拍照，留存资料，也当玉作坊学徒的教材。

和李威那个是不一样的料子。

林山、林水觉得李威误会了，他没找他们对质过。他们是听到一些传言，但认定是别人乱嚼舌根，没去睬。

事后，夏文达对欧阳立说："陈修平确实没把李威当回事，都没跟林墨白提过，没跟林山、林水打过招呼。也是，他一个商会会长，类似的事听得多了，哪里会放在心上？"

就夏文达所知，林山、林水常跟别人合伙，输也好，赢也好，从未有多话的。刚进入翡翠行业那几年，林山、林水状态不稳，输的多，赢的少。有次兄弟俩输了一千多万，林墨白想帮忙垫，兄弟俩却很要强，在接下去的几年，拼着把钱凑了还林墨白。

林山、林水纯粹把翡翠当生意，林墨白不满，甚至失望。他们对雕玉有天赋，脑子灵活，却不热情，对翡翠文化也没多少心得。不过他们会做生意，最初的磕绊后，似乎找到诀窍，越来越顺利。近些年翡翠行情低落，他们还能拓展成品店生意，建起玉加工作坊。他们还会做人，生意场也好，生活圈也好，妥妥帖帖的。乔阳人公认林家风水好，林墨白是雕刻大师，兄弟俩是生意高手，一家子把好处都占了。

听到这事，不只是夏文达，其他人的反应也是：林山、林水会做这样的事？

听了李威告他们的细节，林山、林水还是不太相信。

"李威是那样的人？"林山疑惑。

林水摇头："他是哪里弄错了，切涨骗切垮？！"

欧阳立出示了李威发的照片，林山、林水看了一眼："这不是！"

"肯定搞错了，这是5号料，他入股的是3号料。"林山说。

"5号料是大涨，3号料确实垮了。"林水手指敲着桌子。

3

李威的照片和林山、林水的照片不是同块玉石料。

"这也会弄错？"林山疑惑，"当时和李威讲得清清楚楚的。"

"哪里是弄错？他定得很。"林水突然明白了，冷笑。

林山和林水说，中标的两块玉石料，价格差不多，大小差不多，但哪一块是哪几个人合伙，清清楚楚，看玉石料、写标单、投标单、开标、切石，几个人都是同时在场的。

"小人，一开始就没想跟他合伙。"洪明愤愤骂，"合伙的就中这两块料，清楚得很。"

可以查到下标的玉石料编号，但没什么意义，李威只咬定入股的是5号料。监控也查不出什么，林山、林水看玉石料时，李威跟着，写其他玉石料标单时也在，看不出他参与的是哪一块。玉石料切割时，李威也都在。表面看起来，两块料他都全程参与。

洪明恍然明白："这人早有两手准备，赢了就认账，输了就颠倒黑白。"他回忆起切料时李威的样子。

切5号料时，李威就凑在一边，未开切前从各个角度拍照。切出好货时，李威激动得脸发红，赞林山、林水有眼光，运气好。然后到角落细究3号料，喃喃："这块会更好。"不少人断定，3号料不比5号料差，他们都是懂行的，有充分的根据和理由。李威听得眉眼发光。

开切3号料。李威极早就到了，坐在3号料旁边，每有一个人到，就询对玉石料的看法，以确认3号料是好料。

3号料第一刀切开时，全场含义复杂地呵了一声。李威原不懂翡翠，但这块料差得那么明显，他脸色变了，眉眼耷拉得愈来愈低，慢慢退出人群。

第一刀切垮，林山和林水也闷闷的，不过起起落落经历得多，加上5号料已大赚，倒也很快释怀。林山安慰李威："只切了一块，玉石料谁也说不定的，再看看。"

切第二刀时，李威一个人坐在角落，或若有所思地呆愣，或划拉着手机，看5号料的照片。

第二刀和第一刀差不多，切割间内响起低低的议论。人很多，都是年轻的玉商，对林山、林水标的玉料本就有兴趣，加上5号料切出极品货色，所以3号料吸引了很多观看者。喳喳喳的议论在李威脑子里被无限放大，震得他脑门发晕发痛，他抱住脑袋，蹲成一团。

第三刀出了颜色，可种没有改善。

第四刀，李威不凑过去了，喳喳喳的议论声静了，似乎没什么好谈论的了。

第五刀切出了色，种稍好些，裂不多，也算干净，挽回了一点损失。懂行的人估算过，最多只能收回四成。

林山凑到李威身边："翡翠玉石料就是这样，神仙难断寸玉。"

"你们倒是没折本。"李威语调怪怪的。

林山有些不舒服，但他理解李威，第一次赌这么大，料又垮得这么厉害，当年他和弟弟输掉一千多万，都想随便抓个人骂顿痛快。他只能拍拍李威的肩膀。

几乎无处可查，乔阳合伙买料一向这样，没想到什么查不查的，就是想着生意，用夏文达的话讲，规矩都在心里。

当时看下玉石料时，有问李威的意见，李威说他不懂，都托给林山、林水，他只管转钱入股，填标单时他只是随在旁边看，没留下什么痕迹。照乔阳的生意规矩，他和林山、林水间全是口头约定，喝茶中谈下的。在看定玉石料，估定投标价前讲好了，李威所有资金投进去，洪明合一点，剩下的林山、林水负责，对李威算是照顾。

"文达叔，我们跟李威合伙过几次。"林山仍很难接受李威的诬陷，"以前没什么问题。"

"全照着规矩的，烦文达叔帮忙查清楚。"林水愤愤地，"太坏我们生意名声了。"

不得不查了。夏文达还是不舒服，几十年的生意规矩，弄到这地步。林山、林水不怕查，夏文达知道。李威也不怕，因为难查，洪明说得对，李威应该是留了后手的，故意不留痕迹，只一口咬定合股的是5号料。

"林山、林水没有错。"夏文达对欧阳立说，"乔阳合伙买玉石料就是这样，跟哪个人合伙，买哪块玉石料，下标价，各自出的股份数，都口头约定。在乔阳，出了口的话千斤重，口头约定比什么合同，什么字据都管用，几十年一直这样。"夏文达绕桌子转圈，李威这样颠倒黑白，他简直无法用言语表达愤怒与惊讶。

"最初，合伙的老辈人间有极大的信任，还有，那时信任大于天，所以行得通。"欧阳立说，"乔阳翡翠行业飞跃，成为高端翡翠集散地，这种方式是极重要的原因之一。"

"要怎么合伙，买什么料，标什么价，商量好就定，不用弄什么字条呀、见证呀、合同呀。这套搞下来，头都晕了，心思得花在选玉石料上，玉石欺不得，没用心，玉石终究有一天会还回来。乔阳老辈人说不出那些斯文词，什么一诺千金，什么季布一诺，就是踏踏实实干。"夏文达想把所有的讲给欧阳立听。

欧阳立明白的，一切。

"还有，买玉石料，特别是标玉石料，要抓时机的，看好了谈定了就冲，等弄好什么合同，签好什么条文，黄花菜都凉了。"夏文达挥着手臂。他讲起一件事：有次，北京玉雕厂几个客人找林墨白，请他领去玉石料市场买料。找到三块料，几个人都觉得不错，可嫌价钱太高，都不敢拿主意。打电话一层层请示，北京那边回话，玉石料价格超过某数额了，要他们打报告。报告还没送出去，玉石料就被乔阳几个后生合伙抱走了。夏文达拍了下桌子，好像仍为那几个客人可惜。

"翡翠和人心一样，没法把握。"沉默了一会儿，夏文达说。翡翠没有定价的，看买卖双方的本事，看当时的翡翠行情，看玉石料的本钱，看其他下标的人等，价格可以随时变，很难形成固定的合约。

"我们那一辈，先抱了石头再还钱是常事，拖些日子也没人催。"夏文达感慨，"也没人骗玉石料跑路。"

"你也知道，那是你们那一辈。"欧阳立想了想，话还是出口了。

事情缠成一团，林山、林水、洪明有当时两个朋友做证，李威有肖海涛做证，都不信任对方的证人，不认账，双方都有照片、视频，可没什么用。除合伙的几个人，他们下标的具体玉石料，外人都不清楚，所有知道的都是听他们本人讲的，也不能作数。唯一的文字证据是李威的汇款单：五百万，汇到林山账户，也没用。

夏文达认定李威撒谎，这是直觉，凭他活了这大半辈子，见识了那么多人，生意场上经了那么多事。

"我也有同样的直觉。"欧阳立说，"但直觉不能当证据。"

"怎么会这样？乔阳一向这样合伙，生意一向好好的，都学坏了。"夏文达满脸迷茫，问欧阳立，"是人心坏了？社会坏了？年轻一辈的乔阳人坏了？还是怎么的？"

欧阳立想，这可以变成一个契机，乔阳要适应，夏文达先得适应，他说："不是单纯的坏，只是改变，不同的时代有不同的标准，不同的处理方式。现在是过渡期，需要新的规则了，这个过程肯定有磨合，你还看不透，好意思说经历过那么多。"

"规矩就这么让这些人坏掉？"夏文达语气和目光微微颤着。

"怎么又是坏，是改变，需要新的规矩，以适应时代。"欧阳立一副论文式的腔调，"残忍"地把现状摆在夏文达面前。

夏文达沉默，也在沉思。

后来，夏文达谈起李汉鹏，是最早跟人合伙买玉石料的人之一，就是说，乔阳合伙规矩的成形，李汉鹏算是出过力的。

"那时乔阳人穷，可心气大。"夏文达陷入回忆，"就看准了要买高端玉石料，认定做好东西才有出息。三五人、六七人合，资金还不够就几十个人合，还有上百人的，大股东线下又有很多小股东，干掉台湾和香港的老板，拼命拿下好翡翠。"

在缅甸那些夜晚，乔阳人聚在一起，野心勃勃，誓把最好的翡翠带回乔阳，李汉鹏是最有激情的人之一。

"想得太小啦。"谈到激情处，李汉鹏高挥着手，"别光想着乔阳，还有港明啊、凤滨啊、杨林啊，都带起来。"

当时有人笑了，李汉鹏自个都顾不过来，想那么多、那么大，虚飘。也有人讽刺他，站着说话不腰痛，乔阳人累积了多少年，才有那么点感觉，没人敢自认真正懂翡翠，把别的村带进来，哪有那么容易？李汉鹏不断点头又不断摇头，长长叹气后长久发呆。

后来，李汉鹏买玉石料总是赔，便断了买料赌石的念头，专心经营成品店。成品店经营出样子，开了分店，人却生病了。夏文达说，日子就是不让人省心。一年后，李汉鹏去世，李威还很小。好在李汉鹏经营成品店几年，留下挺像样的遗产。李汉鹏的老婆把两家翡翠店转让掉，开了家高档女装店，有近十年时间生意不错。李汉鹏几个女儿也嫁得好。总之，生活没问题。陈修平、夏文达和林墨白几个跟李汉鹏老婆不熟，李汉鹏去世没多久，就跟那家子断了联系，李敏又自己改名李威，更无法认识了。

"李汉鹏的儿子怎么这样？"夏文达重复这话。他发现，李威跟李汉鹏年轻时长得很像，可跟他的父亲完全不是一路人。

对李威，夏文达认为得教训一下，他这么一搞，开个坏头，以后乔阳生意的规矩都不正了。

"这不单是一个人、一件事，有些东西变了，是趋势。"欧阳立提醒，近些年类似的事不是一桩一件，还是得慢慢形成合同制，至于怎么做合同或合约更方便、更科学，要细细研究。

"乔阳人不用那样的。"夏文达不高兴听到这些，"乔阳人做生意没那么多花花肠子。"

"跟花花肠子没关系，也不是用不用的问题。"欧阳立似乎想用一次次重复，转变夏文达的观念，"是新规则，时代在变，乔阳人也在变，需要新的东西。"

"新名词一堆。"夏文达烦躁地挥挥手。

4

事情有了新进展，林山、林水这边找到一个视频，他们玉作坊一个年轻人拍的——切玉石料时，作坊所有人都在场，学看玉石料、拆玉石料。年轻人留下不少视频，找到这一个，算很明显了。

3号料第一刀切出时，现场一片安静，镜头从玉石料拉到人群身上，清楚地拍到李威，表情扭得变形，低声但清晰地说了一句："倒霉，折大本了。"

视频中的料子种很差，和林山、林水出示的照片是同一块。夏文达拍着桌子："这是李威自己说出口的话，3号就是他入股的料子。"

欧阳立没开声。

"很明显了。"夏文达点着视频，强调。

"是很明显。"欧阳立说，"但不算证据确凿的资料。"

"不信这样还能抵赖。"夏文达愤愤地。说完后沉默了，不得不承认，有些人的无耻程度超出想象，他在生意场打拼多年，什么人没见过？可不知道为什么，他还是不想相信，还是会愤怒。

"也许是我小人之心度君子之腹，可有些情况要想到。"欧阳立分析，"如果当事人不承认，这句话不能代表什么。"

夏文达越来越发现，欧阳立比他以为的心思深沉，但又不是狡猾，不会让人想要防范，无法描述这种感觉。

果然，李威不承认什么。细细看了视频后，轻哼一声："切3号料我当然也捏一把汗，林山、林水是我好友，虽然我入股的不是这块料，但也希望能暴涨。"

夏文达和欧阳立对视无语。越来越多外村人知道这件事，不少站在李威一边。还有人扯出自己的事，表示和李威有同样的遭遇，也入了乔阳玉商的坑，被骗了钱。

"都说乔阳翡翠行业水太深。"顺顺饭店的老板对欧阳立说，"近段时间，听顾客讲过很多。"

顺顺饭店在西林村，主打特色潮汕菜，夏文达经常光顾，有外地朋友来，也喜欢带到这里。顺顺饭店是邻近几个村聚集之地，八卦极多，是探听消息的好地方。今天，夏文达他们晚了些，等他们吃完，食客走得差不多了，老板蔡炳章和经理刘义生也有空了，坐下来陪喝茶，也就开始知无不言，言无不尽了。

凤滨村的事，蔡炳章和刘义生听得最多。

凤滨村以前做小玩具，十几年前形势很好，虽说不像做翡翠那么厚利，但本钱不大，以量取胜，也稳，村民挺殷实。随着玩具大厂越来越多，玩具更新换代，小玩具生意一年比一年艰难，很多人改行。有些人看中翡翠这一行，与几毛几块算的小玩具相比，有巨大的诱惑力，把资金拿到乔阳，找人合伙买翡翠玉石料。

"亏的多赚的少，多年积下的钱，就那么没了。"蔡炳章说，"都传是因为不懂翡翠，入了乔阳人的坑。"

刘义生讲起一个疯人，那人不单拿出所有积蓄，还抵押房子贷了款，全投进去，指望一夜暴富，结果输得只剩一成。后来说是合伙人切涨骗切垮，私吞了他的钱。找合伙的人，钱要不回。找律师朋友问过，合伙单靠口头约定，钱直接打过去，没有任何字条、合约，人家还说他那点钱只算小股东，玉石料怎么拆没他说话的份儿。那人喝了农药，还在医院躺着，胃洗了，肠洗了，可脑子出了问题。

"乔阳本来就不用合同的，他不懂规矩吗？"夏文达拍了下桌子，"信不过又不懂，找什么合伙人？几十年了，乔阳人的生意做得好好的，他们加入了就这样？"

"我讲句实话，以前是以前，现在是现在。"蔡炳章说，"不一样。"

蔡炳章讲起他父亲的小吃店，常有人不凑巧没带钱，或手头紧，便赊账，客人自己记在小本上，不会写字就画道横线或打个钩之类的，父亲从没有细查，赊账的从不会赖账。不知什么时候起，再没赊账的规矩了，现在哪有人敢赊账？

"除了像夏主任这样的，财力足名声又好的，可以月结或季结，其他都现结，先充值的有，后付账的没有。"蔡炳章有些不好意思。

"你是说人心坏了？"夏文达追问，好像想让人确认什么。

蔡炳章喝茶。

"以前的人爱吃潮汕传统菜，现在的年轻人爱新鲜，什么西餐奶茶蛋糕烤面包，口味变了，但吃是不变的。"欧阳立举例子，"以前讲究吃个时节吃个寓意，现在要个卖相，要个情趣。没有哪个好哪个坏。"

这个比喻让夏文达舒服些，但蔡炳章讲的事，他还是怀疑，像电视剧故事，有些事只要有那么点影，人家就能编出一堆没魂没影的。

"客人们讲的，不止一次两次，也不是一个人两个人讲。"刘义生摊开双手，一副只负责收集和传播的样子。

"听的就都信了？"夏文达追问。

蔡炳章和刘义生赔笑着，他们不想惹夏文达生气，但不知道那样子引得他更气闷。

乔阳本地人就几千，外面入乔阳做生意、住在乔阳的有几万，就算真出点什么事，就能断定是乔阳人，什么账都算在乔阳人头上？夏文达还算了一下，几千乔阳本地村民，除老人、孩子和部分女人，真正从事翡翠生意的，也就一千多人。

"现在很多界限模糊了，不能这么论。"欧阳立当场反驳，这话如果传出去，影响不好，他说，"特别是乔阳这样的，要靠本地村民，更要靠外来客商。在乔阳安住、正正经经做生意的，都该算乔阳人，他们认了乔阳，乔阳也该认他们。乔阳有今天，他们功不可没。"

夏文达也意识到自己的狭隘和失言，任欧阳立唠叨。不管是本地人，还是外地人，要紧的是好好做生意。长住乔阳的外地客商，都随了乔阳的生意规矩。

"真要弄什么合同，不现实。"夏文达纠结，"那么多年的生意规矩，就这么败了？"

"其实，你们正合号已经走在前面，试新方式了。"欧阳立提醒。

前段时间，夏鸿铭和上海一家宝石公司合作买玉石料，那家公司出资金，开拓销售渠道，正合号负责看料、拆石、做成品。合作很成功，已经达成长期的合作意向。

"这也是合伙。"欧阳立说，"正合号和那公司不可能口头约定，肯定有合同，或类似于合同的书面签约，就是合伙的新方式。这个值得研究，是乔阳人可以参考的方向。"

夏文达若有所思，一直到晚饭后，他还在想着什么。

萧向南来电话，约夏文达和欧阳立散步，市区江边的湿地公园很凉爽。几个人带了茶叶、大瓶开水和旅行茶具。

"萧主任今天好情趣。"夏文达直觉萧向南有事情。

萧向南笑："我一向很有情趣。"

夏文达去车尾箱拿了盒蛋黄酥："配茶一流。"

欧阳立笑："不如再弄点热狗、薯条，几个大男人可以野餐了。"

"周到。"萧向南拈起块蛋黄酥，咬一口，大赞香软。

几个人闲话，萧向南有意无意地谈起近日一些传言，有关乔阳人利用合伙买玉石料，骗取外村人钱财的事。

"这种事传得倒是快，上面这就听到了，还是领导有耳目？"夏文达冒火了，"萧主任在乔阳驻过村，乔阳人怎么做生意，会不知道？"

"这事要引起注意。"夏文达直接，萧向南也讲开，"先不管事是真是假，这种传言对乔阳，对东湾街道都不好。"

"乱七八糟的鬼话，把乔阳名声都搞臭了。"

"就算真发生这种事，在生意上也是正常的。"萧向南很客观，"乔阳人的生意规矩我清楚，但个别人有贪念不奇怪，不可能所有人都守规矩。当下最重要的，是别让人把个别当普遍，有事情要解决，给外面的人一个交代。"

"别的事我还不清楚，手头上碰到的这一桩，就是外村人故意找事的。"夏文达气鼓鼓嚼着蛋黄酥，"该是外村人给乔阳交代。"

"正在查。"欧阳立告诉萧向南。

萧向南纠正夏文达："是给所有人交代，把事情弄清楚，是最有效的办法——要不是对乔阳有特别感情，我不会以这样的方式来谈。"

萧向南这人，夏文达是知道的，他的火气只是某种发泄。他缓了缓情绪，向萧向南交底，有些证据了，可还需要些让外人一清二楚、无法反驳的东西。

欧阳立希望让村委会先处理，说："上面一插手，就真成一件'严重'的事了。"

"就是这意思。"夏文达双手一拍。

萧向南点头，"上面"他会疏通。

喝着茶，林墨白来电，问夏文达查得怎么样。开始，林墨白没把这事放在心上，这是荒唐到不必理睬的事，年轻人自己讲清楚就好。他错估了事情的发展，这事被越来越热闹地谈论，变形得越来越厉害，甚至扯到林墨白身上，直指背后是他在操控；接着，矛头又对准玉色轩，编造玉色轩骗取外地合伙人资金，偷窃外行人好玉石料。

"等村委会给你个交代。"夏文达保证。

5

继续查李威，夏文达交代洪建声，越细越好。欧阳立提醒："要用了解，不能用查，要在法律允许的范围内。"

"建声兄会安排。"夏文达很有把握。洪建声年轻时是个风云人物，从小辈到老辈都交往得来，最常用的方法就是打听，不会犯什么法。洪建声有很多渠道打听，有很多人替他打听，帮他找打听的路子，可以打听到很隐蔽的东西。

很快清楚了。李威从小被捧在掌心养，李汉鹏去世后，母亲和三个姐姐精力都放在他身上。成人后，他做各种生意，用母亲和姐姐的钱，开过各种店，办过几家小厂。他脑子活，能赶潮流，开始总经营得不错，却守不住，或懒于管理，或嫌赚钱慢，那些店面和厂子都草草收场。一次次折腾，本金越来越少，母亲老了，姐姐相继嫁人，很难支撑他在生意场做试验了。

这时，李威想到翡翠行业。之前李汉鹏买玉石料失败，李威的母亲认定，李汉鹏生病跟从事翡翠行业的操劳操心有关，这成见也给了李威。李威经营过那么多生意，一直没有涉足翡翠的念头，直到交了乔阳的朋友，听了很多一夜暴富的故事。

通过多方打听，李威决定认识林山、林水。和林山、林水合伙买了几次明料，稳稳赚了。李威决定将全部身家投入翡翠行业，赌石不适合父亲，却适合他。这些是他跟肖海涛讲的，肖海涛告诉了别人。

这种人碰得太多了。他骂："没有点本事，想在翡翠这一行混？以为切石就是赚钱？以为平白无故就能大赚？"外行人对翡翠行业的误解，他很烦，又无法可想。

李威输不起。

"什么也不懂，还没有点魄力，买什么玉石料，"夏文达冷笑。骂归骂，对李威，他有种说不清的感情，毕竟他是李汉鹏的儿子。可靠歪心思怎么走得了？

夏文达深知翡翠这行，特别是赌玉石料，除资本、眼色、魄力，还得有点赌徒心态，是一种较量。还有一个说不清道不明，却又极重要的，运气。乔阳人相信运气，又不会等老天安排，会拼会用心，拼搏和运气是并行的，会相互依撑。他们和所有潮汕人一样，尽人事，知天命，在追逐中保持一份豁达。

欧阳立建议跟李威好好谈谈，提到了李汉鹏。他说出夏文达不好意思开口的话，夏文达仍端着："跟他能谈什么，那小子跟他爸没有一点相像的。"

"论你和李汉鹏的关系，李威算你侄子。"欧阳立知道这招儿有效，乔阳重亲戚关系，稍稍有点牵扯就会认亲。侄子这称呼一出，夏文达目光果然不一样了。

"要放在以前，狠骂一顿再说，骂不入耳就出手，现在倒得做思想工作，这不是你欧阳书记的路子吗？"

"也该是村委会主任的路子。"

"这个主任，当得我没有了血性。"

"越来越有血性了。"欧阳立摇头，"现在的血带了智慧。"

"胡乱编造的本事真大。"夏文达哈哈大笑。

李威想不到，夏文达是讲那些事。

　　夏文达讲起当年，在缅甸公盘学看玉石料，看人家拆石，挤在别人旁边偷师，大太阳下一蹲一天。四处凑资金，从小玉石料尝试起。去缅甸之前，他收过很多旧玉件，翻新过很多玉件，到过广州，跑过云南瑞丽，从旧玉件看到新成品，看到明料，再看到蒙头料，见识不算少，看料还是没底，翡翠的世界，不是随随便便进得去的。

　　夏文达的父亲那一代，是最早到缅甸的乔阳人，陈修平这一代很快跟上，李汉鹏是最早随陈修平一起去的人。

　　他们从未见过那么多玉石料，再不愁收不到旧玉件，再不担心没有翡翠来源，像有了泉眼的溪。他们觉得，所有的翡翠都在那儿了，后来知道猜测是对的，世界的好翡翠都在缅甸。进去了才知道水多深，不，开始根本进不去。多是看一般的料子，好料子不是他们敢染指的，就算个别家底厚些，也不敢轻易压上身家。

　　异乡的夜晚，乔阳人聚在一起，谈着玉石料。一会儿兴奋莫名，构想着无限的翡翠天地，任他们鸟飞鱼跃。一会儿沮丧无声，在老家，乔阳人的经济实力是排在前头的，在公盘这里，根本入不了流，倾全家之力带在身上的钱，在翡翠公盘上施展不开。

　　他们收了多年旧玉件，那么多玉石料的出现，对乔阳人的震撼，难以形容。讲起这节时，父亲眼里的光，夏文达至今还记得。

　　要买就买好玉石料，要做就做好东西。几乎自然而然的，这成了乔阳人的共识，像自己限定的某种规矩。好东西要好价，好价难倒了乔阳人。

　　"一个人买不起就一起买，合伙。"当年是谁先提了这句话，已经无从究起。这句话燃成炫目的光，在那一瞬，他们看到长长的路，谁也没想到，这句话也点燃了乔阳的未来，铺了广阔的路。

　　钱掏出来，放在桌上，推在一起，带着体温。各人谈定出多少钱，按下标价算股份，各个心里记下，没人想到立什么字据，写什么合约，也没人想到赖账之类的。再次进玉石料市场时，乔阳人腰背有力，脚步豪迈，揣着发烫的野心。

　　腰背的力量与脚步的底气，只自己感觉得到，现实的冷水兜面而来，在那些玉石料老板眼里，他们是上不了台面的乡巴佬，是茫然无知的门外汉。那时，缅甸翡翠市场上风头最盛的是香港、北京和台湾的大老板、大公司，好翡翠由他们先挑。乔阳人守在某个小屋外，小屋里有好玉石料，香港、北京、台湾的大老板们在看。如果没有成交，乔阳人才有机会进小屋。

夏文达的父亲咬牙："就看定我们做不起这生意了？"

"总有一天，我们在他们前面看料。"陈修平指着小屋。

后来，李汉鹏到玉石料市场时，挥着手臂画了个圈："好翡翠都要弄到手，宝贝全带回去。"

他们那群人就那样守着小屋，沉浸在对未来的想象中。

大老板终于看完，有些料子被买走，有些剩下来。乔阳那群年轻人拥进小屋，像拥进现实之外的另一个世界。那样美的翡翠，像修行千年万年的精灵，抚摸着，像抚摸有生命的种子。他们很快回神，翡翠善于伪装，绝美的外表之下，可能隐着难以接受的瑕疵；平平无奇的外表之下，可能藏着绝美的光芒。他们知道，翡翠可以读，也无法读，总要用尽全力，既有顺应上天的从容，也奔涌着坚信爱拼才会赢的热血。

电筒各个角度照，对玉石料表象的分析，对玉石料内部可能性的估计，对玉石料成器的看法，对玉石料的估价，各人看各人谈，最后综合，一块选定料子，商量价格。那燥热的小屋中，他们一闷一整天，无暇顾及黏腻的汗，饥饿到麻木的肠胃，在强光中发黑发恍的眼睛，忘记流逝的时间。

报出价格，缅甸老板不卖。因为没有底气，也因为对好料的渴望，往上加点，对方仍是不卖。后来，香港、北京、台湾的大老板都出不到那个价位，缅甸老板回头找乔阳人。乔阳人忽然不着急了，得再商量一下。

很看好那块料，这手交易有可能大赚，机会也不易，以往好料总先被挑走。但夏文达父亲的意思是放弃。缅甸老板看不上乔阳人，乔阳人得积点底气，杀出一条路。于是他们告诉玉石料老板，出价时成交便成交，乔阳人不走回头路，再看新的玉石料。

策略加较量，斗智，也斗胆子，斗格局，一个又一个回合，他们开始买到好料。乔阳人在缅甸玉石料市场崭露头角，慢慢站稳脚跟，有了先看好料的待遇。乔阳人赢得起输得起，好的翡翠玉石料愈来愈多地流向乔阳。

夏文达没有讲的是，为了好玉石料，父亲后来遭遇的那件事。那件事太痛，他至今没法平静地讲述。

到手的翡翠无数次琢磨，拆石方式合伙者一起敲定，每切一刀都经过无数次估算，拆切后做什么玉件，每一件的大小、形状、雕法，商量再商量。拆石取料、调水调色，乔阳人像调养孩子，翡翠的光芒一层层绽放。名声出去了，高档翡翠越来越多地送到乔阳，雕坏的玉件拿到乔阳修改，称为医玉。

夏文达讲了很久，很多，有父亲讲给他听的，有陈修平讲的，有他自己经历的。一路讲下来，他像重新梳理了那段岁月，之前怀念过那段岁月，感受过那段岁月的影响，但从未这样回望它，以半分析半讲述的方式。回望中，他发现了很多新的东西，惊喜、感慨、困惑，难以归纳那种感觉。

李威更困惑，夏文达讲的这些，他似乎理解，又觉得跟自己没有丝毫关系。

讲完后，夏文达沉默了，时间长到李威茫然时，又突然问："还记得你爸吗？"

李汉鹏去世时李威虽未满十岁，但对父亲肯定有印象，夏文达提这个做什么？刚刚夏文达讲的那些，他是从未听说过，像认识了另一个父亲。他没想到，父亲这么早进入翡翠行业，与乔阳人渊源这么深。更令他惊讶的是，父亲是懂翡翠的。

夏文达想问的不是这个，他想告诉李威，李汉鹏进入翡翠行业是用了心用了力的。这一行不是撞一下，大赚一把就走的行业。他想告诉李威，他想错了翡翠，想错了这一行。

李威没答话，没人知道他有没有听进去，他客气地给各人让茶。

6

那年出发前，母亲去介公庙上了香，塞给夏文腾、夏文达一卷钱，说是从亲戚处凑的。夏文腾、夏文达很奇怪，他们集的资金里不少就是跟亲戚凑的，还有哪个亲戚？很久以后，他们才知道，钱是母亲用出嫁时的金饰换来的。

陈修平、林墨白、夏文达兄弟俩、李汉鹏和洪少壮在玉石料市场看了几天，选中两块心仪的玉石料。老板出的价，几个人倾其所带也买不起，不过他们有信心还价。当天晚上，六个人把钱凑在一起，以凑出的钱数为限还价。对那两块玉石料，几个人有不一样的想法，各有各的道理，都不敢用力说服对方，也没法被对方说服，关于玉石料的事，都不敢有半丝自负。大家都很清醒，带的钱除了自己的身家，还有亲朋好友的积蓄。明天再细细看过。

可以买些中低档的小明料，挣手工费，稳一点，细水长流。以潮汕生意人的精明，都想得到这一层，可没有人提，试水的路走得够久了，他们奔的是高端料子。

很幸运，他们买到心中的好料子。钱交出去，玉石料到手，真正的考验开始了。开切前一刻，他们停住，推迟了一天，需要缓口气。

那时，陈修平、李汉鹏和林墨白已在玉石料市场拼杀了一段时间，起起落落经历过一些，可那次不一样，标的是顶级料，除成品铺面，能挪用的资金全凑出来了。多年后，一个偶然的机会谈起，陈修平说："翡翠就有那样的魔力，你会给迷住的，高端翡翠会让人陷进去。"

那时，夏文腾、夏文达和洪少壮几个是最年轻的，之前买的多是普通小料，做普通玉件，当练手，为上战场做准备。在缅甸走了几趟，野心捂不住了。现在谈起来，夏文达仍霸气满满："我就喜欢抱走好料，看别人抱走不爽。"

推迟拆石的那个晚上，他们围着那块玉石料，想象里面会有怎样的精彩乾坤，可能出多少震惊翡翠界的精品，大客户将怎样拥到乔阳，对着顶级精品双眼放光。很快，另一种想象像厚重的暗影，将之前的想象消融于暗色中，如果败了……只是如果，已经让人手心、胸口、后脑勺都渗出凉气。

如果败了，就给人打工，他们琢玉手艺都不错，有人擅长牌子，有人擅长戒面，有人擅长葫芦，有人擅长拆玉，有人擅长手环，总之，可以养活日子，也有本事东山再起。可立刻想起，六个合伙人又各有一串合伙人，买玉石料的表面是六个人，事实上有近八十人，要是败了……没人敢想。当然，翡翠生意的规矩大家都懂，亲朋好友不会来闹，可自己过得去吗？

料子被买下那一刻，这六个乔阳年轻人就出名了，那是一块木那老坑料，色筋有力，切出的刀口达到高冰种，价钱高到令人咋舌，是上次公盘的玉王，很多大老板下了标，被货主拦标了。翡翠市场谈论那玉王时，也谈论了这几个年轻人。从那一刻起，乔阳人成为那些大老板真正的竞争对手，翡翠业内开始注意乔阳这个小村。

切那块料子的情形，很久以后夏文达仍难以描述，一会儿像被打趴在地，脸扑进灰尘里，无法呼吸；一会儿像被托上云端，轻飘得走不了路，握不住世界。经过那样一关，才有资格说是从事翡翠这行的。那块玉石料没有辜负玉王的称号，没有辜负他们几个人，那次赌料，成为他们辉煌的战绩之一。

"乔阳的翡翠江山是拼出来的，乔阳玉商都是拼出来的。"夏文达定定看着李威。这瞬间，他把李威当侄儿了，这年轻人的父亲曾与自己并肩作战，整个人扎在翡翠中。

李威仍风轻云淡的。

欧阳立观察着李威。

"文达叔和我爸感情很深。"李威为夏文达端了杯茶，笑笑，"我和林山、林水一样了，文达叔不用偏向哪一边，不用为难，墨白叔会明白的，文达叔把事情公公正正处理了就是。"

屈辱感涌起，夏文达打了个激灵。

欧阳立提醒夏文达喝茶，夏文达的巴掌要举起来了。事后怨欧阳立制止他，说："得替汉鹏兄管教下这小子。"

"他是成人了，不愿听的话，除了法律，没人能管教他。"

当时，看欧阳立使眼色，夏文达长呼一口气，把怒火化为冷漠的声调，说："事情要公公正正地办，你得先讲实话——敢摸着良心讲的。"

"文达叔，有事说事，不搞这一套。"李威晃着脑袋，开始讲实话，"文达叔说得没错，乔阳人合伙口头谈定就定的，讲信用得很，也没有签合同那套麻烦，几十年了都这样。再说，林山、林水的名声不用讲的，和他们交往那么长时间，我信他们。事情会这样，我第一个想不到，俗话说知人知面不知心，谁讲得清楚呢？文达叔，我就想讨回公道，我的资金是辛辛苦苦赚的。"

李威出示汇款凭证，表示他的守信，标下玉石料时就把款汇到林山账户上。又提醒夏文达，他是村委会主任，外界都看着这事，知道林山、林水是乔阳人，知道这事是村委会在处理。乔阳是有乔阳的生意规矩，可做人的规矩更要紧。

夏文达几乎要把茶杯捏碎，欧阳立让李威给点时间："村委会既接了这事就会弄清楚。"说完，扯了夏文达就走。

夏文达骂李威油盐不进。

"又想替李汉鹏教训他一顿？"欧阳立问。

夏文达不应声。

"问题是没效，再这么缠下去缠不出结果。"欧阳立摇头，他提议找一下李威的母亲。

"你觉着这样有效？"夏文达哼，"这种人心里没有长辈。"

"不一定就是请他母亲劝，随意谈谈，听一些比较私人的东西，或许有什么线索，或者有什么启示，甚至能找出李威什么弱点。"

李汉鹏的妻子，夏文达没什么印象了，李汉鹏去世后就没再联系，夏文达突然感到很愧疚，是该去看一下。

对夏文达，李汉鹏的妻子记得，她眼神带着警惕，当年这人和李汉鹏要好，一块儿在翡翠行业里打拼。对翡翠行业，她没有好印象，翡翠把李汉鹏的心力炸干了。现在，李威又在翡翠这行栽了跟头，事情的七拐八弯她不清楚，只知道事情不好，夏文达他们在查。

感觉到她的警惕，夏文达不知道怎么开口了。

坐住后，欧阳立聊了很久，李汉鹏的妻子才渐渐缓和。

李威的事，李汉鹏的妻子什么也不知道。李威小的时候，全家只有宠溺，长大后在社会上乱窜，李汉鹏的妻子管不了。李威的事从不跟家里人讲，买房以后，家都回得很少了，最多就是跟她拿钱，跟几个姐姐拿钱。李威跟他父亲不一样，李汉鹏的妻子充满无力感，听李威涉足翡翠行业，除了心惊肉跳，别无他法。

离开后，夏文达充满挫败感，有力无处出。想不到有朝一日会让个无赖难住，他感叹自己愈来愈婆婆妈妈，要放在以前，有的是办法。他再次怀疑自己失掉了血性。

"你也说了是以前，现在和以前的区别，你知道。"欧阳立笑，"用正规的方法对付无赖，是更厉害的本事。"

夏文达突然半开起玩笑："那欧阳书记是用什么方法对付我的？"

"你有分辨力，你明白的。"欧阳立很认真。父亲工作笔记里的一些话浮现出来：总有一天我得离开这个村子，不管什么地方，得有要紧的人带，不能单单认定某个人，带村子重要，带人更重要。以前，他被父亲绕迷糊了，这一刻，他懂得了其中深意。

"有些时候，倒发现自己分辨力跟以前不一样了。"夏文达耸耸肩，"分辨力，这词好正规。"

沉默了一会儿，欧阳立突然问夏文达有没有想过入党。

"入党？我入党？"夏文达回不过神。在生意场行走半辈子，从未想过这个与自己有关系。

"现在有关系了。"欧阳立说，"而且关系很大。"

"我入党？"夏文达似乎很难理解这几个字的意义。

怪，当天晚上，夏文达脑子里搅着这事，甚至发现自己是想过的，只是被下意识地忽略掉了。

第二天见到欧阳立，夏文达提入党的事，竟有些羞怯，说他做不了什么伟大的人，又讪讪提到他年龄太大。

"党员也是普通人。"欧阳立说，"年龄是问题吗？夏文达是认老的人？再一个，你四十多岁的年纪，照世界卫生组织标准，正是青年。"

"你确定不是开玩笑？"夏文达看欧阳立的眼睛。

正说着，洪建声打来电话："洪少川回乔阳了。"

7

打听李威在乔阳的交往，一层一层探问，问到了洪少川。一年前，李威通过朋友认识了洪少川，洪少川喜欢喝农家茶、野生茶之类的。和对林山、林水一样，李威以类似的办法跟洪少川交好。

洪少川知道李威跟林山、林水合伙，也有些照片。洪建声说："回了来村委会。"他懒得重复李威的事，一提就有气。

那些事夏文达也不耐烦讲，欧阳立讲了事情经过，包括怎么查，怎么做说服工作，怎么找李威的母亲。他认为有必要讲清楚，洪少川人敞亮，知道来龙去脉，会尽心尽力。

"有这样的事？"洪少川嚷着，"做生意没规矩，做人也没规矩。"

公盘李威还跟洪少川合标了一块玉石料，是块小料子，五十万，洪少川三十万，李威二十万。切开后还可以，隔天就被买走了，挣了十二万，李威得五万多，很兴奋："二十万本钱，几天内挣五万多，比什么生意都好。"

和林山、林水合伙标的玉石料，李威跟洪少川提过，认准林山、林水看中的不会错。李威把所标玉石料的照片给洪少川，请他打打眼。从照片看，洪少川也觉得不错。李威细细谈了那玉石料，下标多少钱，他出了多少股份。

李威发给洪少川的微信还在，附了图片。欧阳立很高兴："这是有效的，两人间的谈话虽然更清晰，但照李威那样的人，不会承认的。"

洪建声当下就要把李威揪来质问："等他自己上门坦白？"

"要想好对付的法子，事情得周全一些。"欧阳立拦住。

洪建声挥着手，说这种人无赖一个，还够不上格让人想法子，事实摆在这儿，还能怎么抵赖？他跟人合伙多年，没碰到过这样不要脸不成人的，败乔阳人的名声，坏乔阳的生意规矩，扰乔阳的翡翠市场。又说现在的人愈来愈不成样，这些年风气愈来愈坏，年轻人把老辈人的东西糟蹋了，还有些不懂规矩的外地人……

越扯越多，越说越气，洪建声满头满脸涨红了。欧阳立拉住："等下血压飙升就不值了。"

欧阳立朝夏文达使眼色，这次，夏文达倒很冷静，在旁边一直想着什么，看到欧阳立的眼色，劝洪建声："要揪也不用你出手，说得对，李威还没有这资格。事情愈来愈有眉目了，接下去我们打理了。"

夏文达把洪建声劝出去喝酸梅汁，吃六角糕，示意夏理明一块儿去。欧阳立提到血压，他发现，洪建声不单头脸红了，连眼睛也红了。

"要是早几年，我劝不住的。"夏文达摇头。

细看李威发给洪少川的图片，挺清晰，可惜没拍到编号，加上拍的是玉石料未切的样子，不够有说服力。

夏文达的意思，不管切未切，都足够了，林山、林水也拍了照，对比一下就知道，李威自己也在微信里说，那是他下标的玉石料。欧阳立认为，如果有切开的料子，做一个对比会更稳妥，这次得让李威无话可说。

对欧阳立的稳妥，夏文达有些不耐烦了。

去林山、林水的玉作坊，洪少川跟着，他想看着这事处理好。5号料切出高级货，正在赶上海客户定的货，切开的3号料还堆在角落。两个小伙子把切成片的玉石料叠组好，恢复成原先的样子，跟李威那张图片一样。

确定了，李威发给洪少川的是3号料。

洪少川又想起一件事，切3号料时，夏锐和洪列坤也在场，之前他们和几个朋友也看中那料子，合伙下标，可没中标。3号料切完后，夏锐和洪列坤找洪少川喝茶，不停拍大腿，庆幸没标中。

"不能怪林山、林水看走眼，那玉石料表象确实不差。"夏锐叹。

"林山、林水还好，另一块料子暴涨，算算还是赚得不少。"当时，洪列坤对洪少川说，"可怜的是李威，身家都押进去了，本来就不是做翡翠这行的，太冒失。"

夏锐和洪列坤认识李威，通过洪少川认识的。

据洪列坤描述，3号料切开时，李威人傻了，扯住洪列坤，哑声问："真变差了？明明看着好好的。"

夏锐也回忆，切开第三刀时，李威整个人都不对头了。

夏文达给夏锐和洪列坤打电话，想骂骂他们，既然当时在场，知道李威标哪块玉石料，也没透露半句。一问才知道他们这些天不在乔阳，还不知道李威这档事。

"现在知道了。"夏文达说，"好好做证。"

整理了一下，李威的照片，林山、林水的照片，林山、林水玉作坊那个视频，李威和洪少川的聊天记录，洪少川、夏锐和洪列坤为人证。欧阳立让陈商言整理好，要准备非常充分才行动。

"本来就很充分。"夏文达很焦躁，"我们越斯文，那小子越无赖。"

"我们觉得充分不作数，要有法律效力的。"欧阳立还是很小心，"事情闹出去了，我们没有退路，只能处理好。"

窝气，夏文达憋得胸口发闷。这事处理后，李威会输掉八成身家，还会声名扫地，他是李汉鹏的儿子。夏文达默念："汉鹏，乔阳生意的规矩你懂，做人规矩你也懂，你儿子不争气。"他看见李汉鹏了，却看不清李汉鹏的表情，李汉鹏笼在一团雾中，不应声。夏文达突然很想找陈修平，谈谈李汉鹏，想了想，不知道该怎么谈。

后来，夏文达找林墨白，可谈起李汉鹏，两人相对无言。

此时，欧阳立已转了话头，问洪少川出门做什么。他知道与生意有关，洪少川脑子活泛，翡翠行情低落时懂得往外走，和大城市一些公司有生意往来，已经打开新的生意格局。他想听听有什么新路子，让其他人也听一听。

　　洪少川去了深圳，跟一家珠宝公司谈合作。那公司主营钻石、宝石类首饰，计划拓展翡翠珠宝业务。洪少川一个老顾客和公司高层认识，把线搭给洪少川。珠宝公司出资，并负责设计、镶嵌、宣传、做品牌、销售，洪少川入股，负责挑选玉石料，为买玉石料提供主要意见，指导拆石，再找人加工翡翠成品。

　　公司有销售渠道、有平台；洪少川有买石经验，有玉雕师资源。欧阳立点头："各取所长，是有可能长远的办法。"他探问洪少川，有没有签合同。

　　"和这些公司合伙，肯定要有正规合同。"

　　具体细则，具体的合作方法，不便透露。欧阳立没再多问，对夏文达说："正合号也跟外头的公司合作，方式类似，也要正规合同。"

　　夏文达辩解，跟外人合伙不一样。

　　"现在哪分得清什么外人内人，乔阳本地村民多少，外地人多少，你心里有底。"欧阳立几乎把夏文达当成不服教的孩子，不厌其烦地强调，"只要能成为好的合作伙伴，哪里人不重要。"

　　"自己人还是靠谱些。"夏文达固执。

　　"乔阳人一向就不单单跟乔阳人合伙，就说林墨白，多少外地收藏家跟他合伙，人都没有到场，任林墨白独自买玉石料。"欧阳立反驳，"什么自己人不自己人的。"

　　夏文达又提到翡翠的特殊，不像钻石，有标准，翡翠靠经验，靠雕玉技术，甚至靠运气和缘分，要全透明极难，合作双方没有绝对的信任，没有道德支撑，靠合同很难，文字写不清翡翠。

　　洪少川承认确实难，所以合作双方得有很深的信任。他和那公司虽有合同，可很多细节合同里难以讲清楚，像夏文达说的，文字是写不出翡翠的。底气是，那公司相信洪少川是真心要做生意，不会贪小便宜，洪少川则相信那样的大公司不会欺他，也不必欺他。

　　"先试试。"洪少川沉吟，"边摸路子。"

　　"就是这个理。"欧阳立双手一拍，"不是完全换成板板的合同，不是说完全不用老法子用新法子，最理想的是，保留以前好的东西，结合当下的实际情况，形成新的方式，双重保证。"

"讲得倒很像回事。"夏文达语调里含着不服气，"就是有点虚。"

"至少先有意识，已经有人开始摸索了。"欧阳立说，"办法总是可以想的。"

"眼下，先把李威这烂事处理顺了。"夏文达把话题扯回去。

8

事实证明，欧阳立的稳妥不是多余的，那么多证据，夏文达他们认为事情一清二楚，没法抵赖的，李威还是有辩词。

看看洪少川提供的照片，看看林山、林水的3号料照片，李威没任何表情，稍稍沉吟一会儿，耸耸肩："没错，是林山、林水和洪明标的3号料，又怎么样？跟我有什么相干？算得什么证据？"

接着，提供李威和洪少川的聊天记录。欧阳立有意这样的，一步一步抖出证据，让李威一步步后退。

看了微信聊天记录，李威很生气，嚷嚷夏文达和欧阳立探查他的私密。

欧阳立截住李威的叨叨，告诉他，既然要村委会主持公道，有关的东西就得查。这也不算什么私人东西，提醒他不要转移话题。

"不错，这是我发的微信。"李威冷笑，"林山、林水标的玉石料，我都很关心，讨论他们标的玉石料，奇怪吗？这话我早说过了。"

接着搬出夏锐和洪列坤，他们听见很明显的话，李威自己说出口的，表明3号料就是李威参股的那一块，他们可以做证。

"我也有人证。"李威拉出肖海涛，还有一个叫冯华波的，切料时都在现场。看料和下标时，肖海涛在公盘，整个过程清楚得很。再说，空口无凭，人证也算不得什么证据。

"你这种人才会把说话当放屁，我们说什么是什么。"夏文达指住李威，"李汉鹏怎么生出你这种儿子……"

欧阳立拉住夏文达："我们是有理有据的。"

"汉鹏，你儿子不争气。"夏文达长长吁气，默声说。

"夏主任会就事论事的。"李威一副诚恳的样子，"所以我找夏主任，知道你不会用势压人，不会偏心乔阳人，都是为翡翠这一行。"

不单手发抖，夏文达嘴角都发颤了。

事后，夏文达跟欧阳立谈过，他的怒那么重，除了实在忍不了，还有就是李威的身份，他为什么是李汉鹏的儿子？

"还有更深层、更重要的原因。"盯着夏文达，欧阳立说，"类似李威这样的，近些年在乔阳越来越多，以前的合伙方式受到挑战，生意规矩没那么规矩了。"他最重要的话没说出口：这挑战了你的价值观。

夏文达很久不开声。

当时，欧阳立把夏文达拉开："如果按正规论，在法律上，这些确实难以成为正式的依据。"他叫夏文达去买点吃的，他跟李威谈。

夏文达提着油面饼回村委会时，欧阳立似乎谈得差不多了，正说出带总结性的话："该讲的我都讲了，你是精明人，掂量一下。证明事实真相的东西越来越多，继续下去会是什么结果，很难把握了。"

李威在走廊上绕圈走，再进办公室时，换了口气，可以不要求赔偿损失，原本他入股的5号料是赚了几番的，他的资金也应该翻几番的，现在只好认栽，毕竟跟林山、林水朋友一场，他要求拿回他的五百万，再加四十万精神损失费。

夏文达摔掉饼，指着门外："我们无话可说。"

李威走后，夏文达狠咬着饼，鼓鼓囊囊塞了一嘴。

"跟饼有什么仇，噎着就闹笑话了。"欧阳立端茶。

"这还不是笑话？乔阳名声都臭了。"

夏文达忍不住又讲往事。合伙买玉石料，这是乔阳人想出的法子，乔阳独一份。没有这办法，乔阳走不到今天，这么多高档翡翠聚不到乔阳，都让这代人败了。

饼吃不下去了。

好像看着上一代人打下、自己这代稳固住的江山正在葬送，他有种前朝老臣的凄凉和不甘。欧阳立理解，他分析过很多次：这是一种变化，所有东西都在往前走，谁也控制不了的，唯一的办法是顺应时代，想法和做法跟着转变，想出新的方式。夏文达以及他所代表的那代人，要适应，还得改变。他想提醒夏文达，细细想一下这些年的变化。

不知为什么，欧阳立没法再长篇大论，面对夏文达现在的心绪，那些长篇大论似乎很空，甚至有些装腔作势，有站着说话不腰疼的隔膜感。他意识到，这时，最好的方式就是陪夏文达喝茶、吃饼。

"消化"之后，夏文达想出应急办法。他认下李威的股份，拿五百万还李威，林山、林水那里不退股，这样，合伙的规矩就不算破。要林山、林水退还五百万没道理，他们没有错。什么精神损失费更是扯的。让李威早日滚蛋，也算为李汉鹏做了点事。

欧阳立极力反对。

"这钱我还是出得起的。"夏文达挥了一下手。

这一刻，欧阳立有种说不清的失望，经历了这么多，夏文达想问题还是这样？

看欧阳立默不作声，夏文达喃喃提起李汉鹏。

"这是两回事。"欧阳立轻轻摇头，"就算50块也不成。"

夏文达突然问自己，当这个村委会主任是为什么？他试着跳出整件事情，以旁观者的身份，看这件事整个过程，看自己在这个过程中的点点滴滴，陷入沉思。这一刻，他学会了自观，完成某种自我成长。

欧阳立话很尖刻，这样做是好心办坏事，且影响极差。等于对外宣布林山、林水理亏，村委会理亏。就算外人清楚事情的来龙去脉，也可能会让一些居心不良的人利用，助长坏风气，以后类似的事无法应付，反作用将超出想象。

若是以前，夏文达会讽刺欧阳立又上纲上线，这一次他很安静。

"这是原则性问题，半点也不能让。"欧阳立继续说，"证据越来越清晰，外人对这事也越来越明了，李威虽然还不肯承认，但已经松口，现在只想拿回本钱，我们继续想办法。"

他俩出去吃午餐，每人一盘炒米粉。米粉似乎缓解了夏文达的情绪，使他头脑清醒些。他承认自己有些气糊涂了。

饭后他们去正合号。正合号跟那个公司合作的事，欧阳立很感兴趣，想详细了解一下，夏文达没插手正合号的生意，讲不出个所以然。

正巧，那家公司刚好派人来，跟夏鸿铭谈合作细节，欧阳立和夏文达先跟夏文腾喝茶。

这种合作，夏文腾也很不习惯："现在做生意真不一样。"合作已谈成，他仍然疑惑又担忧，乔阳人从事翡翠这一行，家里人代代相传，亲戚帮扶拉扯，村里人引路，乡里人介绍指点，朋友合伙分担。翡翠讲究经验，经验要有人指点，要玉石料实践，都得人肯倾囊相授、帮带，跟完全不认识的公司合作，稳妥吗？

欧阳立那通话又开始了：关于时代转变，关于合作模式转变、发展模式转变。夏文达笑，提起儿子夏天正，跟欧阳立一样，也喜欢讲这些，连说话方式都有点像，哗哗啦啦，尽讲飘在天上的话。他突然有个主意，等夏天正回乔阳，让欧阳立好好和他聊聊，说不定会有什么想法。欧阳立双手一拍："这思路对头，我就是些模模糊糊的感觉，和天正聊聊，说不定能聊清楚一些东西。"

"天正好像在试了。"夏文达说。与公司合作的事，夏鸿铭让夏天正参与了。

"随他们去搞，慢慢放手。"夏文腾点头。

暑假，夏天正去那公司上班，作为正合号的代表，参与产品的宣传、销售等环节。公司派一个比较懂翡翠的到正合号，参与买玉石料，跟进拆石、锯玉、雕玉整个过程。翡翠一些不确定性的东西，双方会更清晰，合同中没法体现的，靠这种方式补充。

"这不是互派卧底吗？"夏文达很不以为然，"你派个人监视我，我派个人监视你。"

"可以说是公开的卧底。"欧阳立却很认同这种方式，"这要看怎么去看了，事实上，是互相学习，熟悉彼此的业务。也算先礼后兵，有信任也有规则，现代管理的方式之一。"

欧阳立摇头，自嘲总谈什么新合作方式、新经营管理方式，都是些直觉性的，半桶水，竟忘了夏天正是学这个的。他认为夏文达脑子也不行，也没想到这层，当下就想联系夏天正。

"急什么，相亲啊？我家天正又不是女仔。"夏文达打趣。

欧阳立腮边烘烫起来，转移话题，让夏文达给夏天正电话，或把夏天正的微信推给他，等夏天正回乔阳面谈太难。欧阳立担心，能否跟夏天正对得上话，夏天正是经过系统教育的，自己的见识和思维怕跟不上。

夏天正腾了一个晚上，跟欧阳立、夏文达聊了近三个小时。准确地讲，是他和欧阳立两人聊，夏文达主要喝茶，偶尔插句嘴。

从乔阳口头约定合伙买料，谈到乔阳成为中国玉都；从个人作坊，谈到现代生产方式；从店面商铺，谈到公司上市；从个人玉雕技艺，谈到品牌经营；从传统玉雕，谈到当代艺术表现……聊得最多的，是传统经营与当代经营的异同，传统生意道德、生意规矩与当代商业法律、商业规则的融合，传统家族式管理与现代企业化管理的平衡。他们有共同的看法，两者取长补短式的结合，是大势所趋。

通话结束前，欧阳立兴奋地说："乔阳等着你。"远的一时没法计划什么，近的他安排了讲座，等夏天正回来，和乔阳玉商好好谈一谈。

"我可不想当什么村干部，想经营一家像样的珠宝公司，经营属于正合号的翡翠品牌。"夏天正开玩笑，却也是真实想法。

"不管什么方式。"欧阳立说，"可以殊途同归的。"

"怪不得，天莹说你有见识，和她想象的村干部不一样。"夏天正说，"能让她开口夸的人不多。"

"她想象中的村干部是带了偏见的。"欧阳立的脸又烫了。

昨晚，宋思思打电话告知，她有新男友了。欧阳立有种无法回头的失落与轻松，随着宋思思的离开，某种生活方式彻底断掉。那一瞬间，他再次确认了自己的选择。那一瞬间，他想起了父亲，父亲是什么时候确认自己的选择的？那一瞬间，他想跟夏天莹聊，聊聊自己的选择，聊聊父亲。和宋思思在一起四年，他从未想过跟她聊这些。

9

　　林山、林水不耐烦了，乔阳人是知道他们的，他们的客户更清楚，可外面不明就里的人传得很难听，他们来找夏文达和欧阳立。林山起了和夏文达之前一样的念头，钱退还李威算了，没有心力跟这种人纠缠。林水不肯："我们没错，看他能怎么样？"找夏文达和欧阳立是林水的意思，走之前，他放下话，如果李威还缠就不要理睬了，再乱造谣就告他。

　　欧阳立劝林水，不能急，谣言影响范围大，可又很难抓到有用的证据，闹太大反而得费更多心力。村委会会尽力解决。

　　又找李威谈了一次。主要是欧阳立谈，夏文达黑着脸喝茶。

　　李威咬定他被坑，对所有证据都不承认，只愿意饶过林山、林水，要回自己的五百万，再加精神损失费。

　　"若是他们理亏，五千万都赔得起，用不着你饶。"夏文达差点一个耳光甩过去。

　　离开前，欧阳立最后一次问李威："你真决定这么办了？"

　　"我只是讨回公道。"

　　欧阳立直盯着李威："那我就按我的方式来了。"

　　"硬的不行，软的也不行，够窝囊。"回去路上，夏文达不停叨叨，"总说按你的方式，就是和他磨工夫，那死猪不怕开水烫的。"

　　"这次不是了。"欧阳立应，语调带了硬度。夏文达猜测他是不是有什么想法，问他，他只说再想想。

　　之前，欧阳立交代陈商言，收集到的证据制成PPT，并彩印，从图片到聊天截图到证人的证词，视频选取有用的镜头截图打印。村委会公告栏贴一份，老寨场公告栏贴一份。让洪建声交代治安队成员，巡到哪里把这事传到哪里。

　　一边通知林山、林水，给3玉石料估价，按李威的参股数，最后剩下多少，退还李威。

　　"估过，最多收不回两成，按两成算。"林水说。

　　"好。"欧阳立拍板，"五百万的两成，一百万，退还李威。"

欧阳立同时告知了李威，通知他看公告栏。电话里，李威骂欧阳立偏向乔阳人，徇私。欧阳立说："如果不服，或发现证据、资料有什么不对头，可以去告，直接告我欧阳立。"

不到三巡茶功夫，村委会和老寨场公告栏前围满人，乔阳沸腾了。

外面热闹着，欧阳立在办公室里沏茶，夏文达凝视着他，很久没出声，欧阳立问："喝不喝？不喝的话，这一巡三杯我也喝了。"

"想不到。"夏文达摇头。

"有什么想不到的？"欧阳立笑，"你第一天认识我吗？"

夏文达想不到，欧阳立会出这一招儿。

"事情到了这地步，没有正式的证据，诉诸法律很难，只能由群众评判。"欧阳立说，"不是有句话吗，公道自在人心，这种力量才是最大的。"

"这种力量大到可怕，你是厉害人。"夏文达感慨。

"之前，你动员乔阳人为乔阳出力，是同样的道理，利用群众的力量。"

夏文达怪欧阳立，有这个打算没讲，这事他做好一些，他出面，别人要找麻烦会有所顾忌。夏文达话挺委婉，内里却有些硬。

因为李汉鹏，夏文达是为难的。是让他跟难处迎头碰一碰，还是让他避开，欧阳立犹豫了很久。深夜，他默问父亲，父亲没有言语。第二天见到夏文达，欧阳立决定，自己做那件事。和夏文达搭档以来，他第一次没有跟他商量或通气，独自决定一件事情。

有那么一刻，夏文达想骂人，欧阳立是什么意思，看准他没法碰那个难结？最终，担心盖过了其他情绪，欧阳立是外地人。

"李威也是外地人。"欧阳立开玩笑，却很快转了口气，"事情就是事情，没什么本地人、外地人之说，是就是是，非就是非。"

"你现在倒会说'是就是是，非就是非'。"夏文达冷笑。

该让夏文达一起碰那个难处的，欧阳立意识到，从某种意义上，自己对他没有完全"放心"，甚至不够"信任"。和父亲一样，当晚，欧阳立在工作笔记中反省自己。

楼下院子闹起来了。

是李威，带了好几个人，挤在公告栏前，嚷嚷乔阳村委会处事不公。他煽动那几个人，大喊欧阳立，让欧阳立当众讲清楚，给他一个交代，一边跳上前，要撕资料。

"你试一下。"夏文达大喝，他立在不远处，盯着李威，李威下意识地退了两步。

很快，李威又嚷嚷，指名要找欧阳立。

"找我什么事？"欧阳立出来了，"公告栏里贴的，全部是事实，村委会没有进行任何改动，没有加入任何评价。如果你磊落，会很赞成这种方式，而不是害怕。"

"哪个害怕了？"李威喊。

"你刚才讲的话，要负责的，想把那些罪名扣给村委会，请通过法律途径解决。"欧阳立指住李威，"有理不在声高，你的行为大家看在眼里，只会让人感觉你心虚。"

李威举起手，还想说什么，夏文达大喝："别在这指手画脚。"

李威张开的口愣在那里。

看人拥了一大群，夏文达拿喇叭，讲述事情的前因后果。他说："本来是几个人的事，可不单在乔阳乱传，还传到外村外区，伤了乔阳，伤了乔阳人，这就不是几个人的事了。是哪张嘴在背后乱扯，大家都心知肚明。既想让外人知道，村委会就当成公众的事公告，有什么不合情理的？"

话到这里，夏文达自己豁然开朗，没错，李威他们故意传出去，村委会也让事情传出去，欧阳立这个方法太对头了。最后，他说："做人做生意，乔阳人都有规矩，还是都按规矩来，有多大本事，做多大生意，输得起多大，赌多大。是人都有那么点贪，可要'贪'得对路，别起歪心思。"

有人高声附和，有人默不作声，有人暗暗溜走。

话讲完，夏文达和欧阳立回办公室，告诉李威，有事尽管找他们，有话尽管说。李威没有跟进办公室。

下午，街道办事处宣传部部长打电话，询问林山、林水和李威的事，意思是处理群众纠纷要谨慎些，要讲究方式方法。夏文达回应，领导有什么更好的处理方式？

"就是借问一下。"宣传部长解释。

夏文达直统统地答："借问也要先把事情搞清楚。"

晚上，欧阳立没回家，晚餐后绕乔阳散步。夏文达一个亲戚要娶媳妇，女方舅舅和夏文达是朋友，请他去喝茶，讲讲男方的情况。

走了一段，欧阳立感觉不对头。他停下脚步，感觉有人也停下，再走，那人跟着走。欧阳立顿了顿，拐入玉石料市场。玉石料市场的店铺八点半才陆续开店，这时候最安静，如果有人跟，感觉会更明显。一进玉石料市场，后面的脚步急切了，欧阳立站下，转身，瞥见两个人影，极快地闪到拐角后。

"有什么当面说，躲躲闪闪算什么？"欧阳立冲那个方向喊，"现在没人，要来尽管来。"两个影子露出了一点，凝然不动。

"我能猜到，你们是什么人，为了什么事。"欧阳立冲那个方向扬高声，"这种方式无效又可笑。我能想到，村委会其他人也能想到，我真出了什么事，很快就能揪到根，就算你们得了什么好处，应该也无福消受。"

墙角的影子晃了一下。

"不现身？"欧阳立走过去。

影子慢慢退了。

半天没动静，欧阳立在一家商铺前坐下。当年，父亲也是这样被跟的吗？父亲没有他这么幸运，在那个暗夜，但凡行凶者念头歪一点，父亲就永远回不去了。

"不小心摔的。"那次，父亲这样解释头脸的伤，母亲没有追问，只是默默给父亲上药。而欧阳立听到了真实版本。父亲的老友来访，母亲出门置办午餐。父亲和老友喝茶，谈起他的伤。父亲只知道母亲出门了，不知道欧阳立在隔壁屋，两屋有窗相通，欧阳立的学习桌在窗下，听得清清楚楚。

一个暗夜，父亲在村里巡看，被人用麻袋蒙了头，扭到某个角落，受了一顿拳脚。拳脚后，父亲缓了缓气，问被打的理由。麻袋外无人应声，有个人又给了他两脚。父亲在麻袋里分析起来，那几个人就是想教训他一顿，既是这样，不给个明白，达不到目的，打了也白打。麻袋外还是静，父亲说，细想在村子的这段时间，自认没有什么行差踏错……

麻袋外有人喝住父亲，骂他，一个外地人在这儿指手画脚，质问他管什么闲事，嘲笑他狂妄，以为真能把村子带出什么样子。山泥是老天的，这个穷地，老天赐食也不能吃，靠什么活……他们要父亲一句软话，要他一个保证，蒙在麻袋里的父亲沉默如那个黑夜。

父亲告诉老友，听到那些话，他心里有底了，知道该怎么做了，那个声音压着喉咙，扭曲了声音，他还是辨出来了，那个人低估了父亲对音色的敏感度。

老友为父亲担心，一个人待在那遥远的村子，会有无数个夜晚。父亲的老友讲出了欧阳立的担心，他慌乱无措，在父亲返村前，扯住父亲的胳膊不放，父亲拍拍他的脑门，说他有事得去干，让欧阳立干好自己的事。看着父亲的背影，欧阳立想起父亲对老友说的：他心里有底了，知道该怎么做了。父亲知道怎么做了。年幼的欧阳立安慰自己，他相信父亲。

多年后，欧阳立才知道那件事的后续，父亲确实解决了问题，可……欧阳立不让回忆继续下去。

商铺店主来了，招呼欧阳立进店喝茶。店主煮水、烫杯、加茶叶、刮沫、沏茶，这是日子安好的样子，欧阳立胸口氤氲起一团柔软。

事后，夏文达知道这晚的事，冷笑："都欺软怕硬的，也不敢来找我。"

"我可不是什么软人。"欧阳立笑。

第二天深夜，欧阳立接到一通电话，对方用了什么仪器，声音扭曲变形，警告他，收敛着点，不然会有麻烦，甚至提到，他胡乱处理民事纠纷，上面领导已有看法，当然，上级不会直接提这件事，会在别的事情上制造麻烦。

"这样很愚蠢，以现在的科技，什么都查得到。"欧阳立好像指点对方，"通话记录、通话地点、开号人，想知道什么就能查什么。"

那边断了通话。

不久，乔阳村委会出了一个规定，翡翠生意中发生纠纷的，找村委会处理得提供证据，如合伙买玉石料的要有合同，不管合同能做到什么程度，反正得有依据，交易要有汇款凭证、照片或视频等记录，至少得有字据、签名之类的。

规定出台后，夏文达茫然若失："变了，得弄到这地步了。"

"不是什么地步，是完善了。"欧阳立一再重复，"本质没有变，都是为了更好地做生意。再怎么要求合同、字据之类的，信用还是第一位，没有信用的人，合同做得再漂亮，也不会有人想合伙或做生意。"欧阳立有信心，人们以后会更加讲究信用，以前可能用人品、用守信表达，未来会用信用点表达，信用点会越来越重要，跟外出、消费、贷款、做事等相关。

夏文达摇头："用信用点计算守信？怪怪的。"

"我明白你的意思。"欧阳立解释，"这只是某种方式，用这种方式提倡一些东西，慢慢会化成内在的东西。"

欧阳立还说："以前找亲戚朋友合伙，以后跟公司之类的合伙，都是在信任的基础上，道理一样，只是那是更清晰的朋友。"

不管欧阳立怎么解释，夏文达的失落感难以消除。

欧阳立说："你骨子里是个古典主义者。"

"怪词，听不懂。"夏文达耸耸肩。

"很可贵的。"

"像古董那样吧，说是很值钱，早被收在角落里了。"

欧阳立忍不住笑："你是懂的，懂得很透彻。"

后来，林山、林水那块3号料被林墨白买走。他用其中的一块雕了摆件《兜率天》，获得天工奖金奖，被国家博物馆收藏。其他的料子雕成特别的摆件，被高价买走。

事情传开。李威听后大骂，从头到尾是林山、林水的阴谋，认定他们早知3号料能做好摆件。

李威又闹一番，无果。

第五章 戒 王

1

"要不是周末，我不会过来。"吴慎说，"陈修平不报警的理由不充分。"他看着夏文达，目光满是探究和怀疑。

"丢东西的不是我，偷东西的也不是我。"夏文达拍了下吴慎的肩，他不喜欢吴慎这种目光。提到某个案件，或思考案情时，吴慎才会有这种目光。

"你敢说跟你完全无关？这样暗地里催我来。"吴慎盯得更紧了。

吴慎就是吴慎，什么都看得比别人透几分。请吴慎，确实不单单为了陈修平。夏文达嘴上还是不服软，摆摆手："你管这些做什么？拿出真本事，别废话。"

戒王失窃，对乔阳的治安是种挑战，夏文达几乎想象成挑衅，特别是郭诺一还在这儿，他原本就不太看得上乔阳，这下不知道该怎么想了，夏文达懊恼不已。这些懊恼极隐秘，吴慎却一眼就看出不对头。

吴慎要看宝鼎轩的监控，陈修平说他和店员看过了，没发现什么。吴慎挥挥手："我跟别人看的不一样。"

昨天，郭诺一看过戒王后，陈商成收回保险柜，早上发现不见了。根据这些情况，吴慎重点调看这段时间的监控，除店员和零星的顾客，就是陈商成自己。白天，几个店员上班，没人上楼。吴慎又看了前一天的监控，没有疑似踩点的人。

看夜里的监控，有人经过宝鼎轩，但门前没人靠近。宝鼎轩侧面和后面有监控死角，如果有人入室，这两个地方是最有可能的。吴慎绕着走一圈，在一扇窗下停住，抬头看了一会儿，上二楼细查。从这个死角上楼可避开监控，但宝鼎轩不是普通窗户，要从外面撬开，需要专业的工具，且撬开后保持完整度的可能性很小。

细看保险柜后，吴慎很久没出声，等周围没旁人，才告诉夏文达，保险柜被破坏得有点怪，且好像打开之后再破坏的，他说："这窃贼很怪。"

夏文达疑惑，问是什么意思，吴慎不再细说。

问店员，都是一些正常的上班细节。

对店员，陈修平都交代死了，不许透露戒王被盗的消息。

夏文达发现，和陈商成相关的细节，吴慎问得很细：昨天他在二楼待了多久，下楼后做了什么，离开时有没有什么特别的地方，有没有跟人通电话，有没有交代什么事……问完后，又专门回看了跟陈商成相关的视频，弄得夏文达迷惑不解。

陈商成到了，陈修平怪他太慢，店里的情形他最清楚，该早点来提供线索。陈商成含含糊糊应了句有事。

夏文达让吴慎直接问陈商成，尽管查问。吴慎点点头，却并没有问。反而是陈商成，问吴慎有没有发现什么，吴慎淡淡回答："没什么有用线索，监控一切正常，不过有死角。"

吴慎走了，陈修平也没多问。夏文达告诉他，吴慎有自己的习惯，不说肯定有不说的道理，可能收集的东西得消化一下。

晚上，吴慎给夏文达打电话，开口就说："这事我不插手。"

"什么意思，不是答应帮忙了吗？"夏文达很奇怪，吴慎这人他知道的，答应的事不会不作数，除非查不出来，但真查不出他会直说。

"不用多问，我就这句话。"吴慎很干脆，也很含糊。

夏文达又迷惑又没底："就不能讲清楚点，说一半，吐一半。"

"我劝你也不要多管，你是村委会主任，不是抓贼的。就算陈修平是你大哥，别的忙好帮，抓贼不是你能做的。"吴慎语气有点怪，"再说，你做了该做的了。"

"到底是个什么意思？"夏文达莫名其妙，戒王虽是陈修平的，可声名在外，翡翠界都知道乔阳有个戒王，它早和乔阳连在了一起。意思是这事他有责任的。

"那是你自己联系的，人家选择不报案，说不定心里是有底的。"吴慎绕着说话，"你操心什么？操心也没用。"

夏文达觉得，陈修平是不想张扬，戒王丢失，太惊人。

"反正就这样了。"吴慎截住夏义达，"陈修平不想张扬，肯定有道理，可能就是家内之事，你管过了，尽心了，不用多管了。"

结束通话后，夏文达意识到，可能有什么不对头。他猛立起身，绕圈急走，把刚冒出的念头压下去，告诉自己：这是胡想。他本想打电话跟欧阳立说说的，最终没有，怕一说，那模模糊糊的念头又浮起来。

夏文达跟欧阳立讲了吴慎的意思。和夏文达一样，欧阳立认为，戒王不单跟宝鼎轩有关，也关系乔阳，说跟治安有关也好，跟乔阳翡翠市场有关也好，反正村委会不能不管。

陈修平和陈商成都提到郭诺一，吴慎看了监控，问了郭诺一跟陈商成的谈话、看戒王的过程后，没提出要见见郭诺一或问问什么。

"真去问就尴尬了。"欧阳立摇头。

夏文达和欧阳立去了陈修平家。

陈商成不在，电话打不通，他老婆刘如倩说他整夜没回家。趁陈修平去阳台接电话，刘如倩诉起苦。她认定，陈商成又让哪个女人拖住了。那些女人很会骗他的钱，他这些年赚的钱不少，拿回家的一年比一年少。她恳求夏文达帮着管一管。

"文达叔，你的话他是听的。"刘如倩端茶。

陈修平打完电话进客厅时，刘如倩正谈到宝鼎轩几个女员工，都是陈商成招的，也不管会不会做事，样子稍稍中看就用了……

陈修平用力清了下嗓，刘如倩猛闭了嘴，满脸委屈和不甘，悻悻进了房。她戴满首饰，黄金、嵌满钻的翡翠、宝石，浑身亮闪闪的，闪得姣好的面容倒模糊了。

陈修平的老婆洪燕君端了水果，招呼夏文达和欧阳立吃。陈修平手机又响，他再次走向阳台，于是洪燕君坐下，细细叨。

和往常一样，洪燕君愁着脸。在夏文达的印象里，她的脸总这样愁着，家里经济自不用说，又请了保姆带孩子、做家务，她还是有很多事要愁。孩子她用心用力顾着，不知哪里出了错，现今搞成这样。陈商成整日不着家，刘如倩多问一句他就爆就吵，她也是不好多问的。

"商成还有什么不满足的？"望着夏文达和欧阳立，洪燕君巴巴地问，"宝鼎轩生意还成，有什么难处有他爸撑着，孩子都看得好好的，怎么还这样？"

夏文达吃水果。

洪燕君讲起陈商言，倒是孝顺实在，可不肯做生意，跑去村委会做事，像个外人，跟这个家都不搭调的。她问夏文达："文达叔，商言想些什么？你能多说说他吗？劝他走走正经路子。"

陈修平进客厅，脸色铁青，洪燕君讪讪起身离开。还是联系不到陈商成，问了陈商成比较近的朋友，没什么头绪。

里屋一声大喊，一个孩子冲出房门，射出纸飞机。是陈商成的小儿子陈鹏，他追着飞机，跑得很疯，保姆急追。

"鹏鹏，我看看长高没有。"夏文达招手。

陈鹏做了个鬼脸，抓一个无花果，咬一口，啐啐地吐。陈修平喝他，他追着飞机耍，保姆在身后捡无花果碎块。夏文达唬他，陈鹏拿一个小球扔过来。陈修平忽地立起身，洪燕君和保姆忙把孩子拉走。

欧阳立问起陈商成另一个孩子陈鲲。

"还不是在房里。"陈修平叹，"这个太闹腾，那个全不开声。"

"多带出门走走。"欧阳立建议，"给他找些伙伴玩玩。"

"保姆整日伴着。"陈修平很无奈。

"保姆只是照顾生活，生活倒不用顾得过细，得多跟孩子沟通。"

陈鲲极孤僻，从小固定由一个保姆跟着，不和其他孩子玩闹，见人也不招呼，带去看过医生，收效甚微。欧阳立怀疑是自闭症，建议不要全放手给保姆，家里人多陪伴，陈修平一家似乎没怎么听进去。

"现在养个孩子真麻烦。"陈修平有点烦躁，"一人跟一个保姆还搞不定。"

夏文达听着不舒服："孩子又不是保姆的。"

欧阳立想说什么，陈修平手机响了，他听电话那边说了一句话，脸色瞬间变了。

陈商成被抓了。

2

戒王捧出，轻放在郭诺一面前。郭诺一睁大双眼，半天凝然不动。鸡蛋大小的戒面，正阳绿，经典的椭圆形，饱满如龟背，玻璃种，干净完整，水头足，如一汪静默的湖水，蓄了整片森林的绿色，宝气烁烁，让人瞬间神清气爽。郭诺一相信，这是千万年吸取天地精华所得。

看郭诺一的神情，陈商成很得意：不叫你见见世面，不知我宝鼎轩的底气，在乔阳谈翡翠，也不带点心眼儿。刚刚和郭诺一那一通辩论，让他莫名地怒火中烧。此时的他以为，这口气出了，那一通辩论会很快被抛到九霄云外。他没想到，那通辩论已刻进下意识。多年后，回首往事的他才会发觉，影响是那样深远。而他永远不会知道，那一通辩论还成为乔阳某种转折导点。

那天，郭诺一走进宝鼎轩，细细看了一圈。面对销售员热情的介绍，只微微点头，好像被耀目的翡翠饰品迷住了。所有货品看个遍后，他终于指了几件货，请销售员拿出来看。他凑在灯下，看得很用心，却只随意地问了几句话。

看到郭诺一点的几件货品，听到他问的那几句话，陈商成关注起这个客人。那几件货是最好的，销售员相信他是潜在的大客户，卖力地介绍，郭诺一似听非听，最终只凝神看一个戒面。陈商成过去打招呼，一边考虑着是不是开保险柜，拿些更高端的货。他请郭诺一喝茶，边喝茶边细赏，如果有兴趣，店里还有些不错的东西。

这年轻老板打扮有点浮夸，但一个"赏"字出口，郭诺一对他多了几分好感，看到原木茶桌时，好感又增了几分。喝了两杯茶，郭诺一简单介绍了自己，翡翠文化爱好者、收藏者，到乔阳感受翡翠文化。

"你来对了。"陈商成腰背直了，不知不觉"正规"地介绍，"全国90%的高端翡翠都在这里。"

"重要的是翡翠文化。"郭诺一语调用了力，"不是高端翡翠集在这里，就有翡翠文化。当然，大量高端翡翠集中在这儿，也很了不得。"

陈商成有些迷惑，郭诺一想说什么？在探宝鼎轩的底？他意识到，这顾客没那么容易搞定，有可能是财力雄厚的专家或内行老板，会比较挑，但一旦搭上线，很可能会成为长期的大客户。得展示一下宝鼎轩的实力，他让郭诺一稍等，他去保险柜拿一些货。

"还是类似这些的？"郭诺一指指玻璃柜问。

陈商成扬起眉毛："成色比这些都好。"

郭诺一挥挥手表示不急，问陈修平在不在。

"我爸的朋友呀。"陈商成笑了。

郭诺一说不认识陈修平，是到乔阳后打听过来的。正常，陈修平在乔阳是个人物，在翡翠市场也是叫得响的。陈商成再次确认，他会是隐性大顾客。陈修平出门，陈商成自我介绍是陈修平的儿子，有什么事可以先跟他谈。

郭诺一没再多问，说宝鼎轩的翡翠几乎全是珠宝类，手环、挂坠、戒指、珠串、项链，只有少数稍大的挂牌属小摆件，但还是饰品范畴。

郭诺一这个归纳很准，陈商成介绍：宝鼎轩经营高端翡翠，有自己的玉作坊，雕琢工艺上乘。他边宣传边换茶，宝鼎轩最好的茶叶。

郭诺一却提起和田玉，很长一段时间内，中国人口中的玉指的是它，与和田玉的温润内敛相比，翡翠的清透绚丽是外放的，生机勃勃。翡翠更讲究材质，其变化难以把握，充满神秘感，那是自然的神秘。

这老板是个专家，就是钻得太偏，有些虚，绕了一大通，没有真正讲到翡翠的点。陈商成捧来柜台最好的戒面。

对着那只戒面，陈商成讲起当初那块玉石料，来自哪个场口；切开玉石料后，怎样避裂纹的黑点；怎么利用料子的优势，把戒面雕琢得形状饱满，种水调得恰到好处；怎样聚光，以使颜色呈现最好的状态，色正而不沉，清透而不轻浮。他从翡翠的种水、质地、颜色等方面，跟和田玉做比较，认为翡翠才能成为真正的珠宝，和田玉更适合做摆件，作为饰品，远不如翡翠耀眼喜人。

"美，大自然的杰作，可惜少了些人的东西。"郭诺一喃喃。

"调玉高手才能调出这种状态。"陈商成觉得郭诺一错了，辩，"好料子加上好师傅，才能出上品。"当然跟人有关，这戒面成品的整个过程，都要懂翡翠的人，陈商成不明白郭诺一的意思。郭诺一想跟他谈谈翡翠，但不是陈商成想的那种谈法。

郭诺一啜着茶，很久没出声，好像也不明白陈商成。两人越来越远了。陈商成猜想，郭诺一在暗暗估价，便顾自沏茶。

沏茶已成了陈商成日子的一部分，因为对郭诺一的重视，茶也沏得讲究，纳茶、候汤、冲泡、刮沫、淋罐、烫杯、洗杯、筛点、关公巡城、韩信点兵。郭诺一被他沏茶的样子迷住。

郭诺一想告诉陈商成，他沏茶倒显出了文化。未开口，陈商成指指郭诺一托着的戒面："这才是珠光宝气，比和田玉之类的抢眼多了，也值钱得多。"

郭诺一反驳，翡翠不单是珠宝，还有翡翠艺术品，有时赋予翡翠更多的文化内涵。和田玉历史悠久，早被寄寓了特殊的内蕴，跟它相关的玉文化，渗透在中国的传统文化里。对中国人来说，和田玉不单是玉，更是某种象征，被赋予某种精神意义。翡翠在中国是一种年轻的玉，明末到清朝才被青睐，当然，它有宝气，使它既有活力又高贵。

郭诺一越绕越怪了，陈商成迷惑，他绕这些做什么？不过，看得出郭诺一是迷翡翠的，用行业内的话说，跟翡翠是有缘的，这就好办。

"郭老板有玉缘。"陈商成说，"是懂玉人。"既然郭诺一对和田玉也那么迷，就提玉，不单单提翡翠。

"东方人喜欢翡翠，西方人更喜欢宝石类。"店里的翡翠确是上品，它们打动了郭诺一，连带对陈商成也有期待。这个生活在翡翠世界的年轻人，对翡翠一定有特别的感觉，他努力维系话题。

话题靠近了，陈商成一阵兴奋。郭诺一这看法，他有共鸣。他做了多年生意，对消费群体，算比较了解的。翡翠这东西得喜欢，喜欢的会痴迷，会接受价值连城，不喜欢的会觉得老气过时，价格虚高。

"这跟传统文化有关，跟民族性格有关。"郭诺一说，"在东方人眼里，翡翠不单是珠宝，更是文化，被赋予很多文化含义，甚至是民族个性；在西方人眼里，翡翠只是纯粹的珠宝，是装饰品，当然那些闪亮耀眼、颜色艳丽的宝石更合他们的口味。"

越来越别扭，彼此间不像在对话，各说各的。郭诺一认为，陈商成把翡翠当装饰品，翡翠只是珠宝、生意，他不算懂翡翠的人。陈商成则觉得，郭诺一装腔作势，把翡翠讲得虚虚飘飘，怪里怪气。他陈商成在翡翠行业打拼这么些年，看翡翠是有一套的，在乔阳年轻一辈中，算对翡翠有发言权的人之一。

"单把翡翠看作商品，大错特错。"郭诺一很不客气了。

废话，做生意不是商品是什么？陈商成这话忍在喉头，他虽然不喜欢郭诺一，但直觉郭诺一不是普通人，这客户不能让别家抢去。他挤出笑意，尽最大努力保持客气和礼貌。

郭诺一不出声地喝了一会儿茶，突然问起戒王，变得很恳切，希望欣赏宝鼎轩的镇店之宝。

陈商成冒起一股无名火，看不上我，看不上翡翠做珠宝，还看什么戒王？张口想拒绝的瞬间，念头改变了，该让郭诺一见识下戒王，看看真正的极品翡翠，看他还会不会讲些有的没的。他点点头，带着那么点傲慢，上楼开保险柜。

"无与伦比。"面对戒王，郭诺一从胸口发出轻轻的感叹，"大自然的鬼斧神工。"

陈商成斜眼看郭诺一，扯东扯西，谈了一堆什么内涵呀、文化呀，看不见摸不着，这才是实实在在的东西。

郭诺一沉默了好一会儿，竟冲戒王摇头。评价是：翡翠本身极好，造型饱满大气，经典的龟背蛤蟆肚，种水调得恰到好处，颜色多一分则浓，减一份则淡。雕戒面者确是琢玉高手，将材质本身的美展现到极致。这美是天然的，其他装饰都会破坏它的天然至美。戒面四周密密嵌了一圈钻，一看就是土豪思维，坏了翡翠的高贵和美感。

　　怒火冲得陈商成脑门发痛，直到郭诺一出门，他还没恍过神。

　　两人不欢而散。

　　看着郭诺一离开的背影，他竟想起夏天莹。陈商成骂自己莫名其妙，念头却甩不掉，他和夏天莹也是这样，对不上话。回忆蜂拥而至。

　　七年了，夏天莹那天的样子清晰如昨日，身着红裙，长长的马尾蓬勃如盛夏的植物，好像就是一夜之间，调皮得像男仔的丫头，变成雅雅的姿娘仔。那天，夏天莹出花园，随着岁月推移，陈商成才慢慢意识到，那天是夏天莹的成人礼，也是他们的告别礼。

　　夏天莹踩着红色木屐，盈盈走过，头戴石榴花，弯腰拜公婆母；夏天莹坐在花园宴桌边，按大人的指示，安安静静夹菜……

　　从小到大，夏天莹是陈商成的小尾巴，跟随在他身后蹦蹦跳跳。她出花园这天，他突然不敢跟她讲话了。

　　成人礼后，陈商成和夏天莹没有真正对话过。夏天莹老讲些怪怪的话，那些话是书塞进她脑子的，在夏天莹的生活里，书早取代了他的位置。

　　"成人"的夏天莹有了自己的世界，陈商成完全没法进入的世界，无法理解。这种无能为力旋成隐形的洞，深隐在他生活中，化成他岁月的一部分，无论他想什么法子，都没办补上那个洞。

　　今天，郭诺一绕的那些怪话，和夏天莹那些很像，不是内容像，是感觉像。

　　从宝鼎轩出来，郭诺一沉思着，没注意有人远远跟着。那人看他进了酒店，很快，洪建声接到消息：郭诺一回乔阳大酒店了，刚在宝鼎轩待了很久。

　　对欧阳立做的这些，夏文达很不服气："搞得像间谍，是个大领导？"

　　"比某些领导重要得多。"欧阳立说，"还有，这不是跟踪，是想为乔阳守住这个人。"

　　"真上门去拜访？"夏文达不太明白，也不甘心。

　　"这是理所当然的。"

那个人谈的那些，就是卖嘴皮子，也不能给乔阳挣什么。夏文达觉得没必要，还有一个没说出口的，就是对郭诺一这人，他不喜欢。

"那不是卖嘴皮子，是文化。"陈商言接话，"郭诺一是懂翡翠文化的，真正研究翡翠。文化无价，价值不单是看得见的玉料珠宝之类，文化如果做得好，所能带来的价值无法估量，更有可能是长远的。"

欧阳立不停点头，陈商言说了他想说的。

和夏文达一样，洪建声不觉得那郭诺一有什么。他看重实在，拿真本事吃饭，别弄些虚飘飘的，什么文化，那能做什么呢？不过，看欧阳立那么重视，他愿做点能做的事，说不清为什么，在欧阳立面前，他的脾气软和了，欧阳立身上有种东西，让他顺眼服气。但他嘴上表达的是，欧阳立太斯文、秀气，他都不好意思大声。

"文化值钱，也能成生意的，还可能是大生意。"夏理明的话通俗又对点。文化是看不见摸不着，可是能让东西变得金贵，现在喜欢蹭文化的人多了。郭诺一不是普通人，有可能带更多不普通的人，有可能给乔阳带来大生意。

"郭诺一戳中了乔阳的弱点和痛处。"欧阳立很直接，"我们早该行动的，一直不知道从哪里着手，怎么着手，这次说不定就是机会和突破点。"

"什么人，说乔阳人不懂翡翠？"郭诺一的话，让夏文达耿耿于怀。

3

这次郭诺一主要找夏天莹。他跟林墨白认识，听林墨白夸夏天莹有灵性，很不以为然。林墨白他认可，但乔阳他没印象，很少听到出色的艺术家或作品。林墨白算乔阳的特例，乔阳是暴发户式的生意场，很难出艺术家。他没有表露出的是，下意识里他对女人有偏见。后林墨白发了那些照片，夏天莹被天图艺术馆收藏的两个系列，还不是成品照片，只是初胚。郭诺一震惊。

林墨白讲了夏天莹的设计想法，郭诺一决定找她聊聊。

为跟夏天莹好好谈，郭诺一等那系列作品雕成，到天图艺术馆细看，看完后告诉林墨白，直指夏天莹会超过他。林墨白大笑，难得能让郭诺一这么激动。

来乔阳的路上，郭诺一都在细品夏天莹那些作品。到了乔阳，林墨白出门了，要联系夏天莹，郭诺一说他自己找，先四处走走。

一圈走下来，乔阳翡翠市场比郭诺一想象的繁荣，近些年还是萧条的，难以想象翡翠大热时是什么样。打听之下，发现村委会主任夏文达是夏天莹的父亲，且翡翠界小有名气的正合号是他家的，便直接找到村委会。

因为夏天莹，郭诺一对夏文达期待挺高，见面就自我介绍，比后来在宝鼎轩的自我介绍详细许多。夏文达把他当专家，也当顾客，热情接待，倒没多特别的感觉。欧阳立极关注，特别是对郭诺一提到的翡翠文化研究。

夏文达和欧阳立带郭诺一逛，郭诺一每家店都进，对货品看得很细，或隔着玻璃柜看，或凑在灯下看，或拿到自然光下看，很少开声，偶尔几句话，都是关于货品本身的。从成品区到玉石毛料市场，到玉都展销中心，再到玉坊街。中间，夏文达请他吃了牛肉粿条，吃完继续走。夏文达是经过缅甸公盘锻炼的，腿都走得酸了，欧阳立一向被夏文达嘲笑为瘦弱长条，脚步已有些拖沓。

绕回村委会时，乔阳的翡翠市场已走得七七八八，郭诺一终于说："先到这儿吧。"

几杯茶润了喉，郭诺一开始谈论了。第一句夏文达就有些蒙，郭诺一竟是这样的评价。乔阳的翡翠市场，夏文达是自傲的——小小的村子，缅甸80%以上的高端玉石料流向这里，全国90%的高端翡翠成品聚集在这里，这两组数字闪闪发亮，虽说近些年萧条了，底气还是在。

"乔阳是个生意场，充满土豪气质。"郭诺一毫不客气，"而且是走向没落的土豪。"

夏文达端杯的手顿在半空。

　　"这个市场是没有内涵的，大环境推动，加上客观条件成熟，聚成市场不算太难。"郭诺一继续批判，"没有独属于自己的东西，很容易被取代，很难长远。"

　　夏文达想回击：别的地方倒聚个高端翡翠市场试试。他认定，郭诺一又是吹牛皮的"专家"。夏文达没有意识到，当郭诺一谈到容易被取代，自己脸色铁青了，又失落又慌乱。

　　郭诺一的看法，欧阳立也觉有些偏见，应该是不了解乔阳所致。但不管什么看法，先听听，他示意夏文达不急。郭诺一有自己的见地，有很多可参考的，也有警醒作用。

　　郭诺一分析，乔阳把翡翠当单纯的商品，关注怎么做更容易卖钱，怎么样赚得更多。成品区只是一间又一间的铺面，有自己的经营方向，却没有特色，没有翡翠的文化内涵和贵气；玉石毛料市场更单一，主售切开的明料，铺面格式单一无可厚非，可生意味极浓，感受不到翡翠半点灵气。

　　很虚，谈理论容易，实际做起来，会不知从何入手。欧阳立想。不过郭诺一提到了，就好好探讨，有没有具体做法，有没有接触过做得好的例子。总之，他相信，能得到有用的信息。

　　"牛皮越吹越大。"夏文达转过脸，用方言对欧阳立说，"尽是些飘在天上的东西。"

　　提到玉坊街，郭诺一摇头："最早的玉器聚集地，很有味道，积淀了一些东西。可乔阳人不珍惜，现在那街像被抛弃的什么东西，看着凄凉，让人不舒服，一条有底蕴的，有味道的老街，很不容易的。"

　　玉坊街，夏文达惊讶了，郭诺一这个外地人，第一次到乔阳，走了不到一天时间，能看见这个，倒是有些见识。欧阳立陷入沉思。

　　"乔阳就是个生意场。"郭诺一再次重复，充满遗憾，好像有什么事情错得很离谱。

　　"当然是生意。"夏文达忍不住了，接口，"乔阳专心把生意做好，没那么多弯弯绕绕，不搞虚飘飘的一套。"

　　"把生意做好，是了不得的本事。"郭诺一把自己代入乔阳了，

"但翡翠和别的商品不一样，它更有内容，有更多可能性，这不是弯弯绕绕，更不虚飘。"他强调，翡翠文化是翡翠重要的光彩，可以赋予翡翠很多东西，如果单纯当成货品交易，就丢掉了翡翠最可贵的东西，那些东西，有很多文章可以做——用乔阳人的话说，能让生意做得更好更大，也走得更远。

最后几句话引起夏文达的兴趣。

"乔阳有很多生意之外的东西。"欧阳立说，郭诺一的诚恳，他感觉得到，建议郭诺一在乔阳待段日子，会发现更多东西。乔阳能走到今天，不单单因为会做生意。还有，乔阳商人拥有潮商所有特点，也值得研究——那些生意之外的东西，是乔阳重要的支撑点，只是乔阳人不懂得归纳，无法上升到理论层面。

郭诺一暗暗观察欧阳立，有跟这个年轻人谈谈的意愿。他说欧阳立不太一样，还有夏天莹。

听到夏天莹，欧阳立耳朵热涨起来，几乎是反射性地。

在夸夏天莹，夏文达却很不舒服。

郭诺一准备再逛逛，还有些重要的地方没走，比如正合号和宝鼎轩，这两家留到最后，细细看。走之前，他还是那个意思，他个人认为，乔阳人并不真正懂翡翠。

夏文达胸口腾地燃起火，想象着扯住郭诺一，叫他好好讲出个一二三，是怎么个不懂法。欧阳立用眼神止住夏文达，提议找个时间好好沟通，这种问题一时半会讲不清楚。

郭诺一前脚出门，夏文达就开始讽刺欧阳立又当老好人："你没必要把话题带开。"

"今天这氛围不适合再深谈，更没法辩。"欧阳立摇头，"都没有做好沟通的准备，基础也不够。"

"年纪轻轻的，一点劲都没有。"夏文达讽刺欧阳立没血性。

欧阳立笑："那要做什么，捋起袖子和郭诺一打一架？拍桌子跟他吵一场？这就是看法不同，讲讲想法的自由总有的吧，哪里扯得上血性不血性？平日批我上纲上线，这才真是上纲上线。"

夏文达抿紧嘴。

"郭诺一能来，这么用心看乔阳，分析，思考，又这样直接谈出想法，是乔阳的运气，在他那里，可以听到真东西，有用的东西。"欧阳立越来越确认，这会是一个契机，只是还没有真正刺激夏文达，和夏文达所代表的乔阳人，他对夏文达说，"郭诺一不仅只是建议，他的研究，他提到的翡翠文化研究中心，是真正的宝贝。"

夏文达默默喝茶，欧阳立讲的，他没能完全理解和信服，不过既然欧阳立把郭诺一抬到天上去，他相信是有道理的，先看看也好。

"有一点是确定的，郭诺一是极爱翡翠的人。"欧阳立说。

"这倒是，算是个翡翠痴。"夏文达眉眼上扬。

"太过痴迷，才有这么高的要求，才会这样尖锐。"

这一刻，对郭诺一的印象改观不少，不过上门拜访，夏文达还是不痛快："他连带路都不要，上门讨没趣吗？"郭诺一要去宝鼎轩，欧阳立要带路，郭诺一拒绝了。

"各人有自己的打算和习惯。"欧阳立毫不在意，说，"这些是小节，就算真是没趣，也得去讨——以后会知道值得的。"

郭诺一和陈修平会谈些什么？夏文达想象不到，自己和郭诺一完全没谈拢。他想起昨天碰到陈修平，说要出趟门，那宝鼎轩只有陈商成了，更难谈了吧？可惜林墨白不在，他和那个郭诺一肯定合拍，他们挺像的，也很不像，林墨白没郭那么装腔作势。

"脾性不同。"欧阳立说，"别忘了，郭诺一真正要找的是天莹，他和天莹也会有很多好谈的。"

"意思是我跟天莹对不上话？"夏文达装出无奈的样子。

"实话说，你跟天莹真是没法深谈，她有个世界，你不明白的。"

欧阳立说话文绉绉，夏文达不顺耳，不过意思他明白，也无法否认。

洪建声传来消息，郭诺一回酒店了。欧阳立喊上夏文达过去，提醒他，是以村委会主任的身份拜访，也是以乔阳人的身份。

"我又不是小孩，用不着这么三交代四交代——先买个冰淇淋，痛快了，事都好谈。"

4

看郭诺一的目光，夏文达知道这罐茶叶带对了，事后追问欧阳立，怎么知道郭诺一会喜欢。欧阳立说因为气质，罐子和郭诺一气质相符。夏文达耸耸肩："又是些虚头巴脑的。"

抚着茶叶罐，郭诺一的喜爱溢于言表："很是古典雅致。"欧阳立介绍：贵政山茶叶罐，省级非物质文化遗产，有"瓦缶胜金玉"的美誉。特定的地方特定的土质，历史悠久的传统工艺，一千多度的高超烧火功夫。好的贵政山茶叶罐，存茶叶几十年而茶香仍然浓郁。

夏文达打开罐盖，介绍茶叶：大洋山的老茶丛，生长时间非常长，生长地方很偏僻，野生茶。夏文达每年都和茶农上山，采摘茶叶，参与炒茶全过程。一叙说摘茶炒茶，夏文达细细描述老茶丛，生长之地的好山好水，采茶的讲究和乐趣，炒茶的火候与手法。他煮水烫壶，添茶叶，对郭诺一生动叙说茶叶的香。

郭诺一看夏文达的目光变了。

第一巡茶出，每人一杯端在手里时，气氛很轻松了。

几巡茶后，夏文达托出一对翡翠戒指。这是欧阳立的主意。

戒面来自多年前夏文达标的一块玉石料，他独自标下的，花掉了好几年生意赚的钱。当时很多人不看好，夏文达就是喜欢。玉石料切开后垮了，一刀、两刀、三刀，全是无色无种的废料。切到最后一块，所有人都觉得不用切了，夏文达憋着一口气，切到底。切出巴掌大一块料子，种好，没有瑕疵，没有裂，也有颜色，可颜色只薄薄一层，围观的人安静地散去。后来，林墨白看了玉石料，说种很纯净，颜色虽薄料子却够厚，且色泽均匀，有正气。他雕成戒面，近二十个，全部个大饱满，颜色从底层透出，拢光又拢得好，极惹人喜爱。

好玉得遇上懂玉人，玉会回报的。夏文达第一次强烈感受到，人与翡翠的关系。那时起，他对翡翠的感觉不一样了，对翡翠这行的感觉不一样了。

夏文达拿这两个戒面，讲这一段小故事的意思，郭诺一明白了。对于乔阳人，翡翠不单只是生意，这是对他昨天那席话的反击，软中带硬。

夏文达的讲述有些凌乱，语言总抵达不了想表达的岸。事后，他抱怨跟郭诺一这样的人讲话太累。当时，欧阳立帮着稍稍整理，郭诺一弄清了夏文达真正的意思：像他这样的，对翡翠有特别感情，有特别意义的，在乔阳太多了，特别是老辈人。郭诺一那句"乔阳人不懂翡翠"，令夏文达无法释怀。

在乔阳，有雕玉者、琢玉者，还有医玉者。在夏文达眼里，医玉有时比琢玉更厉害，真正懂玉者才会医玉。他拿林墨白当例子，有人请林墨白改戒面，林墨白拿到水轮下磨几分钟，戒面升值近十万。

郭诺一点头，他明白夏文达的意思，不过他讲的"懂"，不是夏文达讲的这些，跟升不升值也没有关系。

夏文达表情有些僵了。

"是不一样，但这是另一种'懂'。"欧阳立觉得郭诺一还是不明白。

闻着茶香，郭诺一若有所思地点点头。在夏文达看来，他们两人像在打哑谜。

夏文达语气冲了，告诉郭诺一，在翡翠调水调色方面，至今没人超过乔阳人，乔阳人不懂翡翠哪个懂？

"这是乔阳尊重翡翠的方式，最实在的。"欧阳立解释。

"乔阳不会糟蹋一块好翡翠。"夏文达底气十足。

不是夏文达夸张，几十年来，乔阳对高端翡翠的追求，越来越极致，能不能把翡翠最美的一面展示于世人面前，成为最重要的成功标准，因此，乔阳读玉、琢玉，更医玉。夏文达让郭诺一看了几张照片，平洲一个朋友，有块挂牌不满意，到乔阳修改后，像换了料子。

细看改前改后两块牌子，天地之差，郭诺一有些震惊。他很清楚，如果看实物会更有感觉。他试着理解夏文达，关注欧阳立的意思。

看郭诺一的样子，夏文达很满意，甚至有些得意。这只是个小例子，懂行的人，都把高端翡翠石料往乔阳送，把雕坏的好翡翠送到乔阳治。有人专收料子好又没雕好的成品，到乔阳修改，转手便升值。福建的李浩建和黄广到乔阳，学乔阳人看玉辨玉，后专门做这事，身家近亿。

对夏文达讲的例子，郭诺一似听非听。他眼前现出宝鼎轩戒王的影子，胸口怦怦直跳，那美真是夺人心魄。他意识到，戒王出现在乔阳不是偶然的，材质本身是极品，还有发现戒王的眼睛，让戒王问世的手，不过那圈镶钻……还有，在乔阳，戒王只是戒王。

"从这个层面讲，乔阳人确实懂翡翠。"郭诺一口气软和不少，遗憾仍很清晰，"可惜，更多的还是停留在材质层面，我说的是内在文化赋予，翡翠需要魂。"

夏文达抓了抓头皮，脑子嗡嗡响。

"这是有原因的。"欧阳立说。他也讲了一个故事。

有个人，十几岁时跟着父兄收购旧玉件，品相较好的卖掉，品质差、失去光泽的重新打磨抛光，破损碎坏的修补或改作他物。打磨修补旧玉件的过程中，对翡翠的质地、种水、颜色渐渐了解，他琢磨怎么使玉件效果更好，以赢得买家的喜欢，卖出更高的价格。与此同时，对翡翠，他产生了不一样的感情，生意之外的。改革开放前，这些要暗中进行，像搞地下活动，想尽办法伪装、隐藏，一次次被没收破坏，被抓被关，一次次从头开始。除了生活艰辛所迫，还有一个重要原因，就是这种感情，说不清、道不明，只知道隐在阁楼稻草堆里磨玉很入迷。当旧玉件重新绽放光彩时，有难以描述的成就感。

改革开放后，当时的乔阳村书记夏诚明四下跑动，促成国内第一个玉器组：乔阳玉器组。收购玉件，买卖玉件合法化。和许多乔阳人一样，这个人终于可以光明正大地从事这一行，有了施展拳脚的机会。

二十世纪八十年代后，旧玉件愈来愈少，有的人家也不太愿出手了。这个人和长辈们寻到广州，顺着云南的腾冲、瑞丽，最终寻到缅甸。翡翠世界就在面前，可那个世界的大门比想象的更难入。神仙难断寸玉，面对原石与面对成品玉件，完全是两回事。在最初的迷茫无措后，这个人死磕死拼，泡在玉石料场，日连着夜，拉下面子请教、偷师。学看料可以拼，资金没法拼，后来想出合伙的办法。

这个人和其他乔阳人合买玉石料，一群人凑起买高端玉石料的能力，也分担风险。合作方式极简单，口头约定参股数、钱数，一诺千金，成了铁律般的规矩，看中了就出手。很多时候，出手的快慢与果断程度，决定买石的成功率。

高端翡翠开始汇集乔阳，这个人的翡翠生意越来越大，资本越来越雄厚。当然，买玉石料也有败的，但比起其他行业，翡翠一夜暴富的机会仍是更大的。一刀贫一刀富的故事一直发生着，不过，一夜致富的故事总是更被津津乐道，一切贫的教训很快被遗忘。那是翡翠的暴涨时期，大量资金流入翡翠市场，流入乔阳。这个人，包括他很多亲戚朋友的经济实力飞速增长。随着被带进乔阳的，还有浮躁，生意、赚钱在乔阳成为最重要的生活主题。

欧阳立喝了杯茶，说："这个人就是现在乔阳的老辈，那一代人。"

"我明白了。"郭诺一摸着下巴，"乔阳重生意，有历史原因的。"

"还没有真正的积淀。"欧阳立点头，郭诺一确实可以深谈，说，"还有很长的路，而且会很难，不过这是某种规律，总有办法。"

接着，欧阳立讲起乔阳人年轻一代。

刚才那个人有几个儿子，从小看父辈切石做生意，听父辈赚钱，又碰上读书无用论的时代，都早早辍学，随父亲进入翡翠行业。从小接触玉石料，懂看玉也懂琢玉，年轻人又敢闯，没几年，就赚得不错的资本，自立门户了。

"他们代表乔阳八十年代出生的大部分年轻人。"欧阳立说，"我查过资料，走访调查过，这一代人极少考上大学的，很多初中或高中还未毕业，又早早挣了钱，除个性极沉稳的，能静下心的少，对生活对未来有所思考的更少。翡翠深层的文化内涵，极少被提起。"

拥有大量高端翡翠的地方，缺少产生翡翠文化的背景，有点怪，也很正常。郭诺一陷入沉思。

夏文达半天回不过神，欧阳立对乔阳的了解，比自己这个老乔阳似乎深得多，他这样暗查过乔阳，什么时候？查这么深这么细？对这个斯文的年轻人，夏文达再次起了陌生感，他藏了多少东西？来乔阳，他做了什么准备？有什么打算？当年，面对书生，父亲也是这种感觉吗？父亲说过，他讲不清书生是什么样子，比哪个人都容易看透，也比哪个人都难看透，简单到让人觉着傻，有时又深到别人没法探。

与书生的相遇，在夏文达的父亲眼里，就像遇到好翡翠，是机缘也是心意。第一次偶遇后，如果他没再回去找，两人可能也就止于浅浅的认识了。如果书生不是那样让他印象深刻，他也不会回头去找。当初，夏文达的父亲和朋友收玉件，经过那个村子时很晚了，刚进村，就碰见书生。

村子围在一片山里，过了村子都是山，夏文达的父亲和朋友想找落脚地。书生晃晃手电筒："不嫌的话跟我走。"书生正在村里巡看，每晚必绕村子走一两圈。夏文达的父亲问过，有什么好逛？那么小的村那么大的山，到处黑乎乎的。书生说，那是最安静的时刻，也是脑子最活跃的时刻，想事情是最好的。

书生把两人带到村委会，一个小院，三间土屋。书生一个人住，三间土屋中最大的一间办公，两间小的，一间住人一间堆杂物兼做饭。

进屋，书生点起油灯。火苗亮起的瞬间，夏文达的父亲看清了书生的脸，书生这个外号就从脑子里冒出来。斯文白净得过分的脸，和村子太不搭调了，眼镜后的眼睛太秀气了。从那以后，夏文达的父亲就叫他书生，夏文达的父亲一个人喊的外号。

几个烤红薯，一碟盐炒花生，一盘青菜，一碟咸菜，一锅稀粥，能吃的东西都摆上桌了。油灯的光昏暗但温暖，他们边吃边聊。在书生的话题的引导下，夏文达的父亲讲起乔阳。他发现，自己第一次这样讲乔阳，胸口氤氲着陌生的柔软和辛酸。书生说乔阳是很特别的村子，夏文达的父亲才意识到那份特别。

无高山无秀水，无沃田无密林，乔阳创村之时滩涂一片。以食为天的岁月里，窄小的村子中，乔阳村民腾挪不出足够的田地，蜷缩于几个大村的夹缝中，没有施展拳脚的空间。农活间隙，乔阳人走出去，以最简单、最辛劳的方式，挑了担，走街串巷，叫卖针头线脑、头花香粉、绳纸布片，渐渐回收些旧银旧玉饰，翻新转卖，生意的芽叶一点点冒出绿意。走的路长了，吃的苦足了，目光远了，脑子活泛了，收购交易旧玉器的路子越来越清晰。他们走得越来越远，过山过水，清楚哪里古物玉器多，知道东西向何处转手，懂得让暗淡的旧玉件和碎坏的残玉片重焕光彩。

一晃百年。

"那天晚上起，我会老想着我的乔阳。"多年后讲起往事，夏文达的父亲仍然很惊讶，那一夜发现的新情感仍然在涌动。

后来，书生讲起那个村子，该像乔阳一样，找一条路子。他陷入沉思，眉眼里那份忧色，在夏文达父亲的回忆里，一直清晰地存在着。

面对欧阳立，夏文达会想起书生，他很迷惑。

眼前，欧阳立还在讲乔阳这代年轻人如何如何，那些是事实，夏文达听着又很生气，郭诺一是个外人，他有一种家丑被外扬的尴尬。

不知道是没看见夏文达的表情，还是不明白他的意思，欧阳立忽略他使的眼色，继续讲乔阳的"家丑"。

"翡翠市场渐渐成形，翡翠的从业人员素质越来越高，有更多的翡翠收藏家。跟外界接触越来越多，乔阳开始露怯，无法与'精英'顾客对话，一些有文化的顾客看不上乔阳'没文化'。"

夏文达极想插嘴，质问欧阳立什么时候知道这些。

欧阳立仍在滔滔不绝地讲："现在这代人，已经意识到文化的重要性。可不懂怎么重视，唯一的方式，是把孩子送进更好的学校，送进各种补习班。讽刺的是，因为读书无用论，乔阳的学校校风很差，教学质量低下，乔阳人高价把孩子送到外面私立学校。"

夏文达脸涨红了。

"还没找到路，但乔阳人意识到了。"欧阳立极恳切，"需要时间，也需要机会，更需要帮助。"

郭诺一目光垂在茶杯里，不知道想些什么。

翡翠文化研究中心，欧阳立希望郭诺一考虑，帮忙。

"研究中心要考虑很多东西。"郭诺一终于抬起眼皮，说。

安静了很久的夏文达接口："我们能做什么，会拼了命做，至少乔阳好翡翠多，照我看，做研究总得有好东西吧。"

这一句对点。

5

郭诺一到宝鼎轩赏戒王那天，陈修平晚上十二点多才到家，询问宝鼎轩和玉作坊，陈商成说都正常。事后，陈修平回忆那一刻，才意识到，说"正常"两个字时，陈商成表情很不正常。当时，陈修平谈起在云南见朋友、买玉石料，陈商成敷衍了两句就去休息了。

第二天一早，陈商成在吃早餐，陈修平很诧异，陈商成极少在家吃早餐的，至少不会这么早，这跟昨晚他十二点多就休息一样怪。陈商成一般是凌晨一两点夜宵，白天十点后起床。这种种怪异，陈修平不明白自己怎么没发现。

陈修平端起白粥，陈商成像有意无意谈起的，提到郭诺一去过宝鼎轩，扯了些莫名其妙的话。他的叙述很简单，却一下子吸引了陈修平的注意，他追问各种细节，意识到郭诺一不是普通顾客。陈商成告诉他，郭诺一点看戒王，嫌戒王的镶嵌俗气土豪，配不上戒王的高贵，破坏了戒王的气场。陈修平猛地抬起脸："他真这么讲？"

"郭诺一还在乔阳吗？"陈修平问。

"住乔阳大酒店。"陈商成暗中关注着郭诺一，却哧了一声，"那人不懂翡翠，故意挑刺。"

俗气，土豪，配不上戒王的高贵。这话成了有硬度的尖锐物，在陈修平身上某处刺着。他决定见郭诺一，见之前，好好看看戒王，真嵌俗气了？把戒王本身的美破坏了？如果真是这样，是种耻辱。

保险柜坏了，戒王不见了。

两父子对视一眼，回看保险柜，是不见了。第三次看保险柜，没有，装戒王的玻璃盒空荡荡。陈修平跌坐在地，张着嘴半晌出不了声。听见有人在喊他，声音很远，辨了好一会儿，才认清是陈商成，正用力摇他的肩，满脸恐慌。

"戒王呢？"陈修平吐出这几个字，喉头那团气随着吐出，人绵软了。陈商成不接他的目光，只问他怎么样。

"戒王呢？"陈修平再次探看保险柜，几乎要把头伸进柜里，其他货品都在。

"昨天还在，明明在的。"陈商成脸色灰白，声音结巴。

陈修平就那么瘫在保险柜边，脑袋里嗡嗡响，他拼命控制杂乱的情绪，试图理出思路：保险柜坏了，柜门没有坏，其他货品价值不菲，都在，专为了戒王？他迷茫地看着陈商成。陈商成的注意力似乎只在陈修平身上。

坐了很久，陈修平用力抹抹脸，强迫自己清醒，交代陈商成不要碰保险柜，自己直奔村委会。电话里没法讲清楚，得亲自见夏文达。 刚进门，他话就出口了："戒王不见了。"

夏文达重问一次才听清楚。

报警。欧阳立先反应过来。陈修平立即反对。欧阳立不明白，戒王价值极高，这是大宗失窃案，村委会没办法也无权处理。陈修平说他找的是夏文达，不是村委会。

"他是村委会主任。"欧阳立不认同，"只要能做的，村委会会尽最大的力。戒王是宝鼎轩的宝，也是乔阳的宝，必须由警方立案。"

"不立案。"陈修平很干脆。他提到夏文达的朋友吴慎。吴慎在市区当警察，破案出了名的，陈修平让夏文达请吴慎帮忙查，暗中查。

"这事得用力查，越快越好。"夏文达挥着手，陈修平的态度让他很疑惑，暗中查是什么意思，怕走漏风声，让窃贼跑了？戒王到手，窃贼肯定早跑了。请吴慎，他有点犹豫，吴慎很讲义气，也很有规矩。

陈修平的意思，这事越少人知道越少，这也是为乔阳着想。近些年，乔阳翡翠偷抢事件少了很多，乔阳的治安声名在外，现在戒王不见，丢乔阳的脸。

"这不是丢不丢脸的事了。"这次，爱面子的夏文达很清醒，"戒王找回来才要紧。"

陈修平说，他也有类似吴慎那样的朋友，可本事不如吴慎，要紧的是，他不想为这事求人，像抖了家丑。夏文达找人是帮陈修平，是义气。陈修平语气又软又虚："请你帮忙了——我是找夏文达，不是找村委会，私人关系，私底下查找。"

"帮忙"，夏文达胸口动了一下，陈修平话讲到这份儿上，他还能怎样？

欧阳立还是不认同。

夏文达反而说服欧阳立，既然陈修平决定这样，就当是私事，陈修平是他大哥，只要能做，他没有摇头的资格。戒王是陈修平的，他选择不报案，谁也没法，自己帮点忙不算违规。

"这是乔阳的事。"欧阳立仍坚持。

这次，夏文达没接欧阳立的话，答应陈修平，找吴慎。

离开前，陈修平有意无意提起，郭诺一昨天看过戒王，只有他一个外人看过。夏文达和欧阳立对视。陈修平含含糊糊说，他只是提供一些情况。欧阳立和夏文达突然有了共识，或许陈修平是对的，这件事先暗中查好一些。

夏文达约吴慎见面前，欧阳立提议找郭诺一，把戒王失窃的事告诉他。

"什么意思？"夏文达愈来愈不懂欧阳立了。

"算冒个险。"

夏文达吓了一跳："'冒险'这两个字从你嘴里出来，难得。"

"也不算冒险，我对郭诺一有信心。"欧阳立沉吟，"对戒王，他也很关注，跟他讲是表明我们的态度。"

"试探他？还是提醒他？"夏文达疑惑，"会不会让他不舒服？"

"都不是，我们以诚相待，当他是自己人。"欧阳立很自信，"他会明白。"

"知人知面不知心。"夏文达还是有担忧。

"对郭诺一，你没有点直觉？"欧阳立看着夏文达。

夏文达不出声。

这次郭诺一热情很多，拿出夏文达上次带的茶，煮水，洗茶杯，泡茶，谈论起潮汕的功夫茶，是生活的讲究和精致，渗透在潮汕人血液里，成为日子的一部分，这种骨子里透出来的东西，就是文化。

既然郭诺一有兴致，欧阳立决定事情先不提，顺着郭诺一的话题："翡翠文化也该像潮汕功夫茶一样，成为乔阳的一部分。"

"不是我打击你们，文化不是做件什么事，或喊喊口号就有的，要积累，要很长时间。"谈到这个，郭诺一毫不客气。

"所以要给乔阳耐心和机会，这个问题，越来越多乔阳人意识到了，路是很长，当成目标总是可以的。对于目标，乔阳人从不吝啬努力。"欧阳立再次问起翡翠文化研究中心的事。

郭诺一终于愿意谈一谈了。

这次郭诺一来，除了要见夏天莹，还想看看乔阳，有没有他要的土壤。乔阳的高端翡翠早有名气，但他没底。在他印象里，除了林墨白的作品，乔阳多是珠宝类，翡翠艺术品太少。快两年了，翡翠文化研究中心合适的时机和地方，一直没找到。奔波这个很烦琐，吃力不讨好。在中国文化中，翡翠文化很年轻。在翡翠行业里，感兴趣的是如何挑选暴涨玉石料，怎样赚快钱大钱。

"关于翡翠文化，还没有系统的研究。"郭诺一叹息，"对翡翠本身的叙述零零碎碎，更多的是个人经验。懂的人没法归纳叙写，会写的人又不是真懂。这种研究表面看没用，实际太重要了，不能再拖。"

放下茶杯，郭诺一双手搓在一起，对欧阳立透露他的焦虑。翡翠市场在中国虽然很大，研究却跟不上，国外一些机构很感兴趣，开始对翡翠文化、翡翠标准化、翡翠市场及消费等做系统的研究。这关系到翡翠话语权，甚至有可能影响对翡翠的理解，关系翡翠文化内蕴的解读，当然，也关系翡翠市场走向。

这番话一出，欧阳立也急迫了，热血沸腾。他对郭诺一分析，乔阳有客观条件，翡翠的质和量不用多讲，隐藏着很多翡翠人才，软性条件正在努力，需要郭诺一这样的专家带一带。

事后，夏文达讽刺，那个翡翠文化研究中心有那么要紧吗？说欧阳立和郭诺一像谈什么国家大事。

"不仅仅是那个中心，有可能关系到乔阳能不能走远，能不能构建属于自己东西，文化是真正有生命力的。"欧阳立很严肃，还没从与郭诺一的对话语境中抽离，"听着虚，但有你想也想不到的力量。"

"难不成像剑术高手的剑气？"夏文达半开玩笑半认真，"看不见摸不着，杀伤力却大得很。"

"这个比喻倒挺恰当。"欧阳立很惊喜，夏文达毕竟听进去了。

当时，郭诺一沉默着，摸不透他的心思。

离开之前，欧阳立才告知，宝鼎轩的戒王不见了。

郭诺一愣了一下，随即明白了什么，直视欧阳立和夏文达："昨天我赏过戒王，应该是最后一个看过戒王的外人，我会留在乔阳，直到事情弄清楚。"

欧阳立接住郭诺一的目光："我们不是这个意思。"

"我知道。"郭诺一点头，"我想等戒王找回，再好好赏赏。"

这一刻，欧阳立与郭诺一为彼此的默契动心，连夏文达也感觉到了，他甚至有点嫉妒。走出乔阳大酒店，夏文达转过头，看看楼上郭诺一那个房间，这个郭诺一绝顶聪明，也绝顶坦荡，他喜欢。

6

陈商成被抓。在市区某酒店，据说陈商成凑了好几个人，聚赌。创文正在风头上，撞上了。陈修平找夏文达："你得出面了。"

除了陈商成，还有林惠晓，也是乔阳的年轻人。陈修平请夏文达和欧阳立跟派出所交涉，以村委会的名义，交点罚款，把人领出来。村委会把村里的青年领回教育，理由正当。

"这是聚赌，村委会不好领。"欧阳立不同意。

一想到去派出所领人，夏文达就有气，他一向把陈商成当侄子，恨铁不成钢地晃头，声音粗躁："商成太不像样，这坏习惯怎么说也不改，不顾头不顾尾。"

陈修平倒有些不以为然，乔阳好赌的多了，特别是陈商成这一代年轻人，生意之余打打牌，摸两把麻将过瘾，没什么奇怪，陈商成和林惠晓就是碰上了。

欧阳立知道，陈商成绝不是陈修平口中的打打小牌、摸摸麻将娱乐。他不想客套了，说："据我所知，商成不是小赌怡情之类的，已经成了瘾，影响很不好。"

夏文达的意思，就让派出所关两天，陈商成是成人了，吃不了什么苦。他跟陈修平商量："商成该受点教训了，没吃过什么苦头，生意上又有你一路罩着。借这个坎叫他好好想一下，成家立业的人，该明白些人事了。"

生意上，陈商成很灵光，生活却很混乱，只负责结婚生孩子，家是不顾的，小孩是不教的，和刘如倩时不时大吵一场，吵烦了打一顿。这些是看得见说得出的，夏文达老觉得，陈商成身上有种说不出的东西，让陈商成无着无落，使他的日子飘飘忽忽。

"商成也是你侄子。"陈修平冷笑。

"就是我侄子，才出这主意。商成没个过日子的样，生活都没理顺——也就拘留几天，比起我们当年四处流窜，算不了什么。"

"拘留几天？那是什么地方？"陈修平脸色灰青。

"算是让人家教几天。"夏文达好声好气地。

"要打要骂也轮不到外人。"陈修平手攥紧了拳头，"拘留所是什么地方？上辈人被关，是为着讨生活，现如今陈家人还得被关？以后都传陈家人进过拘留所，我怎么行事做人？"

夏文达彻底明白了。如今的陈家人进拘留所，不单是面子，有太多说不清的东西，而说不清的又往往最要紧。他重视了，也明白陈修平为什么让自己出面，他"没脸"去拘留所要儿子。

　　"面子是面子，理是理。"欧阳立坚持，"当然，更深层的历史原因和心理原因，我也理解。可事情已经出了，得从根源上解决，不是一味回避。"

　　"又做报告。"夏文达止不住烦躁。他犹豫了，先把人领出拘留所，要打要骂要教再说，自家人怎么样都成。

　　"这不是自家事，难不成，以后让村委会去领人就去领人？"欧阳立坚决反对。以前，夏文达作为个人，无所谓，现在就算以个人名义去，还是跟村委会主任这身份扯不开。

　　欧阳立给陈修平建议：照规矩办，让陈商成在拘留所待些日子。至于其他种种为难，已成定局，如果会让陈家、让陈商成受伤，也得承了。要是因此能受教训，陈商成能想透一些东西，重新整理生活和整理日子，坏事就会变好事。现在，找回戒王更要紧。

　　"巧舌。"陈修平冷笑。但奇怪的是，后来，欧阳立这些话总在陈修平脑子里搅，特别是夜深失眠之时。

　　关于戒王，欧阳立想多了解些情况。被人为破坏的锁，他有疑问；陈商成怎么把戒王放回去，他有疑问。

　　很怪，陈修平不接这话题，戒王的事好像无关紧要了。

　　夏文达和欧阳立与陈修平不欢而散。夏文达闷闷的，陈商成进了拘留所，以后是个话柄。照陈修平的性子，很难承受，就像难以承受那些四处躲避，被抓被关的日子。自己是不是过分了？他很想跟欧阳立说说，话含在唇边出不了口，这件事，欧阳立太板硬了，有些不通情理。

　　"人已经进拘留所，早几天出来晚几天出来还不是一样。"欧阳立明白夏文达，说，"他被抓，乔阳人都知道了，提前几天领，就是自欺欺人。再一个，陈修平和陈商成是成年人，该对自己负责了。"

　　"你心倒挺硬。"夏文达瞪了欧阳立一眼，"守死你的规矩不动。"

　　"不是我的规矩。"欧阳立摇头，"我们就是做了该做的，不对，只是没做不该做的——之前，你不是总嫌我心太软？"

　　"硬的时候比哪个都硬。"夏文达摇头，"要看透你难得很。"

　　两人沉浸在各自的思绪里，一路再无话。到了村委会，第一泡茶起，欧阳立才说出心里的疑问："今天陈修平对戒王太不上心了。"

　　确实有点不对头。夏文达也疑惑。他看过戒王，天地该多偏心，才把那样的美放在一块石头上，美到让人不放心。夏文达叹："戒王是陈修平的命。"

　　"很不正常。"欧阳立说，"他今天提都不提了。"

　　欧阳立想说什么？夏文达似乎感觉到些什么，又弄不清楚，沉吟了好一会儿，说："可能让商成的事打岔了，商成的事是天大的事。"他又内疚了。

　　"不太像。"欧阳立摇头，"陈商成的事是让人操心，戒王的事也不小，不会完全不管不顾。"

　　郭诺一来了，他刚又在乔阳逛了大半天，惊喜与失望交杂，不过，今天他挂心的是戒王，询问有没有头绪。夏文达和欧阳立一时无言。

　　"别让外人说乔阳留不住戒王。"郭诺一扔下这句话就走了。

　　看着郭诺一的背影，夏文达说："怪里怪气的，不过倒有点性子。"这种不太识相的人，挺对他的脾性。郭诺一那句话刺痛了他，他报警的冲动愈来愈强烈，可陈修平不想报警，谁也没法，他怎么了？

　　"你能不能帮忙？"陈修平打电话，再次问夏文达，声音暗哑，像干了很久的重活，累到没有生气。夏文达无言，陈修平从未跟自己这样讲过话，姿态放得这么低，他是大哥，以前跟着他四处闯荡的片断在眼前纷飞。夏文达不知道怎样说出"不"字。

　　欧阳立冲夏文达摇头示意。

　　"商成该懂得分寸了，叫他好好想一想，对他有好处，对陈家也有好处，多待两天少待两天差不多。"夏文达咬咬牙说。此话一出，他知道自己真的变了。

　　陈修平沉默，夏文达忍受着，沉默又坚硬又锋利，割扯着他。

　　黏腻的沉默里，欧阳立想起父亲。那些年，他躲着很久回一次家的父亲时，父亲就陷在这样的沉默里。他对父亲的怨意愈来愈浓，每每父亲想跟他说什么，他就跑开，是怨，也是因为父亲身上如影随形的沉默感，让他又迷惑又陌生。小小的欧阳立已感觉得到那分量，感觉得到跟那个村子那个县有关。

沉默像一张网，把人网住了，直到陈商言进门。欧阳立小声说："你哥的事。"陈商言示意要听电话，夏文达挣出沉默的重压，告诉陈修平，陈商言想说话。

接过手机，陈商言谈陈商成的生活状态，他脱离了正轨，日子里很多问题早就出现了。发展到今天，出了这事，从某种层面上说，是必然的。陈商言知道陈修平信因果，告诉他，这也是某种因果。事情已经出了，让哥哥学会承担，陈家人都得学着承担，提前几天保出来没什么意义。

这份理性，这份清晰，让夏文达很不舒服，欧阳立很赞赏。欧阳立凝视着陈商言，一个想法的种子开始冒头。

"他是你哥哥。"陈修平一字一字咬着。

"是我哥哥。"陈商言语调沉静。

"你有见识。"陈修平冷笑道，"话一套一套，像书里印的。"

当天下午，陈修平自己找了人，把陈商成领出拘留所。

走在乔阳，陈修平步履维艰，突然不知怎么走路。他半垂着头，沉入遥远的岁月——他被拘在异乡，村书记夏诚明带了证明，把他领回家。走了一段路，陈修平猛然意识到自己颓丧的样子，脑门一凉，努力昂起头，努力挤出"自然"的表情，又走了一段后，腰不知不觉弯了。当意识到弯腰时，他的腰背瞬间失去了力气，想再挺直已经很难。

陈修平第一次涌起无能为力的悲哀。他不到二十岁就独立，生意场起起落落，磕磕碰碰，想不起什么时候怯过。他带一帮兄弟，在翡翠石料公盘冲锋陷阵，从来都是昂头挺胸的。用那些兄弟的话讲，他天生一副大哥样。他习惯了当大哥，大哥怎么能露怯，怎么能失面子？

陈修平开车去接陈商成，看到他那一刻，陈修平大脑空白，这是自己的儿子？不知道该如何描述。陈商成静静坐进车，双眼直直的。陈修平在后视镜里观察很久，不知道陈商成是沉思还是发呆，对自己的问话，除动动嘴皮，没别的反应。陈修平转过头，陈商成脸呈灰色，好在衣服还干净整齐，应该没受什么罪。

三十几岁的陈商成现出老态，刺痛了陈修平，想想自己的三十几岁，何等意气风发？四处闯荡的他，从未有过这种疲态。陈商成怎么变成这样？是这两天才变成这样？还是什么时候开始的？

知道陈修平把陈商成保出来，夏文达一个人喝了很久茶。

"陈修平是该自己领，陈商成这样，他要负责任。"欧阳立说。

夏文达不想回话，欧阳立说的有道理，也没有道理，有些东西不能讲道理的，欧阳立是不明白，还是不想讲？

欧阳立明白的，却没出声，现在什么道理都不能讲，也不必讲。夏文达正在成为另一个夏文达，成为另一个的阵痛，他只能自己承受。

7

回来后，陈商成一直待在宝鼎轩二楼，三餐都是店员备的。陈修平跟他谈，母亲洪燕君哭哭啼啼，老婆刘如倩哭闹，他一律无动于衷。

他恍恍惚惚，好像踩在悬空的软质物上，整个人轻飘飘，如任风吹浮的羽毛，毫不费力又无法把握自己。这种状态太陌生了，陈商成无措了。

关拘留所的时间不长，可陈商成仿佛过了很久，突然安静了，静到发慌。安静的时光里，以前一些事情浮上脑子，长到三十岁，第一次这样回忆过往，如此清晰又如此集中，最初的慌乱之后，他任自己沉浸其中。

从电视上看过很多贫穷的故事，陈商成无法感同身受，从记事起，他生活中极少有物质匮乏的窘迫。很小的时候，他就知道陈修平挣了钱。

陈商成爱翡翠。和乔阳很多人家一样，陈修平家长年散放着一些玉石料。据洪燕君讲，刚学会爬，他就常爬到翡翠石料边，一玩就是大半天。几岁的孩子，居然懂得扒拉那些较好的玉石料。洪燕君将之当成奇迹，直到陈商成长大，仍不停地讲述那些小细节。事实上，在乔阳的孩子中，这不算奇事。当陈商成意识到这一点，母亲夸张式的炫耀已经深深影响了他，养成他自以为是的性格。

　　印象中，读书是与无趣挂钩的，学校少有爱念书的孩子，一帮少年只顾疯玩。除了玩，能让陈商成入迷的，就是那些美丽的石头，以及那些石头雕琢而成的令人惊艳的物件。

　　开始是好奇，和乔阳其他孩子一样，他知道，乔阳村的人生活得比邻近村子的人好，源于那些特别的石头。后来是喜欢。那些石头变成手环、戒面、吊坠、项链、挂件、牌子……美得让人惊奇。更令人惊奇的是，未雕琢的石头那么平常，大人们可以看到成形后的宝贝。他开始注意大人们谈石、赌石、切石。每晚，家里的客厅总坐满了人，他们讲翡翠原石，讲雕工，讲翡翠生意和行情，讲去云南缅甸买玉石料、标玉石料的故事。

　　印象最深的场景是，大人们围着一块玉石料，读翡翠——或是陈修平家里的玉石料，或是某个人带来的。手电筒亮了，众人挤在成一团，指点着，谈着，坑口、种水、颜色、裂纹、黑点、白绵，适合做什么，可以卖给哪个地方的客人。大人们看够了，谈得差不多了，喝茶吃点心了，陈商成便凑上前，握一把手电筒，照着玉石料细细看。任大人们百般打趣，他想着大人们讨论的话，跟玉石料对照着。只能看见玉石料的表层，内部完全看不透，翡翠又神秘又迷人。

　　讨论过的玉石料做成玉件后，会被再次拿来展示，大人们对照当初所看到及所想象的，衡量自己的判断力。这些玉件从那石头里出来的，陈商成有些痴，很难把两者联系在一起。

　　更让人着迷的，还有切石。陈商成随陈修平去自家玉作坊，摸着即将被切割的玉石料，想象藏着什么样的乾坤，想象它们与光彩四射的成品之间的联系。

　　切石怎么拿主意的？怎么切？从哪儿下刀？这些像谜一样，把陈商成迷住。他知道那叫拆石，切下的每一刀，都可能决定成品的价值。切石的过程像一部惊险电影，每一刀带出一连串悲悲喜喜，每一刀都可能是意料之外。陈商成对拆石着迷，连他自己也不曾意识到，那除了对翡翠本身迷，还有某种把控的欲望。这种感觉后来消失了，当他捧着戒王时，他再次找到最初的感觉，这让他又狂喜又辛酸。

十五岁的某一天，陈商成提出退学。陈修平想让陈商成念书，虽然他在生意场有点小成，但太懂得其中的艰辛，他希望家族里不全是生意，还有书香文脉。陈商成确实无心向学，反而是陈商言，对念书表现出极大的兴趣。有陈商言寄托希望，陈修平稍稍衡量，顺了陈商成的意："真不学？想学的话，能念到什么学校我都供。"

"想好了。"陈商成下巴高高扬起，"我要做生意，做生意能过好日子，念书做什么，当老师吗？还是当个校长？"

陈修平对夏文达摇头，叹："这小子跟书无缘。"语气却是得意的。

于是陈商成进入翡翠行业，先跟着陈修平，后陈修平慢慢放手。

有段时间，陈商成迷上雕玉，玉石料在手中一点点焕发光彩，相貌平平蜕变成贵气满满，成就感气球般鼓胀起来。特别是调水调色，他手艺愈来愈好，渐渐小有名气。

陈商成更迷的是赌玉石料，一刻惊喜一刻失望，一刻自我膨胀一刻自我怀疑，一刻被捧上天一刻摔落尘埃，非凡的刺激，欲罢不能。

有输有赢，总的来说赚的占多数。生意场，陈商成算得上一路得意，资金积累一天天丰厚，雕玉与赌石的刺激却越来越小。他愈来愈多地注意翡翠之外的世界。他大吃大喝，吃各种价值令人咋舌的东西，并不觉得多好吃，单价钱就产生怪异的食欲。还有赌钱，比切玉石料诡异，来得更快去得更快，更没有规律可循，大起大落的节奏更猛，他一头扎进去。他仍然赌石，不过很多时候是"平常"之心了，心速加快的时刻已经很少。

陈商成想起倪小虹，她是一家服装店的店长。为什么和她在一起，他说不清，反正在一起很轻松，也挺好玩。倪小虹放得很开，从未开口要什么，不过陈商成会给，各种贵重物品，还有银行卡，只要他给，倪小虹就拿。倪小虹为什么跟他在一起，陈商成也很迷惑，可能也因为好玩吧，另外是实际好处也不算薄吧。倪小虹是陈商成家庭之外第一个女人，有了倪小虹，便有了第二个、第三个，但只有倪小虹是长期交往的。他发现，自己在寻求刺激的同时，又想保有某种稳定，倪小虹就是刺激中的固定。

翡翠行情低落，陈商成的生意也受了影响，但挣得还是不少，足够他寻找刺激。他和陈修平不一样，没想过要让宝鼎轩再怎样。

为什么想起这些，陈商成不明白，他一向蒙头过日子，找热闹找刺激，不是喜欢回忆的人。因为被拘留了？是，又不是。更莫名其妙的是，他反反复复地想与郭诺一见面的情景，想起夏天莹，回放式的回忆让他不适又沮丧，却无法自制。

那天郭诺一离开后，他在玉鼎轩待了一夜。他想起夏天莹，那么远了，远到他无法触及。夏天莹上高中后，他和她几乎只有点头之交，她那么美，他几乎难以直视。更让他难以接受的是，他们无法对话，已经不在一个话语体系。她爱看书，那些让他脑子发蒙的话是书里来的吧？和那个郭诺一一样吧？郭诺一和夏天莹会谈得很好吧？陈商成胸口一阵发痛。

还有那个收藏家。去年，陈修平带陈商成专程去北京拜访他。飞机上，陈修平一直在谈那个收藏家，对翡翠多有眼光，在收藏界如何举足轻重，在文化界如何受敬重，在生意场如何有人脉，在官场可以搭多少线。总之，这收藏家如果成为宝鼎轩的客户，将是了不得的支撑与成功。对宝鼎轩的翡翠，陈修平很有自信，可怎样接触收藏家，他心里没底。

在收藏家面前，陈修平双手搓在一起，像一个后辈，青涩又内向。这给了陈商成极大的冲击，后来陈修平说了句话，给他更大的冲击。陈修平沮丧地说，在收藏家面前，感觉自己很矮，脑子里没货，收藏家坐在高台上，想爬上去都找不到台阶。

收藏家谈了很多，都是陈商成难以理解的，陈商成也谈了很多，收藏家似听非听。收藏家问的是翡翠，陈商成自认为答的也是翡翠，但两人间话越来越少，直至沉默。陈商成自认很专业，可收藏家没有半点认同的意思。他只记得，收藏家谈到什么文化，什么翡翠内涵，什么人与翡翠的互相赋予……

那次，他们没有和收藏家搭上关系，陈修平带着说不清的羞愧。陈商成不喜欢父亲那样子，他告诉自己，那收藏家装腔作势，不用跟他有什么联系，不需要他搭什么线，带入什么圈。有没有说服自己，陈商成不知道，只知道那收藏家的眼神成为一根刺，一直扎在身体某个地方，在某些特定的时刻发作疼痛，比如见了郭诺一之后，比如想起夏天莹的时候。

是的，郭诺一和那个收藏家，和夏天莹很像，当然，夏天莹没有那么刻薄，她没有锋芒，光芒却隐不住。

刘如倩和保姆来了，带着陈鹏。这是洪燕君的意思，让儿子和陈商成说说话，不让他一个人钻在事情里，把他带回正常的日子。

陈鹏在屋里疯跑，推桌推椅，经过陈商成身边，狠推他一把。陈商成喝了几句，喊保姆管好孩子。顺便问起陈鲲，没等保姆回答，他烦躁地摆摆手："肯定又闷在屋里。"他这个小儿子似乎不属于这个世界，对父母把他带到这个世界，好像有着深深的不满。

看着陈商成，刘如倩眼神里满是怨。陈商成呼吸不顺畅了，他起身，把刘如倩的询问扔在身后。他想出去走走。

8

那天郭诺一离开后，陈商成就去找朋友，一块儿吃一块儿喝一块儿打牌一块儿唱歌，一句话，一块儿混混，消除郭诺一留下的不适感。待在那些朋友中，他舒服自在，又莫名地烦闷。

几个人找个高档包厢，吃的喝的堆上桌，陪唱歌陪喝酒的妹仔扭进包厢，几个人开始赌，数额很大的那种。很快，陈商成被旋进强烈的刺激中，烦闷渐渐退远。

被带走的过程，陈商成脑子一片空白，直到入了拘留所，被扔进一潭安静里，他才回过神。

安静里，回忆碎片把陈商成搅得心神不宁。他一会儿认定日子好好的，没什么可操心的；一会儿又觉得糟糕透顶，什么都不对头。更怪异的是，自己不满什么，他不知道，找不到可以出气的地方。

出来后，陈商成仍没有从安静状态中出来，在宝鼎轩沉默了两天。那沉默，跟郭诺一离开后那晚的沉默一样，又不一样。

刘倩如和保姆来之前，夏文达和欧阳立找陈商成谈过。细问戒王失踪当天的情形，那几天宝鼎轩有什么异常，有没有可疑的人，陈商成是什么想法……陈商成懒懒的，或答得含含糊糊，或干脆不答。夏文达和欧阳立疑惑，对戒王，陈商成不在意？还是关了拘留所，打击太大？夏文达研究了保险柜的锁，锁已修好，看不出什么。他想起吴慎那些怪怪的话，疑惑再次确认了某种方向，但他不让自己顺那个方向想下去。

夏文达和欧阳立离开前，陈商成丢了句话，让他们尽管找，宝鼎轩任他们找个遍。

陈修平还是坚持不报案，对戒王的追查陷入死胡同。

"先把这事放一放。"夏文达对欧阳立说。后来，他才意识到，自己当时早有某种直觉，只是自己不愿意承认。

注意力放在郭诺一身上。这两天，欧阳立和陈商言、夏文达都谈了很多，跟两人用不同的方式谈，大概意思一样，文化的影响，郭诺一翡翠文化研究的意义，乔阳更长远的路……话语权的问题，夏文达最关注。陈商言提到，中国得争取翡翠话语权，并具体到中国乔阳的话，夏文达产生了喝烈酒的躁动感。

夏文达和欧阳立又找郭诺一，郭诺一谈话的热情淡了。和欧阳立还谈翡翠文化之类的，对夏文达只谈茶、谈小吃。讲起茶和小吃，他眼睛闪亮，评价说，这里面有潮汕最悠长的岁月，对生活精致的追求，夏文达没法概括，却懂得它们，懂得找最好的茶和小吃，懂得品味和欣赏。夏文达对欧阳立抱怨："敢情是说我只晓得吃。"

一提到翡翠文化研究中心，郭诺一就转移话题。夏文达和欧阳立转而去问夏天莹，她和郭诺一谈了什么——这两天，郭诺一找夏天莹长谈过几次。陈商成莫名地愤怒。

"谈我和墨白老师的作品，谈翡翠，谈传统艺术和当代艺术，谈翡翠的材质和表达，谈当下翡翠研究的弱势。"夏天莹列举着。

欧阳立毫不意外。

夏文达却有些失落，事后对欧阳立说："天莹对我这个老父都没讲过这些——他们讲的那些，我听着迷糊。"

"那不一样，很少人跟父亲谈这些。"欧阳立笑着摇头，"这些话题太正经，像又长又干的文章，儿女和父亲扯家长里短不是更自然？"

在欧阳立的记忆里，父亲生前，他从未跟父亲深谈过，连家长里短也没有。父子间的深谈和家长里短，都在父亲去世之后，欧阳立只能和想象中的父亲对话。

"是这个理。"对欧阳立的解释，夏文达很满意。

郭诺一和夏天莹谈了很多，就是没提到翡翠文化研究中心。夏文达希望林墨白跟郭诺一谈谈，郭诺一对林墨白有敬意。其实，也可以让夏天莹探探郭诺一的口风，不约而同地，夏文达和欧阳立都不想让夏天莹开这个口。

郭诺一不会因为一个林墨白，考虑翡翠文化研究中心，就算他和林墨白关系再好，是否把研究中心放在乔阳，跟乔阳有没有足够多的林墨白、夏天莹有关，跟乔阳本身有关。

"他要的，尽是些看不见摸不着的。"夏文达起了深深的挫败感，"比什么市场、公盘、创文难搞多了，都不知往哪儿使力。"

"但这个极要紧。"欧阳立再次强调，"这种看不见摸不着的东西搞好了，乔阳会有长远的未来，乔阳在翡翠界才真正有分量。像常说的书香门第，要一代一代积，一旦沉下去再透出来，影响深刻久远。"

"碰到难啃的骨头了。"夏文达摊摊双手。

"目前先找到戒王。"欧阳立提醒，"郭诺一关注戒王，找到了，至少给他个好点的印象。"

说起戒王，欧阳立再次提起陈修平和陈商成的怪异表现，并说了他的怀疑。他的怀疑一出口，夏文达就确认了自己的怀疑，摇头："还得找陈修平谈谈，怎么想都不太对头。"

陈修平脸色极差。

　　"商成又不见了。"见陈修平不说话，洪燕君啜泣起来，先开口。昨天从宝鼎轩离开后，陈商成再没有回家，手机打不通，他的朋友，只要家里知道的都问过了，什么也没问到。

　　这次，欧阳立没提到报警，立即表示要帮忙找人。

　　查陈商成这两天的通话记录；查监控，看陈商成是自己出门还是跟谁出门；洪建声找陈商成昨天接触的人，查与陈商成交往的人……

　　半天后，有了确切线索，陈商成去了澳门，同去的还有谢政，是个福建人，在乔阳有些年头了，走动不算密切，家里人不知道陈商成有这个朋友。陈商成是自己跑去澳门的，关了手机，存心不让家里找到。

　　"澳门，澳门……"陈修平跌坐在椅子上，他不明白陈商成，曾是自己多么赏识的儿子。他像被霜打了，脸色灰里发黑，夏文达和欧阳立看着都很担心。对陈商成来说，澳门是什么地方，他们心知肚明。夏文达问陈商成是不是带卡了，如果数额太大，先到银行申请冻结。

　　"带了些，倒不多。"陈修平有气无力地答。

　　沉默了一会儿，陈修平突然说："戒王应该是商成拿走了。"话一出口，他脖子弯软，深深垂下头。夏文达和欧阳立对视一下，从彼此的目光里，都意识到，对方早猜到这一层了。

　　这次，陈修平实话实说了，戒王失踪那段时间，没有外人到过宝鼎轩，保险柜的锁是故意弄坏的。修锁师傅确定，锁是开了以后才弄坏的，除了陈商成，还有谁？要是他把戒王带到澳门……

　　陈修平要亲自去澳门，他的语气变得脆弱、陌生，他交代夏文达和欧阳立，暗中把戒王的下落告知郭诺一，郭诺一是真懂翡翠痴翡翠的，该让他知道。但得向乔阳保密。

　　夜已深，明天一早出发。陈修平坐在黑暗里发呆，手机半夜响起，洪燕君扑过来，陈修平低喝一声，她讪讪退了回去。号码是陌生的，声音竟是陈商成。陈修平急问他在哪个角落，说自己很快过去。

　　"别去澳门。"陈商成嚷，他人在深圳，要点钱急用，当即念了一个账号。他交代陈修平，别让其他人知道，家里人也别说，他没事，就是一时急需点钱。

　　陈修平推说不会用手机银行，明天去银行汇款。听得出来，陈商成在那边说话不方便，他脑子飞速地转着。他还想说什么，那边结束了通话。陈修平握着手机，脑袋嗡嗡作响，过了一会儿，陈商成又追来电话，交代不要报警，他自己也有错。

　　到了澳门，陈商成被谢政的朋友带到赌场。

　　一进那个场，陈商成就陷入一个阵，那个阵势跳动着喧嚣的因子，成为一个游离的世界，歇斯底里，大起大落，有种不真实感，使陈商成沉迷，甚至有种莫名的安心。

　　筹码不知道什么时候用完了，陈商成从那个世界被甩出来，像猛然间一脚踩空，手足无措。回到酒店，失落感如影随形。谢政那朋友带来另一个朋友，安慰，这种情况很正常，说他专门帮人解决问题的。

　　事后，陈商成想不清那个人还说了些什么，谢政的朋友又说了些什么，谢政也帮腔，他就那么在一张合同上签了字，按了手印，得到了一袋钱。很快，他被送回赌场，重新进入那个喧嚣的世界。

　　在那个世界里，陈商成脑门发热，手脚发烫，眼光疯狂。当那袋钱输光时，他眼巴巴看着谢政的朋友，那人让他先把借的钱还上，包括利息。陈商成脑门一凉，跌回现实。那人面目变了，重复了陈商成该还的钱数，包括本金和利息，陈商成猛地抱住脑袋。

　　谢政凑在陈商成耳边："宝鼎轩随便拿件货，轻轻松松就还上了。"陈商成蹲坐在地，他想回家，从来没有这样想过家。

　　电话里，陈商成让快点打钱，他什么都没了，没法脱身。戒王的影子晃了一晃，陈修平眼前一黑，大声质问："什么都没了，什么意思？"陈商成只再三交代别报警，他签了名，按了手印，有合同的。

　　"不去，看那边能怎么样。"陈修平赌气地按断通话。

　　洪燕君号啕大哭。

　　陈修平给夏文达电话，夏文达给欧阳立电话。这次，两人意见统一，先把人接回家，后面的事再慢慢想。

9

陈修平一早去等银行开门。

洪燕君一早出门，到介公庙上香，也是避开刘如倩，她怕自己忍不住，会把陈商成的事告诉她。

刘如倩一早起床化妆，穿新衣，戴最好的项链、戒指、手环，全身色彩绚丽，亮闪闪。近两年，她越来越着迷这种打扮，有了这些色彩与光亮，她觉得她这个人才是存在的。今天的打扮带着赌气成分，陈商成去澳门赌，她的想象里，那些地方肯定有不三不四的女人，陈商成正在逍遥。

黄曼曼带着几个姐妹来了，她的丈夫夏桂锋和陈商成走得很近，她向刘如倩打听，陈商成经常去什么地方。她猜测那是陈商成的情人倪小虹所在的地方，相信找到倪小虹，就能打听到夏桂锋偷养的情人。

"他会让我知道？"刘如倩哼了一声，不知道是对黄曼曼的猜测感到可笑，还是对陈商成感到寒心。

几个女人无一例外地精心打扮，却都满面愁云。她们生活无忧，却都有同样的烦恼，用她们的话讲，男人不像样，钱拿去给别的女人用。她们想象，找到那些女人，甩她们几巴掌，更想甩男人几巴掌。问题是，她们找不到那些女人，男人她们其实是不敢真甩的，对这现实的认识，让她们既愤怒又悲伤。于是，他们互相倾诉，一块儿想些"对付"的法子，结成临时的同盟。

最实在的法子，是多从男人那里挖钱，或多买金子、钻石存着，或把店里的好玉件挑些藏起，或把生意抓一部分在手里。总之，备厚厚的底，别的都是假的。她们一致认为，能掌握生意是长久的法子，但这个比较麻烦，在乔阳，翡翠生意大都握在男人手里。

女人还是离不开男人，可以吃好穿好，就是没法和男人平起平坐。她们得出这个结论，再次陷入无奈的愤怒中。

"我想离婚。"一个叫严铭铭的女人憋出这句话。

几个女人群起反对。

"傻呀，你分不到家产的，男人很会藏。"

"家不要了？孩子怎么办？"

"离了婚能做什么，拿点钱做小生意？再成家吗？男人都一样。"

"离婚便宜那些狐狸精了。"

严铭铭插不上话，似乎犯错的不是她的男人，而是她。

女人们的话题很快转到化妆品和饰品上，接着转到各自的翡翠商铺和生意，然后，有人问起戒王了。

戒王到底是哪个偷了？真的是外人？外面都传，那天只有陈商成在，保险柜的锁那么容易就撬开了？有贼进宝鼎轩，监控看不到？那样贵重的东西，不报警什么意思？

刘如倩很惊讶，她以为这事捂得紧紧的。

众人的想象力是无穷的，把戒王的丢失与陈商成被拘留联系在一起，对宝鼎轩近几年的生意情况，对未来可能的情况，细细做了猜想。陈商成的生活被一点点翻出，日子里的各种混乱、各种不靠谱，接着又扯出他那帮朋友，扩大到那一辈的乔阳年轻人。老辈人骂年轻人学坏了，感叹世道不比以前了，乔阳要这一代人接下去的，不能好好过日子，怎么好好做生意？这一代人怎么了？乔阳老辈人打下这样的底子，是想让他们托起来的，不是让他们败的。

那些天，乔阳弥漫着浓重的忧虑和失望。

连外村也传得沸沸扬扬。

那天，夏文达去港明村一个朋友铺里，一群人聊起戒王失窃，谈起陈商成，接着谈起乔阳。大概一时都忘了夏文达在场，都敞开了说。

乔阳一代不如一代，上一代拼搏吃苦，这一代仗着上一辈的生意根基，仗着手里几个钱，赌钱的、包二奶的、大吃大喝的，都齐了。

外村女仔嫁进乔阳，表面风光，活得糟心，男人浸在花花世界里。

有朋友在乔阳学校教书，孩子不听管教，不爱念书，教得糟心。

这代年轻人，很多像陈商成，找不到正经日子，找不到人世调子。

……

"乔阳给外人是那样的印象。"夏文达对欧阳立发牢骚。

"或许有些偏激，不过很多是事实。"欧阳立隐隐意识到，那个契机愈来愈清晰了。他想说，那种种长辈人看来荒唐的现象，是人心的真实，荒唐里藏着心灵的无着无落。外部的抑制没有用，得心灵内部发光，就像翡翠得有文化托底。他一时不知怎么讲，对夏文达来说，这些太虚，得讲点实在的，他说："他们说山乔阳最大的问题，这些和郭诺一讲的那些，虽然表面看不出什么，事实上联系很紧密。"

欧阳立的话有点绕，但意思夏文达明白。他想做点什么，越快越好，可无从入手。

"不用绷这么紧。"欧阳立示意夏文达喝茶，冷静分析，"这也正常，乔阳很特别，经济暴涨中精神跟不上，经济发展与精神发展错位，肯定会有种种问题，这是副作用，已经爆发，被讲出来不算坏事，发现问题要正视问题，才有解决问题的机会。"

"不要教授腔了，想想法子才是真的。"夏文达急了。

"这不是一朝一夕或做件什么事，就能解决或改变的。"欧阳立套用郭诺一的话。

陈修平来电话，告知陈商成回来了。

像被熬了几天几夜没吃没睡，陈商成木木的，问什么都没回应，上二楼进里间倒头就睡，陈修平怎么骂都不醒。欧阳立说："让他先睡一觉，等人清醒些再问。"

几个人喝茶，都想着戒王，都没有提起。陈商成躺下时，陈修平搜过他的身，没有。现在，陈修平脑子嗡嗡作响，端杯的手微微颤抖。

不知多久，陈商成醒了，走出房间，神情恍恍惚惚。陈修平猛地挺直身子，张嘴要说什么，夏文达止住他，让陈商成先喝茶，又叫一个店员去买吃的。茶一杯接一杯喝，陈商成像缺了很久的水。店员端了一煲生鱼粥，他连喝四碗。陈修平双手一直抓着椅沿，极力隐忍着。

"戒王呢？"随陈商成放下碗，陈修平的话同时问出。

陈商成抿紧嘴。

"戒王呢？"陈修平一字一字咬着。

"商成。"夏文达唤。

"还在。"陈商成猛地抬起脸，红着眼，声音沙哑，"戒王在。"

喝醉时，陈商成向谢政炫耀过戒王。后来，陈商成欠钱时，谢政提过戒王，告诉陈商成，拿出戒王，可以玩很长时间，他那些朋友提供现金，陈商成痛快玩，会有翻本的机会，最终把戒王赎回。

陈商成盯着谢政，好像想从他眼里挖出什么东西，直到谢政闪开目光。

"戒王没带。"陈商成声音很轻，语气却很重。

"你不是说在你手上吗，原先不是准备带出来的？"谢政急了。

有那么一瞬间，陈商成是想把戒王带在身上的，出门前最后一刻，他转身，放了回去。

那晚，陈商成打开保险柜，捧出戒王，久久凝视。

"戒王，戒王。"陈商成喃喃。这样的翡翠，可能几亿年才成形，可能世上还没有人甚至还没有活物时，它就开始生长了，它这样特别，难怪郭诺一那么着迷。郭诺一？陈商成胸口赌着一团灰雾。捧着戒王，有莫名的安心感和满足感，整个人也有了分量。戒王赋予了他某种特别的东西，他不再空落落的，对刺激的欲望也淡了。可另一种欲望起了，他手颤抖起来，接着整个人颤抖，还没回过神，他已经把戒王捧到自己房间——陈商成在二楼安排了一个房间。

讲到戒王，陈商成笼了一层光芒，颓丧之气消失得干干净净。

"戒王在，一直在。"陈商成重复着。这一刻，他又成为最初那个样子：还是小孩时，挤在大人身边，听他们讲翡翠；刚进翡翠行业时，对着玉石料凝思，想象玉石料里的乾坤；迷上玉雕时，整夜研究一颗戒面或一个挂坠，怎样把水头和颜色调到最美。

捧过戒王，陈修平嘴角抖颤，宝鼎轩的宝，陈家的宝，老天对他在翡翠行业打拼几十年的奖赏。陈修平伸出手，朝着陈商成，他的儿子。这儿子身上很多东西变了，最要紧的东西没有变，翡翠终究还在这孩子的心里，他终究没有辱没这戒王。

后来，对郭诺一提到这一节，欧阳立说，像陈商成这样的，对日子再怎么漫不经心，对翡翠的痴是骨子里的，这是乔阳的底气，是乔阳之所以成为乔阳最大的原因所在。

郭诺一点头，良久不语。

"我该好好想想了。"夏文达若有所思。

这是近期最令欧阳立欣喜的话，他告诉夏文达，自己婆婆妈妈的唠唠好像有点效了。

当陈商成拿出戒王那一刻，夏文达立即给郭诺一电话，低低的声音里压抑不住的兴奋："戒王还在。"

不到三巡茶的工夫，郭诺一到了。

捧着戒王，郭诺一凝神细赏。他实话实说：玉质绝美，切玉做玉够大气，没有切开挣钱，最好的部分全部保留，调水调色是一绝，配得上这翡翠。只是嵌的细钻画蛇添足，破坏了翡翠的大格局和高贵之气，变成土豪气、俗气。戒王本身美得无与伦比，不需要衬托。

这次，陈商成默默听着。

郭诺一说，这次看了戒王，和林墨白、夏天莹痛快地谈了翡翠，跟欧阳立探讨的也很新鲜，不虚此行。

是忍不住也是有意，欧阳立再次提起翡翠文化研究所，请郭诺一好好考虑。

"乔阳真是个极好的翡翠生意场。"郭诺一很诚恳，"乔阳有林墨白、夏天莹也很幸运，只是时机未成熟。"

欧阳立理解，但很有信心，让郭诺一多给点耐心。

离开前，郭诺一表示，对乔阳年轻这一代，他有失望，也有惊喜。

"这才是常态。"欧阳立点头，"我们要做的，就是让失望少一点、再少一点，让惊喜茁壮成长。"

看着郭诺一离开，陈商成觉得，戒王让郭诺一欣赏是最合适的，是戒王之幸。他依然迷茫，不过起了点隐隐的希望，希望有一天能和郭诺一一样，跟夏天莹深谈，或者和夏天莹一样，跟郭诺一深谈。

第六章　龙凤璧

1

"材质是上品。"抚着名为《苍茫》的玉件，林墨白若有所思，"表达挺有内涵，我看来却有些自大，人在天地间没这么大，设计糟蹋了这块好翡翠，可惜。"

不用再多讲什么了，郑任普接替林墨白沏茶。林墨白捧着玉件，神情缥缈，这一刻，他眼中只有《苍茫》，只有翡翠本身，什么艺术家和收藏家、什么规矩之类的，忘了。

两天前，郑任普请林墨白改个小摆件。林墨白和郑任普熟，拒绝得很直接："我不做这个，你是收藏家，还不懂？"

以前，林墨白是常帮人改玉，多是珠宝饰品，戒面、挂坠、手环之类，调种水、调线条、调整对光的反射、去除或化掉瑕疵。翡翠业内，传着很多他改玉治玉的故事，经他医过的玉件面目一新，身价倍增，传奇又诱人。他不喜欢那些小故事，不喜欢那些人把玉件递给他，眼里透着升值的渴望。后来改得很少了，对原创性作品，特别是摆件之类的艺术品，除非设计者本人要求，否则不改。

矛盾的是，碰见没雕好的翡翠作品，林墨白又忍不住修改的冲动。逛翡翠市场时，对着一些翡翠摆件，他常痛心翡翠被雕坏，玉料优点没有被充分挖掘，反而暴露了缺点，他强烈地想找把刻刀。

郑任普明白，也尊重林墨白，但还是来了乔阳，带着玉件《苍茫》。

买《苍茫》时，郑任普喜它的玉质和颜色，感觉设计也挺有意思，到手后却总觉不满意，又说不清楚。摆件玉质好，他不甘心。

"没看好就入手，是你的事，买到就是有缘。"林墨白不让郑任普打开木盒。

郑任普笑了，他知道，对盒子里的东西，林墨白早起兴趣了。他告诉林墨白，当时设计版权也买了，他有权决定改不改——不会让林墨白为难。他开始讲述那个摆件，讲得很细。

不知道什么时候，木盒打开了，林墨白开的；对着那小摆件凝神。

摆件手掌大，质地细润，颜色漂亮，但有杂质和裂。右边一抹绿色雕出素面人形；底部黄色也素面，代表大地；黄色上方一簇粉紫色雕成树木；左边一大半浅奶白色，无裂无瑕疵，玉种柔腻，画了不规则的线，线条飘忽。

最终，林墨白改了这件作品。连续好几天，他泡在雕玉台前。郑任普任他安排，自己在乔阳四处逛，看翡翠，谈翡翠。作品改好，郑任普拍腿大赞："没找错人。"

林墨白要谈修改依据，郑任普摆手："都在作品里了。"

素面人形改雕为背景，似树又似山崖，那抹绿色细看发干，带杂质裂纹，这样处理，缺陷变成优势。底部黄色依然是大地，黄色有瑕疵，做了雕刻，表现大地的质感。粉紫的树磨平，化作素面人形，这部分清澈无杂质，素面更纯粹。右边飘浮的线磨平抛光，干净的玉质展现无遗，也更有"苍茫"之感。

"整个作品不一样了，舒服多了。"郑任普轻叹。

改好那天，夏文达在场，提起他私藏的那块玉料，意思是可能要林墨白出手了。那块玉料子切出后，他不再示人，对外说不舍得随便动。其实，他已有一些想法，只是未真正清晰。

听夏文达说起私藏的料子，郑任普脖子伸直了，请他拿来开眼界。许是觉得时机到，夏文达亮出那块玉料。郑任普脸绽出光，声音却敛住了。林墨白看过这块玉料，再看仍心跳加速，那份美弄得他手足无措。冰种料，椭圆，成人双掌并一起那么大，也有手掌厚度，一面阳绿，一面粉紫。夏文达要完整地雕一件作品。

"有魄力，有眼光。"郑任普不迭地点头。这块玉料若拆成手环、挂坠、戒面、牌子，转手是大笔的钱，放一般生意人那里，又快又划算。

"这样的好料靠缘分。"夏文达感慨，"拆一块少一块。"

抚着玉料，林墨白凝然不语。

郑任普和夏文达相视一笑。郑任普低声说："又痴了。"

玉料夏文达准备留在玉色轩，让林墨白读一段日子，看他有什么想法，他暂时没讲自己的想法。

当天下午，欧利找到林墨白工作室，把这事打断了。

欧利是《苍茫》的作者，和郑任普关系挺好。虽说购买了版权，请林墨白改《苍茫》时，郑任普还是告知了欧利。欧利不痛快，郑任普笑："别不服气，林墨白很有水平。"

"我倒要看看能改成什么样。"欧利半赌着气，"让他尽管改。"

昨天，《苍茫》改好，照片发给欧利，欧利一大早飞到乔阳。

进了工作室，欧利拿起改过的《苍茫》细究。四周静极。半晌后他对林墨白说："你破坏了我的作品。"

"修改嘛，当然不可能是原来的样子。"郑任普打圆场。

"是破坏，作品的主题思想完全破坏了。"欧利一字一句地说。

欧利承认，修改后玉件变美了，可这种美是大众化的，没有灵魂，像批量生产的漂亮茶具，一个人买，两个人买，三个人买，一群人买，成了流行，这美空洞又庸俗。林墨白修改的《苍茫》，大众消费者可能会喜欢，但深刻的内涵破坏了，原先表达的东西弄丢了。他批林墨白不懂设计与创意，言下之意，林墨白就是不错的玉雕师傅，而已。

在场的人目光转向林墨白，气氛绷紧了。

林墨白表情沉静，语调平和，讲起翡翠雕刻，要以翡翠为先，首先考虑翡翠材质，看见翡翠本身的优点和美，最大程度地保留，尽力化掉瑕疵。至于主题，他另有看法。欧利作品表现的是：人为万物之灵，人为最突出的部分。林墨白则认为：人是自然的一部分，本性该如万物，无他无我，纯净本真，那纯净的粉紫表达刚刚好。

两人没有说服彼此。

夏文达发现，林墨白和欧利辩的，也是很多玉雕师间一直辩的，不同年龄段的，本地和外地的。这一刻，他灵光一现，拿出那块私藏玉料，让林墨白和欧利一块看，要听两人的看法。这是最直接的对决，也是翡翠行里顶级的实战，在场的人兴奋了。

当初，几乎放弃希望时，切出这块极品料，夏文达又拒绝各方高价购买，单这过程就充满传奇色彩，加上罕见的一面翠绿一面粉紫，这料子把人的好奇心吊得太高了。

当时，夏文达留下这块料子，夏文腾顺了他的意。近来有大客户听说了这料子，看过夏文腾给的照片，出了很高的价。夏文腾认为，可以拿出来了，他说："这么久了，也没做出什么，别老想些有的没的，做生意，要赚钱周转。"那客户打算好了，抠出两个手环，还能出好些牌子、吊坠、戒面，样样是顶级货。

夏文达没回应，夏文腾的意思不在他考虑范围。他说要好好雕刻，做正合号镇店之宝，像年轻人讲的Logo。不单代表正合号，也能作为乔阳代表作。他还有另一层想法，更深、更真实的，没讲。

夏文腾讽刺夏文达，当村委会主任当出没必要的野心，自家的玉料，代表什么乔阳？话虽这样，玉料是夏文达私人买的，他也不好多说什么。其实，就算料子是正合号的，夏文腾也没法，对夏文达，他一向没办法，有份小时就养成的宠溺。

这样的顶级料，得最大限度地展示玉料本身的光彩，调种调色，使玉料呈现最好的状态，阳绿色和粉紫色要发挥其色泽与种水之美，想法化掉小瑕疵。这些是林墨白优先考虑的，在这个基础上再设计。

欧利不同意。他高高托起玉料，好像这样才足以表达他的情绪："这翡翠够绚丽，够特别，够热烈，可以借色彩表达思想，表达激情的东西。"他的观念中，设计最重要，应该把表达放首位。

没人注意到，林墨白极轻地叹了口气。

"人是第一的。"欧利挥舞着手，语调里满含豪情，"首先要赋予人的精神，没有人为赋予的思想，再好的玉料也没有生命力，玉料是物理性的，所谓好坏美丑都是人给予的。"

林墨白连连摇头，他忍不住了。

夏文达静静看着两个人一来一往，这正是他要的。

欧阳立更是饶有兴趣。事后，跟夏文达说："这样的争论，乔阳应该有更多。"

林墨白和欧利重点不在说服对方，在于表达想法，周围的人被这些表达吸引，倾身伸脖，听得入神。这种争论，正好恰合林墨白某种表达欲望，类似的争论，他经历过不止一次两次。他应一些大学的邀请去讲座，或请学者来乔阳做讲座，学院派的教授和他之间就常有这样的争论。他们指出，像林墨白这样的民间玉雕师，只有笨拙的传统，没有自我表达，没有现代性。

争论轻声细语，但愈来愈激烈，持续了整个下午，没有结果。晚餐，夏文达带大家去吃潮汕小食，几个人已撇开话题，只谈饭菜和烟火，本以为事情就这样过了，谁知才刚刚开始。

第二天，林墨白和欧利的争论爆了，在网上引发热烈讨论。引爆点是林墨白和欧利争论的视频，昨天现场有个年轻人拍下了，传上网，惊动了网友，惊动了玉雕界，惊动了翡翠行业。

2

居然有墨白派这个名号，林墨白很不舒服。深夜，他在网上回应了一小段话，意思是之前他只是表达个人观点，别人是否有同感，他不关心，不想拉帮结派，别人结派与他无关，希望不要借用他的名义，希望取消什么墨白派。

他受不了了。

这话一出，墨白派难堪又愤怒，欧利派幸灾乐祸，矛头都对准林墨白。偶尔也有声音提醒众人，尊重林墨白的个人意愿，他从没要求成立派别，也没什么不当言论，对任何人没有责任，有做自己的自由。只是，这些声音微弱，立即被喧嚣声淹没。

争论的视频在网上传开那一刻，两个派别就有了，又荒唐又自然。

当林墨白关注到时，争论已经发酵了很长时间，变得声势浩大，两个所谓的派别也成形了。

A：赞同欧利。艺术是什么？是创意。没有创意的艺术不算艺术，只能说是工匠。

B：偷换概念。林墨白没有否定创意，创意不是胡思乱想，有些所谓的创意就是无根的胡想，为创意而创意，虚伪造作。

C：现在很多艺术算不上艺术，思想是旧的，表达是旧的，还美其名曰传统。这样的艺术，从某种意义上说是没有意义的。

D：传统不等于旧，有些东西是永恒的，比如人性，比如爱，比如对美好的追求，谁能说这些是旧的，是没有艺术价值的，是没有意义的？

E：林墨白眼中只有翡翠，只想着怎么将就翡翠，把人的思想置于极低的位置。如果这是传统，应该就是传统中忽略人性的那种糟粕。

F：林墨白是懂翡翠的，尊重翡翠材质本身，翡翠材质很特殊，翡翠雕刻和其他艺术雕刻不一样。翡翠是自然的精华，敬畏自然和尊重自然，就是最好的传统。

以上这些，是态度鲜明派的代表，还有些自认为客观的：

G：没有什么非此即彼，百花齐放才是春。

H：艺术本身就有一定的模糊性，暧昧性，自古以来，谁能真正讲清楚艺术？

I：艺术有样子吗？没有。有固定的样子就不需要艺术了，艺术有清晰的标准吗？没有。

J：现在还讲非此即彼，很幼稚。

中间派把态度鲜明的两派都得罪了，双方夹攻，指责中间派是墙头草，随波逐流，是没有观点的俗人，无思想当理性。他们认为，人就得有点态度，有所坚持。很快，他们形成了墨白派和欧利派。

还有一拨，后来被称为分析派，像立于高处的大师，分析各派的观点、各种网友的心理、传统艺术的优势与劣势、当代艺术的开放与空虚。每种分析都理性又清晰。但细究会发现，其实没什么立场，只从几派中挑一些观点，糅合并稍稍变形，成为所谓的分析。

以上这些，算谈得较有内容有水平的，更多的网友是站在某一派后面，附和、喝彩或喝倒彩，甚至骂人，骂到兴起，甚至人身攻击。

那是个巨大的辩论场，拥满人，你一言我一句，喧嚣又混乱。争论中对彼此误解越来越深，都认为自己的声音最重要，就算附和骂人的，也自觉很有力量。极少有人用心听别人讲，思考别人所讲的，只是那种氛围让人兴奋难抑。

第二天下午，玉色轩的门被敲响，门外立着一个男子，自称是云记者。林墨白想起来了，这人打过电话，要采访，三次他都拒绝了。这云记者之前，已有六个记者给他打电话，他都推了。

云记者弯腰点头，连道打扰了、打扰了，确实太想向林墨白请教，只好厚着脸皮上门。不让云记者进门似乎极不礼貌。

林墨白沏茶待客，对问题却不回，只淡淡应："那只是我的一点看法，没什么要说的。"

离开玉色轩，云记者找了欧利——他在乔阳大酒店住——欧利接受了采访，激情洋溢地谈，真正的艺术家，眼中是有人有心灵的，尊重人本身，尊重人性，不管什么样的玉石料，都是为人所用的。

采访视频放上网。林墨白几乎没有言语，只沏茶；欧利高谈阔论，近两小时。网上再次吵开。欧利派很得意，欧利果然有思想、有创意，是真正的艺术家。讽刺林墨白闭口不言，该是思想匮乏，不敢接招儿，毕竟是野路子，顶多算个民间高手、技术不错的雕刻师，扯不上艺术。

墨白派憋着气，呼吁林墨白现身回应。请求得到网友响应，使劲鼓动林墨白，请他出面，不要再谦逊，这个时代需要表现和表达。

中间派和分析派加入，主要劝说林墨白。中间派认为，林墨白应该回应，这是讨论的态度，是礼貌，也是对待艺术应有的姿态。分析派分析，林墨白回应会使讨论更深入，这样关于艺术、关于美、关于人的讨论，很有意义，已激起这么多的热情，引这么人加入思考，如果因为林墨白不回应断掉，太可惜，不管愿不愿意，他都有某种责任。

欧利派嘲讽加激将法，喊话林墨白：逃避解决不了问题。

　　林墨白没去看这些，工作室的年轻人看得血气沸腾，如被激怒的小兽，咋咋呼呼，在他面前叨叨。林墨白静静看着他们，问活都干完了吗？是不是没事情做了？他们只能闭嘴，敛着。

　　云记者又来，林墨白语气紧绷，脸色生硬："喝茶欢迎，别的免谈。"云记者比左比右地讲，讲外界对林墨白回应的期待，讲他的回应对翡翠文化的贡献，讲作为玉雕大师、作为非遗传承人，他该有的担当。

　　"我没那么要紧，没法做什么贡献。"林墨白眼皮不抬。他让了让茶，起身离开，由一个徒弟陪云记者。徒弟黑着脸，板板沏茶，从头至尾不发一言。

　　离开玉色轩时，云记者脸铁灰。

　　当天下午，云记者稿子上网，以写故事的渲染手法，诉说他怎样上门求教，请林墨白谈谈看法，虚心又恭敬，林墨白怎样转移话题，冷淡推托，甚至下逐客令。言下之意，对网友的请求，林墨白毫不在意，对艺术，林墨白并不用心，心思在做生意赚钱上，另一个也是本身底气不足，不敢回应。

　　连墨白派也有意见，林墨白现在代表的不是一个人，说没法回应，他们不相信。他们找出林墨白很多资料：国家级玉雕大师、国家级非遗传承人，多次到大学讲座并深受欢迎，参加过无数高端研讨会议，发言深受专家重视。别的不提，第一次放上网的视频，林墨白虽没有欧利那样咄咄逼人，但沉稳大气，清晰有理，观点鲜明，怎么可能是没有思想的人？墨白派自认是专为林墨白助威的，各种鼓动林墨白。

　　有弟子把派别的事告诉了林墨白。派别出来了，林墨白没法忍，回应了那一小段话。那小段话化为能量巨大的石子，激起了千层浪。

　　这正是云记者要的。他用类似电影的方式，把林墨白那段话、欧利的回应、两派的言论等整理在一起，几派的争论被渲染得如武林比试，命名什么现代派与古典主义的争锋，宣传语里满是一件翡翠玉雕作品引发的艺术大争论，当代艺术家与传统艺术家的对决等，充满浮夸的火药味。加入的网友越来越多，真正参与讨论的，故意捣乱胡乱说话的，无聊凑热闹的，有一点没变：林墨白始终处在被指责和被质疑的位置。

玉色轩的年轻人暗中关注，了解到，云记者不是正经记者，没有在哪家报纸媒体之类的供职，专找些引人注意的话题，拍视频或写稿子，赚流量，不管好的坏的，最终目的是引人关注。还查到，他跟欧利走得很近，不过欧利并不了解他，应该也是被利用。

把这些告诉林墨白时，玉色轩的年轻人攥着拳，意思很明显，可以回击，应该回击。

林墨白没兴趣，连之前的回应都是没必要的，自己还是冲动了，他感兴趣的是夏文达那块玉石料。怎么闹是别人的事，不去理睬，事情自会平息。按他半辈子的经验，不去沾染些杂七杂八的，自会保有一方安静。但这次他想错了。

事情继续发酵，加上云记者推动，愈演愈烈，报纸和电视台也关注了，官方的、民间的、主流的、非主流的，都涌来。欧利不断有言论发表，兴奋、激情，俨然成为当代艺术家的先锋人物，成为某种代言人。林墨白仍不回应，把记者们拒之门外。随之被频频讨论的，还有乔阳，特别是乔阳的玉雕、乔阳的翡翠，有很多质疑言论。

"那么多人没事可干，林墨白说不说话干他们什么事？"夏文达嚷嚷，想找个能言的到网上堵一堵。

"这是话题，小可以很小，大也可以变得很大，有时会产生难以估量的影响。"欧阳立说，"有点类似郭诺一之前提到的文化，无形但有力。"

对夏文达找人堵一堵的想法，欧阳立反对，对翡翠行业，对乔阳，这样的讨论有好处，难得被这样大范围高度关注。顺着这条径，向玉文化的路慢慢靠拢，玉雕是乔阳的底子，对玉文化的探讨，乔阳却太薄弱，这次的事也许是个机会。从翡翠玉雕讨论到玉文化，又到传统文化，牵出对中国人精神的影响，再到传统文化与当代消费的关系，文化和市场的关系，等等，虽然绝大部分讨论很浅层，毕竟开始了。

最值得珍视的，还是林墨白和欧利的讨论，欧阳立印象深刻：人是万物的一部分，成为万物的一部分，是真正的伟大，是谦卑的高贵；人是万物之灵，应该是有傲气的；传统不代表落后，与现代并不矛盾；人们的生活方式现代化了，却没有现代化思想……

这些，欧阳立和陈商言谈，很畅快，夏文达又嫌他像讲课。

"有关注度对乔阳好，但要注意动向。"欧阳立说，"网络上一切难以预料，事情会走向何方，发酵成什么样，没人料得到。"

"我看，你去堵一堵倒不错，刚才讲的那些，比网上哪个都强。"夏文达几乎被欧阳立绕晕。

讨论几近白热化，偏激言论越来越多，有人开始为这次讨论命名，那些名字充满煽动性和革命性。

有个人提议，别再空谈，让两个艺术家实践一下，提到最初那个视频中出现的石料——夏文达那块玉石料，就那块玉料，林墨白和欧利各自设计，比试。

这提议搅动巨大的回应旋涡，成千上万的网友响应。

3

关于比试的建议，林墨白没放在心上，好事者无聊挑事而已，翡翠雕刻用心，不是用来比试的。夏文达找欧阳立商量："外人向乔阳人挑事，乔阳人能退？要真退了，以后在翡翠这行，乔阳人怎么出声？"

"是个挑战，也是个机会，话题度更热烈了，是无形的宣传，也能实实在在展示乔阳玉雕。当然，是在赢的前提下，如果……"

"不要提输。"夏文达截住欧阳立，"做高端翡翠，还没有敢跟乔阳叫板的。"

"目前不想输与赢。"欧阳立提醒，"先得林墨白和欧利同意，更要紧的，你得舍得那块玉料，到时让赢者实践。"

"比的是设计图样，图样先出，输赢大伙评，料子让谁做，我说了算。"夏文达似乎早想好了。他相信，跟翡翠打了半辈子交道，哪种设计更适合他的玉石料，他会知道。

和夏文达不同，欧阳立的关注点不在比试上。他的想法，以这事为引子，引乔阳玉雕界、乔阳玉商关注玉雕，关注乔阳擅长的饰品玉雕，也关注被忽略的艺术玉雕，效果会超过很多讲座。

目前难题在林墨白，以欧阳立对他的了解，他不会应这种比试。无论如何，这次得让他出面，这已不单是他私人的事。欧阳立沉吟着，可以用法子先"逼一逼"。

"直接干。"夏文达双手一拍，"有什么不痛快的，叫他找我。"

欧阳立让陈商言写个小道消息，网友提的比试建议，夏文达很有兴趣，希望两位艺术家以他那块玉石料为材料，各自进行设计，到时公布设计图，请网友评比。夏文达会依据自己的喜好，把玉石料交给其中一位雕刻。

先让林墨白骑虎难下。

网上几派人涌动了，期待这次"来真"的，要两人用真本事说话。

欧利很快接受采访，表示不惧任何比试，他相信自己，相信自己所代表的先进艺术理念终将战胜陈旧的，深刻的思想终将战胜工匠式的表达。某种意义上，他是一名战士，为开辟新东西、打破某种陈规陋见而战。

出战宣言铿锵有力，欧利派群情激昂，陈商言叹："看看跟帖，又密又长，像看见一支浩浩荡荡的军队。"

仍像之前一样，林墨白对记者绝不接待，对探听绝不回话，大有我自如如不动的意思。有人刺他怕了，以前那些荣誉是浪得虚名；有人嫌他保守，跟不上快速变化的时代；有人说他傲慢，不愿与欧利用本事对话，看不起先锋艺术家……墨白派忍不住地要求他现身，难听话一茬一茬地涌，累积成愤怒，似乎林墨白欠了他们很多东西。

林墨白的徒弟隐忍不住了，他们血气正旺，把林墨白获过奖的作品集在一起，加上近期用林山、林水切垮的3号料创作的《兜率天》，成为亮色的证明，作为对质疑林墨白能力的反驳。

林墨白之前获奖的作品，大家比较熟悉，3号料创作的《兜率天》还很新，让人眼睛一亮。《兜率天》刚获了奖，表现连接天界与凡间欲界的地方。种水、颜色都一般的玉料，雕刻繁复的宫殿与山树正合适，混浊不清的质地，恰当地展示出暧昧之境，反映希望与未来、人与神的过渡之境。还有两个牌子：一块《双溪明月》，表现的是本地名景，玉料发暗的质地化为夜景，干净发亮的部分雕出双月；另一块《投胎》，白虎星郭子仪的故事，题材传统，表现手法却很有意思，写实与抽象结合，是对投胎与人世的理解，传统思想传达出新的意思。巧妙的设计，对料子特点的恰当利用，使质地一般的料子焕发出别样的光彩。

这些作品放在一起，形成别样的冲击力，立即吸引了一大批粉丝。他们欣赏作品也欣赏林墨白，他有才，所以有性格，真正的艺术家都很有性格。这解释给了很多人台阶，林墨白之前的"清高"与"傲慢"，该包容的，墨白派倍觉脸上有光。

紧接着，林墨白另一个作品《空》出现了，一个收藏家前些年收藏的。普通的材质，雕刻却极大胆新奇，完全是当代艺术表达方式。欧利派也震惊了，痴迷了。这样的林墨白，不可能是单纯传统的，不可能只是个手艺人。

网友都认定，林墨白不是没水平，是故意藏水平，或者干脆是不屑，不屑辩解、议论、比试。舆论一转到这个方向，对林墨白，网友又起了莫名的愤怒，被轻视，是无法忍受的。

林墨白依然不发声，任人去闹。

欧阳立觉得，该跟林墨白谈谈了。

"我先跟他谈。"夏文达挺有信心。

没等夏文达开口，林墨白先表示不满，责怪夏文达搞出这事，把他推进不尴不尬的境地，他说："没法安心做事了。"

"不是我的主意。"夏文达摊开双手，"是那些什么网友。"说完，嗦嗦笑。事实上，当初念头转到比试上，他莫名地兴奋，念头一出，就叫一个后生仔发到网上，连欧阳立都瞒着，有种恶作剧得逞的激动。

"你答应的。"林墨白眉头揪着，"要不是你放出话，答应料子让我们比试，网友嚷嚷一阵也就过了，他们就是没事干。"

"墨白兄可真是想错了。"欧阳立摇头，"这次除了闲人凑热闹，很多人是真关注这事的，不少还是艺术家，或跟艺术有点关系的，这辩论关乎他们的艺术观念，甚至是价值观，他们不会轻易放弃。再说，这种热闹很久没有了，无聊人很多，不会说停就停。"

"那块料子本来就要找你做，刚好碰上欧利。"夏文达说。

"不是刚好碰上吧？"林墨白冷笑。

"反正碰上了。"夏文达摊开双手，"料子给愈多人掌眼，看得愈准，可能做得愈好，这可是乔阳人的绝招儿。"

"什么比试，我不参与，可笑。"林墨白挥挥手。

"怎么是可笑？是可恶。"夏文达凑近林墨白，"人家上门挑战了，指名道姓要你出马，就打算这样缩着头？还像什么乔阳人？"

"什么缩头不缩头的？"林墨白哭笑不得，"玉雕原本就没什么可比性，我的作品也没想过要比什么。"

"墨白兄的作品一直有比的。"欧阳立笑笑，"没有评比，你那些获奖作品怎么出来的？现在这比试，只是方式不一样而已。"

林墨白稍稍一愣，轻轻摇头："辩才厉害，不愧是欧阳书记。"

"和墨白兄之间，没想过辩什么。"欧阳立很诚恳，"直话直说。"

"现在不单单是你的事，是乔阳的事，和乔阳的翡翠行业都有关。"夏文达感觉血的流速都快了，"都在看着我们乔阳人。"

"和我什么关系？"林墨白冷冷，"我就关心翡翠，关心玉雕。"

"说到底，这就是翡翠和玉雕，别的其实是附加。"欧阳立为林墨白端茶，他懂林墨白，林墨白也会懂他的。他分析乔阳的玉雕：最初是翻修旧玉件，在大量翻修旧玉件的实践中，调种调水的经验积累起来了，技术纯熟了，乔阳成为做高端翡翠的佼佼者，高端翡翠聚集乔阳。这是很大的优势，乔阳可以利用这个优势的，翡翠玉雕艺术能够飞腾的。可惜，赌石中暴富的诱惑，生意中赚钱的痛快，让乔阳人沉进去了，绝大部分人更愿意成为玉商，寂寞又辛苦的玉雕师，很少人选择。近些年，静下心提升玉雕水平，研究玉雕艺术的越来越少，林墨白比谁都清楚。当然，调种调水抛光方面，乔阳还是做得很好，且一直在进步，因为可以提升高端翡翠的实际价值。

"乔阳珠宝手艺没得说，艺术玉雕却不太拿得出手。"欧阳立实话实说，"珠宝以材质为基础，艺术更多的是考验人本身，雕刻技术、思想水平、设计创意。外界对乔阳人玉雕技术的质疑，有些片面，但有道理，乔阳人该好好反省。"

夏文达静静看着欧阳立，再次暗叹，这人背后到底做了多少功课，什么时候做的这些？

林墨白长长呼口气："我管不到乔阳的玉雕艺术，也代表不了乔阳，不想扯什么重大责任，我是个自私的人。"

"墨白兄不自私。"欧阳立摇头，"你一直在带年轻玉雕师，航东学院玉雕专业的成立，是你在奔波，还给年轻人请专家授课，带他们去交流学习。"

林墨白淡淡应："这些算什么事？"

"别啰唆那么多。"夏文达捧出木盒，亮出他那块玉料，一面阳绿，一面粉紫，问林墨白，"你就说，这块玉料你想不想做？"

林墨白身子猛地往前一倾，脸瞬间被亮色的光笼罩，通透光彩，他双眼睁得大大的，眼里有种类似孩子的惊喜和痴迷。他朝玉料伸出双手，慢慢地，害怕什么似的，十指微颤。

"这样的料子，你舍得让给别人雕？"夏文达一字一句问。

林墨白抬起眼，目光慌乱，满脸紧张。

夏文达刚回村委会，林墨白电话追过来，意思是，翡翠雕刻跟别的雕刻不一样，设计稿很难真正看出效果，得依着翡翠料子的实际雕。

电话这边，夏文达笑了，林墨白想着这事的难处了，他心里认了。

陈商言给出办法，林墨白和欧利设计图出来后，根据设计图和翡翠料子，由黑金团队制作雕刻后的效果图。"现在电脑软件还原度不错。"陈商言挺自信。制作效果图时，林墨白和欧利全程指导，团队尽量把效果调到设计者满意。设计图、翡翠料子照片和雕刻效果图一起公开。

至于玉料最终选谁雕刻，就是夏文达的事了。

"电脑图怎么做得出来？和实际效果是两回事。"林墨白觉得很荒唐。翡翠材质那么特别，每一块都独一无二，就算是明料，雕刻效果也很难预料，还有透光、颜色等细微差别。

"目前只能做到这样。"陈商言明白，"不过，这些问题对双方是一样的，就是说在某种程度上，对双方是公平的。"

欧阳立建议，把这些细节拟成说明，林墨白和欧利签名，免得有什么异议。夏文达不喜欢这样，又不是生意。林墨白很不舒服，问欧阳立："这事是绑架？"

欧阳立的眼睛接住林墨白的目光，还是坚持。当然，坚持很委婉，仍然是劝说。最终，林墨白点了头。欧阳立接着找了欧利，欧利脖子一扬："我不会签。"他强调，自己是有性格的，自由的，凭什么守别人定的规矩，签什么名？可欧利最终也签了。欧阳立没讲怎么让两人改变主意的，夏文达摇头摆手，感叹欧阳立洗脑功夫了得。

"表述不准。"欧阳立纠正。

事后，林墨白说夏文达让自己为他的"事业"出力，被利用了。夏文达大笑："以后我'利用'林大师的地方还多着！"

4

那是一块挂牌，除四周的简单花纹，没有其他雕刻，色很正，绿得沉稳干净，玉种细腻润泽，握在手中凉润妥帖。洪青虬把玉牌放在林墨白掌中，让他细细感受，这是洪青虬第一次翻新满意的玉件。

那年洪青虬刚二十岁，跟着堂兄四处收购旧玉件。那次，他们走到广西，用光了积蓄，收获很不错。但是半路被当地政府发现，玉件全部被没收，人被关了一段时间。他和堂兄被追到野地里，眼看着无路可走，他把身上这块玉牌藏在一块大石头下。第一眼看到这玉牌，他就极喜欢，玉牌主人出价，堂兄觉得高了，想再讲讲价，洪青虬怕错失，自己出钱买下。收购的其他玉件堂兄带着，这一块他随身带。

放出来后，洪青虬偷偷找回这块玉牌。玉牌越看越顺眼，洪青虬决定自己翻新，当时，他随师傅学着翻新过几样小东西，最后都是师傅收尾，他从未真正独立翻新过玉件。洪青虹拿别的旧玉件练手，练了很长时间，才敢对这牌子下手。

翻新后的玉牌，现出完全不同的面貌。摩挲着当初不看好的牌子，堂兄大赞洪青虹有眼光，叹服他的手艺。收购时，玉牌虽然古朴，却暗淡无光，洪青虹使它现出光彩，堂兄说，洪青虹懂玉了。有个台湾同胞看中这牌子，出高价购买，洪青虹不舍，把这玉牌留了下来，在日子极艰难的时候，也没想过出手。

就是从这块牌子开始，洪青虹渐渐懂得，翡翠的美需要发现，那份美安静地蛰伏着，等待着知音。那时起，他真正爱上了琢玉。

也是从这块牌子开始，洪青虹有意识收藏玉件，后来成为一个系列，那些玉件或无声讲述他玉雕生涯某个时段，或于他有着特殊意义。这些玉件就像岁月的一颗颗珠子，串成他一生的主线，算他在人世走一遭的一点证明。

读夏文达那块玉料时，林墨白想起师傅洪青虹，想起师傅收藏的那些玉件，想起那个特别的下午。

比试开始，玉色轩里，对着夏文达那块玉料，林墨白和欧利共同看料：观察翡翠，阅读翡翠，与翡翠对话。几天后，欧利带着照片和视频回乔阳大酒店，他有灵感了。

欧利离开后，林墨白本可以更专心看料了，可他走神了。这两天，夏文达那些话莫名地在脑子里回旋，夏文达说他代表乔阳的玉雕，外面的人提到乔阳玉雕，会看他认他。夏文达还引用欧阳立的话，不管林墨白愿不愿意，他都已成为乔阳玉雕的某种代表，甚至是某种标志，他会影响乔阳的名声，这是客观存在的。

"我师傅才是乔阳玉雕的代表者，乔阳玉雕是在他手里成形的，乔阳玉雕的路子，是他带着走出来的。"林墨白想告诉夏文达，告诉所有人，最终没说出口，他知道，师傅不会愿意他提这些。

那个特别的下午，林墨白永远记得。师傅带着他细读、私藏的那些玉件，安静，宁和，深刻。他随着师傅，走进那些玉件，走进它们的故事，走进师傅的光阴里。

最先看到的就是那块玉牌，洪青虹第一次修改翻新的，以那块玉牌为起点，洪青虹进入另一段生命。

洪青虹引林墨白看的第二件是个戒指，镶嵌极简单，只托了底，戒面圆润饱满，颜色均匀，玉种细腻，算很不错的翡翠，可还算不上多高端的精品。林墨白知道，作为一代玉雕大师，洪青虹收藏这个肯定有原因。洪青虹把戒面托在手心，细细讲述。戒面是一只手环碎块重琢的，当时洪青虹到一个偏远的村子，一个老人拿出一包手环碎块。堂兄轻轻摇头，手环虽然玉种细润，有色的地方干净均匀，但颜色沉闷，磨成戒面很难出彩，还费手工。洪青虹却想试试，那时他有种莫名的好胜心。他按老人出的价收下手环碎块，拿回去细细琢磨。

那包碎块，洪青虹取出两个做戒面，其他一些带颜色的小碎块磨圆，组合嵌成花朵，做成挂坠。碎玉块磨薄，打磨出恰当的折光角度，沉闷的颜色变得通透水润，加上技艺高超的抛光，戒面和链子的效果出人意外地好。堂兄几乎不敢相信是那些碎块。洪青虹说，当时他也很得意，自认有能力把"废料"变成宝贝，深深认识到玉雕手艺的价值，两个戒面留下了这一个。不过，随着时间的推移，这个戒面对于他的意义，从最初的"炫耀"变成某种提醒。他渐渐意识到，不是自己的本事让碎玉焕发光彩，光彩是玉本身就有的，只是因为人不懂，那份光彩才隐藏那么多年，人的"本事"，只是"看见"。在玉面前，他学会了谦卑。

"有什么可以自以为是的？"洪青虹把戒指举到林墨白面前，眼里闪着光，轻轻叹，"这是上天的赐予，看得见它的光的人，幸运。"

放下戒面，洪青虹指住一个兰花摆件："看看这个。"

兰花姿势奇特，料子很一般，质地粗糙，颜色发暗，还有很多杂质。料子横放，整株兰花随料子的形状，向上斜长，灵动别致。雕的是墨兰，发暗、含杂质的料子成了优势，厚重的料子成了灵动的兰，碰撞出别样的美。这是堂兄在云南买的一块玉料，切开后垮了，堂兄郁闷，要以极低的价格卖掉，洪青虹说："不如给我，练练手。"

　　几块料子到手后，洪青虬没日没夜盯着看，堂兄很不以为然，废料就是废料，看也看不出什么门道。

　　洪青虬看出了门道，就那几块玉料，他设计了好几个稿子，越来越兴奋，他发现自己放开了，得到了某种自由，有那么多可能性。最终，几块料子成为一株墨兰、一只苍鹰、一幅山水、一座老院，他留下这株墨兰，其它作品被高价买走。那是洪青虬第一次真正设计作品，他意识到"想法"的重要。有好材质当然好，世俗认定的所谓材质差的，也有别样的光彩。也是从那时起，他渐渐懂得某种叫作品的东西，意识到表达。他越来越多地读书，跑博物馆、艺术馆，像一棵疯长的植物，拼命汲取，从各种艺术形式、各种思想中找寻营养。

　　"有那么多东西，我不知道，我又想知道的。"对林墨白说这句话时，洪青虬双眼闪着光。他叹，那是生命的惊喜，他发现有另外一个世界，突然意识到之前的无知，也庆幸最终遇到那个世界。

　　洪青虬讲话变得像个教授，和平日的他完全不一样。

　　那时，林墨白不太明白。洪青虬似乎也不是说给他听，没理睬他是不是听得懂，目光落在不可知的地方。多年后，林墨白明白师傅的深意时，师傅早已离世。无法在对的时间，接上师傅的话题，与师傅深谈一次，成了他永远的遗憾。

　　接下去是几张图片。两个戒面，纯净清透，饱满盈润，如两滴绿汪汪的湖水。算很漂亮的戒面，不过，对于师傅来说不出奇，出奇的应该是背后的故事，林墨白静等洪青虬讲述。

　　"这是别人拿来修改的。"洪青虬点着照片。他朋友买了个戒面，个头很大，颜色和质地不错，可总觉不满意。洪青虬看了一会儿，问朋友信不信他。朋友放了话，洪青虬想怎样就怎样。最终，戒面一分为二，一大一小，重新打磨抛光，略显暗沉的颜色亮了不止一个度，质地更清透了，中间偏左的黑点磨掉了。那朋友兴奋地告诉洪青虬，小戒面卖出原先整个戒面的价钱，大的舍不得出手，留着。

　　戒面原本该有那样的光芒，现出来了，这才是让洪青虬激动的。他告诉林墨白，跟人一样，翡翠的美也是有命运的，遇见不同的人会有不同的光彩。他想让林墨白明白，琢玉人要有敬畏心，一份美掌握在手里，要有一份诚惶诚恐，时刻小心人与生俱来的自大与狂妄。

第五件是块牌子，玉质不是顶出色，雕工很简单，名为《天地人》。玉质较好的部分泛着浅淡的青色，成为天空，留素面，底层有杂质的部分化作大地，中间部分稍显混浊，有横长的裂，顺着裂缝拉出随意的线条。线条若有若无，若近若远，既氤氲出柔软的暖意，又有种天地苍茫之感。这牌子展示的不是材质，也不是玉雕技术，而是内蕴，含而不露，想表达什么，又说不清道不明。

不少收藏家看中这牌子，洪青虹都没有出手。在那个清凉的下午，他严肃地告诉林墨白，就是这块牌子，让他第一次感觉和翡翠融为一体了。他常把这牌子握在手心，想象行走在天地间的苍茫之中，不知来路，也不知归处，有种莫名的悲伤，又有顺其自然的放松。

洪青虹久久看着林墨白，好像想问问他，是否明白，他几乎不敢直视师傅的眼睛。多年之后的今天，他终于读懂了师傅。

那个下午，林墨白随着洪青虹，穿行于时光的隧道中，见证了一段有血有肉的岁月，踩过一个人一生的几处重要脚印，那是他的出师礼和成人礼。当时，他似有所感悟，可惜很多东西停留在表层，模模糊糊的。很久之后，他才会明白，那成为他人世的营养，在往后的岁月中苏醒，一点一点地，一路滋润着他。

现在，林墨白想起洪青虹，从未如此清晰。洪青虹生前对乔阳玉雕极尽心力，培养了无数玉雕师，他不止一次叙述，想象中乔阳玉雕将会有的前景。如果洪青虹地下有知，对乔阳玉雕的现状会很失望吧。如今的乔阳，生意至上，赚钱为尊，真正坐得住的玉雕师不多，守得住寂寞的人越来越少了。有时，连林墨白也迷茫，别人一称他玉雕大师，就有禁不住的惶恐。

此时，林墨白想跟洪青虹说说话，叙说近几年的一些想法，倾诉他的迷茫，甚至聊聊日子的琐碎。

5

林墨白指点着那块玉牌，讲雕菩萨的要点，从神情到手部神态到线条，最后再次交代，雕菩萨要虔诚。太静了，林墨白转过头，夏柳锋立着发呆，他一向灵光，从不用林墨白讲第二次的。林墨白问还有什么不清楚，夏柳锋抿了抿嘴，支支吾吾："师傅，那个比试……"一群徒弟中，夏柳锋胆子最大，可对林墨白提这事，怯。

欧利已对外界宣布：有思路了。自信是很有创意的思路。这些天，大家都在等林墨白的消息，他跟徒弟交代好，不许在网上胡乱说话，也不要去看，别没事找事。

线下，乔阳拭目以待，乔阳人几乎都卷进来了。由于林墨白不出门，不随便见客，于是他们转而询问玉色轩那些徒弟。徒弟们只知道，除正常指导，林墨白都一个人待着。被问得急了，他们起了探林墨白口风的冲动，但看见林墨白时，冲动就消失了，夏柳锋这样的是个例。

果然，夏柳锋话没说全，林墨白盯着他，盯得他说话打结。林墨白问近来美术课上得怎么样，读了什么书，有什么心得体会，做笔记了吗……夏柳锋逃开。

向林山、林水打听，更打听不出什么。林山、林水喜欢的是生意，切料也好，卖成品也罢，有声有色，但对玉雕兴趣不大，雕玉的活交别人做。关于玉雕，林墨白不跟他们谈，他们也不敢过问林墨白的事。

接着是夏文达，玉料是夏文达的，这次比试的促成，村委会出了不小的暗力，他定知道些什么。

"有什么好问的，看结果，现在去烦墨白做什么？"

"静静看，别瞎猜瞎起哄，吃饱了没事干吗？"

"好东西、好手艺不是靠嘴吹的，人家新潮艺术家要嚷随他嚷去。"

"你们是乔阳人吗，林墨白什么人你们不知道？"

……

凡来打听，夏文达一一堵住。

给林墨白电话的，多是乔阳玉雕界的。乔阳调水调色的技术拔尖，但艺术玉雕一向被轻看，那些"艺术家"认定，乔阳人擅长珠宝而不懂得艺术，他们憋着一口气。一涉及这个，林墨白就转话题。

网上更热闹，有人开设了专题，跟踪讨论比试的进展。对林墨白的不回应，嘲笑的、猜测的、激将的、讽刺的、为他说话的、冷眼旁观的……林墨白安静着，一直。

林墨白太安静了，待在工作室，沏茶喝茶，凝看那块翡翠料子，有时就那么呆坐着。

事实上，林墨白不安静。

开始几天，他脑子里搅着各种杂事，暴躁不安，人坐着，灵魂绕着屋子疯狂转走。后来，他想起了洪青虹，慢慢安静。和洪青虹一起踏过的脚印，自己一路走来的情形，影片般翻飞，他任自己沉进记忆，第一次细细整理前半生。

林墨白的爷爷被定性为富农时，林墨白的父亲正是意气风发的年纪。父亲没有对林墨白讲自己的经历，只从他的性格暴露出来。在父亲的影响下，林墨白很小就懂得，不要引人注意，不要随便发声，性格安静，生活安静。安静给了他机会，观察除人以外更丰富的世界，安静让他有耐心，细细琢磨事情。他迷上画画，拿树枝在地上画，折竹签在树叶上画，捏瓦片在院墙上画。更高级的是，他得了半截铅笔头，在日历纸背面画。十几岁时，林墨白得到了学画画的机会。

最初学的是潮汕彩画，多是松柏仙鹤、帆船大海之类的，寓意日子安康、益寿延年、一帆风顺等，被人们装上镜框，挂在客厅，寓意吉祥。那时，潮汕地区极为流行，稍有些底气的人家，客厅几乎都挂这么一幅画，成为某种配置，某种固定的装饰。画这些有微薄的收入。

画彩画收入少，但有时间，干活之余，他独自学国画，是和彩画完全不同的韵味和感觉，画国画时，那么自在。他喜欢那份活，日子艰难，却有种喜意和踏实感。可日子的稳定性被打破，哥哥成家，不久后父亲去世，林墨白有了帮忙养家的担子，那年他不到二十岁。装饰彩画维持不了日子，他转向建筑彩画。拜了一个师傅，四处闯，爬在屋檐下作画，趴在厅堂的大梁上作画，攀在门楣上作画，半吊在空中，或趴着或斜着身或爬着或凑着或蹲着，辛苦自知，但报酬算可观的，屋子能画梁画檐的，家境多殷实。

那些彩画色彩艳丽，精细又繁复，有着固定的题材，和国画如此不同。一开始，林墨白很不喜，认为就是工匠式的描摹，配色、画法、题材很俗气。随着画得越来越多，慢慢地，俗气中，他悟到某种生活深层的东西，在缺乏色彩又艰难的日子，那明艳的色彩是绚丽的安慰和惊喜，精细的描画是对粗糙生活的补偿，带着坚韧的精致，烟火中努力保持那一点贵气。题材都是带吉祥意义的，或关于神仙的故事，或日子圆满的喜剧：十仙庆寿、八仙过海、郭子仪拜寿、鲤鱼跃龙门、吹箫引凤……满藏着对日子安好的祈求，吉祥如此俗气，又如此美好，是凡常人最朴实的愿望，直达人世的某种本质。林墨白突然意识到，他学画这个又何尝不是这样？为了日子更滋润，这是吉祥最重要的基础之一。从最初的无感到产生感情，再到入迷，林墨白开始研究彩画，细画法，特别是透视法，研究其与国画的区别，他笔下的国画受到影响，出现了特别的东西。

这期间，林墨白成家了，放弃了建筑彩画。画建筑彩画须从一个村子到一个村子，从一个镇子到一个镇子，甚至从一个县到另一个县。孩子出生时，妻子生病了，林墨白不得不考虑稳定。他学了木雕。

木雕是立体的，画是平面的，林墨白用了很长时间适应。适应后发现，比起彩画，木雕表达空间立体了，也有了限制，更有难度。他被木雕的精细与巧工迷住，木头可以那样精彩，可以表现那样的丰饶世界，将潮汕的精致细腻，发挥到极致。潮汕人舍得把时间用在精细上，潮汕菜、潮绣、潮汕嵌瓷、潮汕木雕、潮汕彩画……无不精致细腻，对生活的用心与热爱，渗进丝丝缕缕的精致里。血液里带着的贵族性，在烟火日子中生长，无声息、顽强，让凡常生活发出光。

这些感悟是无声的，表面上，林墨白按部就班过着日子，但安静之下奔涌腾跳，某些通道被打开了，他走向与以往完全不同的层次，连他自己都意识不到的方式。多年之后的今天，回首往事，他才意识到，那种转变是如此巨大。

遇到翡翠的那个晚上之前，林墨白从未清晰地意识到命运这种东西，在那之后，他突然体会到，什么是冥冥之中。那天晚上，几个学木雕的年轻人又聚在一起，展示各自雕的玩意——几个人是木雕师傅中的另类，白天雕神龛雕桌几眠床，晚上没有打牌放松，而是用木头碎料雕些喜欢的玩意。隔一段时间，几个人就凑一凑，相互展示作品，相互恭维打趣，成了他们生活中最自我、最精彩的片断，林墨白是其中的一个。那晚，来了一个陌生的年轻人，是一位木雕师的朋友。他展示了一尊玉雕佛像，玉质一般，但在木雕作品中绽出别样的光。

摩挲着玉佛，林墨白久久恍不过神，玉佛美得让他不知所措。他突然记起自己是乔阳人，记起乔阳的翡翠生意，奇怪之前没有意识到。因为爷爷的富农身份，父亲谨小慎微，不断拒绝亲友共同收购旧玉的邀请。在父亲的下意识里，家经不起折腾，一旦被发现，这样的成分，家将被打趴进尘埃。他也不许林墨白沾染。改革开放后，林墨白一家已没有了关于翡翠的思维。

林墨白看到那尊玉雕像时，乔阳的翡翠生意已经挺热闹了，有人寻玉石料寻到缅甸去了。他听得更多的是赌玉石料，磨怀古手环、戒面、珠子，关于玉雕，完全不了解。

那晚聚会后，林墨白跟着带玉佛像的年轻人，想跟他谈谈，想看看他其他玉雕作品。年轻人叫陈炳利。

“去我家，现在。”陈炳利扯了林墨白就走。他早注意林墨白了，林墨白的木雕作品《抓鱼》，他印象深刻，抓鱼小孩满是灵气，惹人喜爱，跃动的鱼让人错觉是活的。再一个，林墨白长久凝看佛像的样子，令他有惺惺相惜之感。

那天晚上，陈炳利每一件玉雕作品，林墨白都细细赏过，两人彻夜深谈。天色放亮时，林墨白站到窗边，看着初绽的阳光，做出那个决定：转行做翡翠雕刻。这是他第一次主动的人生选择。起初，林墨白跟着陈炳利做，打打下手。不久，陈炳利介绍他认识陈修平，后又认识了夏文达。几个人成了至交好友，后陈炳利英年早逝，剩下陈修平、夏文达和林墨白，乔阳人戏称为铁三角。

认识陈修平和夏文达后，林墨白也学着买玉石料、做生意，不过主要心思还是玉雕，特别是拜洪青虬为师后。进入翡翠行业第三年，他成了洪青虬的徒弟。

进入玉雕界的林墨白，没有进入翡翠世界，都说他只懂得雕，不懂翡翠，他出手的东西是雕刻，不是玉雕。忘掉自己，读翡翠，用心力地读，翡翠会懂。洪青虬一次次想让他明白，在翡翠的世界里，有雕刻者，更有翡翠本身，雕刻者是发现者。

林墨白用了很长时间，才稍有所悟。在此之前，他熬着长长的迷茫期，那段时间，跟着陈修平和夏文达买玉石料，生意挺顺利，却总会莫名地若有所失。

在回忆里一路穿行，林墨白渐渐变得平静，渐渐有了底气，终于，可以真正跟那块玉料对话了。

6

林墨白交代徒弟们，轻易不要找他。

洗手，宁神，那块翡翠玉石料静置于桌上，林墨白与它对坐，如默对一个老友。良久，玉石料氤起一阵轻烟，慢慢幻成人形，周身笼着层光晕，半是翠绿半是粉紫色，没有具体的五官细节。但林墨白感觉得到它的表情，祥和又灿烂，带着微微的喜意。林墨白知道，眼前所见人形是虚也是实，受自己经验影响，是自己所识的反应，正如《佛经》讲的我执相。林墨白对自己分析，以提醒自己留在现实里，但最终被那个人形吸引住，那是如此绚丽梦幻。

林墨白给那个人形起了名字：粉翠精灵。

"如果由我雕刻，你满意么？"林墨白问，紧紧盯着粉翠精灵，像等待重要判决。

粉翠精灵晃了晃，出声了，声音清透柔美，没错，是那块翡翠的声音，林墨白认定。

"我也不知道。"粉翠精灵轻轻说，"没有最后成形，谁说得定？翡翠有翡翠的命运，我们当然渴望绽放，可不是我们决定得了的。"

粉翠精灵认为，既然能和林墨白对上话，说明它与林墨白有缘分，它很幸运，能和人对上话，绝大多数翡翠只能无声到底，任人安排。既是有缘，它要带林墨白了解自己，这是它为自己争取机会。

粉翠精灵告诉林墨白，成为精灵，它用了极长极长的时间，时光漫长到它都想不起来了，它经历过无数沧海桑田，甚至以为时间和世界把它遗忘了。林墨白无法想象那种时间的长度。

随着粉翠精灵，林墨白到了一个陌生之地，粉翠精灵生长过的地方，无法命名的环境。他感受到极端的亮，亮到无法睁开眼睛，但每一寸肌肤都打开了眼睛。他看见了光，光饱满浓稠到难以承受，灼热是在灵魂里的，热到极点，失去了灼热感。转瞬间，他从极亮跌入极暗，暗像水像空气，渗进林墨白的身体，他被融化，成为黑暗的一部分，刺骨的冷，不，是冷到感觉不到骨头，感觉不到自身，只有冷，巨石一样在压在身上，压得人无处可逃。不知什么时候，冷消失了，挤压感越来越强，感觉被压成饼状，然后成薄片，接着被碾磨成丝丝缕缕，消失在巨石之下。静了，一切都消失了，包括世界，绝对的安静，绝对的寂寞，他在寂寞里无着无落，时间空间都消失了，无法喜悦，无法悲伤，无法希望，无法绝望，就那么寂寞着，在宇宙的中心，在宇宙的边缘。他从无边的安静跌入无边的喧嚣，所有的声音拥在一起，搅成无法定义的声响，无法辨认，无法思考，最终，一切化成声音本身，破破碎碎。

从那个环境解脱出来许久，林墨白仍恍恍惚惚。

粉翠精灵说，这是它的成长历程，这样的历程，经历了无数次，还有极多历程无法记得，无法描述。成为今天这个样子，充满了偶然，也充满了必然，带林墨白感受这些，或许是某种倾诉欲望，珍视与林墨白间的缘，希望林墨白懂得它，把它的美完整地展现于人世。

是的，人类将之命名为美。

"什么是美，我不懂。"粉翠精灵叹息。它只知道，人类看重的所谓种水、质地、颜色，是它生命的见证，记录着它经历过的一切。

"人类给了我一个名字：翡翠，构想了我的生命历程，那些构想中，有几种说法，被大多数人选择相信。"粉翠精灵说。

"我知道。"林墨白点头。为了懂翡翠，他熟记了不少翡翠"知识"。翡翠的形成，目前较权威的观点有四种，他背给粉翠精灵听。

第一种观点，翡翠是岩浆在高压条件下，侵入到超基性岩中的残余花岗岩浆的脱硅产物。

第二种观点，翡翠是在区域变质作用时，原生钠长石分解为硬玉而形成；或者是在板块碰撞产生的压扭性应力和低温作用下，钠长石先形成变质程度较低的蓝闪石片岩，进一步变质成硬玉而成。

第三种观点，翡翠是在花岗岩脉和淡色辉长岩类岩脉在12~14千帕压力下，在钠的化学势高的热水溶液作用下，发生交代而成。

第四种观点，翡翠由近硬玉硅酸盐熔体结晶而成，这种熔体源于300~400千米处地幔中广泛存在的含碱辉石层。

"为了弄懂我们，你花了工夫。"粉翠精灵感慨。

粉翠精灵的态度让人疑惑，林墨白弄不清它是夸自己还是讽刺。他自认记了那么多翡翠知识，研究过那么多翡翠石料，雕过那么多翡翠玉件，可真的懂翡翠？这一瞬间，他不确定了。

林墨白很想问问粉翠精灵，人类这些研究或猜测到底对不对。

"我也不知道对不对。"粉翠精灵洞穿林墨白的心思，说，"这是人类的研究和定义，人类想认并相信就可以，跟懂不懂我们无关的。我说点人类懂的话，我深埋于地下，经过漫长时间的化学作用，有排斥，有结合，有转化，有改变。可是，这些不是人生。"

话很怪异，但林墨白懂了。

"我只能用人类的比喻，可能不太恰当，这是我能想到的最好比喻了。"林墨白说，"就像人世间的爱情，可以有无数种解读，但没有一种是对的，也没有一种是错的。"

粉翠精灵现出微笑的表情，林墨白感觉到了。

林墨白谦卑了，在粉翠精灵面前，自己只是过眼云烟。粉翠精灵似乎又读懂了这份心思，它感叹，这很难得，人类在它们面前多是自大的。被发现时，它就是一块石头，是否被尊重，取决于它价值多高，以人类的标准定的价值。

粉翠精灵是在一个老坑口被发现的，好些年了，它听着外面的挖掘声和敲打声，知道很多同伴被人类带走了。对被带走，它很矛盾，它习惯了安静，在安静里待下去，或许最顺应自然，但它也厌倦了安静，对人世充满好奇。这天，它被扒拉出来，有东西在它身上敲来敲去，挖掘者是满意的，认定它会是一块好料，可以卖出大价钱。

会碰见什么样的人？粉翠精灵忐忑了，会不会让它以满意的姿态现于人世？它意识到，还没有进入人世，它已经被人影响，有了人的价值标准和功利主义。

对它，玉石料老板寄予了大希望，那次公盘场，它成为焦点。它很想讲清楚，它不是他们想象的那种好料，对于它，得经得住大失望。它无法跟他们对话，就算有办法，缅甸老板也不会信。

挖玉石料的老板自认看翡翠极准，蒙头玉石料别人无从下手，他们就能找到下刀位置，多切在石料最美的地方，将最抢眼的一面展示于世人面前，或是有色，或是种好。可是，切出美往往也破坏了美，很多时候，色块被从中一分为二，色筋切断，色块变薄，色带不完整。乔阳人惋惜、痛心，但切石者无所谓，他们要的是好价钱。

"他们只负责第一刀。"林墨白摇头叹，"玉石料最好的部分亮出来，抬价钱，他们不会拆石，不知道怎么保护料子，怎么用好料子。"

粉翠精灵安静着。

林墨白分析："因为这样，缅甸产翡翠，翡翠成品却多出在别的地方，特别是乔阳，高端翡翠集聚在这里，乔阳人拆石、设计、雕琢。"谈起这些，林墨白语调脆亮。

粉翠精灵晃了晃，像笑的样子，叹："林墨白也被什么集体荣誉感影响了，这么强调自我的人。"

林墨白半垂下头，他也弄不清怎么回事，谈起这些，血液里某种东西是忍不住的。他指责夏文达利用他为乔阳做什么，强调乔阳跟自己无关，很久以后，他才发现，自己在意夏文达和欧阳立的话。

"很正常。"粉翠精灵理解。就像它，刚进入人世没多久便被人世影响，用人的价值标准衡量东西，用人的审美标准执着于美。事实上，它藏于玉石料之内，蒙着石皮，也美。

辗辗转转，粉翠精灵最终被夏文达标走。切石时，他们经历过极度的失望，看见它时，惊喜比原该有的浓重百倍，因此，它的光彩有可能是被夸大的。这一点，粉翠精灵保持清醒。

"你确实很美，美到让人发慌。"林墨白声音微颤，"当然，我是人，没法脱离人的衡量标准，反正以人的眼光，你美，几乎达到极致。"

很幸运，夏文达没把它拆成珠宝。粉翠精灵明白，如果拆成零碎珠宝，会抢手、卖高价，很快回款赚钱。它和夏文达也有缘。

"夏文达惜翡翠敬翡翠。"林墨白轻轻点头。

"如今，到了你的手上，我该庆幸，由你安排。"粉翠精灵很诚恳，"到了人世，顺应的该是人世的衡量标准，我相信，在这个标准里，你是佼佼者。我相信你了，你自己不该还有什么疑虑。"

讲完这话，粉翠精灵慢慢消失了。林墨白回过神，那块翡翠料子静静待在木盘上。他如同做了南柯一梦。

林墨白绕桌子缓缓转，看着那块玉石料，此时，他有太多话想跟师傅洪青虬讲，师傅是否有过类似的经历？师傅对翡翠的理解，至今乔阳无出其左右者；师傅对翡翠的珍视，林墨白难以用言语形容。师傅一定也有过这样的经历，林墨白很确定。

林墨白捧起玉石料，良久，粉翠精灵再没有出现，不过，他已经有了一点底，这点底让他的烦躁消失殆尽。

7

林墨白动手设计。

这消息暗地里传开，传得热热闹闹地，网上立即反应，火热程度比欧利当初的宣传更厉害，以致有人说，这是林墨白的策略，故意捂那么久，吊足大家的胃口，要的，就是这爆炸性效果。

事实上，这消息是被分析和猜测出来的，林墨白是否动手设计，他从未透露。

自林墨白答应比试，玉色轩的徒弟成了热门人物，因为林墨白管得严，从他们嘴里没法问出什么，但路可以拐着弯的，他们总得讲话，总得过日子，所有细节成为分析的材料。比如有人探访被拦住，林墨白独自待在房里；比如有人从窗边看见林墨白在画什么；比如近来非必要不去请教师傅什么事；有徒弟给林墨白买夜宵，可见他深夜在忙；有徒弟为林墨白买纸笔；夏文达和欧阳立去玉色轩，不打扰林墨白，只在工作室外间喝茶……

大家以调查未解之谜的热情，寻找蛛丝马迹，证明林墨白已有灵感，动手设计。不断有人上门，即使进不了门，也顺便观察一下，说不定有意想不到的收获。林墨白的徒弟拒绝时的语气、表情、无意间出口的话，都带了某种信息。看到的什么风吹草动，还是添油加醋胡编的什么东西，都会引起兴趣，成为好话题，引起关注。

那夜很晚了，林墨白约了陈修平、夏文达和欧阳立喝粥。半碗粥下肚，林墨白舒坦地呼口气，这粥清肠胃、放松神经。他们边喝粥边闲话，林墨白设计的事，谁也没问，一句不提。

消息风一般传开，夜宵店老板成为借问对象，林墨白他们谈了什么，比如端粥或上小菜间，听到什么只言片语？是听到一些闲谈，夜宵老板无奈表示，确是闲到不能再闲的话，那些闲话也被当作分析材料。还有顾客，当晚同在夜宵店喝粥的，就算听不到谈话肉容，聊聊他们的神态表情，也有价值。

已过去好些天，林墨白没有公布任何进展，仍有记者一次次到玉色轩，想找某种机会。开始传播林墨白的设计思路了，甚至有人放出图纸，只有一角，称是林墨白手稿的一部分，言之凿凿，说是靠秘密途径得到的。"手稿"很火，根据那角"手稿"，网友想象全稿，猜测清晰的设计方向，分析设计的全貌。据传，那一角"手稿"和设计思路是玉色轩流出来的，林墨白某个徒弟被收买，这就权威了。

　　"这种谣也造得出口，这班人愈来愈放肆，吃饱了撑的。"夏文达一股气冲到脑门，堵着，无处可发。

　　"文达叔，落后了。"陈商言见怪不怪，"对那些人来说，这是最正经不过的事，是他们的商机，热点这么高的事件，不是想碰就能碰得上的。"

　　正值午饭后，几个村委会干部围一起喝茶，欧阳立趁机让陈商言谈谈，以这事为例，讲点新东西。

　　几个年纪大点的，手一扫一扫："不听课，一听头就大。"身子却朝陈商言前倾。欧阳立暗笑，这些老小孩，嘴上一分都不肯软。他很疑惑，为什么总忍不住用这个词，形容这些比他年长许多的人。

　　新媒体，公众号，话题，短视频，陈商言信手拈来。几个长辈的意思，新东西好，乱来就不对头了。陈商言很直接，这些重要的是关注度和流量，流量为王，传统的道德标准被放到边缘，有时，有人观看、参与就是正义。事实上，林墨白设计水平怎样，表达什么思想，有没有玉雕大师的水平，他们并不在乎。在乎的是，这件事的热度，带来的观看量、阅读量。赞美也好，漫骂也罢，对于他们，没有什么区别。有时候，被骂也是成功。陈商言举了几个网络造热点的事例，夏文达、洪建声、陈鸿和范理明平日不太关心网络，此时大开眼界，也莫名地失落。

　　"他们造谣。"夏文达气不顺。林墨白工作室那些年轻人他知道，什么被收买，屁话。玉色轩的名声不能让搞臭，夏文达考虑，是不是找到那些造谣的人，警告一下。

　　欧阳立制止说："首先，找真凭实据很难；再一个，人家没指定收买了谁谁谁，很难对质，别又生出什么枝节。"

　　有劲无处使的郁闷再次攥住夏文达。

　　"从另一个方面想，未尝不是好事。"欧阳立沉吟。

　　关注林墨白，也是关注乔阳。因为这事，乔阳受到的关注是从未有过的，很多不了解乔阳的网友，知道了乔阳，知道这里集聚了国内最多的高端翡翠，乔阳翡翠行业的发展历史被翻出来，那么多人跑来乔阳。用微信和直播平台卖翡翠的乔阳人，生意被带旺了，这是无形的广告，有时比正儿八经的宣传更有力。乔阳的玉雕被越来越多地提起，外人关注，乔阳人也关注，会带来某种思考。生意上，乔阳人确实花很多心思，玉雕近些年被忽略了，可玉雕是重要支撑，会撑着翡翠生意长远的。

对欧阳立这番分析，陈商言附和："也可以是乔阳一次机会。"

社会、生意、日子都不一样了，夏文达再次意识到，他落下了，涌起一股紧张感，想跟欧阳立、陈商言多谈谈，又一时无处谈起。

"事情都有两面性。"欧阳立点头，"这事可以利用，为乔阳造声势，主要是怎么用。"

"我们欧阳书记狡猾。"夏文达故意讽刺，"什么事都能利用。"他说，欧阳立讲的像开会稿子，一套一套、干巴巴的。事实上他听明白了，听进去了，此刻，他还没发现，自己想事情愈来愈接近欧阳立，在接下去的几天，他反复掂量欧阳立的话。

"利用一切可利用的力量。"欧阳立很认真，"不是狡猾，是有想法。还有，我说的'利用'，和你说的'利用'有区别，本质的区别。"

"有点底线，没敢给自己安什么智慧的名头。"夏文达笑，"不过，这么抠字我受不住，头痛。"

对网络的反应，欧阳立让先静观其变，交代陈商言组织几个年轻人，关注网友动态。网络难以预料，好的舆论过热，也有可能反噬。

"网络反噬很诡异。"陈商言点头，"会是惊喜还是惊吓，你永远不知道，不过也很刺激。"

网上的世界夏文达想进去，准备叫个后生仔教，摆弄摆弄电脑。年轻时，他总是冲闯在前头的那一个，自信脑筋活泛，日子是朝前的，人的眼睛也该朝前。他的心里服软了，嘴是硬的，陈商言是最好的老师，现成的，他却不肯开口。

网上的争论如倾盆的雨，倾向林墨白，同时，欧利失去热度。有人再次使用迂回战术，从林墨白的徒弟着手。那些徒弟有几个挺出色，出了很像样的作品，都被翻出来了，最出色的当然是夏天莹。

　　提到夏天莹，当然推天图艺术馆收藏的系列作品，包括艺术馆的解析语，天图艺术馆老板与夏天莹的长谈被公开。网友沸腾了，搜出她的经历，极简单，十几岁随林墨白学玉雕，两年后成为他最得意的学生，现在念大学，已出了不少作品，设计简单却充满灵气。天图艺术馆收藏的两个系列是她的代表作，用"废料"设计出这系列的事，被整理成文，加了很多细节，用了很多修辞手法，成了类似传奇的故事。

　　评价夏天莹的作品是新热点。简单直接的，牛啊赞啊厉害啊天才少女啊大师高徒之类的；煞有介事的，称她的作品有传统的传承又有现代的创意，是经典与先锋的完美碰撞；夸她有天赋，有雕工，也有思想，天才与巧匠融合于一体；认为她的作品展现自我，敢于表现，同时也尊重翡翠材质，尊重大自然……

　　也有不以为然的，批判夏天莹的作品虚张声势，顶着创意的壳子，实际上还是传统那一套，先锋不像先锋，传统又不纯粹，四不像，结论就是，还很幼稚生硬……

　　总的来说，赞誉的居多，夏天莹的作品让人惊喜。那么，作为她的师傅林墨白更不用说了，再延伸到乔阳，有乔阳人跟帖，说乔阳年轻的玉雕师早承接上了，不单是夏天莹，在翡翠业内被承认的已经不少，只是乔阳人一向不太宣传，不会自夸。

　　网友再次倾向林墨白，倾得那么明显。欧利派反击了，嘲笑林墨白靠个弟子出名。不管怎样，因为夏天莹，墨白派自觉有面子，乔阳玉雕界也莫名有了底气。

　　很多人在夏文达面前夸夏天莹。他总是烦躁地挥挥手，像赶走缠人的苍蝇。这天早上，他和欧阳立吃着肠粉，一个村民经过，站下来打招呼，提起夏天莹，大赞一通，夏文达放下筷，半天没动。

　　欧阳立埋头扒拉肠粉，夏天莹的名字一出，他胸口就揪着一簇莫名的紧张，耳朵发烫。

　　夏文达拿起筷子，紧紧捏着："一个女仔，这样抛头露脸，别人的嘴说来说去的，不好。"

　　双耳的热胀退去，欧阳立呼吸平静下来，告诉夏文达，夏天莹是夏文达的骄傲，也是乔阳的骄傲，不是什么抛头露脸。

"没想过什么骄不骄傲的，也没想过要她有什么大出息。"夏文达两根筷子扒拉来扒拉去，叹，"好好过日子就成了。"

这话，夏文达重复说了多次，欧阳立胸口柔软，他理解夏文达，可有些东西夏文达得明白，得接受，夏文达骨子里很老派。外界这些，不是夏天莹能把握的，没有一个人能把握，现在是网络时代，大数据时代，没人能拥有绝对的秘密。外界讨论的是她的玉雕，这是不怕被讨论的，夏天莹有自己的判断，有自己的艺术观，不会轻易被影响。

"又是你那一套一套的。"夏文达耸耸肩。嘴上这样说，这通话还是让他心定了不少。那种感觉又来了，他被落下了，胸口空落落的，周身却热腾腾，想即刻干点什么。至于是什么，还模模糊糊，只是有那么股劲，让他坐不住。

欧阳立说，艺术是夏天莹的理想，玉雕是她的爱好，夏文达该给她打气；却又转口，承认夏文达还是做得很好，让她学玉雕，学喜欢的专业，都在行动上了。

欧阳立和夏天莹相处的时间不多，可都很明白对方。欧阳立会为夏天莹着想，夏天莹时不时提欧阳立，语气柔软，夏文达这大老粗都感觉得出来。夏文达静静看着欧阳立。

欧阳立避开夏文达的目光，避开话题，谈起玉雕视频，他交代陈商言做的，揪好这次机会，宣传乔阳玉雕。

视频完成，仍是夏玉影配文字，讲述乔阳玉雕历史。从翻新旧玉件到自主雕玉，展示乔阳出色的玉雕作品，以故事的形式，一个小视频做出大片的感觉。陈商言扬着下巴："点击率肯定爆，我敢说又会大讨论。"他的激情挂在眉梢眼角，欧阳立看在眼里。事后，他跟夏文达提到，陈商言在村委会很合适，越来越进入状态了。夏文达突然很想找陈修平，谈谈他这个小儿子，掏心掏肺地谈。

"这就是利用，趁机推出乔阳。"欧阳立指着视频，对夏文达说，"不过要密切关注，别让带歪了。"

8

林墨白的设计图完成了。黑金团队效果图出。

作品为：龙凤璧。主题解释：龙凤。

沉默，难以描述的沉默。整整一天，没有人发声，阅读量极大，但网友像被集体禁了声，又像约好了隐而不发。同时，欧利的设计图和效果图点击量突然大增，网友在对比。

"没有可比性。"欧利派冷笑。

当时，欧利的设计完成得很快。经同意，先把他的作品放到网上，包括设计图、电脑模拟的成品效果图、作品主题解说等。

欧利的作品：生与梦。玉石料绿色一面为生，代表生命与希望；粉紫一面为梦，代表虚无与梦幻。绿色的一面雕满叶子、种子、花朵、飞鸟、走兽，主角是抬头举手向上延伸的人和一个刚出生的孩子，繁复华丽，线条细腻；粉紫的一面则很简单，有些隐隐约约的背影，四周是抽象的线条，一团烟状物半遮挡着。欧利解释，玉料两面代表世界的两面：清晰明亮与暧昧模糊；人生的两面：现实与虚幻；心灵的两面：干净纯粹与难以言说的灰色……可以有很多种解读。他的设计思想是开放式的，多层次的。

欧利派发动宣传，学陈商言那个视频——宣传乔阳玉雕的视频点击量极高，成为多地模仿的对象，都弄那么个视频，宣传传统工艺、特产、旅游地——为欧利做宣传短片。童年时，欧利就对艺术有特殊感觉，以突出的成绩考上艺术学校，学生时代作品屡屡获奖，毕业后作品更上了一个层次，多次被国内外顶级博物馆收藏。作为一个真正的艺术家，他从不满足，一次次突破自我，攀向更高的艺术高峰。视频收了欧利很多作品，每件都有动人的故事，或生活的，或精神的。

总之，此次欧利的《生与梦》是成功的，有深刻的思想内涵，艺术表现手法可圈可点，繁复与简单的对比，形成视觉冲击，不论是繁复还是简单，都尽显功力。

因为欧利的"成功"，人们对林墨白的期待更强烈。墨白派也为林墨白做视频，没有林墨白提供的资料，大多是网络搜集的资料，也挺像样，有人暗地里发了林墨白的资料，由网友去找。是林墨白的徒弟和乔阳玉雕界的年轻人。

网上闹翻天，林墨白安静如常。直到他完成设计，放出设计图，闹腾猛地静了。鸦雀无声的一天。

第二天一大早，欧利派的人发言了，说是被震惊到了，林墨白的作品让人无语，经过一整晚的缓和才回过神。震惊到他们的，是"龙凤璧"的俗气，竟然是龙凤，难道现在还是封建帝王时代？有人质疑林墨白才华耗尽，灵感枯竭。有人讽刺"龙凤璧"连解说都没办法，只要是个中国人，都能一眼看透，设计这个的用意，实在不明白，也许根本就没有用意。有人嘲笑林墨白，近些年顾着做生意，雕佛像雕麒麟雕貔貅赚钱，都雕顺手了，还有更多的用表情表示，简单粗暴：踩、鄙视、惊讶……

欧利派以其"专业"的能力确认，"龙凤璧"没有深意，评论不会有不懂大师作品的危险，更多的网友吐槽了：作品没有任何创意，没有任何当代性，各种艺术门类里，龙凤的题材早已被用滥；作品的艺术价值上，等同于奶奶剪的龙凤呈祥窗花，充满庸俗的喜庆感；从土气的大众口味上看，相当于妈妈钟情的大红花被子，充满浓浓的中国风；林墨白已经是阿伯辈了，思维再也跳不出那一代……

也有些中立派发不同的声音，林墨白的作品有别样的味道，观赏性强，雕工设计很讲究，龙与凤有气场，跟传统龙凤不一样，他们相信，林墨白另有深意。

林墨白没有吐露他的深意。

有人说了句重要的话，林墨白的设计很和谐，和玉料很搭，好像那块料原本就是块龙凤璧。这话没有引起讨论，喧闹的声音立即把它淹没了。有个徒弟注意到，转告林墨白，林墨白记下了这句话，在余生的岁月里，时不时想起、细嚼。

墨白派仍没有发声。欧利派讽刺墨白派，失去发声的胆量，无法接受林墨白的平庸和俗气，只好选择逃避。

　　林墨白把玉料设计成龙凤璧，绿色为龙，粉紫为凤，绿龙腾飞于云层之中，若隐若现，粉紫的凤也为祥云半遮。龙与凤露出的部分用实雕细雕，细节极尽真实细腻，不同的是，龙的线条刚硬有力，凤的线条柔美圆润。云为虚，用极简的线条勾勒，保持素面。

　　有墨白派感叹：林墨白老了。

　　也有更多的人承认，"龙凤璧"确实很美。

　　有一点是统一的，希望林墨白说几句，至少诠释一下作品的主题思想，多简单都好。林墨白没有说什么，像已经完成使命，不发一言。有网友冷嘲热讽，比试毫无悬念，输赢一目了然。

　　记者涌到乔阳大酒店找欧利，他挑了一家媒体，做了长长的访谈，成为本次事件的另一次高潮。

　　记者：您对林墨白的《龙凤璧》怎么看？

　　欧利：我以一个艺术家身份，对作品本身客观地谈，当然，这些是我个人的意见，对艺术，我有发表任何意见的自由。林墨白的《龙凤璧》确实很美，翠绿的龙，粉紫的凤，几乎每个人下意识里都会觉得好看。可艺术品不是好看就足够的，这是很浅层次的审美，就像看到开得正艳的玫瑰花，绝大多数人的第一反应也会是好看，这没有艺术性，不应该是艺术家做的事情，这种事日常很多东西上可以实现，比如毛巾、杯子、被单、衣服等。《龙凤璧》没有个性，缺乏创造性，至于说表达了什么样的思想，除了大众对龙凤的普遍理解，我还没有感受到特别的东西。

　　记者：目前，《龙凤璧》最被承认的是其雕工，精致细腻，有浓重的潮汕文化特色。作为一个玉雕技艺传承人，林墨白的玉雕功夫确实不错，他之前一些作品也有这种特点，很好地继承和发扬了潮汕文化。您对潮汕文化是否有所了解？会不会因为隔阂，而导致对《龙凤璧》的误解？

　　欧利：设计好《生与梦》之后，我就四处走动，潮汕的老寨老祠堂老屋子老家具，国画木雕潮绣嵌瓷等，都有所接触，还走访了不少民间老艺人，阅读了一些县志、村志、民间传说，对潮汕文化，还是有一些了解的。潮汕文化讲究精细,讲究世俗的美感,表达的主题较单一,多是表达吉祥,希望日子富足安好之类的。依我看,潮汕人工艺很用心,愿意花时间,把日子过得精致。可惜,对人性的挖掘方面较薄弱,纯粹探讨人性的作品极少,甚至可以说是不敢深挖,也可能是不愿深挖。我想,林墨白的问题也在这儿,他的作品有典型的潮汕传统文化因素,但缺乏"人"这个重要的点,缺乏对心灵的挖掘。

记者:对潮汕文化,您有独特大胆的看法,我们不妨再深入探讨,您认为,潮汕文化对人性挖掘不够,再细谈一下?

欧利:在潮汕地区,对人的评价多是公共性的,社会性。例如:是否讲信用,有没有正义感,是否有情义,是否孝顺,是否贤惠等,个人的心灵内里很多时候被忽略。有时,人性深处一些隐秘性的东西,暗色的,光亮的,更能体现人的本质,更能彰显生活的丰饶与深度。

……

访谈引起了轩然大波,卷入大量网友,从讨论的严肃性和深度看,参与的人知识层次越来越高。有个学者提起一件往事,跟乔阳有关的。

学者到乔阳做艺术讲座,与听讲座的乔阳年轻人当场争吵。

教授的观点,乔阳的玉雕成就停留在工艺上,很多玉雕师只是工匠,灵魂不饱满,没有思想支撑,很难出真正的艺术家。

片刻,讲堂嗡嗡作响。

有人还击,指责教授不了解乔阳,不懂得乔阳的琢玉技艺。

另一人质问教授,雕过几块玉,摸过多少翡翠料子。教授一时哑口,理了理情绪,说:"我做的是研究,不用自己去雕玉,你们懂不懂艺术规律?"

"什么艺术规律,我们是不懂,你不懂得翡翠。"

乔阳的翡翠调水调色工艺,可意会却难以言传,很多东西无法表达,乔阳玉雕师心里有底。这一点教授承认,不过,他认为这是工匠式的,再次强调艺术性和人的独创性。

教授的回忆又推起一波辩论。有人反击,尊重翡翠,尊重自然,是乔阳人最可贵的。人是自然的一部分,尊重大自然的灵魂,就是尊重人的灵魂，难道不算艺术……

　　讨论有时跑题跑得很远，有时很偏激，有时成为毫无内容的吵架，也有认真严肃的交流。所有的声音里，最被期待的，是林墨白的，作为话题的引燃者，他沉默如铁。

　　吵得不成样了，陈商言找夏文达和欧阳立，一味的沉默不是办法，到头来真成逃避了。他几乎看不下去了，说："你们跟墨白叔讲讲，他稍稍诠释一下也是好的，《龙凤璧》是他的作品，不会那么为难吧？"

　　"没什么好诠释的，作品在那，想怎么看就怎么看。"林墨白冲摆摆手，闲闲地。

　　"你不放在心上？那是你的东西。"夏文达很无奈，可他知道，不倔就不是林墨白。

　　林墨白就问夏文达一句，看过设计稿，玉料想给谁雕。

　　"你。"夏文达极干脆。《龙凤璧》他是真心看中的，跟他与林墨白的感情无关，跟乔阳无关，跟别的什么都无关。

　　林墨白微微笑着，他明白。

　　林墨白不知道的是，雕龙凤璧是夏文达的心愿，一直以来就有的。

　　看到林墨白的设计图那一瞬，夏文达木住，就有这样巧的事。这么多年了，他一直在找合适的玉石料，找龙凤牌的样子。找到这块玉石料后，对龙凤牌的样子，夏文达想象过无数次，但模模糊糊，这一刻，他的想象落到了实处。夏文达相信，父亲也一定无数次想象过龙凤牌。夏文达很小的时候，父亲就说要雕块龙凤牌，送给那个人，那个人的龙凤牌在父亲手里，父亲想还，那人不肯收。

　　握着那块玉牌，父亲大半天走不出某个世界。牌子是很老的翡翠玉件，玉质上等，好看的绿，很透，很干净。夏文达的父亲说："人家传好几代了，被护了这么长时间的物件，有灵性的，记着那个家长长的日子。"

　　雕一块龙凤牌送给那个人。想到这个办法时，夏文达的父亲像了了什么心事，又像得了什么大惊喜，开始寻找合适的玉石料。那年在缅甸公盘，他看中一块料子，花光身上的钱标下。有个外地老板，下标价低了，玉石料被夏文达的父亲标走，他后悔不迭，恳求夏文达的父亲转手，价钱几次叠加，夏文达的父亲不点头。

带着玉石料离开的那个晚上——好像预感到什么，夏文达的父亲选在晚上离开——夏文达的父亲发现有人跟踪，急走，顺着陌生的街乱闯，奔到一个拐角处，后脑勺着了一敲，脑门嗡地一响，直挺挺倒下去。醒来时，后脑黏糊糊，只有血，玉石料不见了。

回家时，夏文达的父亲拐去书生的村子，脑袋缠着绷带，人闷沉沉，书生探问，夏文达凝看书生，莫名地叹："还是缘分未到？那是多合适的料子。"他告诉书生，玉石料被抢，没说那块料子雕一块龙凤牌多么适合。

那一敲，让夏文达的父亲落下了头痛的毛病。

去世时，夏文达的父亲未重新找到合适的料子，雕龙凤牌变成夏文达的心愿。与父亲不同的是，他不再执念于把龙凤牌给那块牌子的主人，那人早已去世，后人也找不到了，他就想雕块龙凤牌。

"消息放出去，我的玉料要雕龙凤，认林墨白的设计。"夏文达交代陈商言。

9

雕好龙凤，对于林墨白，不单单是作品，他认定，那将成为他玉雕生涯的某种标志，成为他人世极重要的那个核。

多么常见的龙凤，从戏台上的龙袍凤袍到日常生活中的龙凤装饰，从讲究的文化标志到烟火日子的普通纹样，从习以为常到忽略。只有在故事里，龙凤才被赋予某种光芒，神圣又神秘。

画彩画、做木雕、做玉雕，每一段人生岁月，林墨白都无数次接触过龙凤。一次次描画雕刻中，对龙凤的喜爱变得理所当然，但真正关注龙凤，真正想读懂龙凤，是因为师傅洪青虬。

洪青虬曾对林墨白讲过，雕不好龙凤牌是他的遗憾。当时，林墨白无法理解，讲这话时，洪青虬刚为人雕了块龙凤牌，精美又灵动。

还记得，那客人姓朱，把翡翠料子放在洪青虬面前，表示想雕龙凤牌时，洪青虬眉眼上扬，眼里有光彩。料子属上品，玉种和颜色惹人喜爱。捧起玉料，确实适合雕龙凤牌，客人是懂翡翠的。洪青虬表示，不知道能不能雕好，语气竟有点怯。林墨白呆了，他从未见师傅这样，在乔阳，若师傅不成，谁成？再说，只是龙凤，师傅不知雕过几次了。姓朱的客人微微笑，对洪青虬做了个请的手势，翡翠交到他手上，不会有二话。

洪青虬读料读了很长时间，久久不敢下手。林墨白疑惑，龙凤不是什么出奇的题，材师傅为什么这样谨慎，甚至是没底。洪青虬叹："龙凤，你没有明白。"洪青虬说，他是雕过很多龙凤，可没有真正雕好过龙凤。这一次，玉料这么好，再不雕好，糟蹋料子，也糟蹋龙凤。这么长时间，他再没法雕好，自个这关就过不了。

那段时间，洪青虬闭门谢绝一切，专心于那块龙凤牌。龙凤牌雕成之日，他却心事重重。龙凤雕得很精美，线条清晰细腻，雕工炉火纯青，玉种干净的地方留素面，展露玉料光彩，牌子和谐如天成，有种让人胸口发跳的美。那姓朱的客人退开慢慢欣赏，凑近久久凝视，伸手细细摩挲，轻轻地深深地叹："龙凤呈祥，龙凤呈祥……"

洪青虬眉梢眼角满是遗憾，默默沏着茶。

那块龙凤牌哪里不好，师傅还有什么不满意，林墨白不懂。

"神韵。"洪青虬神情恍惚，"龙凤真正的神韵，雕不出，真正的龙和凤，有多少人明白，说到底我也没读透。"

"龙凤——不是凡常物。"洪青虬眼里有异样的光芒。多年之后，林墨白仍然难以描述师傅的表情和语气。师傅像看到一个陌生的世界，完全不同于现实生活的，像发现世人从未涉足过的领地。他絮絮叨叨地述说，讲龙在中国的地位，讲龙的历史，讲龙的霸气。龙极具野心，又极磊落正直，腾飞时无所顾忌，又懂适时收敛隐藏，不管在天在地，不改本色。

"我很敬仰龙。"洪青虬双眼迷离，"可我性子太软，骨头也不够硬，没有龙的半丝气魄，没有龙的野心和血性。"

洪青虬满脸失落，林墨白不敢出声。师傅这样掏心掏肺，他受宠若惊。惭愧的是，他无法跟师傅对话。他从未这样理解过龙。

洪青虬又谈起凤，叹他不懂凤的高贵与壮烈之美。他讲凤凰浴火重生，想象不出是怎样的绝美，柔到极致又刚到极致。

"我们潮汕女子贤惠，会过日子，韧性有时比男人更强三分。"洪青虬说，"又美又雅致，所以潮汕女人叫姿娘，说女人雅。"

师傅这样议论女子，这是林墨白第一次听，难怪师傅作品中偶尔出现的女子别有一种味道，但师傅这个时候谈起这些，他不明白。

"可凤的那份刚，凤腾飞的勇气，凤反叛的性格，潮汕女子没有，雅虽雅，总缺少一点气性。"洪青虬说。

洪青虬觉得，自己雕刻的龙凤牌是失败的，真正的龙凤气韵，他终究把握不住，不管外人怎样夸好，他自己是明白的。

那次对话，成为林墨白重要的人生片断，他第一次深思自己对龙凤的认识，也思考自己的玉雕。从那时起，他就特别关注龙凤，无数次练雕龙凤，与龙凤默声对话。这次设计的龙凤璧，他是有话要说的，但不是对记者说，也不是在网上发表言论。

林墨白约夏文达和欧阳立喝茶。他们到的时候，林墨白才明白，自己其实是想和欧阳立谈。

几杯下去，话题开了。

"墨白兄雕龙凤，肯定大有深意。"遇到林墨白，欧阳立放开了讲，"龙能上天能入地，能腾云能游水，拥有各种动物最突出的部分和最优秀的技能，是几近完美的综合体，可以说是人的某种理想。"

"上天时傲视天下，入地时沉静如水，能搅天搅地，又能深藏隐形，能屈能伸。"林墨白声调铿锵，与平时判若两人。

欧阳立挥着手："这是大开大合的美。"

两人同时端起茶，一饮而尽，感到说不清的相见恨晚和豪情。

"好了，掉书袋的碰上另一个掉书袋的，不知道得扯出什么长篇大论。"夏文达取笑，实际上胸口涌动，渴望加入他们的谈话。可他们用的，像是另一套语言体系，他总抓不住那些话语。这种感觉，多年前跟林墨白在一起就有了，近些年跟夏天正、夏天莹在一起也有，他深陷在失落感里。

"允许我们掉下书袋，这有瘾的，跟你想吃无米菜粿一样。"欧阳立笑。

"凤柔美，可柔里带着刚。"林墨白接着话题，"绚丽到极致，世界因之而多彩，但它浴火，无惧于将美投入烈火之中。"

"凤凰的浴火，是重生，是希望，也是一种循环。"欧阳立再次端起一杯茶，朝林墨白举了举，"中国人相信天道轮回，生生不息，这带给人世希望，也让烟火日子有了某种形而上的意义。"

展开《龙凤璧》的设计稿，林墨白指着图稿："龙是刚，凤是柔；龙是放，凤是收；龙是张扬，凤是含蓄。这类似于阴阳，既是事物的两面，也是同一事物的相生相融，是我们的文化中重要的内核。"

"没错，就像中国人讲究有骨气。"欧阳立双手啪地拍在一起，"不过，骨头包在皮肉里，不会有外露的棱角。气更奥妙，看不见、摸不着，却支撑着身体，支撑着灵魂，有气者才能成为真正的人。"

夏文达有些坐不住了，胸口愈来愈烫，这种情绪，他无法描述也无法处理。

"龙凤呈祥，人世极致的美好。"林墨白眉眼发光。

"千百年来，这题材一直很受中国人欢迎。"欧阳立语调飞扬，"并不俗气，不是时间久远就过时，有些东西是永恒的。龙凤呈祥是对日子美好的祈求，是对人世的渴望，这祈求与渴望不会变，是人世的积极。"

林墨白上身挺得笔直，几乎要站立起来，挥着手："不管你是什么人，取得什么样的成功，只要想过日子，这种祈愿就不会改变。试问，这样的愿念，有多少人敢说心底深处没有？以前，我也觉得这些东西俗气，人世走得愈久，愈着迷这些。最本质的东西就在出发之处，绕了一圈才明白，人很容易舍近求远。"

"这些看似大俗大土，包裹着中国人心灵最深处对日子的眷恋，这种俗是痴迷生活最生动的体现，是对人世最深的慈悲，包含着日子最柔软的暖意。"

谈到这儿，几个人突然沉默，沉默了很长时间。

欧阳立先打破沉默，向林墨白坦白，他录了音，来之前，他有种直觉，今天的谈话会不一样。问林墨白是否介意，他可以删掉的。

沉吟了一会儿，林墨白摇摇头："我们还真是有点默契，今天是我专门想跟你谈的。外面不是叫嚷着让我回应吗？要我发言接受采访，我没办法，那种情况，这些话出不来。今天，我算用这样的方式回应了吧——说到底，我还是个俗人。"

"那我们继续。"欧阳立语调昂扬。

"翡翠题材，我尽量挑美的、吉利的，丑的、丧气的题材很少出现在我的翡翠作品，说是我审美局限也好，说我俗也好。"

"再讲讲《龙凤璧》，一些细节什么的。"欧阳立建议。

林墨白拿出笔记本电脑，打开《龙凤璧》的效果图，指点着："龙与凤是实雕，露出来的部分细雕，稍有瑕疵的地方雕鳞片、羽毛；刻画细节时，化掉小细点和白绵；玉质好的部分留作祥云，简单勾线，保留素面，纯净的玉质展示得越彻底越好。写实与抽象相结合，祥云和璧外环随形的纹路，用抽象表达法，龙凤璧内环雕了极细的场景，是一些凡常日子的场景，和外环的抽象场景相互映照。翠色代表活力和生命力，刻为龙；粉紫浪漫高贵，表现凤凰。"

"对一切都做了回应。"欧阳立说。他感谢林墨白，作为被选中的对话者，他很幸运。

谈话录音由夏玉影整理成文，命名《永远的龙凤呈祥》，配上《龙凤璧》的设计稿和模拟效果图，作为对《龙凤璧》的诠释。

这篇文像一颗雷，在网上炸开。《龙凤璧》被重新评估，得到的赞誉几乎有些夸张，讨论被引向更深层，关于中国文化，关于民族精神内核，关于日子，关于审美……

"乔阳得免费大宣传了。"陈商言叹。

夏文达呵呵笑，终究是乔阳人厉害，林墨白赢了欧利。

"没有真正的输赢。这次的事也是个教训，逼着乔阳人思考。"欧阳立说，"欧利有些话很有道理，人性挖掘、心灵刻画、个性塑造等方面，确实是我们的弱点，还有很多艺术观念，乔阳人是缺失的。"

林墨白和欧阳立同感，他昨夜拜访了欧利，两人彻夜长谈。

夏文达的石料交给林墨白。深夜，林墨白独自默坐，洪青虬来了，林墨白告诉他，自己得了雕龙凤的机会，他很庆幸，可又那么忐忑。

《龙凤璧》雕成后，夏文达就收了起来，外人无法见其真容。夏文达说，他在等一个合适的时机，让《龙凤璧》亮相，至于那是什么样的时机，他没透露。

"龙凤璧"成为美丽的悬念。

没有人知晓的是，对《龙凤璧》，林墨白是不满意的，莫名的空落感、孤独感笼罩着他。他突然很悲凉，碰见这样的料子，也许一生只有一次。他继续漫长的等待，如果真的上天垂怜，再次碰上合适的料子，或许结果仍是不满。

第七章 金玉之乡

1

看着《新闻联播》，夏文达说："看人家这文化节，才有点意思。"新闻正报道某市的银器文化节。去年，乔阳玉文化节和往年一样，夏文达不满，可多年的规矩在那儿，他照着规矩办了，心里却别扭着。

玉文化节闭幕仪式上，夏文达有种逃开的冲动。主持人请他发言，他愣神，欧阳立碰碰他的胳膊肘。上台那几步路，他努力控制自己，才没转头走掉。发言简单到有些潦草。

欧阳立发言时，为夏文达做了补充，说夏文达做得多说得少。夏文达有些坐不住，他做了什么？这个玉文化节？这个死气沉沉的活动？他生出股闷气，也不知道是对外人的还是对自己的。

街道办事处领导宣布，玉文化节圆满结束，热烈的掌声响起。

圆满？夏文达有些迷茫。前期方案、各种准备、开幕、讲话、文艺晚会、公盘、闭幕，照着程序，一步一步，顺顺利利。可夏文达觉着像鸡骨架熬的汤，看着料子丰富，实际上没真东西，公盘还是近两年才开的，之前连公盘也没有。

散会后，夏文达和欧阳立绕乔阳逛，乔阳比以往更冷清了。玉文化节有外请的嘉宾，有大量外地客商——大部分是冲公盘来的——乔阳像个集市。文化节闭幕，公盘一关，人便散了。夏文达指着飘在半空的大气球："就剩几个字。"气球扯着长长的标语：热烈庆祝"东方玉都——第十二届玉文化节"。

夏文达提的问题，好些年前就出现了，大家都意识到了，但似乎都习惯了，也想不出更好的办法。多年前，文化节成为文化品牌，走到今天，成了鸡肋，办了没什么效果，不办又不成。欧阳立突然想，下一届也许是契机。

现在，夏文达谈到，事情该提上日程了，玉文化两年一届，离下届还有一年，只有一年。欧阳立说："是时候了。"

夏文达知道得变，想变，可脑子空空，他莫名地着急。表面上，乔阳市场还挺热闹，可内里的萧条他太明白了。国内翡翠市场走到窄口，怎么过这个口，就看各翡翠市场的本事了，几个大的翡翠市场正争得火热。这些，夏文达很清楚，只是无法清晰地表述。

前面是"保盛珠宝行"，夏文达挥手："以前另外这三间也是'保盛珠宝行'的，五间连一起，还有三家分店，专营高端翡翠。现在主店剩两间铺面，三家分店收了两间。倒不是生意坏了，是转去上海了，开了两家高端翡翠店，乔阳做出的好东西送去上海卖，几年前我差点也走了这路，要不是当这个村委会主任，现在可能老跑上海了。"

老板夏保盛的堂弟夏立行原本做得不错，几年前却转行了，投了房地产。近些年，转行的乔阳人不少。以前，很难找到不做翡翠生意的乔阳人。

夏文达提到自家正合号，近年不少生意也转到平洲。他不情愿，夏鸿铭理由充足，顾客跑到平洲找货，只能跟顾客去平洲，在平洲开店。在乔阳做的手环，中低端的送到平洲卖。乔阳还没有公盘时，乔阳人更得去平洲买玉石料。

再这么下去，乔阳的翡翠市场会慢慢转走，乔阳需要助力，怎么助力，都没有底。玉文化节只是触动夏文达的一个点。

两人默默走着。

经过林再晓铺面时，想起前些日子的事，进店探问。前几天有内蒙古的警察找上门，那边抓了个处长，用公费购买过价值不菲的手环，千里追赃追到乔阳。村委会忙着玉文化节，和内蒙古警察稍稍接洽，帮忙联系林再晓后，便没再关注。

"买那么个手环，问了又问。"林再晓摊开双手，"缠问三四个小时，能被掏出那么多话，我都没想到。"十年前的事，若不是手环价高，又刚好留了照片，林再晓很难想得起来。

"那时像那样的顾客不少。"林再晓说，"要不是用公家的钱买，要不就是买了送人，挺敢出手的。"

一讲这个，林再晓收不住了，回忆那些年，说是翡翠行业的"好时光"，不单是翡翠，什么字呀、画呀、古董呀、金呀、银呀，都有些出手大方的人。翡翠比金银受欢迎，手环、吊坠、戒指、挂牌、小摆件、小小的东西值几十万、上百万、上千万甚至更多，雅气又方便，送人极合适。

"欧阳书记，我也不怕讲给你听，那时一些官敢收这些东西，也敢买了送人，还有做大生意的买去攀官，有人换权，有人换利。"林再晓说，"这些人买得起高端货。"

"是这样，有段时间是挺乱。"夏文达点头。

"后来不行了。"林再晓摇头，"那一块生意断掉了。"

"那是畸形的，不可能长久。"欧阳立应声。

林再晓懊恼自己没见识，格局太小。2012年那个重要会议后，他北京一个朋友告诉他，这一块消费会大幅收缩，甚至断流，提醒他做好准备。

"这朋友之前讲什么我很信，独独这个不信。"林再晓叹，"我想，自古以来这种事禁不了的，有官就有这种买卖，最多就是风声紧一阵，哪朝哪代不是这样？哪知这次来真的。"

当时，那个朋友提过建议，林再晓没放在心上。

"什么建议？"欧阳立很关注。

那朋友建议，转变经营方向，拓展顾客渠道，如一些收藏家、一些年轻老板中的翡翠爱好者，或到上海、北京等大城市，搭建新的销售渠道。那朋友不停强调："形势不一样了，时代不一样了，要做好准备。"当时，林再晓只是敷衍。

结果应验了，风声紧了，一阵比一阵紧，那一块消费急剧减少，几乎断掉。林再晓很长时间内转不过弯，这次真的不一样了？

"因为渐渐地没有官了。"欧阳立语调严肃了，"只有服务者。"

"还有明星。"林再晓说，"特别是香港明星，那一代明星喜欢翡翠。后来，香港电影电视剧不行了，年轻一代的明星更喜欢珠宝。"

2015年大股灾又是沉重一击。

"到现在都喘不过气。"林再晓叹息，"生意不如以前的一半。"他迷茫了，在翡翠行业打拼了半辈子，愈来愈有心无力。

谈话静下，水在壶里沸腾的声音格外响。

"不过，好东西就是好东西，好翡翠降不了价的。"一杯茶后，林再晓又开口了，他相信还是正常的生意长久。

"说到点子上了。"欧阳立轻拍了下桌面，"现在是瓶颈期，也是调整期，市场正回归常态，回到真正的消费者那里。最重要的是，在常态中找出路，成为常态化的好市场。市场是靠培养的，消费习惯也可以培养，最有代表性的是艺术消费，比如艺术品，比如画。据我所知，拍卖行高端翡翠的价格仍居高不下。"

"又是会议话。"夏文达哧的一声，说，"不过讲到点子上了，要紧的是怎么弄。"

"先了解。"欧阳立分析，"乔阳底子好，乔阳人懂玉石料，加工高端翡翠珠宝的技艺一绝，有高端翡翠客户资源，短时期内，高端市场还是乔阳的，这些优势好好利用，可以成为突破口。"

夏文达说，底子肯定不能掉，反正在他手里不能掉，可他也很清楚，不是他一人弄得成的，不是想干就干得了的。在市场行走二十几年，他明白，市场是可以为某种力量控制的，又是最难把握的。

从林再晓的店出来，夏文达很焦躁，欧阳立安慰："这事急不来，先讨论，这个过程中，有些想法会慢慢成形。"

夏文达闷闷的，当村委会主任后，除了公盘，更多的是保乔阳平安干净，管日子顺利，他这村委会主任没做什么。

"这已经很难，也是最根本的——不过，你是有什么想法了吧？"

夏文达直说欧阳立可怕。

办一届像样的玉文化节，这是夏文达的想法，说："有没有用不知道，最少要实实在在，名字都想好了——金玉之乡。"

"有想法，就可以行动。"欧阳立拉了夏文达，直奔街道办事处，跟领导谈谈这事。夏文达倒吓了一跳，很少见欧阳立这么急性。

领导不明白，玉文化节还有一年，怎么办都很清楚。夏文达直指这样的文化节是个壳，翻不起什么浪，对乔阳的翡翠市场没什么用。欧阳立解释，乔阳村委会想做点事，现在的玉文化节，确实不痛不痒，想提出来一起讨论。

"办有效的玉文化节，对乔阳有推动作用的，想法不错。"萧向南先开口。

有人接话："说起来容易，怎么做就看你们了。"

"也得上头支持。"夏文达回应，"主办方是街道办事处。"

又有人说："一直都这样办的，还能弄出什么新花样？"

"这么多年都这样就不对头。"夏文达话硬邦邦的，"都把时代挂在嘴上，老一个样早跟不上时代了。"

有人提到，二十几年前几届文化节影响很大。

"没错，二十几年前。"夏文达忍不住嘲讽的口气，"那时就是在村口耍个猴，都会被念叨好一段日子。"

会议室顿出长长的安静。

欧阳立打破安静："相信这个问题不单是我们意识到。"

"有什么意见建议，尽管提。"萧向南鼓励，"办事处全力支持。"

欧阳立说，先提点想法，有萧向南那句话，乔阳可以放手干了。

"原来是套我的话。"萧向南笑。

2

夏文达靠着池塘栏杆，身后是老寨场，没有灯光的喧嚣，池面落了层柔和的月光，不远处的路灯变得朦胧，他想起以前的乔阳。那时还是地道的乡村，现在稍抬头就是灯火辉煌，老辈人口中，这是城市的样子，乔阳日子里很多东西和城市很类似了，是欧阳立说的城乡一体化吧。

欧阳立来乔阳的第一个晚上，两人就这么立在池塘边。两人间的感觉不一样了，池塘不一样了。想起当选村委会主任时的自己，夏文达竟有点隔膜了。欧阳立好像一点没变，夏文达觉得他心思重就在这里，表面好说话，心底有些东西谁也动不了，老隔着几层的感觉。

"能说出这话，说明你早看透我了。"欧阳立笑。

我没变吗？欧阳立默问自己，也问父亲——父亲望着他，静得像月光。他确定的是，现在的自己是父亲愿意看到的，只是父亲生前从未看到，每每念头转到这，他就胸口发痛。不，他变了，变了很多。

两人被各自的心思困住。

后来，夏文达谈起"金玉之乡"文化节——他已认下"金玉之乡"这几个字。欧阳立时不时插几句，这种述说像某种挖掘，时不时挖出意料之外的想法，把浅层的念头挖出了根脉。欧阳立的加入，把夏文达很多想法打通了，像共同发现了一条密道，两人边相互拉扯，边清理杂物辨认方向，那条道越走越敞亮。

夏文达很兴奋，找着了一点方向，至少可以试试。

还是欧阳立做了归纳，夏文达的想法有亮点，最重要的是可行。这是夏文达的优势，他想的没那么多花哨东西，但往往实在。

把文化节作为一个契机、一个开口，或许会打通很多东西。不过，欧阳立提醒，做起来肯定有难度。

"这才像搞事情。"夏文达笑，身上某种霸气又出现了，说，"还是那句话，要人推着事，别让事推着人。"

第二天，早早喊来陈商言和夏玉影，夏文达碰欧阳立的胳膊肘："你说，我不耐烦重复一次。"

欧阳立细讲了他和夏文达的想法，陈商言倾身向着欧阳立，兴致都摆在脸上，时不时插话，又碰撞出些新的想法。

夏玉影记录，听安排。当天下午，她带小孩子去了公园，爬了山，玩了游乐场，作为她将要出门的补偿。

四个年轻人出发了，陈商言、夏玉影，加上陈商言黑金团队两个成员。他们去了几个翡翠市场：云南、河南南阳、四会、平洲、广州华林玉器街。陈商言调查、走访，夏玉影文字记录，黑金团队两个年轻人拍照、录视频。一周后，几个人回到乔阳，又集中走访了有代表性的玉商、玉雕师。又过一周，交出一个视频，时长一小时。

视频以乔阳老玉商讲述的方式，展示乔阳翡翠发展历程，讲述对翡翠市场现状的评估；年轻玉商结合自身，讲翡翠市场的现状，经营的想法方式，对乔阳翡翠未来的看法；接着，展示其他翡翠市场的现状、做法、经营方向，等等。

召集村两委开会。夏文达一上来就谈"金玉之乡"文化节，直接得有些粗暴。几个老资格怪异地盯着他，不都是这样办的？玉文化节能做出什么新文章？

放视频。播放期间无人出声。

村两委成员似乎有些糊涂，又似乎明白了什么，有一点是清晰的，视频触动了他们。

大家都没开口。

开始，欧阳立的意思是，村民代表、党员代表、商会理事、老人组理事、公益基金会理事一起开会。村两委成员中，他、夏文达、陈商言和夏玉影都知道这事了，剩下就那几个。言下之意，专门给这几个人看，似乎没必要。

夏文达摇头，那几个成员很要紧，他们在家族中威望高，讲话有力，说服他们，才有可能说服他们牵扯的人，他们愿认愿干的事，乔阳很多人就愿意认愿意干。欧阳立提的那些人，终究要喊到一起，可还不是时候。村两委同心了，外面的事情才能做。

"有道理。"欧阳立承认自己考虑不周。

安静持续了很长时间，夏文达开口："都没话说？那我来说。"

在座的除欧阳立外，家里或多或少都做着翡翠生意，乔阳翡翠市场好，乔阳人就好。翡翠生意是大火过，可那是因为什么，大家心里都有底，这些年翡翠市场萧条也都明白。话说回来，现在也是探新路子的好时机，就看各人本事了。别的地方都攒着力往前走，乔阳再待在原地就要被扔下了。乔阳要是退了，乔阳哪个人的生意都悬。

讲完这一通，夏文达的目光顿在几个人身上。

开会前，夏文达跟欧阳立交代好，先不要讲太多大道理。乔阳人对生意敏感，以生意为先，讲清其中的利害关系。夏文达有些不好意思，说："快一百年了，乔阳人一直做生意，脑子里全是生意……"

欧阳立认同，从最容易接受的口入手，这方面他不如夏文达实在。他说："乔阳人讲实际，讲效益，这种作风能成事。乔阳从一个偏僻贫村走到今天，跟这个有很大的关系。"

"到你嘴里，什么都能一套套的。"

"我是实事求是。"欧阳立半是正经半是开玩笑，夏文达话里的刺，他毫不在意，"这一套套的本来就在，我拣出来而已。"

听完夏文达的话，村委会几个老资格对视，都有所触动，可花大力气办玉文化节，他们很淡漠。

"有话就吐，这么憋着不闷得慌吗？"夏文达扬高声调。

于是他们陆续开口了。

"玉文化节早成形式了，能翻出什么新花样？"

"玉文化节对乔阳翡翠市场有用？要有用早有了。"

"有那个精力和财力，还不如多买两块好玉石料。"

"文化节这东西，就是花架子，骗骗外人的。"

"乔阳人都懂得生意，可眼下大环境这样，有什么法？弄个玉文化节就能怎么样？"

说实话，夏玉影早已参与进这件事，她也不相信有用，但她只安静地照安排做事。

全部讲了，夏文达才又开口："总要想些法子，总要做点事，这么推来推去，怨这个怨那个，还是乔阳人吗？要觉着没用，就想些有用的法子。"

夏文达看了欧阳立一眼，欧阳立知道该出声了。

"这是一个入口，一个尝试，到目前为止，这是我们想到的最好的点子，一件具体的事，可以实实在在做的。现在是转型期，不单是翡翠，很多行业都在转型，是一道坎，可也是个机会，能抓住机会，走过去有可能就是大好前景。不能被动地任乔阳市场适应，那样很危险，村委会要有所行动，乔阳人要有所行动。夏主任先提一下想法，算是个引子，大家都好好想想，有法子随时讲，到时选最好的做，下次开会，大家就要提各自的想法了。"

散会后，村委成员都一脸迷茫。

"让他们先蒙一段时间。"夏文达料到了，说，"我们找我那个修平兄喝茶。"

"想到一块儿了。"

因为戒王的事，陈修平对夏文达的态度好转些，几乎让人错觉要恢复到以前了。但因为龙凤璧的事，陈修平的态度又微妙了，他不说什么，就是让人别别扭扭的。

夏文达和欧阳立进门，陈修平扬高声调："夏大忙人怎么有空，有事吧？"

"是有事，也讨杯茶喝。"夏文达也干脆。

上二楼坐定，欧阳立叫店员安排笔记本电脑，放视频。

"又是这招儿，你们很爱用宣传这套，这两年做的视频倒不少。"陈修平冷冷地说，"好像还挺有效，洗了不少人的脑子——轮到我了？"

"陈会长看看再说。"欧阳立把电脑转向陈修平，略略讲了夏文达的想法，重复自己在会议上那些话。

"这是你们当官的要考虑的事，和我有什么关系？"陈修平语气尖酸，"我就是个生意人，没你们的格局。"

欧阳立表情严肃，语气硬邦邦，斥责陈修平，不该出口这种话，他是商会会长，得有担当，不然该让能当的人去当。

最后一句话，夏文达呆了。

陈修平脸青了，接着灰了，再接着红了，喉结急速地滑动。夏文达感觉他像个炸弹，随时会爆。

欧阳立不理会夏文达的眼神，继续说："讲最实在的，乔阳市场好，宝鼎轩才可能好，你这个会长才能好。"

"你们想的那些有用？"陈修平攥着的手慢慢放开，颤动的嘴角一点点平息，冷笑，"要有那么大能耐，乔阳市场早好了。没人知道该怎么办，能怎么办。"最后，语气里透出深深的无奈。

"所以一起想办法。"欧阳立看着陈修平的眼睛。

离开前，欧阳立说："刚刚那些话，陈会长私底下说说可以，公开场合说出口，就不合适了。"

"犯法吗？"陈修平猛地扬起眉，又很快垂下目光。

"当然不犯法。"欧阳立声调平稳，话里含着骨头，"你是商会会长，受人尊敬的玉商，很多人想成为的那种人，多少双眼睛看着你。"

陈修平哑口，神情有些恍惚。

第二天，村两委又开会，跟昨天差不多，对夏文达的想法不抱希望，也没人提什么想法。欧阳立让继续想想。

3

不久，欧阳立和夏文达再次找纪晓锋和萧向南，大略谈了夏文达的想法。纪晓锋饶有兴趣的样子，鼓励他们积极干，表示会大力支持。说完匆匆起身，他得去市政府开会。

"都是套话。"夏文达这样评价纪晓锋的话。

纪晓锋离开，欧阳立对萧向南说："当然要上级支持，不是口头上的、加油鼓劲式的支持。"

"没错，要实在的。"夏文达接口，"别尽在嘴上开花。"

"你们这一唱一和的。"萧向南笑，"欧阳立，说话都带夏主任的霸气了。你们大胆想，放手干，需要街道办事处做什么就开口。"

"现在就需要实际支持。"欧阳立顺着萧向南的话，"请纪书记和萧主任到乔阳参加会议，算是表个态。"

"引我入坑。"萧向南晃着头，"开会前先言语一声，我会安排时间，纪书记那边，我请他尽力安排。"

"等我们准备充足一些。"欧阳立说。

村两委继续开会，同一个主题，让村两委成员谈想法、提建议。已经是第五次会议，村两委的成员从冷漠不以为然，到沉默若有所思，再到严肃对待，都意识到，夏文达和欧阳立铁了心要做这事。但还是犹疑，乔阳人不怕做事，就是不能做没用的事。

玉文化节二十几年了，除了开始几届有点样子，后来就成了花架子，现在老瓶装新酒，能搅出什么水花？

再说，这种东西到处在搞，什么吃的穿的用的玩的看的听的，动不动弄个文化节，要做出新东西有那么容易？

别忘了，办事要资金，把事情办好更要大资金，去哪找？再说，钱不能乱用。

还有，这事大办得很多人手，乔阳村委会就这几个人，怎么安排？

看夏文达听得双眉揪紧，欧阳立凑近他，低声说："都在想事了，讨论了，说明上心了，算有了开始的兆头。"

夏文达一条一条回应。

"还没有做，就知道是无用功？哪块玉石料开切前就知道成，试都不敢试，算乔阳人吗？"

"资金当然要想办法，钱能从天上掉下来？运气再好，也得先积生意本，先买玉石料才有机会。就我们乔阳，都说经济不成干不了事，别的村不用做事了。"

"不是都得自个经手，有些事交给懂行的人做，要吃菜自个种，要吃肉自己喂猪吗？"

"文化节是多，可翡翠文化节听过几个？就是之前没办好，才要想法弄好，这么花花架子地搞下去？"

"觉着文化节这点子不好的，想新点子，哪个办法好挑哪个。"

嘴都闭上了，不知是默认还是无话可应。

"该想办法该用力了，乔阳翡翠市场不能由着滑落。"欧阳立接着夏文达的话，"有新想法提，没有就考虑玉文化节，这是目前想得到的、可行性比较强的办法。夏主任说得对，玉文化节不多，有特色。乔阳玉文化节也有底子，得让更多人知道乔阳有好翡翠。"

有人眼神与眼神碰撞交流，有人头凑头嘀咕，有人出神。

欧阳立错觉自己像教师，理性分析，加谆谆教导式的感性：翡翠和其商品不一样，真正的好翡翠，目前就缅甸一处有，那需要多漫长的时光，需要多偶然的形成条件，是难以想象的，好翡翠挖一块少一块，物以稀为贵。每一块翡翠都独一无二，好翡翠的价格也是稳的，这对主做高端翡翠的乔阳，非常有利。好东西永远不会过时，总会有爱好者，总有消费得起的顾客，只是消费理念问题。要点是，怎么找到这些顾客，让他们知道乔阳，找到乔阳，认定乔阳。当然，也要兼顾中低端翡翠，这部分消费者基数大，我们的优势在于多年积下的信用，我们的A货保证，我们的工艺，这是最大的附加价值。

村两委成员有些呆，欧阳立像做了一辈子翡翠生意的老玉商。

"人手方面不用太担心。"欧阳立继续讲，"事情可以由村委会主导，但不能只是村委会的事，还应该是商会的事，是乔阳人的事，不单跟玉商有关，事情做好，也会带动其他行业。"

现场一片安静。

"都让你讲晕了。"夏文达打趣欧阳立，再次叹服他的"洗脑"本事。

"有这个效果？"欧阳立开玩笑，"问题是都晕了，怎么做事情？"

还是无人接声，但感觉得到某种松动，沉默下那片情绪在翻腾。欧阳立提起乔阳近百年来的历史，百年积起的底气，要说厚也厚，要散可能就这么散掉了，现在是转折点。

"我们自己得先明白，先想通，然后让乔阳人也明白。"欧阳立决心讲个彻底，"大家都会盘算的，乔阳人也很会盘算，得接受市场改变，为顺应改变做些努力。"

夏文达顺着欧阳立的话说，他和欧阳立先抛点想法，接下来有什么办法再谈，大家一块儿想。

"村委会成员磨得差不多了，商会该加入了。"会后，欧阳立说。

"这一关没那么容易磨。"夏文达声音像被什么蒙住，又沉又闷，一想到跟陈修平谈，他胸口就揪作一团。

陈修平热情得让人不适，起身搜好茶，说从深山带回的。他搜茶的样子那么熟悉，夏文达一愣神，两人以前的片断又在眼前翻飞。但陈修平一开口，夏文达即刻清醒，和以前不一样。

"乔阳的书记、主任都上门了，拿点好的招呼，看能不能甘一下嘴，话不会那么刺人。"陈修平拆着茶叶，语调平平板板。

上次的话，陈修平还耿耿于怀，欧阳立干脆捅开了讲："陈会长，上次的话，放现在我还是会说，如果你不高兴，我只能得罪了。"

事后，夏文达竖大拇指："你这书生还有点武气。""书生"两个字说出口时，他胸口咚的一声，凝视欧阳立那张脸，很久恍不过神，最终甩甩头，哪有那么巧的事？又不是演电视剧。

"事情该怎么样就怎么样。"欧阳立说，"书生就是弱的？偏见。"

当时，欧阳立的话一出口，陈修平洗茶杯的动作顿住。

两巡茶后，夏文达提起文化节，有些小心。现在，他跟陈修平说话总有些磕绊。

"原本也是商会和村委会合办，这么多年玉文化节，商会该做的事都有做，现在想下一届太急了吧——当然，村委会想怎么做，商会配合。"陈修平又委婉地提醒，玉文化节的主办方是街道办事处，村委会不要越界了。

"没什么界不界的。"欧阳立说，"也不定明年会变一变。"

"商会该做的每届都尽心做。"陈修平这次没有顶，说，"主任和书记是要我再表个态？好，会配合村委会，配合上级。"

"不是表态问题。"欧阳立不接陈修平的软拳，直来直往，"接下来有很多具体工作，得请陈会长支持、出力、出点子。"

"我就经营点生意，做点分内事，能出什么力，能有什么点子？"

夏文达再受不住这么缠来绕去，烦躁了，告诉陈修平，准备先改建玉坊街。这节点说出这消息，他想了很久，也跟欧阳立商量过的。

"这事正在争取上级的支持。"欧阳立紧接着说。

"玉坊街？"陈修平放下水壶，看着夏文达。

村两委第六次开会时，纪晓锋和萧向南参会了，他们一到，村两委成员就明白，事情性质不一样了。夏文达和欧阳立提的事情，他们当正事考虑了。

纪晓锋和萧向南都发了言，简短几句，已是最好的表态，意思很明显，这次的事村委会要搞大，街道办事处会支持。

隔天再开会，却不再提文化节，提改建玉坊街。几个年纪大的摇头摆手："难弄。"说夏文达又找硬骨头啃。

"啃骨头补钙。"夏文达扬直脖子，"老吃软豆腐，牙齿会废掉的。"

"玉坊街不单是硬的问题。"洪建声说，"你会不明白？"

"先别管什么问题。"夏文达挥挥手，"我就问一句，乔阳的玉坊街这样，像话吗？"

玉坊街是乔阳玉器的初发地，乔阳人磨玉、收购和交易玉件，都从那里开始，集聚成形，乔阳玉商绝大部分从那里走出来的。翡翠行业在玉坊街点种、发芽、长叶、爬蔓，蔓向整个乔阳。后来，街面破旧，铺面狭窄，高端翡翠经营渐渐转移。现在玉坊街萧条零落，经营低端翡翠，街面混乱，加长加宽铺面的，搭顶棚的，搭停车棚的，加搭遮阳棚的……玉坊街像破落户的家。

老玉街改建，历届村委会都提过，没有一次改成。夏文达提起时，欧阳立也有些顾虑，要改造，但不能操之过急，方方面面先想周全，有应对办法再着手。

"瞅准事情就好。"夏文达说，"不用想那么多杂七杂八的。"他的意思是，把复杂的事情变简单。

"对头。"欧阳立赞同这个思路。

欧阳立和夏文达先行动。他们走访潮俗学者，请教玉雕师，让陈商言搜集文化街资料，形成参考资料，对玉坊街进行设计，出效果图。

风声出去了，一个老干部找夏文达。七十多岁的老人，立在办公室门口，质问动他家老房子做什么。老干部当过村委会副主任，铺面在横街第一间，往外搭出两米，多开了一个店面。

夏文达把老人扶进办公室，端茶，软声软气解释，原本的房子不会动，只拆掉不该属于他家的部分。

老干部不接茶杯："一向就这样，什么该不该的？"

"早该改了。"夏文达态度软话不软。他告诉老人，玉坊街这样，是往乔阳面上抹黑，外面的客人怎么看玉坊街？老人家看着乔阳长成今天这样，不会让乔阳没面子的。夏文达还提醒，老干部得带头，其他人都看着呢。

"当个村委会主任就人模狗样了。"老干部大骂。

欧阳立拿出玉坊街的设计效果图，夏文达细细盘算，环境太差，玉坊街很多生意早转到乔阳其他地方。但外人来乔阳，都会去玉坊街走走，毕竟有老名声，乔阳玉行业在那儿起家的。可玉坊街那样，坏名声出去了，生意被拉走，铺面再多也没用，生意旺的地方，放一张条柜也能风生水起，等玉坊街改建好……

这番盘算，老干部听得懂，可仍铁青着脸。

村委会成员带着效果图，沿玉坊街的店面一间一间走，给各店主看效果图，陈述改建如何急迫、如何重要。夏文达交代，别管态度怎么样，先让大家知道这事。

事情一正经着手，麻烦就到了。这天晚饭后，肖月柔碗筷不洗，坐到夏文达面前。

"姑丈的店面不用拆的吧？"肖月柔问。

肖月柔姑丈的店在玉坊街街口，位置特殊，只三四米深，附建在玉坊街最外沿，他的店面不是自搭的，玉坊街未形成时就有了，没人认为那是违搭物。那角空间只能放个七字形条柜，但因为在街口，生意不错。

夏文达给肖月柔看效果图，玉坊街要建个街门，牌坊式的，肖月柔姑丈那家店正堵在门边，必须拆。

肖月柔的意思，姑丈的店不是违搭。夏文达看着效果图，不出声。肖月柔语气软了，说姑丈守着那角几十年的老店，早成了日子的一部分，没了那店，他的日子会不成样。

夏文达明白。

"姑丈一辈子没求过你。"肖月柔目光也软了。

"我跟姑丈讲。"夏文达不接肖月柔的目光。

夏文达找了肖月柔的姑丈，后来，那角店面第一个被拆掉。

肖月柔和夏文达冷战了几天，这是她嫁到夏家后从未有过的。夏文达不知道的是，她私底下找姑丈，替夏文达说话。

玉坊街拆建开始了。

4

那天回村委会，夏文达告诉欧阳立，这次公盘陈修平会出力。

"他表态了？"欧阳立想不起陈修平松口过。

"不管他嘴上说什么，反正他会出力，还会干好。"夏文达很自信，"硬气的样子还是会装装，可真要把他撇开，他肯定火起，现在就是面子上还抹不开。"

"这不是面子不面子的。"动不动讲面子这一点，欧阳立很无奈，他说，"商会原来就是协办单位，有些事本就是该做的，陈修平又是商会会长，不能老顺着他的情绪。"

"书呆子。"夏文达摇头，"是个人就会有情绪，就看怎么用这情绪了，认什么死理？"

夏文达信心满满，欧阳立很疑惑，他和夏文达去宝鼎轩，陈修平态度含糊，从未有好声气，夏文达怎么断定陈修平会出力？他细细回想上次见面的情形，想找出蛛丝马迹，找不到，夏文达和陈修平有一套属于他们的语言。

上次两人找陈修平，是谈第二件事，玉文化节期间的公盘。

陈修平挥了下手："公盘是固定环节，有什么好谈的？"

"这次公盘要更大型，需要更多有实力的玉石料老板。"欧阳立很恳切，"请陈会长大力支持，文化节其他事，陈会长也帮忙想办法。"

"玉坊街都改建得了，还有什么需要我？"陈修平冷冷应。

夏文达说："没有文化节，玉坊街也得改建，成乔阳一块膏药了。"

"改建玉坊街对乔阳的意义，陈会长比谁都清楚。"欧阳立说。

陈修平摇头："夏主任比我想的更有办法，手段更厉害——来交代我做好公盘？没必要，公盘是商会的分内事，有没有本事做好不敢说，反正商会资源会用好。"

陈修平这话一出，夏文达那杯茶喝得舒展了。陈修平话还是带刺，可态度不一样了。

陈修平安排把公盘的消息放出去，洪建声带治安队负责线下，陈商言负责朋友圈、公众号宣传，预告明年会有大活动，动员玉商多备玉石料，多出产品，准备资金、合伙人等事宜。

消息散得很快，玉商们却很疑惑，又不是乔阳第一次公盘，要这样大吹大唱？

以前一个老合伙人借问，夏文达说："好好准备，没错的。"老友让讲清楚些，资金备起来不是小数目，关系到一段时间的生意安排，还得考虑销售等方面，这么含含糊糊，叫人心里没底。

这话讲出很多玉商的疑虑，夏文达和欧阳立商量了一下，是时候谈文化节了，系统地讲讲，好将一些事情清晰化。

会议上，夏文达讲了"金玉之乡"，这次清晰又详细，各环节已经有点模样了。事后，欧阳立夸他口才好，夏文达耸耸肩："有事说事，没本事像欧阳书记那样一套套，反正虚的讲不来。"

欧阳立笑："我们一虚一实，也算相得益彰。"

听完夏文达那些想法——跟欧阳立磨合过多次，加上陈商言一些建议——村两委成员很矛盾，听着很不错，可虚飘飘的，不现实。

"金玉之乡"的消息出去了，到时会有很多活动，很多客人，乔阳玉商要多备货，备好货。乔阳玉商一片失望，绕来绕去，还是玉文化节。那个老友再次找夏文达，说玉文化节能有什么新作为，哪一年不是一窝来又一窝去？夏文达当官后生意头脑丢了。他又嘲讽欧阳立是白面书生，想不出新鲜玩意。临走前，他说原本还有些其他的话，现在不想再提，白费口舌。

不想提的话，夏文达那老友到外面提。讽刺夏文达弄什么"金玉之乡"，就是给老掉牙的玉文化节换个名，说到底，是为自个脸上贴金。要弄点什么政绩能理解，可不能拿乔阳人乱用，改建玉坊街也就算了，现在又哄乔阳人堆料积货，叫乔阳人凑热闹、凑底气，用做生意的法子做官，过分了。

话传到夏文达耳朵里，他拍了桌子，让陈商言通知村民代表开会，又要欧阳立通知党员代表。欧阳立认为，这状态不适合开这会，他执意要开。

"你不信我？"夏文达看着欧阳立，"放心，我是有气，可不会赌气，这几年不是白干的。"

会议召集起来，包括村两委成员、村民代表、党员代表、商会代表、公益基金会理事。夏文达细谈了"金玉之乡"，末了敞开讲："这些事做成了，是往我脸上贴金，往村委会脸上贴金，也是给乔阳翡翠贴金，乔阳人有哪个不愿意？事情没做，没人敢说成不成，人世哪种事就说得定？"

欧阳立接口："这事得乔阳人一起用力。"

"'金玉之乡'不利用乔阳人利用谁？"夏文达说畅快了，"金玉之乡，近些年乔阳这名头弱了，得让这名字再响起来，'金玉之乡'响了，哪个得好处，大家心里明镜一样。"

"这个叫品牌，是底气。"欧阳立的话推着夏文达的话。这是他们独特的开会方式，你一句我一句地，补充、谈事、商量。

"我也不拐弯抹角，这事是利用，村委会和乔阳村民互相利用，用得有效就好，做什么不用？"说完这话，夏文达宣布散会。

与会者有些莫名其妙。这是散消息，让乔阳人有个思想准备。参会的是乔阳说得上话的人，事情由他们口中出去是最好的。

开过这个会，舆论再怎么沸腾，也不管不顾了，夏文达跟陈修平商量办公盘，欧阳立与街道办事处协调各种事情。

夏文达要做一次高质量的公盘，玉石料要多，要好。

陈修平觉得夏文达急了些，甚至认为他虚张声势，在制造热烈的氛围，给上头看，他说："你愈来愈会做官了。"

夏文达叫陈修平别废话："做给谁看都好，反正公盘得弄得像像样样，比四会、平洲都要好。"

"就算'金玉之乡'真要做，也是明年的事。"陈修平不冷不热。

"没多少时间了。"夏文达真急了，"公盘现在就得安排，你要是不舒服，就先不想玉文化节，不管'金玉之乡'能不能成，公盘总是要办的，办好。"

"没必要跟我商量，村委会本事大得很。"陈修平半垂着脸，语气酸酸的。

"村委会有该做的，商会也有该做的，甩不了手的。"

"你说话一天天像那个欧阳书记了。"

"他这话我觉着能用。"

"我还是那句话，该做的事我会做好的。"

"你能做更多，理当做更多。"夏文达的火腾腾冒起来，敞开了说，"别打什么太极拳了。"他烦透了陈修平的不咸不淡。

奇怪，这次陈修平没和夏文达顶，却突然换了话题，谈起他工坊新出的一批手镯，直到离开，两人没再提刚刚谈的事。

夏文达回到村委会，告诉欧阳立，公盘陈修平会出力，嘴上未应是因为面子。欧阳立反而急了，夏文达劝，别追太紧，别让陈修平真积了情绪。

"是哪个说过情绪是人性本有的，可以控制，也可以利用的？"夏文达打趣欧阳立，"我可是从你身上学的——你今天有点不对头，跟领导谈得不顺？"

"文化节得提高层次，翡翠行业影响要扩大，对外宣传要到位，官方的姿态也要足。"欧阳立呼了口气，不吐不快，"有时候，表面是形式主义，可有些影响无形而巨大，在中国，商业要成气候，官方支持不可或缺，与政治分不开，不管愿不愿意承认，这是客观存在。"

"又念稿子了。"夏文达耸耸肩。

欧阳立去了街道办事处，希望办事处向上级报告"金玉之乡"，最好能报到市，由市一级指导，文化节的层次就不同了。纪晓锋认为不够分量，甚至透露出这样的意思，文化节是老调，重弹也就那样。

欧阳立与纪晓锋争论，语气冲了，就是办事处有这种思想，玉文化节才越办越形式化。这个小城市位置偏僻，市里少有像样的产业，乔阳的翡翠行业好不容易有这层底，要是砸了，都有责任的。纪晓锋脸色难看，一时出不了声。萧向南把话绕开了，让欧阳立回去等消息，说这事得开会讨论。

离开纪晓锋办公室时，萧向南让欧阳立放心，欧阳立的建议，他会跟纪晓锋再谈谈。

欧阳立立住。

"不会让你失望的。"萧向南接住欧阳立的目光。

夏文达大笑："我们欧阳书记也会这么性急。"

"突然就有些急了。"欧阳立挺不好意思，纪晓锋让他感到某种官僚主义，情绪一下子爆了。当年，父亲肯定也有过情绪，他会为什么事有情绪，怎么处理情绪？想象不到，欧阳立迷茫了。对父亲，他是如此陌生，可又似乎越来越懂他，他正慢慢走近父亲。

欧阳立出神了，直到夏文达把他拉回现实。

"毕竟是街道办事处书记，纪书记不喜欢人这么质问——哪个人都不愿叫人这么质问。"夏文达说，"我跟陈修平说话都得左想右想。"

欧阳立想反驳，又觉得夏文达说得挺有道理。

这次"金玉之乡"，要靠陈修平的地方很多，得让他愿意出力。夏文达的意思，先借公盘的事和他对上话，慢慢把他拉进玉文化节这一摊事。那种不适感又涌起来了，和陈修平这么不尴不尬，到底算怎么回事？他很想跟欧阳立谈，可不知怎么谈。夏文达甩甩头，先把杂七杂八的甩掉，回到正题。

"我这个兄弟我明白，这事成了，他有面子也有得利，他不傻。"
夏文达很有信心，"话是这样，他还是喜欢弄得像我求他一样。"

5

因为郭诺一，夏文达对"文化"印象深刻。他说："我觉着文化就像翡翠的宝气。"这让欧阳立刮目相看，几年前的夏文达绝讲不出这话，也意识不到这个。建翡翠文化馆的想法是有缘由的。

对建翡翠文化馆，村两委成员大多反应冷漠，说这事很空，吃力不讨好，夏文达一向是实在人，怎么会想弄这种虚事？

夏文达跟欧阳立说实话，要放在以前，要不是那个郭诺一，要不是龙凤璧的事，他也会是这种反应。村委会那几个成员的看法，也是乔阳绝大部分人的看法，不敢要他们多认同，至少先明白是怎么一回事。受这句"先明白是怎么一回事"的启发，欧阳立想到一个办法。

找林墨白。欧阳立和林墨白谈了半天，敲定讲座教授，林墨白负责联系，定时间。时间地点定下后，就是请人听讲座了：村委会成员、党员、村民代表、玉雕师、商会代表、基金会代表、玉商代表，另外鼓动村民尽量来听。

夏文达让陈商言做请柬，在村里，接了请柬事情就有分量了，没走不开身的事都会到场。

一份静态的纸质请柬，一份动态的电子请柬，除一些上年纪的发纸质请柬，其他人发动态电子请柬。陈鸿问电子请柬会不会不够尊重，洪建声手一挥："新社会新花样，钱都不用纸币，扫个数字就好。"

看着漂亮的电子请柬，夏文达有种异样的感觉，这也算"金玉之乡"的请柬吧。他收过无数请柬，这一张最特殊。夏文达脑子里有什么一闪，父亲也有一张特别的请柬，和父亲一些遗物在一块儿，收在母亲那里。

那是个活动的请柬，父亲说他第一次被邀去那种活动，叫"诗意栖居，自然之赏"，书生邀请的。那时，书生已当了县委书记。活动是书生原先所在的村子办的，村子已成为旅游地，风景好，有很多出名的特产。书生反复交代夏文达的父亲要到场。

到活动现场时，夏文达的父亲一眼看见那辆货车，挂着红绸，停在最显眼处。货车清洗得很干净，但掩饰不住破旧，若不是后来他被这货车带走，他以为这车早成纪念品了，不相信还能开动。

这辆货车第一次把山货带到县上，书生像个生意人，找山货店、百货店推销，县里销不完就带到市里。一推销就是两年，他曾开玩笑，让自己练成老生意客了。跟随的村民愈来愈多，两年后，十来个村民合买了第二辆小货车，后来又有了第三辆、第四辆……

书生指着车上累累的伤痕："不知被划过多少次，有几次还被敲出大坑。"他绕小货车慢走一圈，指尖碰碰轮胎，"算不出被扎破过多少回，补了又补，有时划了大口子，没法补，换胎时心痛啊，卖多少山货才能换个轮胎。"书生陷入回忆。

那时，书生阻止外地老板挖泥，阻止一些村民挖泥，断了人家的"财路"，于是对小货车撒火。车身划花照样开，轮胎扎破，书生用自行车把轮子载到县上补。后来，书生自学了补胎——他跟夏文达的父亲夸口，他有很多种手艺，随时随地可以混口饭吃——补完被扎破的车胎，第二天书生就开着车去巡山，向那些挖泥者无声宣战。

不久后，书生被人蒙住头打了一顿，可没有教训到他。

"村子有今天，你功劳大大的。"书生说。夏文达的父亲后来说，他想起那块被抢走的玉石料，满心郁闷。

参加完活动回来不久，夏文达的父亲备好资金，准备重找块玉石料，雕龙凤牌。出发前，夏文达的父亲去了那个村子——书生在那里，那段时间雨一直没停，书生担心那些被挖伤的山。山被雨水泡软了，加上伤过，当天晚上，山体滑坡，夏文达的父亲被小货车带出来，书生被压在山泥下。

那次，夏文达的父亲没找到理想的玉石料，回来后，头伤发作，与世长辞。龙凤璧完成那天，夏文达把它供在父亲遗像前，这块龙凤璧，父亲该是满意的，不管能不能找到书生的后人，父亲的心愿都算完成了。

　　讲座那天，会场黑压压坐了近千人，萧向南把纪晓锋和区委书记都带到了。进场时，萧向南对欧阳立说："除非十万火急的事，我会从头到尾学习，街道办事处书记和区委书记我不敢保证，不过他们露脸了，也算参加了。"

　　这是很好的表态，行动上的支持，欧阳立很高兴。因为他们，报纸和电视台的记者都到场了，加上陈商言鼓动的一些新媒体记者、直播爱好者，快手、抖音的网红，媒体会热闹一阵，影响会比料想的好。

　　教授姓陆，讲了玉文化的历史、翡翠文化在中国的历史、文化赋予艺术品的价值，重点述说文化赋予翡翠的价值、翡翠的话语权将会带来的价值、文化赋予对翡翠行业发展的意义。

　　这是陆教授的文稿语言，是记者通稿的归纳性语言，现场的讲解深入浅出，有大量形象的比喻和生动的实例。

　　讲到给翡翠注入文化内涵，翡翠身价倍增，消费层次发生变化的案例时，夏文达示意欧阳立观察，听讲者眉眼都绽出了光，他凑近欧阳立："听到生意，想到了赚钱，乔阳人就这么直接，这些东西他们爱听。"

　　讲到翡翠话语权对翡翠市场的影响，欧阳立示意夏文达，听讲者若有所思。他倾身向夏文达："有触动了。乔阳人跟翡翠打交道这么多年，但真正想到这些、接触这些的不多。"

　　"像林墨白这样的，哪有那么容易出？四周热热闹闹挣钱，有多少人有心思想这个？"夏文达轻轻摇头，"别看现在静静的，脑子里的生意经早热热闹闹搅起来了。"

　　"正常。"欧阳立点头，"只要能达到目的。说到底，建翡翠文化馆也跟乔阳翡翠生意有关，也是想乔阳的翡翠行业旺，走得长远，相互的，文化和经济双轨发展，最理想。"

　　夏文达盯着欧阳立："你这人，要说你实在，还是说你爱做梦？"

　　"最好是实在的梦想者。"欧阳立脱口而出。这一瞬，他发现讲出自己某种理想，心里有什么东西像被光照了，明晰起来，温暖起来。

　　"等陆教授讲完，欧阳书记再讲一场，保证把全场镇住。"夏文达一本正经地开玩笑，"怪不得天莹也挺服你，昨晚打电话还问到你。"

　　最后一句夏文达是认真的。欧阳立支吾半天，找回刚才的话题："墨白兄这老师选得好，有料，也会讲，这样的讲座可多办些。"

　　"这没问题，也就出点教授的路费、食宿费和讲课费，再有就是场地安排费，有大利的生意。"夏文达果然把夏天莹的话题忘了。

　　讲座结束后，夏文达总结："别光盯着看得见的东西，你看得见别人也看得见，怎么跟别人争？我们看玉石料，就是看别人看不见的东西。陆教授讲的，是我们乔阳人看不见的，别人都在看了，我们落下好多了。这是文化，文化我也不太懂，我做了半辈子翡翠生意，还摸不着翡翠文化的门。说句掏心窝的话，我的生意要是再做下去，也走不了多远，翻不出什么新花样。这段时间，我听了很多，受了不少教训，经了不少事，对文化像有那么点感觉，硬要我说文化是什么，我觉着像翡翠的宝气，讲是讲不清的，摸是摸不着的，可就是那么要紧、那么有意思。"

　　"讲得有意思。"萧向南上台，和夏文达擦身而过时，低语一句。

　　萧向南的总结很简单，接下来乔阳做什么事，他能出力的一定出力，这代表他个人的态度，也代表街道办事处的态度。

　　欧阳立是一句话，乔阳人得往远了看，文化是底气和有力的支撑，单纯的挣钱很难走远。

　　下面有人刺欧阳立酸里酸气，尽打官腔，夏文达原本是个实在的人，也被带着会这些虚的了。洪建声在前排一侧，转过头找声音，是林木盛。

　　"要酸也要酸得起来。"洪建声顶回去，"有人想酸都没法酸。"

　　林木盛哧地冷笑，提到欧阳立是个外人，也不懂翡翠。欧阳立刚到乔阳时，乔阳人认为他不懂翡翠，又一副文弱白净样，没把他放眼里，说是外行人管内行人。

　　"在乔阳分什么外地人本地人，认外地和本地，还用做生意？"洪建声追着问，"你店里的员工不是外地人？"

　　林木盛语塞，洪建声话一句一句追着："欧阳立这后生是不会做生意，不懂看玉石料，可懂不懂翡翠，是你说了算吗？有些东西他比乔阳哪个人都懂。"

　　林木盛怒火旺了，说洪建声也叫人洗脑了。洪建声要扑过去，旁边的人把他扯住。

　　后来，洪建声冲欧阳立笑骂："我真让你洗脑了？"欧阳立刚到乔阳当书记时，洪建声比谁都看不上他。

　　"要是不爽，你也可以洗我的脑。"

　　讲座后，建翡翠文化馆的计划被放出去。

　　村委会大楼收回出租的第二、三层，建翡翠文化馆，两层打通。夏理明不直接反对，他细算了一笔账：两层租金不少，收回自用，不单没有收入，还得投入装修费、展品费、管理费，这些是明账。至于翡翠文化馆的影响力，对乔阳的推动，没法算。

　　夏文达说："我们两个交往几十年，没有生意往来，没有你拉我挣钱我拉你得利，还喝掉多少茶，吃掉多少点心，花掉多少时间，这能算吗？"

　　"要这么比，还能说什么。"夏理明收起本子。

　　"翡翠文化馆是没法做生意，不过有时比生意用处大。"欧阳立分析，"这是长线投资，回报会在看不见的地方，像陆教授讲的，文化会让翡翠升值。"

　　夏文达夸欧阳立也会谈生意话了。

　　"我在乔阳不是白住的。"

　　翡翠文化馆动工时，"金玉之乡"玉文化节表面上还没有敲定，但很多事已经着手了，像改建玉坊街，像建翡翠文化馆，还有公盘，一件一件解决，到时玉文化节水到渠成。

　　这是夏文达和欧阳立的办法，夏文达嘿嘿笑："生米煮成熟饭。"

　　"这是做事的方式方法，是策略。"欧阳立纠正。

　　夏文达哧地一笑："欧阳书记的话闪闪发光。"

　　翡翠文化馆的设计图出来，陈修平来看，说夏文达动作够快，事一件件备着了，等乔阳人再反对什么老瓶装新酒，"金玉之乡"准备得七七八八了。

"瞒不过修平兄。"夏文达也摊牌，"下面的事得修平兄出手了。"

"哪里还用得上我？"陈修平喝着茶，眼皮没抬。

"'金玉之乡'玉文化节修平兄推不了的。"夏文达忍了陈修平的语气，说，"之前一提办文化节就吵吵，干脆不提，该做的事做了再说。公盘就是文化节的重头戏，修平兄早就插手了。"

村两委再次开会，夏文达和欧阳立提"金玉之乡"文化节，两委成员才反应过来，改建玉坊街与建翡翠文化馆都是前期准备，是"金玉之乡"的一部分。还是让大家提想法，总体方案形成之前，尽力想。

几个年纪大的成员大呼入了夏文达和欧阳立的坑。

夏文达冷笑："装什么？"他不相信他们想不到，就是还没缓过神，甚至是不愿缓神，自个骗自个。

这里确实需要不一样的方法。欧阳立沉思。

6

"金玉之乡"玉文化节的事落锤，有人心定了，有人心情复杂，有人跃跃欲试，有人持怀疑态度，但直接反对的声音没有了，事情定了，不如不讲。第十三次会议之前，一切还是那么不确定。

之前那些会，不是以文化节的名义开的，但讨论的事情后来成了文化节的板块。从第十三次会议开始，清晰地商议文化节，出初始方案，村两委成员人手一份。

方案都看了很久。板块很多，事情很杂，不过很清楚，都能看明白的，这么长时间的沉默，什么意思？夏文达胸口有些凉。

"真能做成这样，这文化节确实有点东西。"洪建声先开声，"问题是这做得来？"

"问题是要不要做。"夏文达说，"建声兄什么时候这么没底气了？"

"已经做成一些了。"欧阳立说。改建玉坊街，建翡翠文化馆和公盘，这几件都不算容易的，可都成了，别的事也可以想办法。

夏文达交底，已做的这些事，都是文化节要紧的板块，当初要是直接说做的是文化节，事情可能就难了，事情拆分开来干就干成了，现在，"金玉之乡"可以成形成事了。

"一步步引人上道，等回过神，事定局了。"还是洪建声先发声。

"用欧阳书记的话，迂回战术。"夏文达看出洪建声不太高兴，说，"我讲了，你们心里早有数，都是明白人，就是脑子不愿转这个弯，别怪我讲话难听，做事情是勤快，可有时候想事情懒。"

没人开声。

"就是没有文化节，这几件事也得做，现在打包了一块儿做更好。再说，这几件事都开会商量过。"

仍没人开声。

"要觉着我和欧阳书记耍手段，也没办法。"

"是智慧。"陈商言大声应，"用词要恰当。"

好几个人笑出声。

"说我懒，总得有人动脑、有人跑腿，我整日跑腿，还让我动什么脑？"洪建声嚷嚷，"要做什么吱个声，别再七拐八绕的。"

"接下来全力准备文化节。"欧阳立顺势推一把，"还有什么想法提，讨论后形成正式方案。"

方案确定，命名：金玉之乡——乔阳玉文化节，村委会开了第十四次会议。

"盘会不会开得太大？要很多资金。"夏理明还是没底。

"盘开得不大的话，用得着这样费心费力？"夏文达说，"照以前那样办就好了，我们乐得清闲。"

"资金可以想法，人心没那么容易，有些事不是拼了就有用的。"陈鸿说。欧阳立听出来了，这次他没有干脆否定，算积极的态度。

"到这份儿上，不啰唆这些了，事情碰到了再想法。"夏文达挥挥手，"清点一下，几件事做着了，接下来哪些事要多费心力。"

方案报到街道办事处，办事处报区，接着报市，几次奔波，主办单位确定为市宣传部。

"规格高了几层。"洪建声双手一扣，"欧阳书记有路子。"

"我乐意多跑几条路。"欧阳立很高兴。

市宣传部挂名，区委和街道办事处格外重视了，三天两头探问工作进度，时不时到乔阳巡看一番，氛围陡然紧张了。

乔阳村委会又碰了一次头，都认定，要重点解决又较棘手的事情是："玉都之光"翡翠精品交易区。

先是精品交易区的地点，夏文达的意思，得像样点的场地。有人提议用公盘场外停车场，有人说用村里小广场，有人觉得老寨场也能用。

夏文达始终不满意。

"乔阳就这么点地，除了这几处，还有别的地吗？"

文化节有公盘，停车场搭了没法停车，且这样搭公盘场很局促；小广场有不少绿化，可用的地方不大；老寨场太寒碜，搭简易棚跟精品翡翠配不上。

"我们再转转乔阳。"欧阳立提议。

夏文达不以为然："如果还有地方，我会不知道？"

"我想起那个叫玉鼎江南的小区。"欧阳立笑笑。

"呀！"夏文达一拍脑门，"我脑子塞住了。"

"玉鼎江南"是新建的小区，前些日子刚拆掉工棚，是小洋楼式的，糅合潮汕传统建筑和现代建筑风格，有浓重的南方水乡味道。

立在那片小洋楼外，夏文达很惊喜："跟翡翠倒挺搭的。"

小区正中，一栋很堂皇的楼，面向大门，第一、二层准备办幼儿园或各种艺术培训班，第三层设了会议场所和会馆，第四、五层计划租给各种公司。夏文达和欧阳立绕走一圈，每层五六百平方米，采光好，空间方正，外部环境优美安静，做为精品交易区很有档次。

"就这里了。"夏文达拍着洁白的墙壁。

夏文达和欧阳立看中第一、二层，出入方便，第一层外围有气派的大门，有对外开放的铺面。

能聚人气，小区方面很高兴，又是村委会来谈，老板主动表示，租金优惠力度可以大一些。

主要是租期，原本打算租半年，搭建期、宣传期，加上文化节，足够了。夏文达突然想，交易区如果办得好，能不能持续办？如果能，这倒是个好地方。大多数人没底，翡翠行情一般，再开辟这样一个地方，相当一个小型高端翡翠市场，消化得了吗？文化节的效果怎么样，没人知道。像之前的玉器展销中心，近些年萧条了。

"先租半年。"夏理明偏向保守，"有新打算续租也不迟。"

夏文达考虑的是，如果长期租，"玉都之光"的搭建档次肯定要更高，为长期经营考虑。

"这不用操心。"陈鸿说。交易区本身堂皇大气，搭建好看就好，不用要求耐用，文化节一过就拆，到时要怎么安排再重装修。不会太费钱，还可以换种装修款式。

陈商言提了个主意，文化节开始前，先把早市挪进去——玉器早市是近一个月才成形的，摆在别墅街，现在正在拆老旧的绿化带，早市暂时无地可摆——先把人气聚起来。交易区搭建时，早市可以挪到小洋楼四周，在古色古香的洋楼中间摆翡翠早市，有感觉。

"小伙子脑子灵光！"夏文达赞。

"交易区搭建要有特色，要体现翡翠文化，又要融合潮汕文化。"欧阳立手指扣着桌面，说。

陈商言认识一个年轻的设计师，爷爷是修复潮汕传统建筑的，从小耳濡目染，承继了传统，后来学现代设计，很有自己的想法。

夏理明开口还是资金，改建玉坊街和建翡翠文化馆用了很多钱，文化节还有很多花钱的地方，村委会财政挺紧。

这一时理不清，先休会。

"是时候找陈会长了。"欧阳立提到陈修平。

"刚给他打了电话。"夏文达说，"现在去宝鼎轩。"

这次，夏文达敞开谈，承认资金是大问题，他似乎又成了陈修平的小兄弟，像之前在生意场中那样，向陈修平讨主意。好像放下了某些东西，又好像重新拾起某些东西，陈修平不像之前尖酸，他跟夏文达确认，"金玉之乡"真的要做？

"早做着了，修平兄都清楚的。"夏文达直截了当。

沉默了一会儿，陈修平开声了，提出让乔阳人参与文化节筹备，就像夏文达之前，让乔阳人参与乔阳清理改建。

这次和修建寨场什么的不一样，夏文达沉吟。

陈修平的思路，欧阳立赞同，让乔阳人参与到乔阳的事中，尽可能地深入。乔阳人集体观念比较弱，对公益热情不高，得改改观念了。

夏文达头半垂着，喝了几杯茶，说乔阳人绕不开生意，凡事习惯算一算，投入多少，得利多少。也有热心的，可早习惯各人管各人的。

陈修平提到公益基金会，这是最有效的路子，现成的。

当即请公益基金会会长夏章文过来。陈修平有些不自在，但很快调整了情绪。还叫了陈商言，欧阳立说他脑子活。陈商言坐下时，陈修平有种怪异感，这是他的小儿子，已经离他很远了，两人坐在一起，竟是因为"公事"。事后，陈修平冲夏文达摇头："你又赢了，我连儿子都让你扯了去，心甘情愿在你手下做事。"

"什么输输赢赢的。"夏文达掏心掏肺，"想做什么、该做什么，商言心里有数。有句话得说清楚，他不是在我手下做事，是给乔阳做事。"陈修平一阵恍惚，夏文达这语气神情，跟欧阳立太像了。

加上商会副会长林填波，五、六人去玉鼎江南看，都觉得合适。陈商言挥手指点："这次主题为'金玉之乡'，设计要有金玉之感，着重体现翡翠文化，揉进潮汕文化元素，又不能土气，要有时尚感。交易区装置大屏幕，播放乔阳宣传短片，设接待区，接待重要客人或供高端品的洽谈交易，设休息区，提供茶水、咖啡、点心等。"

儿子侃侃而谈，陈修平好像看到年轻时的自己，起了很久没有过的温情与理解。对夏文达，有那么点久违的亲切感，涌起说不清的酸楚。

几个人去吃晚餐，然后到宝鼎轩喝茶，聊乔阳的翡翠，聊近些年的乔阳市场，聊金玉之乡，聊透整个通宵。清晨，吃肠粉，喝稀粥配小菜，竟有种喝了大酒的痛快和沉醉。

7

把生意比较好、财力比较厚、翡翠界有影响的人列出清单。

陈修平和夏文达负责相熟的、身家丰厚的大玉商。

欧阳立和夏理明负责党员代表。

洪建声和夏章文负责年纪较长、威望高的长辈。

陈商言和林填波负责年轻的玉雕师和玉商。

每个人拿到一张名单，夏文达笑："像在分肉。"

"乔阳最肥的肉。"洪建声跺脚大笑。

"分肉"两个字在欧阳立胸口硌了一下，他一阵不安，是不是再考虑一下？看他们干事的劲头，他把犹疑压下去，再次交代，捐款不是最终目的。他扬着名单："这些人，可以成为很重要的力量，不单是因为财力，还因为他们的翡翠生意资源、生意经验和在乔阳生意场的号召力，他们愿用心用力，会成为一个个支撑点，联结在一起，织成网，能做成很多之前做不成的事。"

到乔阳之前，萧向南跟欧阳有一次长谈。挂钩乔阳，萧向南了解了很多东西，说算作送给欧阳立的礼物。欧阳立当时表示，会先观察，再决定如何行事。萧向南挺放心，欧阳立有份难得的少年老成。到乔阳后，欧阳立静静观察，静静配合夏文达，发现夏文达也意识到这一点，想方设法让乔阳人为乔阳出力。

本次动员的目标：建"玉都之光"精品交易馆。这是"金玉之乡——玉文化节"最重要的板块之一，计划动用公益基金会的资金。基金会理事会成员在动员的名单内，一方面是取得他们的同意，一方面是动员这些人支持文化节，有不少事还需要基金会帮忙。

上那些人的门时，夏文达话很直：让有能力的人拿钱为乔阳做事，他们的捐款有带头作用。玉文化节做好了，是整个乔阳的事，乔阳人该出点力的——当然，自愿。

最后一句，是欧阳立再三交代要讲的。动用基金会资金的想法，欧阳立跟上级沟通过，街道办事处和区政府讨论后，认为可以由乔阳人决定，捐款得自愿，动用资金得基金会成员和村民代表通过，个别思想不通的要彻底沟通好。

闲话再次传起来：夏文达一次次叫乔阳人出钱，骗村民拿钱给村委会干事。

"难听！"肖月柔说。女人们去店里聊天喝茶，村民的八卦被搬来搬去，跟夏文达有关的，更是第一时间传到她耳朵里。

"别听他们嚷三嚷四，愿出的出，不愿出的拉倒，别又不想出又怕丢面，就去当搅屎棍，多少人出的那点还不够他们吃两顿好的。"夏文达咬着油条，无所谓的样子。

肖月柔瞪夏文达："吃好的都舍得，白白拿出来，哪个不肉痛？"

"你也说这话。"夏文达停止咀嚼，"什么叫白白拿出来，那是为乔阳，亏你当了二十几年乔阳人。"

"我没你那么大格局。"

"我第一个出钱，他们有什么好喷的。"夏文达说。

"你倒好，当个主任三番两次贴钱，做的亏本买卖，还吹成这样。"

"我有资格做这亏本买卖。"夏文达毫不掩饰，"乐意做这买卖。"

"不知道的，还以为挣了多少好处。"

夏文达正正经经告诉肖月柔，他确实挣了不少东西，别人看不到的。那种别人看得到的生意，他做了二十几年，没什么趣味了。他现在要的，跟以前不一样，他做事自有他的道理。

丈夫变得少见的严肃，肖月柔瞥见欧阳立的影子。这种感觉很早就有了，她有些忐忑。最终，她长呼口气，二十几年了，大事一向是他安排，对自己他有底的。

"那欧阳书记斯斯文文，乔阳书记当得稳稳的。"肖月柔很疑惑，"你这样野的，都让收了心。"她差点提夏天莹，她感觉到一些什么，不知道夏文达怎么看。她自己也有点乱，不知道该怎么看。

"收我的心？"夏文达扬高声调，"什么人有这本事？笑话。"

夏文达话很硬气，但语气里有某种沉思和不确定，肖月柔听出来了。她不再继续这个话题，给夏文达看一个吊坠的照片，她买了一小块明料，做了两个佛公和这个吊坠，佛公卖了。

"有顾客订了。"肖月柔点着吊坠，"这个就支持基金会了，别说我没觉悟。"

细看那吊坠，成色很好，价格不会低，夏文达笑："挺大方。"

刚喝过稀粥，夏文腾让夏文达去正合号。夏文达晃晃手机："又一个要啰唆的了。"

见夏文腾皱紧眉，夏文达举手："说我圈钱做政绩，拿乔阳人的钱买面子。说的人不腻，我听的都腻了，你听这些做什么？"

夏文腾支吾了一会儿，说："也有讲公道话的，说你先出了钱。何必逞强干些吃力不讨好的？人家不定看得到你做什么事，单记得让人捐钱。"

"大哥专心管好正合号。"丢下这话，夏文达就回村委会了。

党员代表和村民代表到了，夏文达对欧阳立示意："我先说几句。"

"再啰唆一次，捐款自愿。"夏文达说，"都传我拿乔阳人的钱往脸上贴金，我得用这个贴金？我夏文达是好面子，可不单是我要做这些事，是乔阳的事，要说买面子，也是给乔阳人买面子，更要紧的是买生意。欧阳书记讲得对点，这两个分不开，乔阳翡翠市场的名声出去了，生意才会进来。"

会议室很静。

"乔阳人不是出不起这钱。"夏文达喝了口水，继续讲，"是愿不愿出，能不能明白这事的要紧。乔阳人家底算不差，村委会是有意思要用，给乔阳铺路，有问题吗？觉着有问题的讲出来。还有比这好的法子就提，村委会伸长双手接着。背后嘀嘀咕咕，算怎么回事？"

安静像透明的黏稠物，塞满会议室。夏文达顾自坐下，闲闲喝水。

"今天主要做一个说明。"欧阳只接了一句。夏文达奇怪他今天怎么不大论一通。

"你那些大实话有力度，该讲的讲清楚了。"欧阳立笑，"我就不用再啰唆了，说太多，反而把你的力度削弱了，就要保持那样的效果。"

"有心思。"夏文达叹，"敢情我是被当枪使了。"

"该当枪的时候就得当枪。"欧阳立毫不客气。

这次会议后，捐款的人多了，被动员到的都捐得不少，其他村民或多或少，甚至有一点热闹劲。公益基金会正式通过，为搭建精品交易馆提供资金。

一切开始顺利，欧阳立却被纪晓锋喊去，问起夏文达关于捐款的言论，质疑过于随意。纪晓锋提醒，会议毕竟是正式场合，夏文达毕竟是村委会主任。

"都是实事求是的话。"欧阳立解释，"夏文达讲的，符合基层实际，用的方法也是符合基层的，事实证明，是有效的，有些事情不能太一板一眼。"最后这话一出口，他愣了一下，这是夏文达的话。

"有群众反映就要重视。"纪晓锋严肃了。

欧阳立不示弱："当然要重视，也要弄清群众的真正目的，有没有道理，是什么样的群众反映。"

在这个关头，萧向南进了办公室，截住话头："在基层有特殊的工作方法，夏文达很了解乔阳，了解乔阳人。自他任村委会主任，工作挺出色，很有自己的一套，至于群众反映一些问题，也正常。"

萧向南转向欧阳立："群众反映的问题，你们也要重视，基层工作琐碎复杂，你应该有思想准备的。"

欧阳立被萧向南带到办公室，仍在强调，夏文达懂得利用乔阳优势，不能用条条框框衡量，引导乔阳人为乔阳做事，他觉得这个方向是对的。话很硬气，尽力掩盖着犹疑和忐忑，他很清楚，有些事被一扭就变了形，特别是这种事，很难说清楚，也很容易成为某种把柄，退是不可能退的。

"你对领导脾气一般，在下面性子倒是不错。"萧向南笑。

"基层的事情，上面还是要深入了解，不能停留在指指点点上。"欧阳立情绪仍有些激动。

"我们接受。"萧向南沏了杯茶，"一块儿磨合——纠正一下，我们不是'上面'。"

基金会收到的款比预期多，精品交易馆的搭建，基金会全额出资。有人闹，说村委会逼捐，干部挪用乔阳人的钱。闹到区政府，区政府派人过问，夏文达拍了桌子，要全部退款。欧阳立不同意，捐款已入基金会，退反而是理亏。

乱了几天，欧阳立跑了几天，连夏文达也不知道他在跑什么。

后来基金会出面说明，村委会动员捐款，但没有经手资金。照欧阳立的建议，捐款者可以要求退款，全退。

没人退款。

捐款者没有二话，其他人也没什么可说的。几天后，谣言渐渐散去，夏文达胸口仍梗着，他没有别的心思，村两委没人有别的心思，别人却能帮他想出那么多花花肠子。

"这点事就撑不住了？"欧阳立刺他，"想做事情，就得接受一些东西，得适应。再说，这也算不上什么大事。"话这样说，但欧阳立知道，这事可大可小。

欧阳立以为夏文达会骂人，这次没有，不知道在想些什么。

"玉都之光"精品交易馆项目启动。

至此，举办全新的"金玉之乡——玉文化节"成为确切消息，乔阳人回过神，原来村委会鼓动为公盘做准备、多备料，多出产品，是为这个。大部分人不乐观，不认为交易馆能办出什么效果。

当然，也有玉商暗地里准备，总要试试。

大部分玉商消极观望，夏文达和欧阳立担心，拿不出像样的货品，文化节就没有实质内容。他们更频繁地巡走，随时进入一家店铺或抓住一个人，宣传一通，鼓励为玉文化节备货品。他们自嘲像拉媒的。

精品交易馆装修即将完成，很有味道，但招商情况惨淡。

8

又做了精品交易馆的宣传短片，叫《玉都之光》，模拟了精品交易馆的动态效果，细述交易馆的设置功能，特别提到会有很多外地客人，且多是主营高端翡翠的客商、高端翡翠消费者和有实力的收藏家。

很多人不以为然，玉文化节早剩个虚名，除公盘还吸引玉商之外，别的能搅起什么浪？而冲公盘的大多是买玉石料的，冲高端成品的顾客少之又少。

开会，讨论精品交易馆。村民代表、商会代表和党员代表都在。

"要看我们的了。"夏文达先开声，"现在要紧的是有人愿意入馆，有好东西，这个没做好，到时就真成笑话了。"

"既然是精品翡翠交易馆，就不能什么货色都往里凑，货要挑的。"商会副会长林填波说，"租金可以高一点。"

这也是大多数人的意思。

夏文达不同意，修馆费用是公益基金会出的，收高租金说不过去，到时真应了那些谣言，变成村委会利用乔阳人挣钱了。

欧阳立的看法跟夏文达一样，要讨论的是入馆资格——事实上，现在要做的是，大力动员玉商带货入馆。

最终讨论后的模式：收点象征性租金，作为场馆的管理费和点心费，其他的，以捐款的方式捐给公益基金会，自愿，数目随意。鼓励按交易量给，捐款数目进行公示。

"不会有多少人捐的。"基金会一个理事反对，"太随意了。"

"要的就是随心意。"夏文达说，"入馆的不会连这个都算计。"

欧阳立也相信，玉商不会计较这些，如果交易好，他们出手会大方的，这也是一种生意讲究，虽说随意，但乔阳人心里自有公论。

参会人员明白了夏文达的用意，林填波凑在陈修平耳边："文达兄是只老狐狸，让人亮在乔阳人面前，哪个有底气的甘心认怂？"

"他要乔阳人跟着村委会转。"陈修平话里带了刺。

听见这话，欧阳立接口："这'跟着'也算一种信任，充分体现了公益的性质，会提高乔阳人对乔阳的责任感，让他们更清晰地感受到这个集体。"

有人嘀咕："像个老教师，年纪轻轻的。"

夏文达差点笑出声。

欧阳立顿了一下，那一瞬间，脑子里晃过夏天莹对他的调侃，她给他起个"老干部"的名号。他胸口一软，自嘲地笑了笑："我有论文腔，不接地气，先勉强听着吧，我努力改变。说到改变，这些事情会让乔阳人改变，从观念开始，渐渐形成行为习惯。"

夏文达碰碰欧阳立的手肘："得了，愈说愈酸了……"

有人扬高声讽刺："欧阳书记就想着改变，本事大得很。"

"不是我想改变人，大家都是成人，自己不想改变，谁也没办法。"欧阳立语气有些强硬，"是时代在变，大家比我更清楚，这些年发生了多大的变化，对乔阳翡翠市场有多大的影响，谁也不是无关的，有时，不变就只有退。"

欧阳立知道，自己有些跑题，两个人提的"改变"不太一样，可他觉得有关系的，且有些话他不吐不快。

事后，夏文达打趣："欧阳立书记很少冲动，偶尔冲动一下也不错，人有意思多了。"

欧阳立问夏文达，自己是不是真像个老教师。

夏文达细细打量欧阳立，笑："长得倒是小白脸的样，用现在年轻人的话说，是什么鲜肉。说话行事是真像个老教师，那人讲了实话。"

"你们对老师有偏见。"欧阳立反驳，"谁说老教师就是古板和条条框框的？老教师有严肃的、风趣的、慈祥的、童心满满的，我见过的老教师形象多了，生动得很。"

"又要讲课了。"夏文达摇头缩肩的。

欧阳立自我反省，自己的说话习惯，工作方式有时是太"规矩板正"了些，和现在的工作性质有点不搭。

"你以为开民主生活会，自我检查吗？"夏文达觉得好笑，"其实，你可不是多规矩板正的，你是有匪气的人，不过藏得很好。"

"说得我像什么高深间谍。"

"你当间谍应该挺合适的。"夏文达认真地开玩笑。

"人家直接指出来是好事，说明没顾忌。"欧阳立说。

"你要再这么老教师，可能就不敢说了。"

欧阳立分析自己：毕业后进入政府部门，看文件、读文件、发文件、写公文，语言体系都成文件式的了，到乔阳才逐渐明白，在基层，文件是要转化成日子的，才有烟火味。

"又要成民主生活会了。"夏文达刹住话头，提到年末村民分红问题。

改建玉坊街等，便传村委会花了很多钱，会影响年尾村民的分红。议论得很热闹，有人暗地里向村委会成员打听了。夏文达打算下次会议表态一下，不管做什么项目，建设什么，分红都不会动。

"这是一定要保证的。"夏文达说。欧阳立曾表示过这样的意思，村民分红可以稍收缩一点。夏文达立即否定，这不能随便减，会触众怒的。事后，欧阳立发现夏文达考虑得对。

"不管怎样，乔阳还是比其他村有钱。"夏文达说，"做了这么多年生意，我还是有点底的。"

"这个大方向你把握。"欧阳立说。

到夏保盛店门前，夏文达和欧阳立进去，提起进驻"玉都之光"精品交易馆，夏保盛客气地让茶，话题却转向别处。夏文达把话题拉回来，夏保盛说他在自家店里就成，没必要去凑热闹，位置让给别人。

村两委和商会代表分工，动员做高端翡翠的玉商，入驻交易馆。响应者极少，有直指交易馆是面子工程，也有的正在观望。

得换一下方式。不过，村里的玉商好好歹歹都走过一遍，谈过一遍，用欧阳立的话说，工作到位了，也用心了。接下来重点对外招商。

"这么缩着脖子求人。"夏文达很无奈。

"该求就得求，看求什么。"

费了很多口舌，花了很大心思，仍没什么人报名入馆。夏文达像让人当面抽了巴掌，整夜地睡不着，甚至自我怀疑。欧阳立和他在乔阳一圈圈绕，比左比右地讲，这些跟他个人无关。这几年也经历了不少，还这样沉不住气？

"跟我这个人有关又怎么样？"夏文达不知道是想通了，还是干脆要无赖，骂了句粗话，说不管了，没法管了。

后来，欧阳立说，那是夏文达真正不计较个人得失，不计较虚名了。夏文达举起双手："这高帽我戴着难受，不计较才怪，哪个不想要个好名声？"

于是再开会，村委会成员、商会代表、玉雕师、有威望的玉商都召集到。这几天走访中，报名的小部分人先定下，今日开始，暂不接受村里玉商报名。请外地客商进驻精品交易馆，租金和乔阳村民一样，其他服务费一概免收。

夏文达想了个新主意，先利用各自的交情，打感情牌，接着放出消息，龙凤璧和戒王将在精品馆展出。这两样东西在翡翠行业声名赫赫，特别是龙凤璧，真品还从未公开过，用这两样东西镇馆，精品交易馆骤然有了光彩。

陈修平及商会代表负责请大玉商。

夏文达邀请了以前一些生意伙伴和顾客。

林墨白召集有代表性的玉雕师，负责请专家和外地玉雕师，并筹备玉雕大赛。

夏天莹请年轻的艺术家和玉商，可以通过天图艺术馆老板的门路。

陈商言与夏玉影负责网络媒体宣传。

商会中年轻有为的玉商邀请外地玉商、合作伙伴。

欧阳立负责对接上级，跑各种手续。

消息散出，精品交易馆将设乔阳精品展示区，展示极品高端珠宝和优秀的玉雕作品，包括龙凤璧和戒王，构成"玉都之光"的核心。

见识龙凤璧和戒王，成为翡翠行业中人的愿望，能同时见识这两样宝贝，精品交易馆热度骤高，到时人气是不用操心了。夏文达给郭诺一电话，请他来看龙凤璧。

一时间，不断有人借问精品交易馆，询问入驻和柜位问题，拒绝入馆的玉商后悔已来不及，据说有大批外地玉商想入驻。村委会准备重新调配，重新制订入馆方案。

再开会。

9

登记入驻精品交易馆的很踊跃，外地玉商都想先交租金。

"龙凤璧和戒王在，翡翠行内很多有名有姓的人会到，很多翡翠爱好者会到，很多收藏家会到，很多玉雕师会到，还会有很多看热闹的，总之，都算定精品交易馆会有人气，再一个，同在馆内的东西身价会跟着涨。"夏文达说，"这些人精得很。"

"陈商言说得对，人气为王。"欧阳立说，"何况还是翡翠界最重要的人气，高质量人气。"

当初，林墨白和欧利那场比试再次被翻出，《永远的龙凤呈祥》再次被讨论，"龙凤呈祥"甚至成为网络流行语，代表对生活的某种期盼，很接地气，但很难达到的圆满，不变的烟火祈愿……

"永远的龙凤呈祥——"欧阳立喃喃，想起家里那块玉牌，也是一块龙凤牌，当年父亲把它卖掉后，一直不敢告诉母亲。其实母亲早就知道了，只装着不知情。父亲去世后，她一次次跟欧阳立提到那块家传之物，那是父亲的护身符。父亲曾说过，等欧阳立十五岁时，给他护身符。欧阳立小时候见过那块龙凤牌，印象已经模糊了，但关于它的故事，随着岁月的淘洗，越来越清晰。若写出来，父亲会喜欢吗？父亲是那样习惯沉默。

陈商言想了个主意，由夏玉影给戒王写一个故事，放到网上，与夏文达的龙凤璧一起，成为讨论热点。顺水推舟，把"金玉之乡"玉文化节的消息透露出去。

流量为王。文化节，特别是精品交易馆，已经有了关注度，陈商言让黑金团队时不时推动一下，制造话题，保持热度。不过，内容更为王，到时交易馆办得怎么样，精品质量怎么样更关键。

"文化节最后能否成功，这些才是支撑因素。"欧阳立点头，陈商言让他惊喜，说，"热度要有，但长久的维持与信任，靠的是底子。"

夏文达也明白，花架子不长久，但他心里有底："乔阳有的是好货，只要人肯来就有好东西。"

欧阳立提到，乔阳的珠宝确实是优势，可艺术雕刻还是比较弱，有创意有内涵的艺术品少。

"这不是一时半会能做好的，看能不能想点办法。"夏文达说。这是他第一次清晰地承认这一点。

看了林墨白挑的玉雕作品，夏文达面露喜色，才几年没在翡翠行里，想不到有这么些后生冒头了。不少是年轻人的作品，雕工精美，设计也有新意，都是近些年冒出来的玉雕师。

"林墨白闷声不响的，带出这么一批苗子。"夏文达轻叹，"他这人世也算没白走一遭了。"

欧阳立提醒："记得陆教授讲的吗？还有郭诺一说的，这些作品很美，但如果赋予底蕴，会是完全不同的面貌。"

欧阳立喊来陈商言，你一言我一语中有了主意。让夏玉影为玉雕作品写故事，每件作品一个故事，像她给戒王写的故事那样。玉雕师讲讲创作经历、创作手法和想表达的东西，作为写故事的材料。陈商言拍照，配故事，制成精致的小视频，形成"玉都之光"作品系列。

"玉都之光"系列红了，也有批评，不过感兴趣的居多，不少人借问雕刻者的联系方式，想预订产品。

"玉都之光"的核心展区，是专门开辟的极品区，乔阳的公共区，以龙凤璧和戒王为中心，展示乔阳精品，代表乔阳的最高水平。

乔阳玉商亮出得意的精品，希望能入展"玉都之光"核心区。村两委和商会开会讨论，取得入驻资格的玉商，可以自挑一两件精品送入"玉都之光"核心展示区，入选精品配故事，用陈商言的话说，写精品的前世今生，或为其编织动人的想象。夏玉影可以提供帮助。

外地高端翡翠客商入驻柜位热闹了，乔阳玉商争着入驻交易馆，分配碰到了难题。

仍然开会。

有人提议提高租金，立即被否定；有人建议，生意做得大的玉商进驻，也不成，这没有清晰的评判标准，再说，生意方面乔阳人有同等的机会。

商议后，出了新方案：外地客商优先，本地玉商有铺面。外地客商的要求满足后，剩下的柜位本地玉商抽签。最初动员时报名的玉商直接入驻。

"先报名的人做生意有眼光，该奖励。"夏文达说。

"这是对村委会工作信任和支持的奖励。"欧阳立说。

外地客商是活水，乔阳人的生意离不了外来客商，他们优先，乔阳人没有意见。

有人自认有好货，如果抽不中就可惜了，言下之意是恳求夏文达开绿色通道。

"我有什么法，之前家家都上门谈过。"夏文达摊摊双手，掩饰不住一丝幸灾乐祸，"抽签最公平，看各人手气。"

在村委会抽签，抽中的兴奋，没抽中的懊恼，有的生了怨气，说先报入驻的就不用抽签，这不是运气，是看哪个对村委会忠心。夏文达拿着话筒说："有人不服气，可我也不怕说白了，当初没人想入驻，先报名入驻的，不是有生意头脑，就是有心给文化节出力，回点好处是人之常情，礼尚往来。有不甘心的，想想是不是算得太定，计较得太精，别单单眼红别人的好处。"

有人点头，有人脸红，有人脸色发光，有人脸色发青。

抽签后，夏文达和欧阳立办公室人来人往，陈修平的宝鼎轩和商会也人来人往，想要入驻的资格，有着各自的理由，都认定自个是可以特例的。夏文达和欧阳立早想到这一点，抽签前就跟商会和公益基金会约定好，谁都不能搞特殊。公益基金会几个理事担心挡不住，夏文达拍板："挡不住就推到村委会。"

陈修平说他倒容易，宝鼎轩也没抽中，虽然他是商会会长，虽然戒王是"玉都之光"的主角。而且，他不属于不肯入驻的。在他面前，别人无话可说。

筹备精品交易馆时，村委会、商会和基金会中主要的人员就约好，做两手准备，先不报名，如果入驻商户少，这些得入驻补充，如果报名入驻的多，这些人就让出来。他们和其他商户一块儿抽签。

夏文腾打电话给夏文达："承益叔来找我。"

洪承益是夏文达父亲的好友，他的"顺达翡翠"有不少好货，想入驻"玉都之光"交易馆。夏文达明白夏文腾的为难，不过，当初动员人入驻时，洪建声找过洪承益，他完全不屑，洪建声气得骂人。现在，他不好意思找洪建声，估计也不好找夏文达。

夏文达对夏文腾说："告诉承益叔，要是这次正合号没抽中，照样没法入驻。"

洪承益最终还是找了夏文达。夏文达先道歉，然后说没办法，这是村委会的事，乔阳的事，要单单是他夏文达的事，不用二话的。

洪承益用力抽烟，讲了几句话，意思是，夏文达不用一副清高的村主任的样子，这次正合号抽中，未必没什么猫腻。

夏文达脸色变了，他原以为，洪承益会骂他一顿，像以前他胡来时父亲骂他那样，可洪承益说出这样的话，用这样的口气。他不知道该做何反应，洪承益是看着他长大的，就是他的叔，他不习惯洪承益这样对自己讲话。

"那是全程监控的，还叫了……"夏文达话只说了一半，他不该这样跟洪承益说话，他不知道该怎么说了。

按欧阳立和陈商言的建议，抽签环节请第三方公司负责，村委会和商会负责监督，做好后勤。夏文达不想跟洪承益解释这些，洪承益应该不用他解释才对的，他的心情瞬间糟透了。

晚上吃着饭，夏文达突然冒出一句："正合号抽中不定是好事。"

"要不，正合号的柜位让给洪老叔。"肖月柔想了想，说。

能让的话，夏文达早让了。已经有人想高价转收人家的柜位。有人抽中了，手头上又没太像样的货，便想高价转让，柜位已经炒起来了。夏文达没放在心上，极少有人会转让，这是很难得的机会，都不缺那点钱，但既有这种苗头，就得注意。

按欧阳立建议的，出规定，入驻商户与中签商户要统一，发现转让的，取消名额。货品可以寄卖，但柜位招牌得是中签商户。

对寄卖收取手续费问题，欧阳立有些担心，夏文达摆手："都是生意人，自有他们的安排和打算。"夏文达的意思，不用每步都安排得死死的，有些东西让市场去安排。

有些东西让市场安排。欧阳立再次反思自己的"条条框框"。

那天，夏文达和欧阳立各个点再次走了一遍，夏文达再次给郭诺一打电话。夜色氤氲开来，两人到老寨前池塘边，又理了一遍"金玉之乡"的工作：开幕式、玉坊街剪彩、翡翠文化馆开馆、公盘、"玉都之光"精品交易馆、玉雕大赛、翡翠文化及玉雕系列讲座、各商铺货品准备情况、直播媒体的报道……

让人忍不住想象"金玉之乡"的光彩了，长达一年的准备，就看接下来一个月了，能想到的都做了。两人莫名地忐忑起来，一切似乎尘埃落定，一切又是不确定的。

夏文达望了下介公庙的方向，忍不住默默祈祷，胸口一阵通畅，好像堵着的什么东西突然通了，又好像多了些什么，他不明白是什么原因。他确定的是，很多事他承得住了，他还是要面子，但更要里子。

欧阳立提起夏文达入党的问题。很快换届了，新的文件精神，原则上村支部书记和村委会主任由一人担任，如果没有入党，夏文达无法参与村委会主任竞选。这一届快结束了，但很多事情才开始慢慢走上正轨。欧阳立有了一些新想法，这时只是一颗种子，先任其发酵。

"'是时候让金玉之乡'自放光芒了。"欧阳立说，"你也是时候好好想一下个人的事了。"

这个年纪入党，有意思吗？夏文达想问欧阳立，但似乎又是没必想的，最终只笑着回应："你也是时候想一下个人的事了，别尽想着当书记，事情要干，小日子也要过的。"

夏天莹的面容在脑子里忽地闪过，欧阳立垂头看池塘，路灯的柔光铺在池面上，有种难以言说的柔情。

第八章　家

1

抡过那一锤后，有人问夏文达有没有后悔，他举了举茶杯："夏文达做人做事，不知道什么是后悔。"

"有必要吗？"夏文腾不止一次问夏文达，每次都没听到答案。

"你真以为能改天改地？"夏文腾满眉满眼的忧色。夏文达这次捅的事情太大。

夏文达没想改天改地，就想踩条路子，能不能成，天知道。但想到欧阳立和他一块儿，还有村委会成员，还有……双脚就踩实了。

很久前，欧阳立和夏文达心里就有那件事的种子了。当然，那时还未成形。真正成形是什么时候？第一次公盘后？一次无波无澜的文化节后？又一个玉商把生意转向别处后？听到外地客商嫌弃乔阳翡翠市场无规划后？两人到外省某产业园区学习之后？某天逛乔阳看到日渐萧条的市场时……

讲不清了，都不是全部的原因，但都有关系。某一天，欧阳立和夏文达谈起一些模糊的想法，碰撞、补充，渐渐有了那么点眉眼，后来又加了陈商言的，事情一点点清晰。用夏文达的话说，干一票大的。用欧阳立的话讲，给乔阳重新找一个出口。

八个月后，项目成形。夏文达把欧阳立带到农场，二发伯炒了花生，做了盐焗凤爪，炒了芥蓝菜，拿出珍藏的酒，两人细细喝。酒瓶见底时，夜已深，两人走出屋子，望着远远的山影。这一刻，夏文达还不太敢确定，真的成了。整整八个月，奔波已成为常态，成为习惯。他说："事情成了，反有点空空的。"

　　"事情得落地，刚刚开始。"欧阳立摇头，"和事情面对面的时候了，也是和乔阳人面对面的时候，还得和自己面对面。"

　　这一刻，欧阳立讲的，夏文达没有真正理解，后来他一次次想起这些话，每一次都更深地理解了其中的意思。

　　和事情面对面的，不单是夏文达和欧阳立，是乔阳村委会，还有乔阳人。那天，治安队队员和一些拆迁户对峙起来，成了导火索。

　　动手的边缘，消息传到村委会，夏文达给洪建声电话："忍住。"

　　"忍什么忍，该捶打的时候就捶打。"洪建声被惹躁了。

　　夏文达开着扬声器，听洪建声提到捶打，欧阳立拿过手机，交代："一定得忍，他们要吵就让吵一吵。"

　　"让他们吵？"洪建声吼。

　　"要动的是他们的家！"

　　洪建声猛地沉默了，顿了一会儿，语气软了："知道了。"

　　夏文达和欧阳立赶到时，几个带头闹的被洪建声喊到一边，其他人先散了。事后，夏文达赞洪建声有本事，他闷闷应："还不是用我这张老脸皮。"

　　拆迁户要去上访。

　　拆迁户几个代表和洪建声、夏文达都相熟，有些还牵来扯去地有点亲戚关系。夏文达沏茶。几个代表愤愤述说，拆迁如何不合理，他们的房子凭什么被拆，什么人都无权动，村委会只会干这种事……声音愈来愈嘈杂，话愈来愈难听。

　　夏文达和欧阳立静静听。完了，夏文达放平声音谈，讲事情的来龙去脉，解释村委会的工作，他理解拆迁户，他本人也是拆迁户，有什么诉求跟村委会讲，村委会传达给上级。和欧阳立一样，夏文达极理解，拆人家房子意味着什么，何况是抬头不见低头见的同村人。

　　几个人不买账，有的点指住夏文达，讽刺他，当个绿豆大的官装模作样，拆起房子来了，甚至大骂。开始，夏文达忍着，火气最终没压住，他让他们想上访就去，这是市的大项目，到时还是得照规定来。

　　有人跳起身，手指点到夏文达鼻尖前。欧阳立解释，夏文达说这话，是以村里人和朋友的身份，还是拆迁户的身份。拆迁是为一个项目，被市里列为重中之重的，将拉动几个村的玉器行业，对乔阳更是意义重大。项目是肯定要进行的，乔阳村委会是工作中很小的一环。

"不要讲这些，我们想不到这些。"

最后，欧阳立提议，双方先冷静一下，有什么要求，理一下，写成书面申诉，由村委会向上级递交。如果到时还不满意，拆迁户仍拥有上访的权利。

没人应声。

"难不成真的这么去闹？"欧阳立盯着那几个人，"都是明白人，这么闹能闹出什么？"

拆迁户几个代表彼此对视。

"冷静几天，不会耽误什么的。"欧阳立说，"夏主任的为人，你们清楚，有句话我敞开讲，很多事他是站在乔阳人的角度的，能给村里人争取的，都尽力争取。"

几人沉吟一会儿，走了，扔下话：反正不会让人拆房。

夏文达低声说："我什么时候有官气？"刚刚那几个，都是相熟的朋友，那么刺自己，他想不到。

事情这么快闹成这样，出乎村两委成员的意料，也在他们意料之中。这件事最初传下来时，已经想打退堂鼓，你一言我一语地抱怨。

"拆迁？怎么拆？怎么迁？乔阳还有地方可迁？"

"又来，上次玉光大道够够的了。"

"拆人家房子，会损阴德。"

"为乔阳的发展，面上的话都这么讲，大道理都懂，可哪个看得到？谁先得了利，怎么算？"

"事情怎么杂怎么忙都成，偏偏要碰这种事，还碰两次。"

夏文达沏茶，欧阳立静静坐在角落，像很用心听那些抱怨，又像顾自想着什么事。陈商言也静静的，欧阳立和夏文达奔波时，他全程参与。很怪，这种奔波和忙乱，带给他莫名的踏实感。

换茶叶时，夏文达开口了："事还没开干就叨叨叨，这么叨叨能把事叨成，还要我们这班人做什么？"

欧阳立接过夏文达的话，本次活动是拉动乔阳翡翠行业的大项目，推动乔阳城市化的大动力，专为翡翠产业打造的。记着这个大目标，就有依撑有底气，这个目标是乔阳人的愿望，是玉器产业振兴的希望。

"乔阳的人机会，给这个机会出力。"夏文达挥挥手，"有什么好怯好烦的？"

"'金玉之乡'——乔阳玉文化节是比较大的动作了，几乎所有乔阳玉商都参与了，可那只是一种尝试，也是宣传，得长期积累。"欧阳立继续打强心针，"这次是实在的项目，文化是软件，这个是硬件，两只脚走路才稳，这项目有可能更快看到实际效益。还有，这是市级项目，有'上头'撑着的。"

"我们就是听指挥做事。"从欧阳立的话里，夏理明解读出这样的意思，"村委会跑腿而已。"

欧阳立是想给他们底气，夏理明这么一解释，意思扭得怪怪的，他说："不是推卸责任，具体工作要我们做。"

"这是上头给翡翠行业想的一条出路。"夏文达不敢提项目成形的前因后果，说，"再不蹚一蹚，乔阳翡翠的路愈走愈窄了——各人想想这活该怎么干。"

各自散去，夏文达和欧阳立商量，先理一个思路，然后找萧向南，看能不能探问一下，其他村子准备怎么做——这次拆迁涉及的，还有另外三个村。

萧向南要赶去开会，只匆匆谈了一会儿。他还不太了解："目前为止，只有你们乔阳来沟通，这是积极的态度。"他约夏文达和欧阳立找时间再谈，开玩笑，"当然，我争取把自己送上门。"

那时，欧阳立和夏文达重点说通村两委成员，以为只要肯干，事情就能往前走。跟拆迁户发生正面冲突，完全没有料到。欧阳立反思，村委会前期的工作没有做到位，拆迁户没好好反应和消化，提议召集拆迁户，先跟他们先好好谈谈。

"让今天那几个拆迁户去说，然后写上来。"夏文达说，他很不想见那些拆迁户。

"那几个人也不算什么代表，没法讲清楚我们的意思。再说，让被拆迁的吐一吐不快，发泄一下也是好的。"

质问雹子般砸向村两委，除欧阳立讲了一通道理，其他人一律沉默，照欧阳立交代的，任拆迁户吐痛快。

有村民指住欧阳立："别总提什么上头，现在不比以前，由不得你们乱来。"

"一直都不能乱来。"欧阳立认真地答。

有村民冷笑道："以前乱得很，现在提都不敢提吗？"

欧阳立回应："总归要由乱入治，都在完善中。"

最后，欧阳立重复之前的意思，有什么申诉写清楚，由村委会递交。夏文达补充了几句，意思是申诉内容如果是拒绝拆迁，那就成了废话。那片地几年前被征了，现在是办拆迁和补偿事宜，聪明的会提靠谱的条件，提些不可能的，还不如不提。

这些话一出，会议室安静了。

"我实话实说。"夏文达添了一句。

拆迁户的申诉交来，要求以地赔地，玉光大道拆迁也以地赔地。

拿着申诉，夏文达和欧阳立去了街道办事处，去了区政府。

乔阳地价房价很高，铺租一直居高不下，就算翡翠市场萧条，铺租仍比市内的商铺高不少，街道办事处和区政府很清楚，初步的方案是赔商品房。

"乔阳看着像城市，乔阳人骨子里还是农村人。"夏文达说，"都还是想要地，没有站在地上的房子，就像树没有根。"

夏文达讲起林老四，他有地，没办法建房，搭个破棚子，一住近二十年，多少人想高价买他那块地，他就是不肯。女儿有套房，要接他去住也不肯，觉得住在套房里飘，说："飘着没法过日子。"乔阳人嘴里笑林老四是怪人，心里是明白他的。

像林老四这样，欧阳立太理解了，爷爷对土地的执着与痴迷，他是见识过的。爷爷脚腿不便后搬到镇上，后来生病时，挣着回老家，生命最后一段日子，是在破旧的老房里度过的。

"会有很长的路要走。"欧阳立说，"要做好啃硬骨头的准备。"

对拆迁户的申诉，街道办事处和区政府的意思，看乔阳的具体情况，有没有地可赔？乔阳村民是否同意？村委会先处理好这些问题。欧阳立理了一下上级的意思，给了村委会不小的权力和发挥空间，可责任也压了下来。夏文达归纳得更简单："靠我们自个去闯。"

第一次村民代表会很乱。

"都明白，房子不是小事，有地就赔。"

"地是乔阳所有人的，凭什么赔给个人？"

"是用地换地，算什么赔？"

"项目也是所有乔阳人的，以后好处单给拆迁户的？我们给乔阳让道，以地赔地，再合理不过了。"

"赔钱加上赔地，双重发。"

"发什么发，原先的房子不用地？算什么赔，那点钱能做什么，够重建新房？那单是房子的事吗？是家，补得再多也不抵不过。"

"有什么好谈？这事不是村委会的吗？"

"跟我有什么关系？先走了。"

会没有开出结果，在欧阳立和夏文达意料之中，原先打算也是先让大家知道，吐吐想法。

没有被拆迁的村民，不愿以地赔地，有人甚至暗中嘀咕，夏文达也是拆迁户，所以争个以地赔地的条款。

这次，夏文达没动气，大大方方开声，作为拆迁户，以地赔地，他当然乐意，没有的话也就按上级要求。他说："我不会假惺惺地装什么清高，照规矩来。"他再次发现，这像欧阳立出口的话。

村委会成员走访村民代表，安排各人跟自己家族内的代表谈。

一个星期后，召开第二次村民代表会。同意以地赔地的人比第一次多了不少，少数不同意，最终，少数服从多数。

拆迁户申诉成功，以地赔地，乔阳集体最后一块地几乎全赔了。

空地的拆迁户有人签名了。洪少革最先签，还拍了胸膛，他的身份是拆迁户，拆迁户信任他，愿帮村委做拆迁户的思想工作，问有没有文件给他学习，以便他更好地劝说。

"村委会的文件不能外传。"欧阳立拒绝，对少革的热心，他表示感谢，却声明，这跟村委会无关，是洪少革的个人行为。

对欧阳立的一板一眼，夏文达不明白，他虽不太喜欢洪少革这人，但这事洪少革确实热心。欧阳立私底下说："洪少革看起来积极，可他跟其他拆迁户会怎么讲，没人知道，防着点。"

<h2 style="text-align:center">2</h2>

除几户以空地置换空地的，再没人来签，上门去谈，不是逃避就是应付。区政府干部和街道办事处干部催促，批评村委会进度太慢。

"这不是借个盆借个碗。"夏文达在会上反驳，"是拆人的家。"

"这触动了群众最根本的利益。"欧阳立拦住夏文达的话，"极敏感，拆迁户需要缓冲，得再多给点耐心。"

事后，夏文达说："那区委书记就是个书生官，不懂村里的事。"如果不是欧阳立拦着，这些话在会上他就想说出口的。当时那一瞬，他想到事情他是揽的，枷子是自己戴的。欧阳立说事情早该做了，乔阳等着这样一件事，他们不去揽，自得有人去揽。

"这事不是枷子。"欧阳立对夏文达说，可跟萧向南谈起时，却说："这个枷子我们该担。"

"实际情况领导还了解不深。"欧阳立劝夏文达，"我们多反馈，多报告，这是沟通的前提。"他了解过新上任的区委书记，很有事业心，搞经济也有一套。不过没在基层呆过，不太了解基层，对乔阳村委有这种意见，正常。他们可以找机会，多跟他交流。

机会很快来了。

第二天傍晚，区委书记跑到村委会，说是散步顺便过来。坐下就谈拆迁，仍认为得趁热打铁："可能越拖越难，还会让拆迁户产生侥幸心理，认为能拖则拖，或拖了有更大的好处。项目是定了的，地是征了的，拆迁工作一定要做。"

欧阳立还是那意思，要做通拆迁户的思想工作。

"这是当然。"区委书记说，"事情是合法合规的，我们有底气。问清拆迁户的诉求，只要合乎规定，尽量满足，乔阳还是有能力的。"

夏文达努力专注地沏茶，那句话就要说出口了："说得倒堂皇，没点真招术，全是飘在天上的。"

区委书记鼓励欧阳立，要有魄力，有些事情得当机立断。

欧阳立给区委书记端茶，很久没开声，连夏文达也以为他闹情绪。等他再开口时，竟讲起他家小时候的院子。

竹篱笆，蔓着金银花、牵牛花和紫藤，院子一角有棵高过屋顶的玉兰，房子很破，屋顶脆弱，怕台风怕大雨。后来，父亲去很远的地方工作，家搬到小县城，有两层小楼，敞亮的房间，可欧阳立心中最美好的家，仍是那个小院。那满篱笆的藤蔓和那棵玉兰，成为儿时回忆的背景，无数次进入他的梦中。

"要拆的，就是拆迁户的院子。"欧阳立告诉区委书记，乔阳村很特别，有翡翠行业支撑，基本没人外出务工，村民一直住在村子里，对房子的感情更是非比寻常。欧阳立顿了顿，想说的都说出来，当然要看长远，可百姓最关注的是日子里的事，得从一件件小事做起。

区委书记陷入沉思，夏文达一杯一杯端茶，他一杯一杯喝。好一会儿，区委书记让欧阳立谈谈村委会的工作打算，让夏文达讲乔阳的情况，没怎么插话。

"厉害，讲起自家院子了。"区委书记走后，夏文达竖大拇指，"那通话很有效，堵得他无话可说。"

"不是无话可说，只是想起了他自家的院子。"

"他家也有个院子？你以前认识他，还是这个也调查过？"

欧阳立笑笑："不认识，不用调查，每个人心里都有一个院子。"

夏文达明白了。

"其实是你教我的。"欧阳立说，"你是第一个提到家的。"

自己第一个提到？夏文达为欧阳立的细心吃惊。

　　欧阳立和陈商言研究了一套"玉色华城"的宣传资料。"玉色华城"就是本次的项目，以翡翠产业为核心的综合体，带动周围成片的翡翠产业。乔阳是最重要的一部分，以乔阳为依托而建，形成"玉色华城"翡翠产业园区。这是城市配置的综合体，是城市化的重要举措，是城乡一体化的途径。城乡一体化是趋势，乔阳要抓住机会。当然，不管什么事，都不可能保证就会成功，"玉色华城"也一样，没人敢打保票就能拉动带旺翡翠行业，但这是一种通道，一种努力。

　　现在那片地，除一些自建户和零星的锯玉工坊，乔阳的生意辐射不过去，隔村那一片是荒掉的田地，成为死地，多少年了，没有发展。

　　"玉色华城"一旦发展成形，那片地面貌将将完全不同，拆迁户置换的地皮靠近"玉色华城"，到时是黄金地带，有很大的发展空间。

　　这些是动员拆迁户的依据。夏文达交代，讲清利益关系，特别是置换的地皮可能会大幅升值，乔阳人认这一个。

　　"我这是住家，清清静静刚刚好。"夏文达分析种种利益，有拆迁户回应，"地价贵不贵的，跟我有什么相干？"

　　"要看怎么用了。"夏文达说，"乔阳人还有不明白的吗？"在乔阳，但凡有一丝可能，房子首层都会开铺面，不适合开铺面的也会做雕玉作坊之类的，最大限度地利用于生意。

　　"补不过的。"拆迁户指着几层的小楼，"一拆什么都没了，得从头开始，怎么补？"

　　"做生意得投本。"夏文达说，"这道理不会不懂。"

　　没再回话，很多拆迁户打算好了，采取不回应策略，以不变应万变。夏文达进行时，策略松动了，他不比别人，很多人还不想跟夏文达扯破脸皮，所以回应几句。

　　所有拆迁户走了一遍，外出的电话联系，讲清事情原委，说明利害。又签了几家空地，有出门回来签的，有拖一拖以免被嘲太积极的，住户没有一家签的。

　　"这几天都白磨嘴皮子了。"夏文达闷闷地。

　　欧阳立不这么认为，至少，拆迁户大概了解了"玉色华城"，了解了拆迁的必要性，村委会也表明了态度，算是打了基础。

"软的招儿打过头阵，接下来该硬一点了。"夏文达说。他提到那些地的性质，百分之九十是集体建设用地，所有权归集体，必要时，村集体有权收回。再一个，这片土地几年前已征地完毕，就是说，不管拆迁户愿不愿意，这片土地按规定都得收回。这段时间，他找陈商言研究了很多这方面的法规。

话是这样，夏文达知道，这些事没法一是一二是二，他叹："法规讲是通的，道理和人情不通的，不到万不得已，不能硬来。"

陈商言不太明白，法规讲得通，道理就该讲得通。他能理解拆迁户的不甘和不舍，可这片土地征地手续已经完成，从某种层面上，属集体所有，集体拥有合法使用权。

欧阳立讲了事情的"真相"：那些土地原先是田地，后村集体卖给村民，当然，那种"卖"不是完全合法的，有很多"灵活"操作，村委会就打了白条。现在，拆迁户拿不出合法合规的证件，责任在谁？当时的村委会？买地的村民？当时的村两委成员早退了，村书记洪锦添被抓，找谁负责？就算都在，也没办法认什么，因为没有合法合规的渠道，也没什么正式的凭证。可以深究，可究不出什么结果。

"不用这种表情。"夏文达对陈商言说，"当时很多地方一样，建设用地，特别是住宅建设，用地极难批，一年就那么一丁点地，可人愈来愈多——理是不对，可事就在那儿摆着。"

欧阳立点头："基层的情况很复杂，有很多想不到的问题，很多村和乡镇照各地实际行事，很难一刀切定对错。还有很多历史遗留问题，不是一天两天能解决的。"

"就任由这么乱着？"陈商言觉得，很多事情可以简单化的。

"现在不一样了。"夏文达摇头。

"不可能任由这么乱着。"欧阳立挥手，他讲述如火如荼的三清三拆，对小产权房的规范，说，"现在是很特别的时期，很多东西逐步整理完善，调整，规范，很多事要我们面对。法治建设听着很泛，事实上，已经在很多具体的事上一点点落实。"

"又是教授话。"夏文达摇头，"我就知道，现在不是吹吹风而已，我很多朋友的别墅都拆了，放在以前，罚点钱也就过了。"

陈商言难以置信的样子。毕业后，他便进了村委会，只知埋头做事，钻研新鲜主意，不像陈商成，早早混迹于商海。对人情世事的了解，还很浅，某种程度上说，至今仍在象牙塔里。欧阳立懂他的迷茫和不适，可他得自己迈过这一关。

"宝鼎轩的发展过程，你知道吗？"欧阳立问陈商言。

"听爷爷和我爸讲过，最初在老屋里，弄一个小柜子，后来去了玉坊街，接着搬出玉坊街，开了更大的铺面，再后来又有了加工作坊。"

"这些只是大概脉络。"欧阳立说，"中间肯定有很多磨合，很多经营方式和生意方向的调整，对员工的管理，各种规矩的形成，各种为难和磕绊，成为今天的宝鼎轩，要走很长的路。"

"正合号和宝鼎轩一样，不知拐了多少弯路。"夏文达接口，记忆止不住了，从收购旧玉件到买玉石料再到成品销售。资金不足，就从一般的翡翠玉石料入手，慢慢转好料。一开始做低端的，会被定位在低端，走很久才渐渐提到高端。夏文达想用这个比喻完善的过程，不是很恰当，不过很生动。

他们的意思，陈商言明白，只是得有个接受的缓冲期。

"一家翡翠商号都这样，更别说一个国家了。"欧阳立若有所思，"我们要在复杂中找到平衡点，依法依规，又要根据实际情况做事，表面面对的是事，其实是人。"

"又来了。"夏文达装作头痛的样子，"别讲课了。"

欧阳立笑："这些是跟商言谈的，他可以听课的。"

洪少革来了，神神秘秘的，说报告一个内部消息，那些拆迁户串联在一起，准备跟村委会对抗，夏锐坤带头。

3

据洪少革所报，夏锐坤在暗中联络拆迁户，联络三五家凑一次，约好应对村委会的策略。

"你亲眼看见、亲耳听见？"欧阳立问。

洪少革没直接回答，说夏锐坤只串联未签约的拆迁户，他已经签约，没被喊去；不过，那些被约的拆迁户中，有很多跟他关系极好，所以他很清楚。照理，作为朋友他不该报这些，可为乔阳着想，为乔阳人着想，他不拘小节，让村委准备，这事情得斗智斗勇。

具体商量些什么，约定些什么，洪少革不知道。

洪少革走后，夏文达和欧阳立喊来洪建声，分析、猜测，认为可能会约定多要补贴，已经以地换地，主要是地面附着物的补偿。

"就是要钱。"洪建声冷笑，"赔偿够高就满意。"

"补偿。"欧阳立提醒。

"补偿。"洪建声这次很服气。他第一次说赔偿，欧阳立纠正，他嘲笑欧阳立板脑筋，一个词有什么好较真？

"补偿和赔偿性质不一样。"欧阳立说，"赔偿似乎是政府理亏。"

"书记就是书记，滴水不漏。"洪建声叹。

"先说要地，现在又要钱。"夏文达骂，"哪由得他们漫天要价？"

欧阳立沉吟："如果拆迁户提出这个要求，怎么应对？"

"补偿标准有规定的，照规定办。"夏文达说。

欧阳立点头："当然是照规定，主要是怎么做工作，才能让拆迁户理解——拆迁户串联是大忌。"

夏文达哼一声："兵来将挡，水来土掩。"话是这么说，他胸口一会儿空空的，一会儿又堵得慌。

继续做思想工作，村两委成员分组，上门谈。欧阳立乐观地估计是，有人思想慢慢转变，就算如洪建声说的，听他们废话也好，也能发现东西，掌握一些信息，包括拆迁户的思想动态、疑惑、打算等。

"什么事都能揪出一堆道道。"夏文达耸耸肩，但认同了欧阳立。

夏文达和欧阳立一个组，分到的是较难缠的人。同村人，他们对每个人的脾性和为人处世都很清楚，分配户头时充分考虑这些。

捏着分到的名单，夏文达摇头："真给一堆骨头啃啊！"

洪建声刺："骨头有钙！"

夏锐坤分给夏文达和欧阳立这一组。出门前，就怎么跟夏锐坤沟通，两人细细商量过，没想到，完全没法发挥。

这片小楼都得拆迁，多四五层高，大都装修得挺高档，一路走去关门闭户的，极安静。这是住家，小孩上学，大人去商铺或工坊，安静正常，可今天安静得太过了，平日在门口聊天的老人都不见了。

连按了两家的门铃，无人回应。

这两家没有老人住，应该没人。走向另一家，这家男的应该去铺面了，女人刚生孩子，应该在的，还有老人和保姆。仍无人应门，夏文达连摁三四次门铃，动作带了火气。他冲二楼的窗户喊，有人影晃了一下。他连喊几声，静静的。

夏文达呼呼喘气，年轻女人不太认识他，不懂事情有可原，那当婆婆的，平时招呼得高声大气，竟不开门。他生在乔阳，长在乔阳，一向直腰扬脖的，从未碰过这样的冷遇和难堪。

"这就难堪了？"欧阳立是开玩笑也是认真的，"现在需要你弯下腰，俯首甘为孺子牛。"

"骂一顿也好的。"夏文达甩了下手，"不声不响，算怎么回事。"

"这也算特别的体验，增加生活滋味。"

一个老人骑着电动摩托来了，夏文达迎上去。来人是陈烈凯，住隔壁，躲闪不及，只好勉强回应夏文达。陈烈凯和夏文达的二叔交情不浅。

夏文达等陈烈凯开门，陈烈凯立得远远的，直直问什么事。夏文达一时语塞。

欧阳立把拆迁通知递给陈烈凯，问能不能进去谈谈。

"没什么好谈——这个我看不懂。"陈烈凯把通知三折两折地，塞进门边的垃圾桶。

"烈凯叔，看不看是一回事，塞垃圾桶算什么意思？"夏文达脸色变了。

陈烈凯讪讪地说："我不要。"

"要不要不是你说了算的。"夏文达没法再软声软气。

"我们进屋喝杯茶？"欧阳立试探着问。

"我还有事。"陈烈凯语气仍讪讪的，态度却很硬。边往远处急走，欧阳立喊也喊不回来。

摩托停在门前，挂着排骨，夏文达碰碰袋子："回去煮排骨粥。"

"你可以拎走。"欧阳立笑。

站了一会儿，去夏锐坤家。

夏锐坤的儿媳刚好出来，看见夏文达和欧阳立，转身关上门，盯着夏文达他们走近，也不打招呼。她是小辈，按理该喊夏文达一声叔，平日嘴很甜的。现在用夏文达的话说，像欠了她一大笔钱。

欧阳立先招呼，问夏锐坤在不在。

"不在。"

"去哪儿了？"欧阳立追问，"店里？"

"不知道。"

她拿了桶盛水，朝欧阳立和夏文达面前一泼，说："让一下，别湿了鞋。"边拿扫帚扫水。

离开前，欧阳立说："夏主任是长辈，你泼水扫地，过分了。"

夏锐坤的儿媳一愣，但立即反击："长辈也得有长辈样，都是村里人，倒要来拆房子，也没把我们当同村人看。"

"这么说话理偏了，这是夏主任一人的事？"

"拆房就没什么好谈的。"夏锐坤儿媳用力扫地，水花四溅。

还是得找夏锐坤。

接下去没一家开门的。回村委会后，其他小组的遭遇大同小异，偶尔碰到门开着，都不让进，路上遇到也不接通知。

夏理明脸还红着，夏世华骂他没心没肺，给村委会当走狗。

"这是什么话？"夏理明声音发颤。夏世华跟他有来往，算不错的朋友。夏文达和夏世华也相熟，当下就想带夏理明去问问。

欧阳立拦住，做群众工作要耐心。

"这算是什么群众？"夏文达哼一声，"就以村里人身份，问他什么意思。"

"你不用管。"洪建声扯开欧阳立，"他们夏姓族内的事，连族内长辈也说不得了？"

欧阳立想了想，让夏文达和夏理明去。

夏世华家没人应，夏文达和夏理明去了铺面，人在那里。看见夏文达，夏世华讪讪地："文达兄，怎么来了？"

当年，夏世华的生意碰到坎，是夏文腾和夏文达帮着渡过的。

"什么是走狗？"夏文达问。

"气头上，气头上。"夏世华忙忙让座。

夏文达指着夏理明："按辈分，他是你叔。"

夏世华道了歉，给夏理明端了茶，拆迁的事却一句也不谈。夏文达提起，他转话题，用让茶代替沉默。夏文达知道，还不是谈的时候。

听了夏理明的事，陈商言耸耸肩。他被一个同学打出门，他初中最好的哥们之一，连揍了他几拳。

"打人了！"洪建声要替陈商言出头。

陈商言说这样他倒好受些，那是他哥们，要是他跟别人一样，不应门不说话，才难受，按了那么多门铃，只有这个哥们开了门。

"夏锐坤他们的串联没那么简单。"欧阳立分析。

洪建声暗中调查，本想让洪少革探听的，欧阳立不同意，他对洪少革感觉不好。

"欧阳书记也讲感觉，难得！"夏文达笑。

各种勾勾缠缠的借问、打听、探询，查出来，拆迁户约好软抵抗，不跟村委会人员碰面，躲不过碰到了也不表态。一些有签约念头的人家也被拉着，交代不要签。

欧阳立想起陈烈凯的样子，或许是让人交代了什么。

村两委开会，这次意见很统一，得接触。欧阳立说得对，接触才有办法了解，拆迁户的意愿也才会清晰，才有可能暴露弱点。

夏文达提议进铺面，原本打算都到家里谈，眼下只有这个办法了。

4

见夏文达和欧阳立进店，洪东森表情僵硬了，夏文达高声说："东森兄，来喝杯茶。"洪东森只好让座。

夏文达说得对，铺面不一样，进店是客，店主不得不接待。

洪东森拿出一罐茶："一个朋友寄来的，只给懂茶的人喝。"开始谈那罐茶。他对茶很有研究，每每夏文达和欧阳立逛到店前，总要拉进店喝茶，对茶滔滔不绝地谈上一番。但今天他谈得有些磕碰，一磕碰，气氛便不太对头了。他终于静了下来，只听见水沸腾的声音，杯子和茶盘的碰撞声，吞咽茶水的声音。

夏文达忍不了，直接问洪东森有什么打算。

洪东森像猛地松了口气，也干脆了，晃晃头："我不会签。"

"不是想不签就不签的。"欧阳立也挑开说，"有诉求可以提。"

"之前要换地，现在又提别的，算什么意思？"夏文达盯着洪东森。洪东森不接他的目光，也不接他的话。

"诉求就是不要动我的房子。"一会儿，洪东森说，"这事别谈了。"

"签不签的可以先不谈。"夏文达语气有点硬，"可有些事情得让你知道。"

像讲课一样，夏文达讲起"玉色华城"项目。

这项目是玉综合体，配套齐全，产业和生活融合，推动乔阳和邻近几个村实现城乡一体化，城乡一体化是大趋势……

欧阳立和洪东森愣了。洪东森的印象中，夏文达不会讲这些的，不可能这么说话。欧阳立不知道，夏文达什么时候做了这些功课，这是夏文达之前最嫌弃的讲话风格。

事后，夏文达笑："商言给的稿子，每晚读到半夜，月柔以为我脑子出问题了。"

当时，夏文达喝了杯茶，讲乔阳近十年的状况，翡翠市场萧条，越来越多的玉商生意转到别处或改行，得有新路子，这次的项目是机会。以前很多高端消费渠道，现在行不通了，该找新市场了。这机会是所有乔阳人的，被拆迁是自家的事，也是乔阳的事，乔阳人都看着。

话讲完，夏文达拿出那张宣传单。

宣传单是欧阳立提议的，写清"玉色华城"的内容、意义和展望，以及拆迁的必要性。

第一次入户动员时，村两委学了一份宣传稿，就是这些内容。但那样的情况下，拆迁户没有心思听。欧阳立说："他们陷在愤怒和怨气中，没法安静理智地接受信息。书面形式发出，会更清楚。"通知缓点发，宣传单比通知让人容易接受，宣传是最温和的，也可能是最有效的。

夏玉影负责文字，陈商言负责设计，宣传单做得很精美，夏文达说像结婚请柬。

"才不像结婚请柬那么俗。"陈商言挥着请柬，"这个高端大气上档次，增强宣传效果的同时，提升审美水平。"

"花里胡哨。"夏文达忍不住笑，可也承认挺像那么回事。

夏文达的意思，这宣传单发给拆迁户，也发给乔阳村民。"都是低头不见抬头见的村里人，很多是亲戚朋友，想着自个的好处正常，可也不好太过分，过分了就是误乔阳人的事。"夏文达说，"这项目是大机会，乔阳人有好处，会帮村委使点暗力的。"

欧阳立大赞这个法子，利用舆论压力。

"这招儿厉害。"洪建声叹。夏文达和欧阳立一样会用人心了。

"这原本就和所有乔阳人相关。"欧阳立说，"也是未来的趋势，他们有知道的权利，也有配合的义务，甚至有某种责任。"

洪建声对夏文达说："听到没，一说全是好理、大理，这么听着，我觉着是在干大事了。"

当时，洪东森瞥了宣传单一眼，让它待在桌上，好像碰了就会落什么理，要负什么责任似的。他语气淡淡："和我有什么关系？"

"和乔阳人都有关系。"夏文达有些生气，他讲得吭哧吭哧，以为洪东森至少听进去一些，却换得这样一句话，让他又失落又愤怒，他说，"乔阳人是靠翡翠吃饭的，'玉色华城'是为翡翠行业建的。"

洪东森没抬脸。

欧阳立让洪东森提一下诉求和条件。

"简单，没赔足。"洪东森猛扬起脸，"是以地换地，可房子花了多少钱和心思，赔偿那点钱，怎么再置一个家？"

洪东森肯提具体意愿，夏文达感到一丝安慰，刚刚讲的那一通还是有点效果。他问："你的心理价？"

洪东森却又耍无赖："往上加，加到我满意为止，反正得能重新置一个家，还有误工费和精神损失什么的。"

夏文达啪地放下茶杯，起身就走，怕不走会甩洪东森一巴掌，交往这么多年，都不知他这么混。

另一家拆迁户店前，夏文达深呼口气："进吧，我也学会什么'能屈能伸'了，血性早没了。"

"这是有了服务耐心和意识。"欧阳立纠正。

"又是大话。"

"听着是大话，做起来琐碎。"欧阳立指指店面，"进门服务吧。"

一家店一家店地走。经过几家冷脸后，两人在林奕祥店里坐住，因为他态度不错，语气挺温和。欧阳立把宣传单递给林奕祥。

接了单子，林奕祥放在桌上，说他只想小日子，想不到那么大的事。他沏茶是冲着夏文达和欧阳立。夏文达以前在生意场的威信，不用二话的，他当村委会主任，生意场上很多人看不上，包括他林奕祥，不过夏文达这几年确实做了些事。

"夏主任和以前那个浑蛋主任不一样。"林奕祥说，"乔阳人长着眼睛。"

接着谈欧阳立，欧阳立是外地人，外地人来做生意，乔阳人伸长双手迎接，但当书记没人认账。欧阳立又是一张书生脸，要不是跟夏文达搭，怕很多事情难弄，现在，乔阳人认他这个村书记了，也把他认作乔阳人了。

"这不是请顿饭，不是做笔生意。"林奕祥很诚恳了，"这是拆我的家，总得让我缓一缓。"

"缓一缓"，夏文达和欧阳立胸口一动，得到这几个字已经很满意。林奕祥不再谈这话题，他们便也扯闲天了。

接下去一家，仗着辈分比夏文达大，水不煮，茶不沏，任夏文达和欧阳干坐，自己待在柜台边。欧阳立跟到柜台边，指着货品问这问那，那人挪开，并示意店员不要搭理。

离开时，夏文达自我嘲笑："我俩脸皮真够厚。"

"接下来得更厚。"欧阳立指指前面，"夏锐坤的店到了。"

夏锐坤不在，店员一问三不知。夏文达和欧阳立等着。临近中午，夏文达叫快餐，在夏锐坤店里午餐。吃过午餐，两人顾自沏茶、喝茶。

整个中午，夏锐坤没有回店。

下午，夏文达和欧阳立又走了三四家，傍晚折回夏锐坤的店。巧，两人刚坐下，夏锐坤进来了，扔下一句话："不用白费心思了。"转身走人。大概走之前示意了什么，两个店员过来，为难地看着夏文达和欧阳立，喃喃了半天。夏文达慢悠悠喝茶，还是欧阳立扯了他离开："再坐也没用。"

两天走下来，两家户主松动了，答应近几天签，原先被夏锐坤拉去串联的。另外有几家表示会签，他们有别的房子，身家也算丰厚，不想在这事上费太多心力，不过得等几天，免得其他拆迁户说他们太跳头。几家平房的希望多给点时间，再想想。有几家是主事人出门谈生意，等主事人回家再拿主意。

比之前关门闭户、完全无法接触好多了。

夏文达提醒："有答应的，尽量让先签了，拖来拖去成习惯了，你看着我，我看着你，算怎么回事？"

欧阳立提议，先签约的给点奖励。

设奖金，奖励先签约的十五户，空地的一级，有建筑物的一级。欧阳立说："奖金不算多，但是种表示。"

通知发出不久，有一家签了。村委会联系有签约意向的住户，有的满口应承来签，人就是不到；有的转移话题；有的约好，到时间却不见人，打电话只是说好……

暗中去查，才知道是怕被骂。

"反正最后会签的，别人签我就签。"

夏文达手一挥："行得正坐得端，怕什么？"

"我是贪那点奖金的人吗？"

"再缓缓，别让我难做人。"

有人甚至传，这是夏文达拐着弯奖自个，他掐着时间点签呢。夏文达哈哈大笑："哪个对我夏文达这么不熟？看来我还先不能落字。"也有人辩，夏文达的房子有国土证，可以不签的。立即有人驳："想做官，还不得好好尽忠。"

夏文达的意思，夏锐坤要先谈下来，就是他带头搅风搅浪。

5

重阳节，祭祖。夏文达的二叔夏礼国跪在供桌前，絮絮地叨，对不起祖先，这角祖屋都守不住，夏文腾、夏文达的父亲不在了，本该由他守好的。眼看着夏家没了祖屋，没了底。

向祖先赔过罪，夏礼国对夏文达讲述老房子，他和夏文达的父亲在那里的岁月，怎样见证它重建，一块儿长大，一起打磨翻新旧玉件，偷偷摸摸跟华侨谈生意，磨玉工具被没收了一次又一次，每天看着日头从小天井的这边爬向那边……

夏文达知道，今是逃不掉了。几天前，肖月柔说起二叔夏礼国，她一开口，夏文达就有走开的冲动。

"二婶找我了。"肖月柔说，"哭了。"

要是二婶在他面前哭，他怎么办，夏文达无法想象。自他当村委会主任后，肖月柔操了很多闲心，受了很多无名气。可夏文达嘴硬，这些不会说出口，硬邦邦地回："不是哭哭就能怎样的。"

"让二婶怎么办？"肖月柔语气尖了，"同样的事，折磨两次。"

看夏文达的样子，肖月柔不敢提夏文达的母亲那关。

上次修玉光大道，夏礼国的房子被拆。现在，又是老房子。

夏礼国的儿女在老房子长到出花园。分家时，老房子没分，祭祖还是在一块儿。老房子夏文达的父亲这一房住着，夏礼国另建房子。邻近老房子都重修成两三层的精致小楼，夏文达的父亲没舍得改格局，仍照原先的样子修，就是想留住以前的日子。夏礼国新建的房子也照着老房子的样式建。

修玉光大道时，夏礼国的房子得拆迁，他整夜整夜坐在天井发呆，后来，带头签了。他开解老婆，修路搭桥旺子益孙，若自家人还扭着，夏文达没法做事。房子拆的时候，夏礼国早早收空东西，带着老婆出门旅游，不想看到自家房子被推倒拉掉。

这次他们又成拆迁户，可这次是老房子。祖宗香炉一直在那里，生活过往在那里。现在，夏文达的母亲住在那儿，夏文腾和夏文达无数次想接她出来，她不肯。拆迁的事，对她捂得严严实实。肖月柔曾问怎么办，夏文达顾左右而言他。

"你二叔折腾不起了。"夏文达的二婶哽咽，"近两年身体不好，精神一般，怎么受得住——还有，大嫂早晚会知道这事，她搬不动啦！"

除安慰二婶，肖月柔不知回什么，她跟夏文达说也没用。

夏文达的二婶也明白，自己找夏文达，没开口就流泪，拆了一次又来一次，夏家人一辈子本本分分，生意规规矩矩，怎么会这样？她质问夏文达，怎么跟他母亲提这事。

不知该怎样应声，夏文达给二婶端茶，递纸巾。他一直避着二叔，上门做工作的事洪建声揽了去，他和二叔要好。洪建声也为难，夏文达不知洪建声怎样跟二叔讲的，二叔没找过他，碰到了也没事一般。更难的是母亲那边，夏文达却不提，好像这难处不存在似的。

　　"你二叔那性子，你不是不知道，拆那房子是拆他的命。"夏文达的二婶说，"这房子也是你妈的命，这么大年纪了，还得经这些……"

　　二婶提到母亲，夏文达垂着头，脑子就嗡嗡作响。

　　"你二叔老了，你妈也老了。"夏文达的二婶巴巴地说，"二婶求你了，文达。我们家那房子是有证的，是夏家正正经经的地。"

　　"这事定了的。"夏文达咬咬牙，"我一个人说了不算，就是说了有用，也不能开这个口。"

　　夏文达的二婶长长叹口气，她早知道这样，不知道为什么还要来，好像这样就算给自己一个交代了。临走前，二婶交代夏文达："别让你二叔知道我找过你，找过月柔。你妈那边，要好好说说，瞒能瞒到什么时候？"

　　晚饭时，肖月柔问："二婶找过你了？"

　　夏文达埋头吃饭。

　　老房子是夏文达的出生地，那里的日子是他最接近自己、最纯粹的时光。他和堂弟玩——那时还没分家——在天井点橄榄核、摔泥碗、做竹枪。夏日的晚饭总在天井吃，摆一张小桌，堂兄弟姐妹围坐着，吃母亲拿手的六角糕、蛋炒饭、炒河蚌，二婶拿手的煎薄饼、绿豆番薯汤，童年最生动的味道。

　　几天前碰到堂弟，堂弟点点头，匆匆走掉，夏文达立在路边愣了半天。如果堂弟跟他大吵一架，甚至像小时候那样跟他打一架，他会自在许多，或许就去找二叔、找堂弟了，他有很多话想跟他们说。

　　二婶都避着夏文达了，她怕他难做，她怯怯的样子叫他无地自容。

　　这些不是最难的，近一段时间，夏文达不太敢去看母亲。

　　"玉色华城"项目落地时，夏文达就料到有这一天，只是不愿去想，他成了鸵鸟。

　　"拆过二叔的房子，你算有交代了。"肖月柔说，"乔阳人都知道，不会难为你的。"

　　像动员其他拆迁户一样，夏文达学生背书一般，谈"玉色华城"，谈这项目对乔阳、对翡翠行业的意义，谈城乡一体化的趋势，谈大局意识之类的。话像失了水分的苹果，又干又硬。肖月柔让他好好吃饭。

"找这样的事，值吗？"肖月柔抱怨，这事最初是夏文达找来的，这么大的事，还不知道能不能成。

这是肖月柔第一次出口抱怨，夏文达突然一阵恐慌，慌的是那句，这么大的事，还不知道能不能成。谁敢说？一连八个月，他和欧阳立带着陈商言，跑外地，看产业园区、文化园区、创意小镇……借问、求教，找专家验证，写申请报告，逛遍乔阳邻近几个村，跑各种部门，项目落地时，已经不知道该怎么兴奋。

肖月柔说他自己拿绳子缚脖子。这样吗？后来，拆迁户得知，项目最初是夏文达他们去跑的，火往他们身上喷。陈修平不止一次问他，早知道这样，还会不会去跑？夏文达从未回答，他觉着不用问，这个大哥还是不明白自己。

"不可能不拆的。"夏文达对肖月柔说。话直截了当地说出口后，他轻松多了。

"家里的房子，不能你带人去拆。"肖月柔恳求着，"让欧阳书记带别人去吧。"

"那我算什么？"

"你拆自家房子，没人会觉着是公平敞亮，只会说你装样子。"

"嘴长在别人身上。"

肖月柔声音发颤："就这一件，让别人去干也不成？"

"该我干什么我就干什么。"

"不用事事出头的，你还要什么？"肖月柔脱口而出。她后悔了。夏文达大口咬着菜粿。夏文腾打电话，让他去正合号，现在。

还没坐定，夏文腾就提老房子，夏文达放掉生意，当这个村委会主任，整个家族都支持过他，像公益基金会，不单是他们兄弟俩捐钱，夏礼国、堂弟、家里亲戚捐的钱数都不算少。家族对公家出了力的。

"这是两回事。"夏文达有点烦躁，"这次是为乔阳，为翡翠市场。"

"别给自个戴高帽了。"夏文腾声调高了，温和的他变得犀利。夏文达要利用家族的力量，无可厚非，能支持的都支持了，可用拆房子展魄力，过火了。

夏文达没出声，大哥这么看他？家族里的人也这么看他？

顿了顿，夏文腾放缓了口气。他提起奶奶在世时，对家多用心用力。他又提起母亲，还住在老房子里，闷声问："真要把妈赶出去？"他让夏文达别干了，如果想尝新鲜过过瘾，现在瘾也过了。如果是想做点什么事，当村委会主任这几年，也算做成了几件事。总之，他的能耐和用心，大部分乔阳人是记着的。

夏文达离开正合号时，夏文腾说："我不会签字，你也不要逼二叔签字。"

刚走几步，肖月柔来电话："我刚去妈那里，她交代叫你过去。"夏文达脑门一阵发麻，下意识地想喊上欧阳立。

母亲就质问他什么意思，欺她老了，什么事都能瞒？房子要拆迁的事母亲知道了。家里人、亲戚朋友，都交代好了的，不知哪个漏的消息。夏文达原本安排，先劝通二叔夏礼国，到时和二叔二婶、大哥，再一块儿，跟母亲好好谈谈。

"妈，是这样的……"夏文达开了口，却不知道怎么讲。

母亲长叹一口气，把夏文达叹得胸口一颤。她说她都懂，可真不想挪地了，嫁过来后就住在这里，她腰弯了、腿坏了，没有力气走出这房子了。她背转身，对着父亲的遗像。

如果父亲在……夏文达突然想。这想象竟让他莫名地安心。

6

夏锐坤隔壁的洪明家签了，欧阳立的意思，先动工拆，对夏锐坤是种警醒，也是种干扰。夏文达摇头，这样反而不公平。再说，他了解夏锐坤，这点干扰对他没用，至于警醒，对他这种人更谈不上。

洪少革来报，夏锐坤又招集拆迁户了，声称这段时间的软抵抗有效，村委会没有新招儿，鼓动拆迁户稳住脚跟，一律不理不睬。

"得先拿下夏锐坤。"洪少革点着手，"其他拆迁户就好办得多。"

夏文达只沏茶。欧阳立事先提醒，在洪少革面前少讲话，夏文达真性情，有时无心的一句话，在别有用心的人那里，有可能成为某种把柄。

"看来欧阳书记会假性情。"夏文达打趣。

对洪少革，欧阳立说明："这是工作，没有什么拿下不拿下的。"

洪少革拍着胸口，会劝夏锐坤，他了解那些人，知道该怎么做。

"洪老板是热心村民。"欧阳立不咸不淡，"村委会的工作村委会做，从没有外请任何人插手，也没有让任何人转话。"讲完这话后，再没有说半句与拆迁有关的，洪少革提到，他转谈日子闲话。

一会儿，洪少革怏怏走了。夏文达叹："没落半点口实。"

"未必。"欧阳立仍然严肃，"洪少革这样的，话再小心，只要他有意，就不知会被歪曲成什么样。"

洪少革去了一个KTV包间，夏锐坤和几个拆迁户等着。喝了两杯茶，洪少革透露信息了：村委会应该没什么新法子。目前签约的户数不多，绝大多数是空地户主，算不得村委会的成绩。有住户的只签了几户，多是碍于亲戚或朋友关系。夏文达的老房子还没签，听说他那老母亲还搞不定呢，给他老母亲先传话这招儿，还是对头的。

"这个让夏文达好好磨。"洪少革冷笑，"可以弄些石头磕磕他们的牙了，先转移视线。"

"好好想想。"夏锐坤若有所思。不过，他很快怀疑洪少革，问他怎么这样热心。

"我一向热心，你又不是不知道。"洪少革有点不悦。

夏锐坤点点头，他知道，洪少革的"热心"是没事找事，倒可以好好利用。

"就看不惯官欺民。"洪少革头仰得高高的，"我最早签，村委会才能信我，也才有法探听些有用的消息，豁出去了。"

夏锐坤冷笑："说实话，如果我家是空地，地上什么也没长，也会早早签了，还能拿一笔奖金，算白得的。"

其他几个人似笑非笑。

小逛半圈后，洪少革又去了村委会，说："那边我探了，夏锐坤还是那样死硬，正想法给村委会使绊子，你们防着点。"

夏锐坤会使什么绊子，夏文达和欧阳立都没问。欧阳立确实想知道，不过，得洪少革自己讲，他沉不住气的。夏文达则很敞亮，夏锐坤他是清楚的，不可能随便透露给洪少革。

果然，洪少革自己讲了。听完，夏文达和欧阳立知道，他没打听到什么消息，所谓的对付村委会的法子，是他想象出来的。

陈商言来电话，说陈再北到家了。前些天陈再北住院，拆迁的事等他回家拿主意。夏文达看欧阳立，欧阳立说："跟建声兄商量一下。"两人出门，把洪少革晾在办公室。

出门后，夏文达打电话给陈鸿，叫他看着洪少革："办公室里有些文件，洪少革这人还是防着点。"

欧阳立赞夏文达警惕性提高了。

"还不是受欧阳书记指点的。"夏文达耸耸肩。

现在跟陈再北谈吗？夏文达很犹豫，他刚刚出院。

"陈再北是腿脚不好，要慢慢康复，等恢复再谈不现实。"欧阳立想了想，说，"现在去，第一是看望陈再北，再看能谈什么。"

"买点东西。"夏文达点头。陈再北是讲理的人。

两人进门时，陈再北从竹靠椅挣起身，招呼他们喝茶，夏文达挥手："我来。"自己煮水洗茶杯。陈再北叨叨，让夏文达沏茶不好意思，对他们带的东西不好意思。夏文达和欧阳立不知怎么开口。陈再北是没被夏锐坤拉拢的少数拆迁户之一。

还是陈再北先开口提拆迁，他明白，这是政府的大项目，做好了，能把乔阳带向好路子。村委会就是干活跑腿，他知道村委会干部的难处，乔阳能以地换地，是村委会争取的。

"可我退无可退。"陈再北叹气，"前些年拼着修了这小楼，没别的地方落脚。"

单间两层小楼，住着一对老人、大儿媳和两个孙子，有时陈再北的小儿子陈宇也回来。这些夏文达清清楚楚。

"阿宇挺勤快，积了点钱，我住院全败光了。"陈再北拍着双腿，好像想把腿拍活泛。

陈宇，夏文达是知道的，在一个朋友的玉雕厂干活，朋友提过，灵性不算高，好在肯下苦功夫。翡翠行业萧条，朋友的玉雕厂维持得艰难，辞了不少人，没辞掉陈宇，因为他的干活态度，也因为他的家境。朋友给员工租了宿舍，陈宇平时尽量不回家挤。

大儿子陈彬之后，陈再北连生两个女儿，夫妇对陈彬百般宠溺，陈彬念书念不成，随陈再北看料跑生意嫌辛苦，玉雕做不进去，迷上赌博，欠钱都是陈再北还债擦屁股。渐渐地，陈再北买玉石料的本都没有了。最后一次，陈彬欠了一笔巨款，陈再北无力偿还，陈彬被四处追债，干脆跑路了。

陈再北卖了铺面，卖了新套房，搬回老屋。老屋是一间旧平房，两个女儿凑了钱，建了这两层小楼。好在陈宇跟他大哥完全不一样。现在，两个孙子大一些，儿媳妇腾出身子，到翡翠店当销售员。

"以为日子要缓过来了，谁知道我不争气。"陈再北又拍大腿，"本想积点底让阿宇成家的。"

夏文达拆了点心，递一块给陈再北，自己拈一块嚼着，他该说什么，能说什么。小楼几乎没装修，至少安稳，可以容下陈再北一家。能拆吗？拆得下手吗？能不拆吗？不可能。

陈再北叨叨，他明白夏文达，明白政府要做的事，可他真没法。债主看他有还债的志气，才让留住这小楼的。陈宇到娶媳妇的年龄了，要是连这个房子也没有，什么底气都没了。

离开前，欧阳立说："再北叔先养病，其他的我们想想办法。"

路上，夏文达郁郁的，在一个巷角站下，满脸迷茫："这么做是不是损德的？"

"做这事是为着什么？"欧阳立说，"用你的话讲，敢摸着良心做，没什么遮遮掩掩的，就无愧了。"

"话是这样，可日子没法这么直来直去。"

"这种事复杂，有犹豫、有各种想法正常，但不能被缚住手脚，要是我们都心不定，事没法做的。"欧阳立的话很理智，不再暴露他同样复杂的情绪。

两人找了家奶茶店。甜香的奶茶缓和了情绪，夏文达长呼口气："天莹说这家奶茶好喝，确实不错。"

欧阳立不让自己注意夏天莹这个名字。他开始述说，个人与集体会有的利益冲突，个人与社会发展的关系、矛盾，发展过程中不可避免的代价，得关心个人，也要看大方向和全局。他尽量讲得烟火气些，像夏文达说的，日子里的话。

这些讲起来堂而皇之，充满理论式的冷静和理所应当，可现实是另外一回事，涉及那么多悲悲喜喜，那么多日子艰难，那么多个人的烟火磕碰和心灵纠结。欧阳立很清楚，但不能流露，他大口喝奶茶。

"现在肯定难，等玉综合体建成，乔阳翡翠有新的发展，陈宇会是受益者。"欧阳立是安慰，也是实话，"他其实没什么出路，如果行情一直这样，你的朋友也有扶不住的一天。"

夏文达沉默。

7

夏文达想个人出点钱，帮陈再北建新房。

"这不是办法。"欧阳立不同意，"你是村委会主任，不是乡贤。而且这办法不可复制，只能解决个别人的问题。我们能让陈再北感觉更舒服。"他提到公益基金会。

"有道理。"夏文达用力晃了下脑袋，先把这事处理好，别娘里娘气，纠缠些有的没的。

找公益基金会，谈了陈再北家的情况，实际上，理事会成员大都清楚，不少跟陈再北是好友，只是他不肯接受个人帮助。

几个理事初步同意，对拆迁户中的困难户给予补助，不单陈再北。

村两委跟公益基金会理事开会，有理事提出，得公平，所有拆迁户都补贴。欧阳立认为，这样不符合实际，拆迁户基数大，如果补贴金低，没有实际帮助；如果补贴金高，会是很大的数额。拆迁户中很多经济不错，没必要补贴。重点补贴有实际困难的，补贴额高一点，能解决实际困难。

夏文达补充，补贴项目做细一点，比如唯一住房的补房租、搬迁费、安家费，补贴金一确定，以最快的速度发放。

"照家庭困难程度，定补贴金额，讲起来容易，做起来没那么容易。哪户是困难的，哪一户更困难，怎么定？"

"补多少合理？"

欧阳立建议，以一些资料为依据，商讨刚性的补贴规则，比如家中人口、收入状况、特殊难处、小孩入学、老人安置等情况，再拟出补贴数。考虑补贴额时，加上社会评判和人情衡量，就是村民的评价、认识。同村村民，彼此情况很清楚，特别是左邻右舍，心里有底，公论自在人心。在村里，公论有时比规则更有权威。

这想法得到肯定，确实，各家怎么样，相熟的人知道个七七八八。资料的调查收集，由村委会和基金会合作完成，社会评判和人情衡量部分，由村民代表和老人组帮忙。

补贴困难户的消息，洪少革很快传给夏锐坤。"村委会是要收买人心了。"洪少革放低声音，"这招儿是软的，很多人吃这套，到时拆迁户互助组——夏锐坤串联的拆迁户自起的名字——会被破出口子，赶快想办法。"

"换新招儿了？"夏锐坤沉吟了一会儿，拍了下手，"既然有本事做'好事'，就得让他们做到底。"

夏锐坤把拆迁户互助组中活跃的几个喊到一起，谈了半天。

很多拆迁户闹起来，要求补贴一视同仁。

"谁的日子都不容易，又被拆迁，都是困难户。"

"不管家底怎么样，都是辛辛苦苦挣的，凭什么没有补贴？"

"要补一块儿补。"

"还得看补多少。"

动静搞得很大，满村风雨。村民代表和老人组通过气，四处讲清情况，这些人说话有力，解了村民的疑惑。

夏文达找洪少革，一猜就猜到是这个人，他要让洪少革闭上臭嘴。这次欧阳立没拦，说："消息终归要让拆迁户知道，要让乔阳村民知道，但不是以这样的方式，他们得到的消息是变形的，添了恶意的。"

果然，夏文达一质问，洪少革就乱了，慌忙解释，他觉得，村委会很为拆迁户着想，想提醒夏锐坤见好就收。

"我劝夏锐坤了，村委真心实意做事。"洪少革辩，"没想到夏锐坤坏心眼，是我好心办坏事。"

"我们说过了，从没请你干什么。"夏文达顶回去。

欧阳立对洪少革重复，事情跟他无关，不用他在中间传话。

村委会和公益基金会又开会，舆论已起，干脆出正式公告，让村民清清楚楚了解，有什么意见提。根据补偿规则和条件，拆迁户提供资料，提出申请，村委会和公益基金会共同评估，结合村民代表和老人组的人情评判，确定补偿数额。资料、申请和补贴数额都将公告。

公告一出，村民无话可说，闹闹嚷嚷的拆迁户安静了，但问题也来了，一些确实困难的拆迁户也不愿申请了。

村委会愿帮陈再北整理资料，陈再北拒绝："我穷是穷，还要点脸面的，底翻出来贴墙上，向全村人哭惨，这事我做不来。"任欧阳立怎么劝，就是不愿申请补贴金。

还是在意虚面子，拿补贴也不是见不得人的事，实事求是而已。欧阳立想不通。

"这不是虚面子。"夏文达摇头，"在村里，这个很要紧，要不怎么说'树活一张皮，人活一张脸'。"

"我了解得还是不够。"欧阳立沉吟了一会儿，"得另想办法。"

几次会后，确定了补贴金发放流程：村委会和公益基金会到拆迁户家了解情况，借问左邻右舍、亲朋好友，搜集整理资料，由村委会和公益理事会讨论，决定补贴金额，村民代表会通过。

夏文达说："哪个人条件怎么样，村民都心知肚明，大多还是讲情讲理的，不会乱评判，只要村委会做好了，就没问题。"

资料由公益基金会内部保存。乔阳村民可以查看资料，有问题可以提，不过得签保密保证，泄漏要负责任。另有一点，凡查看的，必报与被查的人家。

规则出来后，舆论渐渐转向，很多村民承认，村委会考虑周到。有些拆迁户也表态，将心比心，不会要不该得的。当然还有不服气、不情愿的，但也一时无话。

陈再北家领了一笔补贴金，足以先租房安家。陈修平个人捐了一笔钱，以公益基金会理事的名义，供陈再北建新房。

两天后，陈再北签了拆迁合同，并租了房子。

欧阳立感谢陈再北，他打开了一个突破口，有些灰头土脸的村干部信心大增，乔阳人心里的天平开始向村委会倾斜。

"我早想换环境了。"陈再北叹，"这小楼住着日子不顺，说不定换个地能换个运道。"

除了给陈再北端茶，夏文达不知该讲什么。

洪建声发现，有拆迁户明里暗里讽刺陈再北，骂他让村委会收买了，祖屋也不要了，他这么弱，村委会才明着敢拆人房子……

看望陈再北时，夏文达和欧阳立想安慰他，陈再北哈哈笑："我还不知道那些人的心思？我陈再北做事问自个的心，跟别人无关。"

陈再北交代夏文达和欧阳立，不用管这事。陈彬欠的债还得差不多了，陈修平帮忙的那笔钱，他记着。他看料的眼力还行，拆石也有点经验，陈修平的玉石加工坊要是缺师傅，看料拆石他都能参考参考。

"再北兄有魄力。"夏文达双手一拍。

欧阳立很高兴："事情就是这么明着来，他们反没什么法子。"

离开时，夏文达叹："我倒没有再北兄那么敞亮。"

"是时候找夏锐坤好好谈谈了。"欧阳立顿觉脚步有了力。

8

夏锐坤没想到夏文达和欧阳立来得这么快，稍愣一下，冷笑："书记和主任消息够灵通。"

洪建声安排了治安队队员，守着夏锐坤的翡翠精品馆。

"守着锐坤兄呢。"夏文达挑明了说。

"不用费口舌。"夏锐坤说，"那些什么补偿，离我的条件远得很。"

"今天不谈房子的事。"夏文达笑笑。

"那今天我倒能清静清静了。"

夏文达提到，有人讽刺签合同的拆迁户，甚至警告别人不能签，他说："这样就过分了，别怪我们也过分。"

"什么意思？"夏锐坤重重放下杯子。

"锐坤兄，不要说你没传过那种话，没做过那种事，也不要说没指使旁人干。"夏文达盯着夏锐坤，"你我心知肚明。"

"这算人身攻击，也是妨碍政府工作。"欧阳立说，"锐坤兄是聪明人，我们没必要唬人。"

"别怪我话难听，这是小人行径，乔阳人知道了会怎么想？"夏文达冷冷看着夏锐坤。原本，他还要问问夏锐坤，叫人跟自己母亲透露老房子拆迁，是什么意思。想想忍住了。

"别拿鸡毛当令箭。"夏锐坤微微笑，"我夏锐坤什么没经过？"

"我们的鸡毛还真是令箭，你有阻碍、破坏拆迁工作的行为。"欧阳立也微微笑。

"我家被拆迁。"夏锐坤声音扬高，脖子往上扯，"我有我的权利。"

"作为被拆迁的户主，当然有你的权利。"欧阳立声音沉稳，"但别人的事你无权插手，比如聚众，比如影响其他拆迁户的决定。"

"你们有什么证据？我可以请律师。"

夏文达想告诉夏锐坤，乔阳人的口水就能淹死他，最终没开口，夏锐坤提到律师，让欧阳立接招儿更好。

欧阳立表示，夏锐坤想这样解决，倒更清晰简单，要是无凭无据，村委会不会乱讲。

夏锐坤明显顿了一下。

"当然，我们的原则是十二分的耐心。有诉求和意见尽管提，只要是合理的，我们会尽最大努力争取，初衷是把事情做好。"欧阳立稍稍缓了下口气，"像这种事，村委会有权警告的。"

"乔阳人都看着的。"夏文达终究没忍住，说。

夏锐坤洗茶杯，动作焦躁。

"锐坤兄在乔阳也是数得上的人。"夏文达稍犹豫了一下，又说，"生意也做得很大。"

"那就活该被宰？"夏锐坤口气不对头了。

"锐坤兄知道，我不是这意思。"夏文达声调跟着扬，"宰？这话过分了。"

离开翡翠精品馆后，夏文达和欧阳立商量，劝说工作已做过两轮，接下来稍加紧点，跟夏锐坤摊牌，算开个头。

经过林声旺的店，夏文达示意欧阳立，透过玻璃看了一眼，林声旺在。林声旺八十多了，精神状态很好，在家里还是拿主意的人。

一见他们两个，林声旺满脸警惕，夏文达笑："声旺叔，我们喝个茶。"

林声旺开始唠，建家里那幢楼时，他花了多少心思，他两个孙子在楼里娶了媳妇，两个曾孙在楼里出生，他在楼里过了十六次生日。他之前身体不好，搬进那楼后，身体愈来愈健朗。在那楼过第一次生日时，他买了块玉石料，五百万的料子，切出了六千万。

"这房子跟我八字相合。"林声旺用手指点着夏文达和欧阳立，"你们要拆我的命吗？怎么下得去手？拆人的家？造孽。房子拆了，我这老头就没处去了，儿子、孙子那里我住不了的……"

唠得夏文达头晕，这老爷子丹田气十足。

欧阳立几次想插进话，都被林声旺的话压下去。最后，林声旺竟带了哭腔，指责他们连一个老头也不放过，这在过去，就像拆掉老人置办好的棺材。

夏文达心烦意乱，敷衍着安慰了几句，和欧阳立匆匆出门，跺脚："这老爷子一出一出的，又是个难缠的。"天黑了，夜风带着凉意，他却莫名地燥热，工作做到这份儿上，好像有点作用，又好像推不动，他有些乱了。

"请你吃肠粉，你可以多要一份好汤。"欧阳立说，"吃完老节目，四处转转。"

绕乔阳走，经过翡翠精品馆时，夏文达又提到夏锐坤该怎么突破，只有完全没法了才会考虑法律程序。

"夏锐坤多是背后的小动作，明面上找不出违法行为。"欧阳立点头，"刚刚警告过，他也还不敢真正硬碰硬，想想别的办法。"

"别的办法？"夏文达沉吟了，软的、硬的、上家里、上店面都试过，"难不成真得强拆？"

"所有人都不愿的。"欧阳立摇头，"不到最后，不要走这步。"

劝说再无效，先精准停水、停电，已签的先拆，废料堵路，同时，瓦解那个拆迁户互助小组。这些是较强硬的措施，是强拆前的警告。

"这次和以前很多事不一样。"走了很长一段，夏文达突然说。

"村这一级是最末的，像神经末梢，最敏感复杂，反应最直接，也最容易见血。"欧阳立给夏文达打气，"什么都得学着面对，什么事情都要慎重对待。"

这次，不像带乔阳人奔什么前程，倒像带来苦处和难处，夏文达甚至怀疑那八个月的奔波，怀疑能不能做好这个村委会主任。

"大错特错。"欧阳立站住，"这次恰恰是带乔阳人奔前程，有的路是直接过去的，有的路得绕长长的弯。有弯绕的路，有时难免看不清前面，但大目标不可怀疑。"

事实上，欧阳立的疑惑不比夏文达浅，虽然所疑惑的不一样。

"是这样吗？"欧阳立默默问父亲。父亲把那个村子零落的日子收拾像样，把一穷二白、村寨凋零的平西县带成旅游示范县、创业热点县，走了多长的路，绕过多少弯。大二那年，他踏上平西县，这种想象变得更艰难的同时，他也开始理解父亲。那时的他还未意识到，理解父亲的同时，他也渐渐学会面对自我。

"前段时间的考察，还记得吧？"欧阳立问夏文达。平洲玉产业近几年很蓬勃，对乔阳市场影响越来越大，他们和街道办事处书记、区委书记去平洲。几天的考察，几个人默默地看，浓重的危机感把他们兜头罩住。乔阳底蕴深，还是占高端翡翠市场的大份额，可平洲的中低端翡翠市场很大了，如果高端翡翠市场再转移……

到老寨前池塘边，立住。

欧阳立挥了下手，说："借用商言的话，我们这一级是细胞，是组成中国这个整体结构最基本的单位。我们让这个整体结构健康成长，保持活力，我们很要紧。"

"蒙头蒙脑地，成了这么要紧的人！"夏文达哈哈大笑，带着点少见的沉思。

两人在池塘边站至深夜。

洪少革又出现，对夏文达和欧阳立的冷淡毫不在意，说他带了爆炸性消息：夏锐坤跟滨江村的拆迁户联合，特别是几户顽固的，约定抵抗不签。

"你们别不信。"洪少革说。

夏文达有很不好的预感，给洪建声电话。

滨江村出事了，一个工厂的老板黄漫钦拒绝拆迁，动了手，打伤执法人员。那家工厂夏文达和欧阳立了解过，手续原本就不合法，滨江村委会和街道办事处谈了很多次，警告无效，当场闹起来。黄漫钦被抓到派出所，办事处正准备执行强拆。

夏文达和欧阳立赶过去，挖掘机和运输车进场了，办事处几乎所有干部都在场，警界线外围满滨江村村民。滨江村这次拆迁涉及的户数多，村民又不同意以地赔地。

黄漫钦的母亲跳着脚号啕，要冲进场里，两三个女干部拉护着，旁边停了救护车。有人同情，这么大年纪受这样的事，有人指明是黄漫钦故意让母亲闹，看准干部不敢对老人动粗。

　　老人披头散发地号哭，夏文达闷得很，他一晃眼，看到自己的母亲。又能怎样？这工厂是违建的，早该拆了，可黄漫钦一向霸道，有人暗传是上头有人，这次什么人也保不了了，其中的是是非非，外人永远没法看清。

　　一天之内，黄漫钦的工厂就拆个七七八八。

　　欧阳立认为，黄漫钦的事一起，对乔阳拆迁户有警醒作用。说："可以再去找找夏锐坤。"

　　见到夏锐坤，欧阳立开门见山，提他跟滨江拆迁户的约定。欧阳立心里有底，洪建声已经查清了。

　　夏锐坤辩解，他和滨江的拆迁户没有关系，村委会不能给村民扣帽子，就算为了拆迁，也不能用损招儿。

　　夏文达要骂人了。

　　"有没有不是我说了算，也不是你说了算，有必要的话，派出所介入，会查清楚。"欧阳立声音稳稳。

　　离开前，夏文达留下一句话："乔阳人不要走到那一步。"

　　夏文达手机响了，是二婶，让他今晚去吃菜粿和软饼，他一阵发慌，想推说忙，却说不出口。

<h1 style="text-align:center">9</h1>

　　"潮味轩"包厢，洪少革一直在说，夏锐坤静静吃着东西。最后，夏锐坤扔出几句话，刺洪少革是两面派。但话很委婉，他还需要洪少革。

　　"不这样，能得到什么消息？要做事情，有时候得用非常手段。"洪少革说。夏锐坤话里的含意，他好像不太在乎，剔着蟹肉。

　　夏锐坤良久地沉默。

　　洪少革看了夏锐坤一眼，知道夏锐坤没那些话放在心上，他觉得，夏锐坤意气用事了。

　　事实上，夏锐坤是不表态，对洪少革，他更加警惕了。

　　洪少革直接开口，提夏文达的母亲，提夏礼国。原本，他只想旁敲侧击地提醒，他们的名字不要从自己嘴里出来。他们对夏文达意味着什么，他很清楚。

　　"现在我想清静清静。"夏锐坤打断洪少革，关于夏文达母亲、夏礼国的话头，他不能接，不能落任何话柄。

　　两人的话始终没有接起来，洪少革快快走了。跟夏锐坤料的一样，洪少革去找夏文达和欧阳立。

　　见洪少革进门，夏文达要离开，欧阳立示意听一听。事后，夏文达叹，得佩服洪少革的脸皮，厚到这种程度也是少见，洪少革为什么这样，他想不通。

　　"人有时就是没道理的。"欧阳立说。

　　洪少革告诉夏文达，夏锐坤可能要在他母亲和二叔身上做文章。这两个人他极尊敬，就算村委会不重视他的消息，他也得言语一声。

　　两人给洪少革端茶，但自始至终没提及拆迁。洪少革离开后，夏文达冷笑："用这点暗主意算计我，好笑。"

　　"还是要做好思想准备。"欧阳立提醒。

　　"放心，我们家的事，还轮不到别人做文章。"

　　夏文达去找母亲。自上次谈过后，在母亲面前，夏文达一直躲着房子的问题，但对母亲的选择他有底。只是母亲会难过，他无法可想。

　　见母亲时，夏文达拿着那块龙凤牌，母亲的目光不一样了。这龙凤牌对丈夫的意义，老人知道。很怪，丈夫会给夏文达讲这龙凤牌，讲书生的事，却很少跟夏文腾提。

　　第一次被书生带到村委会时，夏文达的父亲聊起乔阳的玉，聊起收玉件，书生半天没出声，心里挂着事的样子。夏文达的父亲第二次去那村子时，书生拿出一块玉牌，是块龙凤牌，说回家专门带来，等着他。夏文达的父亲很奇怪："你知道我会再来？"书生说是直觉。

　　龙凤牌握在掌心，夏文达的父亲摩挲良久，这是老玉件，有些年头了，玉质纯净细腻，正阳绿，雕工精湛，上品。

　　"老辈传下来的吧？"夏文达的父亲赞，"好东西，不用我鉴的。"

　　"这个收多少钱？"书生问。

　　"收？"夏文达的父亲盯着书生，书生点点头。

　　夏文达的父亲追问书生，是不是急用钱，他刚转手了两个玉件，卖给香港老板，手头有点现钱。

　　"就卖这个。"书生摇头，"按你们的行情估，别估高了。"

　　对书生来说，这龙凤牌绝不是普通东西，夏文达的父亲明白，他不肯收。书生接过龙凤牌："你不收，我只好找别的门路出手。"

　　这话让夏文达的父亲慌了，双手扣住龙凤牌："这样的东西，不能随便出手。"过别人手就真的没了，不如留在他这里。

　　听到价钱，书生几乎不敢相信，夏文达的父亲解释，他没有高估，这样的好货，有钱都买不到，很多大老板等着要。

　　"哈哈，小货车也不成问题了。"书生笑起来。

　　书生原本想，玉牌出手后再凑点钱，买辆拖拉机，现在可以买小货车了。他拍着夏文达父亲的胳膊："这下带得更多，山货也不怕风风雨雨了。"

　　书生买了辆小货车，带了村里一批山货和特产，到县上，一家店一家店地推销。几趟后，村里的山货和特产渐渐有了口碑，村民对山货和自家特产开始另眼相看。村委会几间土屋成收购站，书生成了"生意人"。

　　"这个用龙凤牌给村里换货车的人，半夜让人蒙了头，打了一顿，差点丢命。"夏文达的父亲喃喃说。

　　夏文达的父亲想把龙凤牌还给书生，没成，又想重雕一块龙凤牌，送给书生。可书生走了，不久，夏文达的父亲也走了。父亲心愿未了，成了夏文达的心愿，雕一块龙凤牌给书生的后人。现在，他又觉得不单是这样，至于是什么，讲不太清，心里却明白。就像他突然跟母亲讲起父亲，讲起龙凤牌，有点莫名其妙，可母亲心里是明白的。

　　母亲摩挲着龙凤牌，夏文达的父亲做了一辈子翡翠，这玉牌是他最看重的，书生是他最要紧的朋友——不单是朋友。

那晚，夏文达和母亲谈至深夜，两人的回忆相互补充，重新串起夏文达父亲的一生，也串起书生的故事。母亲沉入过往的岁月，夏文达则第一次如此清晰地回看自己的路。

凌晨，从老房子出来，天蒙蒙亮，夏文达抬起头，有种舒心的清爽，落地的脚步踩得极实。

外面不让夏文达踏实。有话挑衅：夏文达也是拆迁户，到现在也没动，这就是村委会自夸的公正？欺负乔阳人没有眼睛？

夏文腾交代夏文达，不要管那些，还是之前的意思，不要用这种事表现公平。夏文达发现，大哥对他的想法从来没变过，不管他做了多少事。

"电视里那些假人才这样。"夏文腾语气很冲，"我们过的是日子，要有人之常情。"

"家里的房子是得签了，现在签不算先进，还拖了段时间的，能表现什么？只是做了该做的。"夏文达说。

两兄弟不欢而散。

那些话刮起的风越来越大，说夏文达单上别的拆迁户的门，自家老房子清静得很。四处搅，搅到街道办事处和区政府，变成夏文达在拆迁工作中徇私。村委会清楚，是一小群人在搅，中心是夏锐坤，可很难抓到具体证据。

欧阳立堵了上级好几个电话后有情绪了，萧向南说："这工作的复杂性，你们该早有思想准备，还愤怒？那就是没有定力。还有，不要以为上级也没有定力。"

欧阳立有些愧。萧向南也堵了好些电话，说不只是村委会在努力。

陈修平进门时，夏锐坤即起身相迎。二十年前，夏锐坤在生意场上摔了跤，几乎没法翻身，陈修平借他周转资金，没要半分利息，还给了他生意渠道，把他拉出坑。

"修平兄久没过来喝茶了。"夏锐坤忙忙地找茶。他没想到，陈修平是为夏文达说话的。乔阳人都知道，自夏文达当了村委会主任后，陈修平和夏文达就不对付。

"文达是我弟,你又不是不知道。"陈修平直奔主题。

夏锐坤愣了一下,说:"这事跟文达没关系,是政府的事。"

"你也知道跟文达个人没关系。"陈修平细酌着茶,说,"不单是政府的事,还是乔阳的事。"

夏锐坤沏茶。

陈修平手指轻扣着桌面:"这是公家事,文达比哪个都难——有些事不要做过头。"

夏锐坤的意思是,他就争点自己该得的。

"争自己的东西没人敢有话。"陈修平盯着夏锐坤,"可你越线了,有些事过分了。"

夏锐坤一副不明白的样子。

"大家心知肚明。"陈修平冷笑。他说夏文达的母亲是他长辈,夏礼国是他二叔,夏锐坤利用这两个长辈,坏了做人的规矩。

夏锐坤保证,不会再扯这两个长辈,被传来传去的那些,他不清楚,也没什么法子。陈修平喝茶,品茶,离开前,才又说了一句:"事情见好就收,太过了不太好。"

出了夏锐坤的店,陈修平直往村委会,到附近却转了身。

此时,欧阳立和夏文达正在村委会商量。欧阳立认为,该让夏礼国和夏文腾签了,乔阳人都看着。

"真让他们利用了。"夏文达说,"不让利用就是徇私——话说回来,也是时候了,我妈那边讲通了。"

"我去跟礼国伯谈谈?"欧阳立问夏文达。

"别的事另说,这事我自个去干。"夏文达哧了一声,"管他什么利用不利用。"

夏文达找夏礼国,提了夏礼国最爱喝的毛峰。像事先约好的,两人都不谈拆迁,闲聊以前的事。

夏礼国谈起父亲,夏文达的爷爷,是乔阳最早进入翡翠行业的人之一,在乔阳很有威望,可惜去世早了些。夏文达的父亲,是家族里最大的男丁，撑起整个家族。夏礼国年轻时爱玩，混得不着家，是夏文达的父亲带他走上生意路。夏文达的父亲也走得早，他离开人世那一刻，夏文腾和夏文达就成了夏礼国的儿子，他学大哥的样子，帮母亲撑起家。

"我们是一个家。"夏礼国说。

夏文达给夏礼国捧茶。

知道夏文达竞选村委会主任时，夏礼国不惊讶，夏文腾请他劝夏文达，他笑夏文腾脑子板。

"文达，你脑子活泛。"夏礼国说，"生意场敢冲又不会蛮干。那时，我想着你是想尝尝新鲜，这两年不这么想了，我觉着，和活法有关，还有些我也不太明白的东西。"

夏文达抓住老人的手，他一直只把夏礼国当长辈，想不到夏礼国有这样的心思，对自己的了解超过自己的想象。他有很多话想跟夏礼国讲，一句也出不了口，他找不到表达的语言。

夏礼国说他一辈子和翡翠打交道，生意不算太差，养老金足足，可心里堵。他经过乔阳的上坡路，近些年看着乔阳在往下走，不痛快。

直到现在，夏文达才隐隐清楚夏礼国话题的方向。

"什么'玉色华城'综合体，什么城乡一体化，我不明白。"夏礼国说，"村子就是村子，城市就是城市，楼建得再高，小汽车变飞机也好，乔阳人骨子里还是农村人。"

这时，夏文达希望欧阳立在，肯定能说出很多道道，他只能笑笑。

"不过，是好是坏谁能讲得清？我们那时跟现在不一样。"夏礼国若有所思，"我是那时的人，只能看那时的东西，现在的人才有办法看现在的东西，总得试一试。"

当初乔阳人去云南买玉石料，外村人也觉着很不靠谱，摆弄石头算怎么回事，不如种粮食稳妥。后来找玉石料找到缅甸，花大笔大笔的钱把玉石料抱回村，外村人觉得乔阳人疯了。"对新的东西，人总是有点怕。"夏礼国叹。

夏礼国讲这些，夏文达明白，可不明白夏礼国的用意，他思索着跟夏礼国开口的办法。夏礼国自己开口了："房子的事我会签——我知道，大嫂那边你也说通了。"

"二叔？"夏文达愣了，他明白了夏礼国讲那些的用意。

夏礼国让夏文达不要多想，他一开始就准备签的。他叹："就是得缓缓，老房子拆掉了，以前很多日子都没了，我和你妈缓得慢了些。"

夏礼国和夏文腾签了拆迁合同，剩下的几户空地也签了，接着又有几户楼房屋主签了。

新的闲话出来，夏文达是个狠角色，房子这样的筹码也舍了；舍不着孩子套不着狼，看看他名声多响；对他也不算割什么大肉，以前生意一路旺，底子厚着呢，一座三虎算什么……

也有帮着讲话的：那是夏家老房子，不算大肉算什么？套着什么狼了？这几年乔阳怎么样，乔阳人有眼睛有心的……

好好歹歹，夏文达如风过耳，好像突然看开了，他很奇怪，对欧阳立笑："大概是死猪不怕开水烫了。"

"是心里有底了，眼前有路了。"欧阳立摇头。

"又虚虚飘飘的。"夏文达摇头。可他记下这话。

本来讲好，合同签完就拆，夏文达的母亲已做好搬的准备，夏文达的二婶和肖月柔找欧阳立说情，近年底了，留到年后再拆，大过年拆房不吉利。

没必要叫老人家在这个当口搬。

事情暂时告一段落，元宵节后再拆。洪少革又报，乔阳人不知从哪儿得知，"玉色华城"是夏文达和欧阳立去争的，不是上头凭空压下来的。洪少革指天指地发誓，跟他无关，他是听说的，现在拆迁户火旺得很，夏锐坤又要出新招儿。

开弓没有回头箭。夏文达放话："要怎么样，冲我夏文达来。"

欧阳立来不及制止，批夏文达任性，夏文达说："事情摆在这儿，理也摆在这儿，难不成还要小孩一样哄着扶着？"

还是洪少革传的，拆迁户放了话，夏文达真有种就拆了自家房子，年前拆，自己动手。

"旧的不去新的不来，老房子拆掉，新年大吉！"夏文达想给母亲跪一跪，又怕跪出母亲的泪。

"日子在心里，新年大吉！"夏文达的母亲说，背转身去。

"妈和二叔面子给足了，还要怎么样？"夏文腾刺夏文达，"乔阳人背后看笑话呢。"

"缓缓没问题，置气没必要。"欧阳立跟夏文达商量。

"置气又怎么样？原先说要拆的，就拆。"夏文达坚持，"是临过年了，不过还没放假，事情就没理由停。"

"过年不拆，没人敢讲什么的。"欧阳立说，"夏锐坤他们再浑蛋，也不能拿这个在明面上说事。"

"拆，拆了看还有什么招儿？"

夏文达家的老房子被拆，离大年三十只有三天。夏文达提了铁锤，在自家老屋大门敲出第一个坑。

乔阳人有大赞的，有看不上的，有骂他过分的，有笑他疯癫的，有一点倒挺统一，夏文达挺适合当村委会主任的。

末 章 开始与结束

萧向南到的时候，夏文达和欧阳立并肩立在村口，夏文达说："萧主任，这迎接规格还成吧？"

"人物不错，背景更好，真正的珠光宝气。"萧向南笑。两人身后，翡翠珠宝店整齐而璀璨，和路灯交相辉映。

几个人拐进玉石毛料市场，灯光大灿，人影密集，生意蒸腾。每每置身于这蓬勃里，夏文达就感觉像农民行走于满天满地的稻田中，说不出的酣畅快意。他又想到夏玉影那篇《别样市场》，他喜欢让陈商言读。

每次陈商言念完，夏文达都要发一阵呆。我懂翡翠吗？夏文达默问自己。无法回答，不敢回答。若是以前做生意时，他会毫不犹豫地点头，信心满满地讲翡翠，从坑口到石料迹象到玉种质地到颜色到成品……现在，他没底了，想起欧阳立常提的一个词：玉色。

"对于中国人，玉包含了太多内蕴，被赋予深刻的意义。"欧阳立说，"玉色是类似于灵魂的东西。"

夏文达觉得绕，欧阳立又说："有些东西，只可意会不可言传，变成语言就浅了，就像玉色。"

"几年了，讲话还是这么酸，够一根筋的。"夏文达耸耸肩。

绕走半圈后，萧向南问夏文达："你是预备党员了？"

夏文达点头。

很多人问，这个岁数了，申请入党做什么？他不知道怎么回答。他无法表达自己。

"用不着回。"欧阳立说。

夏文达豁然开朗，笑："总算讲了句不绕的，没错，用不着回。"

　　萧向南沉吟了，党员预备期是一年，可离乔阳村两委换届只有半年。几个人都明白，这时间差意味着什么。新的规定，原则上村党支部书记和村委会主任由同一个人担任，未成为正式党员的夏文达，没资格参与村委会主任竞选。

　　很多事情可能就到这里了，可很多事情刚刚开始。

　　"玉色华城"项目已完成招标，部分工程开始动工了，要紧的是，建成后能不能活，真正的考验才刚刚开始。

　　还有：三清三拆，创文创卫，垃圾分类，雨污分流，未完成的拆迁工作，土地确权，人口普查，下一届"金玉之乡"文化节，需要一直关注的翡翠市场，永远不会停止的日子……

　　"入不了党，选不了主任，竞选副主任总有资格吧？"夏文达说。

　　"村委会副主任？"萧向南沉吟，"有意思！"

　　"你真这么想？"欧阳立追问。

　　"废话。"夏文达提到陈商言，党员，年轻，有想法，有闯劲，更要紧的是，这年轻人的心现在稳了。

　　良久，欧阳立说："你真正成为乔阳的村委会主任了。"

　　"敢情之前我都是混的。"夏文达笑骂，"损人不露形，你们这些书生，斯文在面上……"

　　"你知道我什么意思。"欧阳立说。

　　"书生"两个字一出口，夏文达胸口怦怦直跳，这一刻他意识到了什么，凝视着欧阳立，想起当年父亲对书生的描述，相处这么长时间，怎么没想到？欧阳立似乎一直在找什么……

　　看着夏文达，欧阳立有种莫名的满足感，又想起了父亲。当年，父亲把龙凤牌卖给一个玉商，为工作的村子买了小货车，从那时起，山上的东西、村里的东西被一点点带出去。那玉商成了父亲的朋友，父亲不知道，他成为玉商人世中最特别的人；更不知道，那种特别化做某种分量，延续至玉商后人的身上。

　　欧阳立想告诉父亲，玉商的儿子夏文达，珍藏着龙凤牌，珍藏着龙凤牌的故事。"我们想着自个的日子，那个人想着别人的日子。"夏文达的父亲这样描述欧阳立的父亲，夏文达无法准确地转述，他父亲也讲不清楚，但欧阳立听懂了。欧阳立还想把夏天莹介绍给父亲，他已经把父亲介绍给夏天莹，夏天莹静静倾听，微笑着，那微笑让他安心。

与父亲长谈一次的愿望越来越强烈。

"我有些事想跟你说。"夏文达对欧阳立说。

"我知道。"欧阳立点头。他和夏文达该找个地方，沏茶对饮，好好聊一聊。

来到"玉色华城"工地，萧向南挥手："接下来就完全不一样了。"

接下来会怎么样，夏文达不太确定，可以确定的是，他夏文达和五年前不一样了。还有祠堂那只玉狮，又有了光泽，他等着那光泽越来越通透，就像欧阳立说的，玉色绽放。欧阳立可以确定的是，他终于走近父亲，也走近了自己。乔阳人可以确定的是，乔阳和五年前太不一样了。

附：

别样市场

夏玉影

    喜欢来这里闲逛，乔阳的翡翠玉石毛料市场，横平竖直、简单至极的铺面，桌柜摆满翡翠玉石毛料，照射玉石料的灯，沏功夫茶的桌椅，整齐得稍显枯燥的市场，内在的饱满与丰富，远超想象。看料安静，思考无声，讨价还价用低语，但安静里涌动着一股活力。

    这种活力，夜宵时得到释放。市场关铺后，人们涌向炸香巷，小吃店密集的小街，煎的蒸的炒的炸的，从玉石的世界一脚迈进烟火世界。玉石毛料市场被称为夜市，是因为夜晚看玉石更清静，思路更清晰，与玉石毛料更相通吗？

    长木柜上，或是切开的明料，或是已抠出手环、戒面、吊坠的刀下料，或是手环、吊坠、挂牌之类的粗坯，外行人很难将它们与光彩四射的珠宝或艺术品联系在一起，从粗胚到光彩照人，过程令人着迷。买玉石料者想象了这个过程，表象普通的玉石料拿在手里，看到的是珠光与宝气。买卖玉石料是充满想象力的探索，是某种较量。

    翡翠石料没有明码标价，一切靠看，能看到多少，靠眼力、经验、销售习惯、销售渠道，还有运气。眼力与经验决定，你可以从玉石毛料里发现什么，主做戒面的与主做吊坠的，看到的价值不一样，掌握的客户源也会影响对玉石的定位，加上对卖家心理价的猜测。当买家说出一个价格，必定已经过反复考量与计算。于我看来，那是一个奇妙的数字，充满智力因素与心理战术。这是常见的交易，另一种交易更为刺激，就是暗标。

    玉石毛料被细细察看，灯下一次次照探过，手里反复掂量过，脑里盘算过，被反复讨论过。投标，按下的数字是细细斟酌过的，又是没有底的，能否标中想要的玉石料？中标的话，是否出价高太多？是否能取到想要的价值？没中标交易算失败，是否错失了心仪的石头，错失了某种机会？

是人与玉石的较量，也是人与人的较量。在真正懂玉石者的眼里，那些石头是有生命的。

看那些读石者。

他们握着石头，凑在灯下，陷在石头的世界里，目光比灯光更锐利。从石头粗胚里，他们看见手环形状大小，看见戒面的色泽水头，看见佛与菩萨的慈悲，看见花叶、葫芦的样子，看见摆件被赋予的故事与祝福。想象洞穿石头表面，预计内部可能会出现的变化，细究石头内里可能会有的质地、种水、颜色走向，想象石头被雕琢后将会呈现的光彩。这种想象，拂去石头在漫长岁月里浸染的沧桑，发现沧海桑田锤炼之后的光华，这是时间的精灵，是玉石本质的美。他们与石头对话，发现隐藏的美，最大程度地让它绽放于世间，他们是别样的寻美者。

人与人的沟通同样重要。围着石头，你一句我一句，各人发现的、思考的，各人构想的、建议的，零零碎碎，实在而直接，随着想法碰撞、发酵，一步步深入石头的世界，玉石的光芒一层一层绽放。机器可测出玉石的硬度、密度等物理性质，无法测出翡翠内里的质地、种水、颜色分布、干净程度，更无法测出翡翠的灵魂。

玉色，必是懂玉者与玉石的相互成就。